Bettina Belitz · Vor uns die Nacht

Bettina Belitz bei script5:

Splitterherz
Scherbenmond
Dornenkuss

Linna singt
Vor uns die Nacht

Bettina Belitz

Vor uns die Nacht

Roman

script5

www.splitterherz.com

FSC
www.fsc.org
MIX
Papier aus verantwortungsvollen Quellen
FSC® C014496

ISBN 978-3-8390-0159-2
1. Auflage 2014

script5 ist ein Imprint der Loewe Verlag GmbH, Bindlach
Dieses Werk wurde vermittelt durch die Literatur Agentur Hanauer
Umschlagillustration: ©shutterstock.com/Silm;
© iStockphoto.com/DavidMSchrader
Umschlaggestaltung: Franziska Trotzer
Redaktion: Anna Baubin
Printed in Germany

www.script5.de

Für Dich.
Weil Du mich siehst.

Prolog

Für einen Flügelschlag unserer Seelen halten wir inne. Zeit löst sich auf. Alles wird ewig.

Gleichmäßig atmet mein Bauch gegen seinen, warm und lebendig. Seine linke Hand umfasst meine Wange, als er sich auf mich sinken lässt. Er ist mir nicht zu schwer. Niemals.

Langsam lichtet sich der Schleier seiner Augen, während er mich anschaut, staunend, als könne er nicht begreifen, was er sieht und fühlt. Ich habe schon lange aufgehört, es zu versuchen.

Sag es, denke ich und lasse meine Wimpern hinabgleiten, weil die Tiefe seines Blicks mich schwindlig macht. Bitte sag es … Oder – oder soll ich es tun? Soll ich jenes Fenster aufstoßen, durch dessen geschlossene Läden ich bereits das Licht blitzen sehe?

Mit einem Seufzen streicht er über meine Stirn. Rasch hebe ich meine Lider, doch der vertraute Schleier hat unsere Zeitlosigkeit überwunden. Seine Augen werden weich, dunkel und fern. Zärtlich schließt er meine Lippen mit seinen – und all meine Worte wandern zurück in mein Herz.

So dunkel die Nacht

Liebe kennt keine Vorschriften, keine Gesetze, keine Vorsichtsmaßnahmen und keine Tabus. Sie ist überall – in uns und um uns herum. Liebe siegt gegen die Vernunft und auch gegen die Angst – und sie folgt nur einer einzigen Logik –« Vater senkt die Lider, verharrt einen Moment in der Reglosigkeit und wirft dann einen feurigen Blick in die Gemeinde. Selbst ich, die diesen Blick bereits Hunderte Male gesehen hat, vergesse für ein paar Sekunden meinen Kummer und spüre, wie Mama neben mir den Atem anhält. Sie tut das noch immer, bei jeder Predigt und jeder seiner Reden. Es berührt sie. Zum Teufel, mich berührt es auch, sogar in diesen Stunden, wo jedes Wort über Liebe blanker Hohn zu sein scheint, als würde Vater nur ein hohles Sprachrohr Gottes sein, der mir pünktlich zu Heiligabend bittersten Kummer beschert und nun ausgiebig über mich spottet.

Vater hat beschlossen, dass seine Kunstpause lang genug war, und setzt erneut zum Sprechen an, die Arme ausgebreitet und ein feines, kluges Lächeln auf seinen schmalen Lippen.

»Liebe folgt nur einer einzigen Logik – der Logik unseres Herzens.«

Eine Logik, die ich weniger verstehe denn je. Ronia, du warst mal wieder so blind, so blind, strafe ich mich in Gedanken ab. Allerdings war das Timing dieses Mal niederschmetternd wie nie zuvor. Es ist ja nicht so, dass ich die Erfahrung an sich nicht schon gemacht habe. Ich könnte eine Doktorarbeit darüber schreiben. Thema: Woran merkst du, dass dein Freund dich verlassen will? Wenn er aus dem scheinbaren Nichts heraus anfängt, an dir vorbeizuschauen und deinen Blicken auszuweichen, beispielsweise. Geschielt hat Lukas gestern Nacht bereits, obwohl er vorher immer salbungsvoll behauptete, in meinen Augen versinken zu wollen. Jetzt brennen sie vor unterdrückten Tränen, sodass ich ständig blinzeln muss.

Ja, und dann bringen sie plötzlich keinen geraden Satz mehr raus, selbst am Telefon, wo sie einen doch gar nicht anschauen müssen. Sie fangen an zu stottern und zu stammeln und heute hab ich meiner Nummer vier den finalen Satz kurzerhand abgenommen. Ich kenne ihn schließlich auswendig. Also kam ich ihm zuvor und die Erleichterung war ihm selbst durchs Telefon deutlich anzumerken. Wie ich feststellen musste, ist das noch beschämender, als sie weiterstottern zu lassen.

»Du willst mich verlassen, oder?«

»Ja«, antwortete Lukas wie aus der Pistole geschossen und trotzdem dachte ich sofort: Nein. Nicht heute. Bitte nicht. Bitte, bitte nicht … Ich hab's nicht nur gedacht, ich hab's auch gesagt, erst fordernd, dann beschwörend, dann bettelte ich ihn an, zu mir zu kommen in die WG, jetzt, auf der Stelle – und es hat doch nichts geändert.

Schlussmachen an Heiligabend, das ist niederträchtig und sollte gesetzlich verboten werden. Aber ich ahne, warum er es heute durchgezogen hat. Um am Fest der Liebe seine Ex zu treffen und mit ihr das zu tun, was er eigentlich mit mir hätte tun sollen. Vermutlich war er nie richtig von ihr getrennt, sondern hatte lediglich eine »Beziehungspause« eingelegt – und währenddessen mal schnell die Ronia umgarnt und ins Bett gelockt. Schnell ist dabei wörtlich zu nehmen; er legte ein rasantes Umwerbungstempo hin – und die Sache an sich? Länger als zwei Minuten kann sie nicht gedauert haben und es lag nicht an mir.

Am liebsten würde ich mir die Finger in die Ohren stecken, denn Vater hört nicht auf mit seinem selbst gedichteten Hohelied der Liebe – es spielt keine Rolle, dass er vor allem die selbstlose Nächstenliebe meint und nicht die zwischen Mann und Frau.

Mir entweicht ein zittriges Seufzen, das sofort Mamas Aufmerksamkeit weckt und sie einen Augenblick von Vater losreißt. Besorgt sucht sie meinen Blick, doch ich versuche, so zu tun, als sei ich nur ergriffen von dem, was ihr Ehemann gerade mit hallender Stimme in die Gemeinde ruft. Aha, er ist beim heiligen Samariter angelangt, meiner früheren Lieblingskinderbibel. Unzählige Male habe ich sie durchgeblättert, draußen im Flur zwischen dem Bad und dem Schlafzimmer meiner Eltern. In meinem eigenen Zimmer hab ich fast nie gespielt; vielleicht so ein Einzelkinder-Ding.

Als ich diese Geschichte eines Nachmittags wieder auf dem Boden kniend las, sah ich zum ersten Mal in meinem Leben einen nackten Mann – meinen Vater. Nun ja, sehen ist übertrieben. Warnend und irritierend verheißungsvoll rief Mama: »Achtung, Papa ist nackt!«, und dann flitzte Vater in Windeseile vom Schlafzimmer zum Bad. So schnell, dass ich absolut nichts erkennen konnte, was von Bedeutung gewesen wäre. Heute bin ich überzeugt davon, dass das lediglich ein nach bestem pädagogischen Wissen ausgeheckter Plan war – die kleine Ronia soll ihren Vater mal nackt sehen, große Brüder hat sie ja keine. Und leider muss ich seitdem beim heiligen Samariter an unbekleidete Männer denken und an das, was man dabei sieht oder eben nicht sieht.

Welche Verse auch immer Vater heute predigt, sie werden mich mit jeder Silbe daran erinnern, was am Nachmittag geschehen ist, auch wenn ich seit diesem Desaster mit aller erdenklichen Anstrengung versuche, nicht daran zu denken. Immerhin, ich habe alles so durchgezogen, wie es unsere Tradition vorschreibt, business as usual, und noch scheint keiner von ihnen etwas gemerkt zu haben. Wie immer habe ich mit ihnen zusammen gegessen (Mama herausgeputzt wie zum Opernball, Vater in sich gekehrt und schweigend, da geistig schon beim Predigen), wir haben uns unsere Geschenke überreicht und uns leidlich darüber gefreut, mit Sekt angestoßen (worauf?). Dann ist Vater in die Kirche geflüchtet, während Mama sich für den Gottesdienst umzog und ich mit dicker Kehle und einem Knoten im Bauch auf mein Smartphone starrte, in der Hoffnung, es würde sich alles klären, »Sorry, Süße, hab überreagiert, ich vermisse dich, gib mir noch eine Chance« oder eine andere von Lukas' gefühlsschwangeren Nachrichten – doch nichts. Schweigen.

Also das gleiche Prozedere wie jedes Jahr, seitdem Vater den Lichtergottesdienst halten darf. Stumm und angespannt wie vor einer Prüfung warten die Frauen des Hauses auf das Glockengeläut. Mama wird immer nervöser und ich werde immer stiller, bis wir endlich rüberlaufen, frierend in der Kirche sitzen und zu Vater aufschauen, als sei er der Nabel der Welt. Wenn wie ursprünglich ausgemacht Lukas neben mir sitzen würde, hätte ich damit nicht das geringste Problem. Dann wäre es schön, Vater ein wenig anzubeten und Mamas feuchte Augen zu registrieren. Selbst das Frieren wäre schön, weil man sich anschließend gegenseitig wärmen könnte und …

»Ronia? Ronia …« Mama stupst mich sanft in die Seite. Mit verschwommenem Blick bemerke ich, dass die Menschen um uns herum sich erheben. Der typische Gottesdienstgeruch nach Wintermänteln, klammen Gesangbüchern und Altfrauenparfüm wallt auf. »Du hast doch nicht etwa geschlafen?«

»Nein«, antworte ich knapp und schiebe mich durch die schmale Sitzreihe, bis ich den Mittelgang erreicht habe und Mama voraus nach draußen eile. Noch einen offiziellen Punkt hat dieser Abend, den ich überstehen muss – das allgemeine Pfarrersfamilie-Begutachten am Eingang der Kirche. Vater wird erst nach einigen Minuten zu uns stoßen, bis dahin müssen wir die Stellung halten. Wir werden von Pigmentflecken übersäte, schlaffe Hände schütteln und ununterbrochen lächeln müssen. Wie stolz ich früher dabei immer war – und wie elend es sich heute anfühlen wird.

Doch das Programm hat sich bewährt und es funktioniert. Ich lasse alles über mich ergehen, die ewigen Bemerkungen, wie groß ich doch geworden sei (ich bin einundzwanzig, ich wachse seit drei Jahren nicht mehr), wie sehr ich meinem Vater ähnlich sähe und wie schade es sei, dass ich nicht in seine Fußstapfen trete. Aber Archäologie sei sicherlich auch interessant. Dieser Satz klingt stets ein wenig mitleidig, als sei ich ein verirrtes Schaf, das noch nicht begriffen hat, dass das Gras inmitten seiner Herde am saftigsten schmeckt.

Doch es ist ausgerechnet Mama, die das Programm plötzlich umschreibt – gerade noch rechtzeitig, bevor Jonas uns erreicht. Geschickt zieht sie mich in eine der Nischen der neugotischen Außenmauer, in deren Schatten ich als Teenager eines Sommerabends hatte knutschen wollen, und schaut mich mit ihrem »Ich weiß alles«-Blick an. Verdammt.

»Er hat dich verlassen, oder?«

Ich nicke nur, die Augen von ihr abgewandt, ich will jetzt nicht heulen. Schließlich habe ich es die ganze Zeit geschafft, nicht zu heulen. Dann überstehe ich dieses Zwiegespräch jetzt auch noch.

»Das tut mir leid.«

Immer noch unfähig zu sprechen, zucke ich mit den Schultern. Ihr tut's wirklich leid, ich weiß das, aber da ist noch etwas anderes in ihrem Tonfall – so als wäre sie froh, nun für mich da sein zu können und mich in ihre Obhut zu nehmen. Sollte sie nicht lieber wünschen, dass ich glücklich bin?

»Er war zu sensibel für dich, das hab ich an seinem Mund gesehen.«

»Zu sensibel?« Meine Stimme quietscht vor Empörung. »Zu sensibel, was soll das denn bitte heißen?«

»Er war dir nicht gewachsen.« Mama lächelt mich beschwichtigend an. »Ronia, dein Vater und ich sehen das nicht so, aber du weißt selbst, dass du nicht einfach bist.«

Oh Herr im Himmel, nun auch noch dieser überflüssige Hinweis. Nicht einfach. Ich hab noch nie einen einfachen Menschen kennengelernt – und schon gar keinen einfachen Mann.

»Liebling, ich meine das nicht abwertend! Aber vielleicht … vielleicht sagst du in Zukunft nicht immer sofort, was du denkst, und lässt sie auch mal gewinnen. Verstehst du? Man sollte ihnen nie zu sehr zeigen, was man auf dem Kasten hat.« Mama zwinkert mir verschwörerisch zu, was ihr gar nicht steht. Ich kann kaum glauben, was sie sagt.

»Du rätst mir, mich dumm zu stellen, Mama? Das kann nicht dein Ernst sein.«

Nun zuckt auch sie mit den Schultern, ohne zu antworten, streicht mir dabei aber tröstend über die Wange. Ich drehe mein Gesicht weg. Keine Zärtlichkeiten heute Abend.

Das Fatale ist – ich glaub, sie hat recht. Er hat es ja selbst angedeutet, als er Schluss machte. »Du bist halt so extrem.« Ja, das hat er gesagt, dass ich extrem sei. Möglicherweise extrem schlau oder extrem geschickt im Diskutieren oder extrem stur, sicher meinte er weder extrem hübsch noch extrem sexy. Das hätte er tolerieren können. Idiot. Doch am meisten verstörte mich, dass ich diesen Mann, der da vor mir stand und sich so vernünftig und unnahbar gab, plötzlich nicht mehr kannte. Er war ein anderer geworden. Oder ich hatte ihn nie richtig gesehen. Diesen Mann, den ich nun sah, wollte ich eigentlich gar nicht mehr in meiner Nähe haben.

»Es hat eben nicht jeder das Glück, mit zwanzig seinem Traummann zu begegnen«, spiele ich bibbernd auf die perfekte Ehe meiner Eltern an, die jenseits aller normalen Beziehungsfallen zu blühen scheint, und stopfe meine Hände in die Manteltaschen. Wie meistens an Weihnachten ist es nicht besonders kalt, aber es beginnt zu nieseln und ein ungemütlicher Wind bläst über den Kirchvorplatz. Seine Böen erreichen sogar die geschützte Nische, in der wir wie zwei Sündiger stehen und gedämpft tuscheln, während Vater damit beschäftigt ist, Hände zu schütteln. Plötzlich kann ich das alles hier nicht mehr ertragen, habe sogar den Wunsch, mir die Finger zu waschen, wenn ich an all die vielen fremden Menschen denke, die sie berührt haben.

»Du wirst deinen Traummann treffen, bestimmt. Vielleicht bist du ihm sogar schon begegnet und weißt es nur noch nicht.« Wieder ein Zwinkern – doch das hätte Mama sich sparen können, ich hab ihre Anspielung auch ohne künstlichen Gesichtskrampf verstanden. Jonas. Natürlich, sie meint Jonas, der es vermutlich auch schon weiß und mich suchen wird, um mich zu trösten. Doch dann werde ich mich erneut fragen müssen, warum ich ihm gegenüber nicht das fühle, was er schon lange empfindet – und alles dreht sich wieder in seinem ewigen, unverständlichen Kreis.

»Ich geh noch in die Stadt, Mama. Kann spät werden.«

»Jetzt? Aber … Ronia, morgen ist doch …«

»Ja, das Helfertreffen, ich weiß. Keine Sorge, ich werde da sein. Wie immer.«

Ich hab keine Ahnung, wie ich es durchstehen soll, von all dem falschen Lächeln und dem Nicht-Weinen tut mir mein Gesicht jetzt schon weh. Vielleicht sollte ich mich betrinken, denke ich, als ich die Kirche hinter mir gelassen habe – und dazu meine ratlosen Eltern. Mit einem Kater lässt sich manches besser ertragen als nüchtern, weil dann die einzige Sorge ist, die hämmernden Kopfschmerzen auszulöschen und nicht zu spucken. Außerdem habe ich seit Stunden nichts gegessen und vertrage ohnehin kaum mehr als ein Bier oder ein Glas Wein. Es wird schnell gehen und kaum etwas kosten – und es ist besser, als sich der Tatsache zu stellen, schon wieder sitzen gelassen worden zu sein. Führt das Schicksal eigentlich Liste? In meinem Kopf ist sie bereits fest eingebrannt – diese beschämende Liste meiner gescheiterten Beziehungen, auf die heute Abend wieder ein neuer Eintrag gesetzt wurde.

Trotz des Regens nehme ich sämtliche Umwege, die mir einfallen, all die schmalen Gassen, die ich früher gelaufen bin, um meinen Schulweg so oft wie möglich zu variieren, doch dieses Mal tue ich es, um Jonas abzuschütteln. Wir werden miteinander sprechen müssen, wenn er mich findet, und das werden wir nicht tun können, ohne auch über uns zu sprechen.

Leider bleibt mein Unterfangen ohne Erfolg. Ein paar Meter vor dem Eingang meiner liebsten und auch verrauchtesten Stammkneipe wartet Jonas wie ein Schutzpatron auf mich, bereit, mich sanft abzufangen und mit dem zu konfrontieren, was ich doch so verzweifelt zu vergessen versuche.

»Da bist du ja. Er hat dich verlassen, oder?«

»Wenn ich diesen Satz heute Abend noch einmal höre, schreie ich!«

»Du schreist jetzt schon. Hey, Kleine, es tut mir leid, ehrlich.« Wie perfekt er aussieht. Schick, aber nicht zu schick, immer noch kneipenfähig, doch gleichzeitig edel genug, um ihn auch mitten in der Nacht einer potenziellen Schwiegermutter vorzustellen. Dunkler Mantel, dunkle Jeans, den gestreiften Schal lässig gewickelt, der Pullover minimalistisch. Trotzdem regt sich nichts in mir, als ich ihn anschaue. Wie kann das sein? Was stimmt nur nicht mit mir? Kenne ich ihn schon zu lange und bin deshalb nicht mehr fähig, ihn so zu sehen, wie ihn die meisten anderen Frauen sehen würden? Vielleicht gäbe es diese Schicksals-Liste nicht, wenn ich mich in Jonas verliebt hätte. Dann gäbe es nur ihn. Sonst niemanden.

»Tut es dir wirklich leid? Keine Schadenfreude?«

Meine Frage ist überflüssig, ich weiß, dass er keine Schadenfreude empfindet.

»Natürlich freue ich mich nicht. Ich mach mir Sorgen um dich. Ehrlich.«

»Hat *sie* dich geschickt? Mama? Hat es sich etwa schon herumgesprochen?«

Lächelnd schüttelt er den Kopf und greift nach meinem Arm, um mich zur Seite zu schieben, bevor die drei angetrunkenen Männer hinter uns mich im Vorbeigehen rempeln können.

»Ich hab's mir gedacht. Ronia – vielleicht …« Er zögert, um nach den richtigen Worten zu suchen. Eigentlich mag ich das an ihm, dieses Bedachte, Umsichtige, aber jetzt macht es mich nervös. »Gib nicht immer so schnell alles. Du hättest nicht so schnell so viel geben dürfen. Du machst das immer wieder, das ist nicht gut. Ich hab dir das schon so oft gesagt.«

»Ich bin kein Flittchen, falls du das meinst.«

»Flittchen …« Sein Lächeln entschwindet. »Ich meine nicht das. Ich meine dein Herz.«

»Ach, mein Herz.« Schniefend ziehe ich die Nase hoch.

»Du wirst drüber hinwegkommen, Ronia. Du wirst ihn vergessen.«

»Aber das ist es doch gerade!«, ereifere ich mich wütend. »Genau das ist das Erbärmliche an diesem Spiel! Ja, ich werde darüber hinwegkommen, ich werde mich wieder verlieben und wieder werden die gleichen Dinge gesagt, wieder schleichen sich all diese Gefühle hinein – ich will das nicht mehr, auch nicht dieses Darüberhinwegkommen! Was ist es denn dann überhaupt wert, wenn man immer wieder darüber hinwegkommt? Ich hab dieses Spiel so satt!«

»Bisschen leiser, bitte. Ronia ... Du redest daher wie eine Achtzigjährige. Du bist doch noch so jung«, versucht Jonas mich zu beruhigen, doch er kennt mich gut genug, um zu wissen, dass er mir jetzt besser nicht zu nahe kommt.

»Mag sein, aber das war bereits Nummer vier, nicht mitgezählt all die Beinahe-Beziehungen, die gar nicht erst zustande kamen, obwohl sie sich im Balztanz beinahe das Rückgrat gebrochen haben. Was soll das? Warum macht ihr das?«

»Ich mache das nicht«, stellt Jonas mit sonorer Stimme klar. »Da fragst du den Falschen.«

»Aber du ...« Bedauernd breche ich ab und blicke auf den schmutzigen Asphalt. »Es tut mir leid. Ich wünschte, es wäre anders, glaub mir. Aber du bist nicht der Richtige. Für alle anderen, aber nicht für mich.«

»War *er* es denn?« Wieder müssen wir zur Seite weichen, weil ein Trupp fröhlich plappernder Nachtschwärmer an uns vorbei zur Kneipe drängt. Wie ruhig Jonas bleibt, obwohl ich so ehrlich bin. Tun ihm meine Worte nicht weh?

»Ich dachte, dass er der Richtige ist. Ja. Hat doch alles gepasst«, antworte ich trotzig. Zumindest hatte ich mir das eingebildet ... Lukas kommt aus einer guten Familie, studiert wie ich, spielt ein Instrument, hat vielseitige Interessen, ist attraktiv (abgesehen von seiner Nase, aber das fand ich verzeihlich). Wir konnten uns gut unterhalten, hatten Spaß, wenn wir miteinander ausgingen, hegten ähnliche Vorstellungen von der Zukunft und unserem Leben. Was hätte denn mehr stimmen sollen? Und trotzdem – gestern Nacht, nachdem wir miteinander geschlafen hatten, schlich sich mir ein mulmiges Gefühl in den Bauch und eine unbeantwortbare Frage in den Kopf: »Was jetzt? Was machen wir morgen, übermorgen, überübermorgen? Was tun wir mit all dieser Zeit?« Ich wusste es nicht. Und er begann, an mir vorbeizuschauen. Als enthielten meine Augen pures Gift.

»Ich will jetzt da runter«, beende ich die Diskussion, denn sie führt zu nichts. Je länger wir darüber reden, desto stärker werden meine Zweifel an mir und meiner Beziehungsfähigkeit. Keine einzige meiner Bindungen hielt länger als drei Monate. Ich kann gar nicht mehr genau sagen, ob es mir bei Lukas überhaupt um ihn als Mann ging oder um den verzweifelten Versuch, das hinzukriegen, was andere auch schaffen. Denn ich fühle mich zwar bestraft und erniedrigt, doch ich vermisse ihn nicht. Nein, das war keine Liebe, sondern ein Irrtum, also braucht es auch keinen Liebeskummer. Und erst recht kommt nicht infrage, dass ich Jonas für einen weiteren Beziehungsversuch missbrauche und er nach drei Monaten ebenfalls die Flucht ergreift. Dann hätte ich nicht nur einen zusätzlichen Eintrag auf der Liste, sondern meinen besten Freund verloren. »Wirklich da runter?«, hakt Jonas zweifelnd nach, als ich die schmierige Klinke herunterdrücke.

»Ja.« Heute Abend darf es keine schöne Kneipe sein. Mich zieht es in ein abgerissenes Ambiente. Das Outback ist wie geschaffen für frustrierte Heiligabend-Suffs.

»Ich weiß nicht, ich …« Jonas sieht kritisch an sich herunter. »Keine Ahnung, ob ich … hm.«

»Ich wollte sowieso alleine hineingehen.«

»Kommt nicht infrage. Es ist nur … Ach, egal, ich bin in Zivil und hab frei.« Ah, ich verstehe, er hat Angst um seinen guten Ruf als nettester Polizeibeamter der Stadt. Ich verdränge es immer wieder – dass er tatsächlich, wie damals großspurig im Sandkasten angekündigt, Bulle geworden ist. Manchmal erschrecke ich noch, wenn er mit Pistolenhalfter um die Schulter in der WG-Küche steht und sich eine Suppe kocht. Dabei versucht er, dem positiven Polizisten-Image als Freund und Helfer nachzukommen, wo es nur geht, und schafft es, selbst den aggressivsten Besoffenen binnen kürzester Zeit friedlich zu stimmen. Es müsste mehr Polizisten wie Jonas auf dieser Welt geben.

»Dann komm.« Aufrecht und forschen Schrittes geht er voraus, stößt die schwere Tür auf und klettert die steile Stiege hinunter. Rauch und abgestandene Luft schlagen uns entgegen, dazu dröhnt die Musik mit jedem Schritt abwärts lauter. Auf den Treppenstufen stehen rechts und links je ein flackerndes Teelicht, die einzige Erinnerung daran, dass Weihnachten ist. Ich war längere Zeit nicht mehr hier gewesen, doch die Kneipe präsentiert sich mir unverändert. Lukas mag das Outback nicht, zu schmuddelig. Wir hatten gemeinsam Studentenfeten besucht oder uns in schicke Bistros gesetzt. Doch nun fühle ich mich in dem undurchsichtigen Dämmer einer Raucherkneipe mehr zu Hause als an jedem anderen Platz.

Mit einem großen Schritt überhole ich Jonas und steuere die kleine, tiefer gelegene Tanzfläche an. Ich habe gesehen, dass mein Lieblingsplatz frei ist, ein schwarzer Sitzwürfel gegenüber der zweiten Treppe, die in einem Umweg und an den Toiletten vorbei zum Ausgang führt. Von diesem Würfel aus hat man die Tanzfläche und den DJ im Blick und muss sich den ganzen Abend keinen Zentimeter von der Stelle bewegen, ohne etwas zu verpassen.

Genau das werde ich tun. Sitzen bleiben und trinken, bis ich so daneben bin, dass ich nach Hause stolpern und schlafen kann.

Eine Weile verharre ich regungslos, den Hinterkopf an die schwarz gestrichene Wand gelehnt, die Augen geschlossen. Nur ab und zu nippe ich an dem Cocktail, für den ich mein Weihnachtsgeld angebrochen habe. Fünfzig Euro von Vater, wie jedes Jahr. Früher hab ich es in Büchern und CDs angelegt.

Jonas bleibt neben mir, ohne mich in meinem Rückzug zu stören, doch beim dritten tiefen Zug aus meinem Strohhalm merke ich, wie er sich plötzlich anspannt. Schläfrig öffne ich meine Augen. Die Tanzfläche hat sich belebt, doch Jonas' Aufmerksamkeit liegt woanders – weiter oben, am Geländer der Treppe.

Nun spürt Jonas, dass ich seinen Blicken gefolgt bin. Er wendet seine Augen wieder ab, als sei sein Starren Zufall gewesen. War es aber nicht. Denn auf dem Geländer sitzt der interessanteste Entwurf Mensch, der mir seit Langem begegnet ist.

Es erfordert sicher einiges an akrobatischem Geschick, sich auf diese schmale Geländerstange zu drapieren, dabei cool rüberzukommen und sich nicht gleichzeitig die Eier zu quetschen. Entweder hat er das zu Hause trainiert oder er ist ein Poser-Naturtalent. Doch er sitzt nicht nur einfach da, er dreht sich dabei auch noch eine Zigarette, das Tabakpäckchen zwischen die Zähne geklemmt. Interessanterweise wirkt das nicht dämlich, sondern – ach, ich weiß es gar nicht genau. Hauptsache, es zieht die Blicke auf sich. Das, was er da oben veranstaltet, ist eine ausgefeilte Show, kreiert für all die unglücklichen verirrten Seelen hier, die heute Abend kein Wohnzimmer haben, wo sie mit ihren Lieben vor dem illuminierten Baum sitzen und selbst gebackene Plätzchen essen. Er ist über all das erhaben.

Das bist du doch, oder?, denke ich eisig und spüre, wie ein Glühen über meine Wangen wandert, als er seinen Blick hebt und mich damit streift – nur eine Sekunde, aber mitten durch das graugrüne Meer meiner Augen. Kenne ich ihn? Habe ich ihn schon einmal hier gesehen? Nein … nein, das habe ich nicht. Mein Kopf erinnert sich nicht an ihn, doch mein Herz erbebt, als würde es ihn erkennen. Etwas an ihm kommt mir vertraut vor, wie aus lange vergangener Zeit, doch kann ich es nirgendwo festmachen, weder an den in seine Stirn fallenden, lässigen dunkelblonden Strähnen noch an seinem leicht verächtlichen, aber weichen Mund, noch an seinem Körper, der aussieht wie gemalt. Verwundert mustere ich seine Gestalt. Der schwere dunkle Kummer in mir scheint dabei eine Tür zu öffnen, die mich mehr und tiefer sehen lässt als je zuvor. Da ist ein Raum in mir, von dem ich bislang nichts wusste – und dieser junge, fremde Mann besetzt diesen Raum binnen Sekunden. Weil er seine Weiten kennt.

Ratlos linse ich in meinen Cocktail. Geht es dieses Mal so schnell? Bin ich bereits betrunken oder fange ich vor lauter Seelenstress an zu fantasieren? In einem letzten Versuch von Disziplin richte ich mich kerzengerade auf und zwinge mich, ihn so abgeklärt wie möglich anzuschauen. Er ist nur ein fremder Kerl, der zufällig in der gleichen Kneipe gelandet ist wie ich, mehr nicht. Eingebildet ist er noch dazu – es kann nicht bequem sein, da oben zu sitzen. Er muss wissen, wie gut er dabei aussieht. Was für ein Angeber.

»Du solltest vielleicht mal aufhören zu starren«, schreckt mich Jonas' Stimme auf. Sein Mund ist so dicht an meinem Ohr, dass ich seinen warmen Atem spüre. »Und wenn du schon starren musst, starre nicht ihn an.«

»Wieso? Werde ich dann mit einem Fluch belegt?«, flachse ich. Meine Zunge ist wirklich schon etwas schwer, aber geistig fühle ich mich wacher und klarer denn je. Alles ist so echt geworden, so intensiv. Auf eine mir selbst völlig unverständliche Weise finde ich es fantastisch, hier auf meinem Würfel zu sitzen und diesen Knaben mit seinem schlampigen Rockstargehabe anzuglotzen. Ich brauche nichts anderes. Mir ist sogar, als müsse ich auf ihn zugehen und ihm in die Augen schauen – jetzt sofort. »Der ist total stoned, siehst du das nicht?«, schreit Jonas in mein Ohr, denn nun wurde die Musik lauter gedreht und der DJ pfeffert uns Prince entgegen, *When doves cry*, der passende Soundtrack für diese Szenerie. Ich nehme einen tiefen Schluck durch den Strohhalm, dann leere ich das Glas in einem Zug, doch die Menge hat gereicht; ein Cocktail und ich bin bedient. »Er ist stoned und ich bin voll. Na und?«

»Ronia, bitte. Hör auf, Witze zu machen. Der Typ ist uns bekannt. Also – *uns.*«

Der Polizei? Das wird ja immer spannender.

»Wir haben den schon länger im Visier.«

»Aber offensichtlich nur das«, schreie ich zurück, ohne den Kerl aus den Augen zu lassen. Er hat seine Kippe erfolgreich fertig gedreht, schiebt das Tabakpäckchen zurück in seine hintere Hosentasche, wobei sich sein rechter Oberschenkel unter der knapp sitzenden Jeans anspannt, und beginnt mit gesenkten Wimpern zu rauchen. Ich bin versucht, Beifall zu klatschen, und kann ein spöttisches Grinsen nicht unterdrücken. Doch gleichzeitig suchen meine Augen in seinem Gesicht fast flehend nach einer Regung, die mich meint. Unberührt schaut er durch mich hindurch – also zurück zu Jonas und seinen Unkenrufen. »So schlimm kann es wohl nicht sein. Denn er sitzt ja hier und nicht im Knast, oder?«

»Hey, ich meine das ernst. Wir haben ihn wegen mehrerer Dinge im Verdacht. Sachbeschädigung, Anstiftung zu Prügeleien, außerdem wird er immer wieder am Tierheim gesehen, unten am Fluss. Keine gute Gegend.«

Wie jedes Mal, wenn Jonas davon erzählt, bin ich von leisem Erstaunen erfüllt. Unsere kleine, beschauliche Stadt am Fluss hat eine beachtliche Drogen- und Stricherszene. Angeblich ist sie eine Außenstelle für die Szenen von Mannheim und Ludwigshafen, weil die Dealer wissen, dass es bei uns weniger Razzien gibt. Jonas ist einer von jenen Polizisten, die das gerne ändern würden.

Ich bin damit aufgewachsen – mit dem Wissen, dass auf dem Marktplatz nachts gedealt wird, und den Warnungen, nicht alleine am oberen Flussufer herumzustreunen, schon gar nicht in der Dunkelheit. Ich hab es auch nie getan, aber für Johanna und mich gab es früher kaum etwas Aufregenderes, als sich möglichst nah an diese unsichtbare Grenze heranzuwagen. Etliche Sommernachmittage verbrachten wir auf den warmen Ufersteinen am Ende der Promenade und hofften, mal einen echten Drogenabhängigen zu Gesicht zu bekommen. Doch alles, was wir jemals entdeckten, war eine zerbrochene Einwegspritze und ein gebrauchtes Kondom (und Letzteres fanden wir eindeutig ekelhafter als die Spritze). Doch, ich kann mir vorstellen, dass dieser Typ in die Szene gehört und sich hier nachts auf dem Geländer abseilt, um seine ganz persönliche Art von Weihnachten zu zelebrieren. Ein gefallener Engel, der sich mit jeder Faser seines Seins dessen bewusst ist, wie verflucht schön er ist, auf eine abgerissene, unterschwellig sexuelle Art und Weise, das ja, aber trotzdem schön. Ich tu ihm den Gefallen, auf seine Show einzugehen und ihm das zu zollen, wonach er verlangt – ich kann gar nicht anders. Aber gleichzeitig durchschaue ich ihn, und wenn er nur ein bisschen Großhirnrinde im Schädel hat, sieht er mir das an. Vielleicht schäme ich mich morgen dafür, doch noch ist die Tür hinter meinem Kummer offen und der weite, leere Raum, zu dem sie führt, zieht mich mehr und mehr in seinen Bann, als wolle er mir etwas zeigen, das ich nie wieder vergessen darf.

»Ich glaub, wir beenden das hier besser.« Jonas klaubt das Glas aus meinen Händen, und bevor ich protestieren kann, hat sich der Typ vom Geländer gleiten lassen und ist im Dunkel des hinteren Treppenaufgangs verschwunden. Geht er aufs Klo? Oder etwa schon nach Hause? Nach Hause, was soll das sein bei einem Dealer, Stricher, Drogenkonsumenten und was er sonst noch alles ist, wenn ich Jonas Glauben schenke? Der hat kein Zuhause. Der will gar keins haben. Plötzlich kann ich meinen Mantel und meinen Schal nicht schnell genug überstreifen. Ich möchte ihn noch einmal sehen, nur kurz.

»Wie heißt der eigentlich, weißt du das?«, rufe ich in Jonas' Ohr, während er sich den Schal um den Hals bindet. Anders als schreiend kann man sich nicht mehr verständigen.

»Er wird River genannt. In Wahrheit ist sein Name einfach nur Jan.« Verschweigt mir Jonas bewusst den Nachnamen? Doch ich unterbreche ihn nicht. »Er war ein paar Jahre weg, hat damals schon Ärger gemacht, in der Schule und ab und zu abends auf dem Marktplatz. Randale, Sachbeschädigung und so weiter. Seit einigen Monaten ist er wieder in der Stadt. Keine Ahnung, was er hier will. Von dem ist jedenfalls nichts Gutes zu erwarten.«

Ausnahmsweise schlucke ich meinen Kommentar herunter. Ein paar Jahre weg – er könnte sich doch verändert haben. Geläutert sein. Aber ich lasse Jonas sein Böse-Buben-Bild. Es passt ja auch zu dem, was ich beobachtet habe.

»Wie alt ist er?«

»Weiß ich nicht genau. Achtzehn oder neunzehn, glaub ich.«

Mir entfährt ein Kichern. Ich hätte ihn auf mindestens zweiundzwanzig geschätzt, in diesem Halbdämmer und angesichts seiner Coolman-Posen, doch vielleicht hab ich mich geirrt. Und vor dem soll ich mir in die Hosen machen?

»Lass dich davon nicht täuschen. Es geht das Gerücht um, dass er Frauen mit Geld gezielt um den Finger wickelt und dafür – na ja. Kannst es dir denken. Er macht einen auf Edel-Callboy. Vielleicht sogar auf die professionelle Tour.« Dass er seinen Körper zu Geld machen kann, ist etwas, woran ich keinerlei Zweifel habe, obwohl mir bei der Vorstellung flau wird.

»Was fragst du überhaupt so viel nach ihm?«, fährt Jonas fort.

Wir sind draußen auf der Gasse vor der Kneipe angelangt. Es regnet immer noch, feiner Niesel, den man in der diesigen Luft kaum sehen kann.

»Damit ich weiß, von welchen bösen Wölfen ich mich fernhalten soll«, erwidere ich ironisch und stelle fest, dass meine Worte trotz meiner schweren Zunge glasklar klingen. Noch immer fühle ich mich so wach, dass es beinahe schmerzt.

Für einen Moment blende ich Jonas aus und bin ganz alleine mit mir, meine Ohren sind in der jähen Stille der Stadt wie verschlossen, dafür spüre ich meinen Herzschlag umso deutlicher. Es ist, als wiege die Nacht mich sanft in ihren Armen und jage mir gleichzeitig Feuer durch die Venen.

»Ich will nicht nach Hause«, flüstere ich und hebe meinen Kopf zum Himmel. Ich bin gar nicht betrunken. In mir pulsiert es, so stark und ziehend, dass ich rennen möchte.

Dieser Abend ist noch nicht zu Ende.

Mein Leben fängt gerade erst an.

So leuchtend die Nacht

Wollten wir nicht … Ronia? Was ist los mit dir? Oh Mann, das gibt es nicht, ein Drink und du hast zu viel.«

Jonas' Worte sind mir lästig, sie behindern mich in meiner Wahrnehmung. Auch seine Hand, die nach mir greift, ist mir zu viel. Ausweichend mache ich einen Schritt zurück, um wieder die Klarheit von eben zurückzuerlangen. Denn die brauche ich. Ich komme mir vor wie ein Panther, der eine Fährte aufgenommen hat. Unruhig blicke ich mich um, beinahe möchte ich den Kopf recken und durch die Nase die Luft einziehen, um etwas zu wittern – ihn zu wittern. River ist noch in der Nähe, ich spüre es. Ob das seine Schritte sind, die wir hören, ein, zwei Gassen weiter, gleichmäßig und hallend?

Mühsam widerstehe ich dem Impuls, Jonas mit dem Ellenbogen wegzuschieben, raus aus meinem Radar. Er stört mich, schon den ganzen Abend, ich hatte alleine ausgehen wollen und nicht mit einem Aufpasser. Jetzt macht mich seine permanente Gegenwart zornig.

»Was ist? Warum bleibst du stehen?«

Langsam atme ich aus. Seine Frage ist berechtigt, ich gehöre ins Bett und nirgendwohin sonst.

»Ich will nicht nach Hause«, wiederhole ich dennoch, was ich gerade schon gesagt habe, leise und zu mir selbst. Noch klinge ich beherrscht, beinahe friedlich, aber ich habe heute schon einmal bewiesen, wie schnell meine Stimmung umschlagen kann. Von weinend zu anklagend, von bettelnd zu strafend. Von klammernd zu übergriffig. Jetzt erst gelangt in mein Gedächtnis, was ich stundenlang verdrängt habe. In meiner bodenlosen Schmach hatte ich Lukas in mein WG-Zimmer eingeschlossen und den Schlüssel so fest umklammert, dass er es nicht schaffte, ihn mir aus den Fingern zu ziehen – ein verzweifelter Versuch meinerseits, umzuschreiben, was längst geschehen war. Irgendwann habe ich doch aufgegeben, ich kam mir schon vor wie eine Irre. Ich schloss die Tür auf und ließ ihn gehen. Ich wollte ihn ja gar nicht mehr. Ich wollte nur nicht sehen, was passiert war.

»Ronia.« Jonas Stimme ist voller Trost und Verstehen – und Liebe. Er möchte mir Schutz geben. Doch ich will diesen Schutz nicht, zum allerersten Mal. Lieber stürze ich mich in tausend unbekannte Gefahren, als den gewohnten Weg zu gehen. »Ronia, sei doch vernünftig, es ist drei Uhr in der Nacht, es regnet, du bist völlig fertig. Ich bring dich jetzt zu deinen Eltern oder ich nehm dich mit in die WG, wo wir noch bisschen fernsehen können und …«

»Nein!« Gerade wollte Jonas nach meinem Arm greifen, doch nun bleibt seine Hand in der Luft hängen. »Verdammt, Jonas, ich will alleine sein, kapierst du das nicht? Ich bin heute Nachmittag erst verlassen worden, ich möchte für ein paar Minuten meine Ruhe haben!«

Ich flüstere und schreie gleichzeitig, und doch ist da immer noch dieses freudige Wittern in mir, das mich fortzieht, fort von Jonas und allem anderen Vertrauten. Das Vertraute schmeckt bitter, ich will es nicht mehr.

»Okay. Gut. Du weißt, dass ich dich zu nichts überreden will. Dann sieh zu, wie du klarkommst.« Jonas bindet sich den Mantel zu, dreht sich um und macht ein paar unmotivierte Schritte von mir weg, als wäre das alles nur ein Test, um zu prüfen, ob ich es ernst meine. »Aber glaub bloß nicht, du kannst dich dann wieder bei mir ausheulen!«, ruft er, sobald ich mich aus meiner witternden Starre löse und flink in die andere Richtung bewege, die Gasse hinunter. Schon nach wenigen Metern beginne ich zu laufen.

»Es tut mir leid«, murmle ich, obwohl er meine Worte nicht mehr hören kann.

»Pass auf dich auf!«, brüllt er mir nach und mir ist klar, dass er schon in dieser Sekunde bereut, mich allein gelassen zu haben. Das geht völlig gegen seine Berufsehre. Doch vermutlich hat er Angst, dass ich mich vollständig von ihm abkapsle, wenn er mich verfolgt. Das will er auf keinen Fall riskieren. Er ist dein Prinz, hat Johanna kürzlich erst zu mir gesagt – der Prinz aus dem Märchen, auf den doch alle Mädchen heimlich warten. Ja, mag sein, und wahrscheinlich liebt er mich sogar aufrichtig.

Aber ich will …

Da. Er ist es. River. Ich habe ihn gefunden. Ruckartig bleibe ich stehen und warte, bis mein Atem leiser wird. Der Regen perlt seidig auf mein Gesicht, während ich hellwach auf seine Silhouette starre. Jonas hatte recht, er muss etwas genommen haben und wahrscheinlich war es nicht nur ein Joint. Dabei läuft er sicher, da ist keine Gefahr zu fallen und doch befindet er sich nicht mehr in dieser Welt. Unter seinen harten Sohlen liegt Watte, grau und weich.

Wohin zieht es ihn so spät in der Nacht? Stimmt es, was Jonas vorhin andeutete – dass er sich draußen am Tierheim rumtreibt? Sich außerdem reifere Frauen anlacht und von ihnen aushalten lässt, solange er mit ihnen schläft? Wenn er Drogen nimmt, muss er sie bezahlen, das würde also Sinn ergeben. Doch trotz seines leicht abgerissenen Charmes wirkt sein Körper auf mich gesund und stark, ganz anders als die der Junkies und Methadonjünger, die sich manchmal in der Nähe des Marktplatzes herumdrücken, die Wangen eingefallen und die Augen tot. Welche Farbe seine Augen wohl haben? Der ziehende Wunsch, in sie hineinzublicken, schwächt sich während meiner Vernunftgedanken nicht ab, nein, sie nähren ihn sogar. Vielleicht sollte ich es einfach versuchen – und dann erkennen, dass da nichts Vertrautes zwischen uns ist und ich mich geirrt habe. Und wenn doch, dann – dann ist vielleicht alles, was vorher war, eine Nichtigkeit, die nie wieder wehtun kann.

Jetzt wage ich es weiterzugehen. Der Abstand zwischen uns ist groß genug, ihm dürfte also kaum auffallen, verfolgt zu werden – falls er überhaupt noch etwas wahrnimmt von all dem, was um ihn herum geschieht. Meine Sinne hingegen scheinen überscharf geworden zu sein. Ich glaube sogar die Regentropfen zu hören, die winzig und fein auf meine Wangen und meinen geöffneten Mund perlen. Süß schmecken sie. Sie machen mich durstig, während der Wind den tiefen Hunger in meinem Bauch zur Bestie werden lässt.

Alles ist besser, als nach Hause zu kommen und begreifen zu müssen, was heute geschehen ist. Nein, ich möchte in der Nacht bleiben, schwarz-weiß und reduziert. Weder Vergangenheit noch Zukunft. Nur der Regen, der Wind, Jan und ich.

Nun pirsche ich lautlos, dicht an den Hauswänden entlang, im Schatten, und fühle mich mit jedem Schritt sicherer, größer und freier. Der Abstand zwischen uns verringert sich. Schon kann ich hören, wie er an seiner Zigarette zieht und die Glut seiner Asche leise zischend auf dem nassen Asphalt erlischt.

Ich will seine Haut berühren.

Plötzlich stoppt er mitten zwischen zwei Schritten so abrupt, dass ich ebenfalls verharre und mich mit dem Rücken gegen die Hauswand drücke. Augenblicklich spüre ich die feuchte Kälte der Nacht unter meinen Kleidern. Ich triefe vor Nässe. Verflucht, was tue ich hier eigentlich? Einen fremden Kerl verfolgen, mit dem ich noch nie ein Wort gewechselt habe? Bin ich denn völlig verblödet?

Doch es ist schon zu spät, um wie ein denkender Mensch zu reagieren. Er hat sich wieder in Bewegung gesetzt, aber diesmal in die entgegengesetzte Richtung – hin zu mir. Nur wenige Schritte und er wird vor mir stehen.

Hastig ziehe ich mein Smartphone aus der Jackentasche, schalte es ein und tue so, als würde ich eine Messenger-Nachricht lesen. Die erste ganz oben, von Jonas. Die Buchstaben und Smileys ergeben keinerlei Sinn in meinem Kopf, doch die Angst bleibt fern, obwohl River direkt vor mir zum Stehen gekommen ist. Sein Schatten fällt auf mein Gesicht und das strahlende Blau-Weiß des Facebook-Messengers wird so intensiv, dass es in meinen Augen blendet. Am liebsten würde ich das Handy fortschmeißen, doch ich umklammere es, als wäre es eine Waffe.

Er schaut mich an, oder? Mein Gesicht, meine Haare. Was sieht er? Ich bin nicht hässlich, das weiß ich. Man kann mich durchaus eine Weile betrachten. Aber das müsste ich spüren. Ich spüre es immer. Manchmal fühlt es sich kühl an, manchmal warm oder sogar heiß, aber jetzt – da ist gar nichts.

Metall klirrt gegen Metall, das muss eine Schnalle seiner Lederjacke sein. Offenbar hat er sich gegen den Pfosten des Straßenschilds am Rande des Bürgersteigs gelehnt, um – ja, um was? Worauf wartet er? Ich werde zappelig und komme mir von Sekunde zu Sekunde alberner vor. Aber das, was ich tue, ist nichts Verbotenes, ich stehe an einer Hauswand und tippe auf meinem Handy herum, im Moment zwar nur ein Fragezeichen nach dem anderen, aber das sieht er nicht, denn er … er …

Ich halte es nicht mehr aus. Langsam hebe ich meinen Blick und bereue es sofort, doch ich bin nicht in der Lage, wieder wegzusehen. Denn so nah werden wir uns nie wieder sein.

Er hat sein Gesicht dem Himmel zugewandt, die Augen halb geschlossen, eine gekonnte, träumerische Pose, mit Kippe im Mundwinkel und feuchten Strähnen in der Stirn. Einzig das höhnische Grinsen passt nicht. Es gilt mir. Die Erkenntnis trifft mich wie ein Schlag. Verdammt, er spielt mit mir! Das war alles ein Spiel … Nicht ich habe ihn verfolgt. Er hat mich gejagt – mich und meine Gefühle. Er wusste, dass ich hinter ihm bin. Hat nur auf den passenden Moment gewartet, um so lange auszuharren, bis ich neugierig werde und ihn anschaue. Es ist schon wieder geschehen. Ich bin gerade erst fünf Stunden solo und schon zapple ich in einem neuen Netz. Oh, wie ich es verabscheue.

In einem plötzlichen Zorn hebe ich mein Handy, aktiviere mit dem Daumen die Kamera und drücke ab. Klickend fängt sie ihn ein. Er zuckt nicht einmal. Ich bin diejenige, die geblendet ist und fast ins Wanken gerät.

»Werde erwachsen, Ronia Leonhard.«

»Du mieser Psycho!«, zische ich so boshaft, wie es mir in dieser lächerlichen Situation möglich ist, doch es klingt viel zu hilflos und schwach. Woher zum Henker kennt er meinen Namen?

»So, bin ich das? Ja?« Er spricht mit Kippe im Mund und es klappt gut, vermutlich hat er das als Vierzehnjähriger stundenlang vor dem Spiegel geübt, um möglichst cool zu wirken. Erfolgreich. »Ich bin ein Psycho? Wer stalkt hier denn wen?«

Mit zwei Fingern nimmt er die Zigarette aus dem Mundwinkel

und wirft sie in einem eleganten Bogen auf die Straße. Nein, so was kann man nicht üben. Das hat man drauf oder nicht und ich hasse mich dafür, dass mein Unterleib mit einem eindeutigen Kribbeln darauf reagiert. Aber ich laufe nicht weg. Es ist das Einzige, was ich tun kann – bleiben und ihn aushalten. Fliehen werde ich nicht. Das wird er nicht erleben. Er gönnt sich noch ein paar amüsante Minuten, ein kleiner, arroganter Scheißer, der sich die Rübe zugedröhnt hat und mit großen Mädchen spielt. Dann wendet er sich leise seufzend ab, als sei ich ein hoffnungsloser Fall, streckt sich kurz und läuft weiter, wohl wissend, dass ich nun endlich brav nach Hause gehen werde.

Doch ich bin dankbar für die frostige Verachtung in mir, von der ich nicht genau weiß, wem sie gilt – ihm oder mir. Vielleicht uns beiden.

Denn sie verbietet mir jeglichen weiteren Gedanken an ihn.

Morgen wird er mich vergessen haben. Morgen werde ich ihn vergessen haben.

Wir werden uns nie wieder begegnen.

Geblendet

Der Signalton meines Messengers reißt mich so schnell aus dem Schlaf, dass ich für ein paar Sekunden das Gefühl habe, Körper und Seele hätten sich entzweit und müssten sich erst wieder finden. Mir ist schwindelig, obwohl ich noch liege, und vor meinen weit geöffneten Augen tanzen Lichtkreise, trotz der Dunkelheit, die mich umgibt. Außerdem ist mir übel, doch das hat wohl eher mit dem Geschmack von fruchtiger Säure auf meiner Zunge zu tun; ein letzter Gruß des Cocktails, den ich im Outback vernichtet habe.

Ich hab es mal wieder geschafft, mir mit einem einzigen Drink einen Kater anzutrinken. Aber es ist mehr als das, was mich außer Gefecht setzt – das weiß ich, bevor die Erinnerungen mich heimzusuchen beginnen, eine nach der anderen. Sie fliegen mich aus dem Finsteren an wie wütende Rachegeister der Vergangenheit, stärker und raffinierter als je zuvor. Stöhnend richte ich mich auf, kneife die Augen zusammen und versuche, das Gummi aus meinen Haaren zu ziehen, das sich während dieser kurzen Nacht hoffnungslos in meinem lockeren Zopf verheddert hat.

Lukas … Lukas. Es ist aus. Das ist es doch, oder? Ja, kein Traum – ach, wie schön wäre es, wenn ich nur geträumt hätte, er habe mich verlassen, obwohl nichts in mir danach ruft, ihn zu umarmen oder zu küssen. Ein Tag nach Weihnachten und ich bin wieder solo. Welch eine Blamage. Aber da war noch etwas gewesen, etwas anderes, Helleres, Unschuldigeres – etwas Neues. Etwas … oh mein Gott.

Wie eine Erscheinung tritt sein Bild vor mein inneres Auge und schiebt all das, was an verzerrten Lukas-Erinnerungen durch mein Hirn und Herz raste, mit berückender Klarheit zur Seite. Ein junger Kerl mit arrogantem Blick, der auf dem Treppengeländer des Outback thront und mich in »Wer guckt als Erstes weg« herausfordert. War das ein Traum gewesen? Oh bitte, lieber Gott, lass wenigstens das einen Traum gewesen sein …

Noch einmal stöhne ich auf, ziehe meine Knie an und lasse meine Stirn daraufsinken. Wenn es nur das wäre – ungehemmt einen Kerl angeglotzt zu haben. Das könnte ich mir verzeihen. Aber ich habe ihn verfolgt wie eine Stalkerin, habe mich an seine Fersen geheftet und bin ihm nachgelaufen, bis er mich gestoppt hat und ich …

Fahrig greife ich nach meinem Handy, doch es rutscht mir aus der Hand und landet rumpelnd auf dem Teppich. Aus dem Erdgeschoss kommt prompt eine Antwort in Form von Stühlerücken und Geschirrklappern. Drittes gedachtes »oh Gott« an diesem Morgen – das Helfertreffen. Gleich fallen die ersten ehrenamtlichen Mitarbeiter der Gemeinde bei uns ein, werden von Mama mit selbst gebackenen Plätzchen, Tee und Schnittchen versorgt und ich muss dabei gute Fee spielen. Weil sich das so gehört in einem Pfarrhaus. Smalltalk, Lächeln, liebe Worte sprechen. Zum Glück wissen all die lieben Seelen da unten nicht, was ich gestern Abend so getrieben habe.

Ich gebe mir einen Ruck und angle mir erneut mein Smartphone, obwohl ich keine Ahnung habe, was ich als Erstes damit tun soll.

Noch immer hallt das Echo des Signaltons durch meine Ohren und ja, ich habe die Hoffnung, es könnte sich eine Nachricht von Lukas dahinter verbergen. Das ist doch möglich – er hat die Nacht bei seiner Noch- oder Ex- oder Übergangsfreundin verbracht und gespürt, dass es nicht das Gleiche ist wie mit mir, und jetzt begreift er langsam, dass er einen Fehler gemacht hat und mich zurückwill und – aber will ich das denn überhaupt? Möchte ich mich derart von ihm rumschubsen lassen? Ich sehne mich doch gar nicht nach ihm. Andererseits: Verirrungen und kurzfristige Trennungen kommen in den besten Beziehungen vor. Und wenn er aufrichtig bereut? Hat er dann nicht eine zweite Chance verdient? Plötzlich bin ich auf fast unangenehme Weise nüchtern und kann keine Sekunde länger warten, die Nachricht zu lesen. Mit einem kurzen Wischen schiebe ich den Sperrbildschirm nach unten und …

Nicht Lukas. Sondern ein unbekannter neuer Kontakt. J.R.S. – Moment … J.R.S. – Jan? Der Kerl von gestern? Ich starre auf das winzige Profilbild, doch es hilft mir nicht weiter. Wenn ich die roten Farbkreise vor tiefem Schwarz richtig deute, zeigt es die verwirbelten Lichtspuren eines sterbenden Sterns. Und dahinter soll sich River verbergen? Zweifelnd öffne ich die Nachricht.

»Normalerweise kostet das Geld.«

Ich scrolle nach unten, obwohl es keinen Zweifel gibt, dass das alles gewesen ist. Kein Hallo, kein Tschüss, nur dieser eine nebulöse Satz. »Normalerweise kostet das Geld.«

Tief durchatmend versuche ich mich an Jonas' mahnende Worte von gestern Nacht zu erinnern. Doch eigentlich weiß ich genau, von wem diese Nachricht stammt, und sie lässt mich in ihrer arroganten Knappheit so wütend werden, dass ich die Bettdecke von meinen Füßen schleudere.

Jan, genannt River. Das ist sein Name. Jan. J.R.S. Passt doch. Natürlich ist er zu cool, um seinen vollen Namen in seinem Profil zu hinterlassen, man soll ruhig ein wenig rätseln.

Aber was nur meint er mit seinen Worten? Normalerweise hätte ich bezahlen müssen … Wofür? Ihn anzuschauen? Zu verfolgen?

Au Backe, mein Foto von ihm. Mit zitternden Fingern wechsele ich in die Bildergalerie und rufe das letzte aktuelle Bild auf. Doch das hätte ich mir sparen können. Es ist völlig überblendet und verwackelt. Sein Gesicht verkommt zu einer verschwommenen Fläche, weder Augen noch Mund sind zu erkennen, nur helle und dunkle Schlieren. In seinem Rücken erhebt sich ein eindrucksvoller Strahlenkranz nach allen Seiten. Als habe er Flügel aus Licht.

Habe ich ihn etwa auch berührt? Mein Bauch hebt und senkt sich kurz, weil ich nicht mehr weiß, was Wunsch und was Wirklichkeit gewesen ist – und was Traum. Ja, ich hab von ihm geträumt. Siedend heiß fällt es mir wieder ein und ich wünsche mir, dass diese Bilder wieder verschwinden, am besten für immer. Ich habe ihn geküsst … Ich habe seinen Kopf zu mir gezogen und ihn geküsst – und er hatte nichts dagegen. Es muss also ein Traum gewesen sein, natürlich war es ein Traum. Wenn ich das in Wirklichkeit versucht hätte, hätte ich garantiert eine Ohrfeige kassiert, so, wie er sich verhalten hat. Gedankenverloren benetze ich meine trockenen Lippen mit der Zunge. Seine jedoch waren weich gewesen … weich und warm …

»Ronia?« Mamas Stimme trägt ihren gewohnt weihnachtlichen Unterton – Stress, Vorfreude, Ergriffenheit. Das hält noch an und wird sich frühestens an Neujahr legen. »Wir sind gleich so weit, kommst du?«

»Ja!«, rufe ich heiser zurück und muss mich dreimal räuspern, um schlucken zu können. »Ja«, echoe ich ein wenig klarer, falls Mama das erste Krächzen nicht gehört hat. »Bin gleich da!«

Gleich ist gut. Ich habe eine Frisur wie eine Vogelscheuche, müsste dringend duschen und habe nicht die geringste Idee, was ich anziehen soll. Vielleicht das, was ich ursprünglich gestern Abend hatte tragen wollen – mein dunkelrotes Samtkleid, das Vater so an mir mag, und meine hohen Wildlederstiefel mit dem kleinen Absatz. Vintage für festliche Angelegenheiten. Nachdem Lukas Schluss gemacht hatte, fühlte ich mich dieser Klamotten nicht mehr würdig und hatte mich für einen schwarzen Pullover und Jeans entschieden. Jetzt aber könnten Kleid und Stiefel die Spuren der Nacht kaschieren. Meine Haare verknote ich schlicht im Nacken; zum Waschen bleibt keine Zeit. Es geht auf zehn zu und normalerweise helfe ich Mama um diese Uhrzeit schon längst bei den Vorbereitungen. Sie hat mich nur nicht geweckt, weil ich gestern solch eine Schmach erlitten habe. Dennoch wird sie denken, dass ich doch kein Auge zugemacht habe. Da hat sie sich ausnahmsweise geirrt. Ich hab geschlafen wie eine Tote und währenddessen gleich mal fremde Jungs geküsst.

»Dann auf sie mit Gebrüll«, spreche ich mir selbst Mut zu, als ich mich ansatzweise vorzeigbar fühle, und verlasse mein Zimmer, um die alte, breite Treppe nach unten zu nehmen. Es riecht bereits nach frisch aufgebrühtem Kaffee und blumigem Parfüm, eine etwas frischere Variante als der abendliche Kirchenduft. Trotzdem werde ich bei jedem Schritt langsamer und steifer. Der Kummer ist noch da. Je wacher ich werde, desto deutlicher spüre ich ihn. Er will mich für sich haben. Einen Tag Trauer ist ihm nicht genug. Er erträgt es nicht, dass ich mich ihm verweigere.

»Guten Morgen und fröhliche Weihnachten!«

»Da ist sie ja!«

»Ronia, liebes Mädchen, frohes Fest …«

»Du siehst aber wieder hübsch aus.«

Sie lügen. Ich bin weder lieb noch hübsch – Letzteres beweist mir auch Mamas leicht entsetzter Blick. Meine Blässe und die Ringe unter den Augen konnte ich nicht mehr wegschminken, dazu hat die Zeit nicht gereicht. Ehrlich gesagt, sehe ich beschissen aus, daran kann auch ein Samtkleidchen nichts ändern. Vermutlich sah ich schon so beschissen aus, als ich River hinterhergejagt bin.

Doch die guten Seelen kümmert das alles nicht. Ich bin das Endprodukt einer perfekten christlichen Ehe und somit persönlicher Besitz der Kirche und ihrer Helfer. Zum ersten Mal frage ich mich, warum ich mir das eigentlich antue. Ich hatte es bisher nie in Zweifel gezogen und als Kind kam ich mir vor wie ein Engelchen, das seinen festen Platz im Weihnachtsreigen genießt. Aber jetzt ist es mir zu viel. Sie sollen bloß nicht noch auf die Idee kommen, mich anzufassen – doch es ist schon zu spät. Überfallsartig hat Frau Kehrlein nach meiner Hand gegriffen und tätschelt und knetet sie hingebungsvoll. Währenddessen erzählt sie mir etwas, was ich nicht verstehe, denn in meinem Kopf ertönt überlaut Jans tiefe, belegte Stimme: »Werde erwachsen, Ronia Leonhard.«

Etwas grober, als es der Anstand erlaubt, entziehe ich Frau Kehrlein meine Hand und verdrücke mich zu Jonas. Seit Jahren ist auch er fester Bestandteil unseres Helfertreffens und er hat mich stets mit stoischer Ruhe bei diesem Reigen der Nettigkeiten begleitet.

»Morgen«, murmele ich und lasse mir von ihm eine Tasse Kaffee in die Hand drücken. Dankbar nehme ich einen Schluck. An Essen ist nicht zu denken, schon gar nicht an süßes Gebäck, aber das bittere Aroma des Kaffees ist mir willkommen.

»Du siehst nicht gut aus«, raunt Jonas. »Bist du okay?«

»Natürlich«, entgegne ich ironisch. »Alles bestens.« Er kann sich doch denken, dass es mir mies geht – er war schließlich dabei, auch wenn er meine Stalking-Attacke nicht mehr miterlebt hat. Wie bin ich eigentlich heimgekommen? Gelaufen, oder? Ja, doch, ich weiß noch, dass ich mindestens zehn Minuten lang vor der Haustür stand und keine Lust hatte, sie aufzuschließen. Dann habe ich es doch getan, weil ich nicht die geringste Vorstellung hatte, was ich sonst tun sollte. Meine Objekte der Begierde hatten mich ja abblitzen lassen. Lukas und Jan. Muss mein Glückstag gewesen sein. Schon spüre ich meine Kehle dick werden. Die gucken mich alle an, oder? Weil sie sehen, wie traurig ich bin? Ich muss das Ruder rumreißen, schnell.

»Was ist rot und rennt durch den Wald?«

Kratzig und dennoch unüberhörbar zerteilt meine Stimme das freundlich-betuliche Geplapper der guten Seelen und ich spüre, wie Jonas neben mir zu Eis gefriert. Ich müsste selbst zu Eis gefrieren. Denn wie Jonas kenne ich die Antwort. Jonas hasst diesen Witz, doch ich habe einen Narren daran gefressen.

Lächelnd drehen die Damen sich zu mir herum und schauen mich interessiert an, in ihren lackierten Händen Tässchen und Schnittchen und eine Frisur perfekter als die andere.

»Ein geschälter Neger. Und was ist rot und grün und rennt durch den Wald?«

Es ist wie bei einem Lachflash – man kann nicht aufhören, so unpassend es auch ist. Nur lacht jetzt niemand. Auch ich nicht. Die Stille, die sich ausbreitet, ist wie eine lautlose Sirene, die mich vor meinem eigenen Untergang warnen will, doch ich stürze mich mit ausgebreiteten Armen mitten hinein, obwohl Jonas bereits mein Handgelenk ergriffen hat und mich wegziehen will.

»Ein geschälter Neger mit einer Gurke im Arsch.«

Frau Kehrlein beginnt so laut zu husten, dass Mamas ersticktes »Ronia!« kaum zu hören ist, während Jonas mich mit beiden Händen packt und mehr in die Küche trägt als schiebt. Gleichzeitig erhebt sich Vaters Stimme und löst das Grauen. Ich habe nicht mitbekommen, dass er hier ist, aber ein guter Pfarrer erscheint stets im richtigen Moment.

»Ein Ethik-Experiment von der Uni«, erklärt er mit sicheren Worten, aus denen nur Mama und ich die nachtschwarze Fassungslosigkeit heraushören können. »Es geht um Vorurteile, ist hier aber wohl eher fehl am Platz … Sie hat es gut gemeint! Wie war Ihr Heiligabend, meine lieben Damen?«

Ich lache lautlos auf. Das hat er ja fein hingekriegt. Ehtik-Experiment. Nein, ich drehe einfach nur ein wenig durch.

»Bist du von allen guten Geistern verlassen!?«, zischt Mama mich an. Ihre Wangen sind von einem feinen Schweißfilm überzogen. »Was bitte sollte denn das?«

»Die kommen immer gut«, erkläre ich und muss grinsen. So etwas hab ich noch nie getan. Ich war unberechenbar gewesen. Und es fühlte sich beinahe gut an. Für drei Sekunden hatte ich die Menschen um mich herum völlig in meiner Macht gehabt. Und spätestens in einer halben Stunde werde ich Jonas bitten, mich deshalb lebendig zu begraben.

»Ronia! So kenne ich dich nicht! Bist du etwa betrunken? Du bist so spät nach Hause gekommen. Was ist los mit dir?«

»Ich *war* betrunken. Jetzt bin ich nüchtern.« Und wie nüchtern ich bin. Ich habe mich geirrt, es dauert keine halbe Stunde. Bereits in diesem Moment möchte ich lebendig begraben werden. »Tut mir leid, Mama, ist mir so rausgerutscht. Ich … mir … mir geht's nicht so gut, ich …«

Jonas' Griff lockert sich. Beruhigend streicht er über meinen linken Unterarm. Ich lasse es zu, während er und Mama prüfende Blicke austauschen und ich erneut vom Gefühl der Scham überflutet werde. Wird langsam zur Gewohnheit. Doch Mamas Strenge gewinnt – und sie bekommt den besten Beistand, den sie auf dieser Erde finden kann. Als habe ein Regisseur es minutiös geplant, schwingt die Küchentür auf und Vater tritt zu uns. Sein Blick spricht Bände.

»Meine liebe Ronia, ich dulde es nicht, dass wir und unsere Helfer dein gescheitertes Liebesleben ausbaden müssen, das hat hier …«

»Ich habe kein Liebesleben und niemand muss es ausbaden außer mir«, widerspreche ich ihm und mir in einem einzigen Satz und rausche zwischen meinen Eltern hindurch, um die andere Küchentür in den Flur zu nehmen. »Ich bleibe bis Neujahr in der WG.«

»Aber Ronia!«, ruft Mama mir hinterher. »Du warst doch immer bei uns an Weihnachten! Wir haben noch Termine, Großmutter kommt und …«

Aber ich bin bereits in meinem Zimmer und stopfe meinen Kulturbeutel, mein Handy und meinen Pyjama in meine Tasche, zusammen mit den nach Rauch müffelnden Klamotten von gestern Abend. Wenn ich nicht bald Raum für mich kriege, mutiere ich zur Amokläuferin.

»Sorry, geht nicht anders, muss an meiner Arbeit schreiben und die Uniunterlagen sind bei Jonas«, nuschele ich, als ich wieder nach unten stolpere, wo sie nun zu dritt im Flur stehen und mir ratlos entgegenblicken. Neugierig lugt Frau Kehrlein durch die halb geöffnete Wohnzimmertür. Heute Nachmittag werde ich Stadtgespräch sein, so viel steht fest. Ich nicke ihr kurz zu, hebe grüßend die Hand und lasse die Tür hinter mir ins Schloss fallen. Adios.

Im Stechschritt und meine klopfenden Schläfen ignorierend marschiere ich mit der schweren Tasche über der Schulter Richtung Altstadt. Fort von den Kirchen und ihrem Geläut in meinem Rücken, doch nicht weit genug, um mich frei zu fühlen.

Als ich die Wohnungstür aufschließe und endlich die Tasche von meiner Schulter gleiten lasse, weiß ich, dass der Kummer gewonnen hat.

Camera obscura

Schluss jetzt.« Ein letztes Mal schnäuze ich mich und werfe das Taschentuch zu den anderen in den Papierkorb. Ich wollte nicht weinen. Mit etwas Disziplin war dieser kurze Heulkrampf ein einmaliger Ausrutscher. Ich muss meinen Gedanken eine andere Richtung geben, sie sinnvoll beschäftigen. Suchend schaue ich mich in meinem kleinen WG-Zimmerchen um.

Dieser Raum bietet nicht allzu viel an Zerstreuungsmöglichkeiten, mit denen ich mich von meinem desaströsen Liebesleben ablenken kann. Ein schmales Bett unter der Schräge, ein Lesesessel, ein Bücherregal, ein Schreibtisch am Fenster, ein eintüriger Schrank. Mehr passt nicht rein. Ich habe nicht einmal einen Fernseher.

Es ist eine Gefängniszelle mit Studentencharme plus Blick auf den Dom und nicht die große Freiheit – genauso wie diese WG keine WG ist. Wir nennen sie so, aber das ist eine heillose Übertreibung. Es ist eine Wohnung, die Jonas angemietet hat, nachdem er seine Ausbildung beendet hatte, und in der er mir ein Zimmer freiräumte, damit ich nach dem Abitur wie normale Studenten von zu Hause ausziehen konnte. Von meinem Elternhaus aus hätte ich zwar auch täglich mit dem Zug zur Uni fahren können, aber das wollte ich nicht. So wurde ein Kompromiss gefunden.

Anfangs hatten wir unausgegorene Pläne, für den dritten Raum einen weiteren Mitbewohner zu finden, damit es eine echte WG wird. Doch Jonas hat nie aufrichtig nach jemandem gesucht und recht bald wurde darin ein Wohnzimmer eingerichtet mit den ausrangierten, verstaubten Möbeln seiner Eltern. Nicht selten sitzen Jonas und ich hier abends wie ein altes Ehepaar beisammen und schauen Filme, ich auf dem Sessel, er auf der Couch. Sicherheitsabstand. Ich brauche diesen Sicherheitsabstand, nicht er. Ich möchte ihm nicht etwas signalisieren, das ihm Hoffnung machen könnte. Dazu habe ich ihn zu gern.

Sein eigenes Zimmer ist erst recht kein WG-Zimmer, sondern kommt mir seit jeher wie ein klassisches Elternschlafzimmer vor. Doppelbett, breiter Schrank, Gardinen, keinerlei Schnickschnack. Ich bin mir sicher, dass es in ganz Berlin keine einzige WG mit einem solch spießigen Zimmer gibt. Das Einzige, was diesen Eindruck abmildert, ist der Boxsack, der in der Ecke von der Decke baumelt und an dem Jonas manchmal seine Schlagkraft trainiert.

Eigentlich wohnen Jonas und ich also zusammen und tun nur so, als sei es eine WG, damit nicht ständig thematisiert wird, dass wir kein Paar sind, wie unser Umfeld es seit Jahren als erstrebenswert betrachtet, und damit ich mir einreden kann, ich habe meinen eigenen Raum. Auch deshalb besitze ich keinen Fernseher. Sonst bestünde die Gefahr, dass Jonas hier einen Film mit mir schauen möchte, und das könnten wir nur vom Bett aus. Insofern bin ich sogar froh über den fehlenden dritten Mann, denn so haben wir einen neutralen Raum der Begegnung und verschwinden nach dem gemeinsamen Fernschauen in unsere eigenen Gemächer.

Johanna findet das romantisch und spannend dazu. Sie glaubt, dass die Sehnsucht irgendwann so groß wird, dass Jonas und ich eines Nachts im gleichen Moment aus unseren Zimmern schleichen, uns mit der Türklinke in der Hand auf dem Flur begegnen, uns in die Augen sehen und … Oh, wir sind uns schon nachts auf dem Flur begegnet, im November zum Beispiel, als wir uns beim Mexikaner den Magen verdorben hatten und das Klo *the place to be* war. Und einmal habe ich ihn versehentlich unter der Dusche erwischt und er mich beinahe beim Sex gestört. Zum Glück hatte ich die Tür abgeschlossen. Doch romantische Gefühle sind dabei nicht aufgekommen.

Ich hatte diese Idee ja auch schon – dass ein Moment kommt, in dem alles stimmt und die Welt wie verzaubert ist und mein innerer Kompass sich endlich in die richtige Richtung ausrichtet. Doch bisher ist dieser Moment nicht gekommen.

Ich habe nicht gelogen – ich muss tatsächlich meine Seminararbeit fertig schreiben; viel ist nicht mehr zu tun, aber meistens halte ich mich tagelang mit den Korrekturen auf. Damit könnte die Zeit zwischen den Jahren überbrückt werden. Ich habe diese Tage schon immer als tote Phase empfunden und war dankbar, dass das Pfarrhausdasein uns so viele Termine vorsetzte, dass keine Langeweile aufkam. Denn partymäßig war zwischen den Jahren stets tote Hose gewesen, das änderte sich erst wieder mit Silvester. Tja, auch Silvester hatte ich mit Lukas verbringen wollen. Was ich nun ebenfalls abhaken kann.

Seufzend lasse ich mich zurück auf das Kopfkissen fallen und ziehe das weiche Wollplaid über meine Beine. Ich sollte mehr Sport machen – oder überhaupt Sport machen. Von meinem kurzen, strammen Marsch hierher tun mir die Waden weh, als hätte ich einen Ausdauerlauf hinter mir. Doch viel dominanter ist der Krampf in meinem Herzen. Wie nur erkläre ich Johanna und Chiara, dass es schon wieder nicht geklappt hat? Und welche Begründung schustere ich mir selbst zusammen, um nach vorne schauen zu können? Doch diese Gedanken führen ins Leere. Erst nach einigen Minuten tatenlosen Verharrens gelingt es mir, sie zu verscheuchen und mich erneut meinem Handy zu widmen.

J.R.S. Jans Nachnamen hatte Jonas gestern nicht genannt und fragen werde ich ihn nicht danach; es würde ihn nur zu neuen Warntiraden ermuntern. Außerdem kenne ich mich – Jonas gegenüber sitzt meine Zunge locker. Obwohl ich nicht in ihn verliebt bin, vertraue ich ihm zutiefst. Doch in diesem Falle überwiegt meine Vorsicht.

J.R.S. – J. meint also Jan und R. meint River. S. könnte der Nachname sein. Schmidt? Jan Schmidt, das wäre herrlich unspektakulär; in diesem Fall würde es mich nicht wundern, dass er ein volltönendes River als Zusatz braucht. Oh verflucht, ich mag es. River. Kühl und weich. Irgendwie verheißungsvoll. Sehnsucht nach Ferne … Alle Flüsse führen zum Meer, denke ich träumerisch. In Kindertagen haben Johanna und ich jeden Sommer eine Flaschenpost im Fluss versenkt, doch niemals eine Antwort erhalten. Vielleicht sind die Flaschen nur wenige Kilometer abwärts am Ufer hängen geblieben. Oder sie strandeten tatsächlich an einer Insel, weit weg im fernen Ozean und unsere Mädchenschrift war von der Sonne verblasst und nicht mehr zu erkennen.

Jan hat mir nur diese eine Nachricht geschrieben, nachts um halb vier. Eine Warnung? Mahnung? Oder nur eine Provokation? Nun, die hätte er sich auch sparen können. Das wäre die allercoolste Variante gewesen, Herr S. Aber er hat sich die Mühe gemacht, mich auf Facebook zu suchen und mir zwei Zeilen zu hinterlassen. Eine Kontaktanfrage hat er allerdings nicht geschickt und so kann ich keine Inhalte auf seinem Profil lesen. Ich wäre jedoch auch ohne meinen außer Kontrolle geratenen Jagdtrieb von gestern Nacht zu stolz, ihm selbst eine Anfrage zu schicken – und jetzt ist das erst recht undenkbar. Er schreibt mir eine mehrdeutige Nachricht, die sich wie eine Zurechtweisung anhört, will mich aber nicht als Kontakt haben? Ja, es ist eine Provokation, mehr nicht.

Ob ich mal nach ihm googeln soll? Das wäre eine Möglichkeit, unbeobachtet mehr über ihn herauszufinden. »Jan River« gebe ich zögerlich ein. »Jan's River«, ein Restaurant in den Niederlanden. Und ein Hotel in den USA namens Jan River. Weiter unten folgen Links zu River Phoenix, einem US-Schauspieler, der schon lange tot ist. Auch blond. Auch Straßenjungencharme und Augen, die nach einem tieferen Blick zu fragen scheinen – und trotzdem so anders. Nein, da ist nichts zu finden.

Ich probiere es mit J.R.S. Aha, Firma JRS, Cellulosefasern aus der Natur. Nächster Eintrag: Kanzlei Rossbach-Jansen-Schellewald, nein, so komme ich nicht weiter.

»Jan River … J. River …«, murmele ich vor mich hin und ärgere mich zugleich darüber, dass ich ihm so viel Aufmerksamkeit schenke. »Jay …?« Vielleicht spricht er es englisch aus. »Jay River?«

Als ich diese Variante eingebe, glaube ich nicht wirklich daran, etwas zu finden, denn es ist zu weit hergeholt. Erschrocken werfe ich das Handy ans Fußende des Bettes. Ganz oben in der Ergebnisliste ist ein Foto erschienen, von einem jungen Mann, blond – und halb nackt. Oder ist er sogar ganz nackt? Will ich das, ihn nackt sehen? Ist er das denn überhaupt?

Mit den Zehen schiebe ich das Handy Richtung Knie, bis ich es in einer Verrenkung erreichen kann. Dann drehe ich es auf den Rücken, als könne es jeden Moment zuschnappen. Skeptisch stelle ich meine Augen unscharf und schiele auf das Display.

Das könnte er wirklich sein … Eine Pose ähnlich wie gestern, nur mit den Armen über dem Kopf verschränkt, sodass seine Bauchmuskeln und Rippen hervortreten und der Nabel sich spannt. Lasziver könnte er kaum posieren. Die Jeans – er trägt eine, dem Himmel sei Dank – hängt unterhalb der Hüftknochen. Bei einem unrasierten Kerl würde man den Ansatz des Schamhaars sehen. Er hat offenbar keines und ich traue ihm zu, dass er es sich mit Wachs entfernen lässt.

Denn dieses Foto hat mit Sex zu tun. Er preist seinen Körper an. Ich rücke noch ein wenig näher, stelle meine Augen schärfer. Ja, das ist er. Obwohl ich mich immer schlechter an diese unwirklichen Szenen von heute Nacht erinnern kann, beweist mir das warme Fluten in meinem Bauch, dass ich ihn vor mir habe. Es ist sein Blick, der mich darin so sicher sein lässt – vom Betrachter weg –, irgendwo nach oben gerichtet, und doch ist Jan so präsent, dass ich das Gefühl habe, ihn erschnuppern zu können, wenn ich meine Nase nur nah genug an das kleine Display halte.

Doch dann lese ich den Namen der Internetseite: Hot-jung-sexy, ja, das mag zutreffen, aber solche Namen gehören zu Seiten, bei deren Besuch gleich zehn Pop-ups aufploppen und vier davon Viren enthalten. Deren Betreibern geht es nur um eines: den Usern das Geld aus der Tasche zu ziehen. Was hat Jans Bild dort verloren? Trotz des eindeutigen Namens macht die Seite einen optisch edlen Eindruck. Das verwirrt mich zunehmend. Ist es also doch wahr, was Jonas gesagt hat? Jan wickelt Frauen nicht nur um den Finger, um das Leben zu genießen und sich ein wenig Luxus zu gönnen, sondern bietet sich ihnen sogar im Internet an? Dann ist er tatsächlich ein Callboy. Selbst wenn er nur ab und zu darauf eingeht – es ändert nichts. Sofort schiebt sich ein Bild in meinen Kopf, wie brillantenbesetzte Frauenhände mit leuchtend rot lackierten Nägeln sein Hemd aufknöpfen und …

»Pfui«, sage ich tadelnd. Vor allem aber bin ich enttäuscht. Jetzt macht auch seine Nachricht von heute Morgen Sinn. Normalerweise müsste ich ihn dafür bezahlen, ihn anstarren zu dürfen und mich dabei … oh nein, er hat doch nicht etwa gedacht, dass es mich scharfmachte, ihn zu verfolgen und anzuglotzen?

Das war nicht so, das darf er niemals denken, es hat mich nicht scharfgemacht, es … es war aufregend. Es war dasselbe Gefühl, das ich manchmal habe, wenn wir tagelang auf den Knien im Staub graben und ich plötzlich die scharfe Kante einer Tonscherbe unter meiner Fingerkuppe spüre. In solch einem Moment gibt es nichts anderes mehr als das, was sich vor mir verbirgt. Die Sonne kann noch so heiß brennen und meine Kehle ausgedörrt sein vor Durst, ich muss diese eine Scherbe haben. Denn hinter jeder Scherbe könnte sich ein Schatz verbergen. Man weiß nie, wo man auf einen Schatz stößt. Es könnte überall passieren.

Aber Jan ist ein Mann. Nein, ein Junge, der gerne ein Mann wäre. Und offenbar ist er käuflich. Ich möchte nicht zu jenen Frauen gehören, die auch nur in irgendeiner Form dafür bezahlen müssen, seine Aufmerksamkeit zu gewinnen. Weder mit Geld noch mit Anbetung noch mit Sex.

Seufzend rolle ich mich auf die Seite, gebe mich meiner enttäuschten Erschöpfung hin und registriere im Einschlafen gerade noch, dass die Wohnungstür aufgeschlossen wird. Jonas ist da.

Kurz verspannt sich mein Nacken, doch dann begreife ich, dass ich hier, bei ihm, in Sicherheit bin.

Er wird mir niemals etwas Böses tun.

Grauzonen

Vergiss es, ich geh wieder.«

Auf dem Absatz mache ich kehrt und will an Johanna vorbei die Treppe zurück nach unten laufen, doch ich habe die Rechnung ohne eine Truppe Feiernder gemacht, die mir den Weg versperren. Zwei davon kenne ich sogar vom Sehen und komme nicht umhin, sie zu grüßen, um ihnen ein frohes Neues zu wünschen – für Johanna eine günstige Gelegenheit, sich so zu postieren, dass sie mir ins Gesicht sehen kann, sobald ich meine Flucht fortsetzen will. Ihren lieben braunen Rehaugen konnte ich noch nie widerstehen. Das weiß sie.

»Er ist einer von vielen, da stehst du doch drüber. Außerdem bin ich ja bei dir. Komm schon, es wird bestimmt lustig. Besser jedenfalls, als da draußen weiter Krieg zu spielen.«

Das hier ist ebenfalls Krieg – ein viel zerstörerischerer Krieg, als an Silvester Chinaböller zwischen die Beine geworfen zu bekommen und unfreiwillige Sektduschen über sich ergehen zu lassen. Die Hauptstraße hat sich auch dieses Jahr pünktlich um Mitternacht in ein Schlachtfeld verwandelt, noch dazu hat es angefangen, in Strömen zu regnen, aber lieber würde ich inmitten des Lärms und der betrunkenen Menschen stehen, als dieses Loft zu betreten. Noch bevor ich den Fuß über die Schwelle gesetzt hatte, fiel mein Blick auf Lukas. Es wäre genügend Zeit geblieben, unauffällig zu verschwinden, bevor auch er mich sieht, wenn mir nicht der Weg versperrt worden wäre. Vor allem aber will *ich* ihn nicht sehen, schon gar nicht zusammen mit seiner Ex- und Wieder-Freundin. Denn die wird sicherlich auch da sein.

»Er ist alleine hier, glaub ich«, mutmaßt Johanna und zieht mich ein Stück weit in den Flur. Die Leute stehen hier dicht an dicht, mit Bierflaschen und Sektgläsern in den Händen, und reden schreiend miteinander, um die Musik zu übertönen. »Also, nur mit seinen Kumpels. Ich sehe keine Frau in seiner Nähe. Kannst dich entspannen.«

Es ist wie immer, Johanna weiß, was ich denke. Oft habe ich mich darüber gefreut, jetzt fühle ich mich entblößt. Doch sie hat recht, ich benehme mich wie ein Teenager.

»Okay, lass uns reingehen – aber lange bleibe ich nicht.« Gerade habe ich sehen können, dass Lukas mit seinen Freunden am Ende des Flurs in einen anderen Raum verschwunden ist – fast als würde er spüren, dass ich mich nähere. Daher steuere ich die Stirnseite des Lofts an, einen riesigen Raum mit hohen Fenstern, der nur spartanisch eingerichtet ist. Thorsten, der hier wohnt, kennen wir nur vom Sehen, aber an Silvester genügt das, um eingeladen zu werden. So ist das jedes Jahr, man wagt sich gegen Mitternacht ins Zentrum und bringt sich dann auf einer Privatparty in Sicherheit. Doch so weit weg abseits der Hauptstraße hatte es Johanna und mich noch nie verschlagen. Dieses Loft befindet sich innerhalb eines alten Industriekomplexes in der Nähe des Flusses, dessen breiter Strom unterhalb der bodentiefen Fenster dunkel glitzernd vorüberzieht. Johanna und ich haben uns sogar ein Taxi geteilt, um nicht laufen zu müssen, denn wir tragen beide unsere hochhackigen Tussistiefel – sie zu einem langen, weichen Rock, ich zu hautengen dunkelblauen Jeans.

Vom vielen Stehen in der Kälte schmerzen meine Beine und mein Rücken, außerdem müsste ich dringend aufs Klo. Während Johanna uns etwas zu trinken organisiert, lehne ich mich an eine der vier Säulen, die die Ecken des Raums schmücken, und blicke leer in die feiernden Menschen hinein. Es ist, als ob ich ein Bild betrachten würde. Ich höre die Leute nicht einmal. Auch die Musik wirkt wie monotoner Lärm auf mich. Diese Party ist für mich gelaufen, bevor sie überhaupt begonnen hat. Wenn ich dieses Out-of-space-Gefühl habe, ist der Abend nicht mehr zu retten. Ich könnte mich höchstens noch betrinken. Doch richtig voll war ich noch nie und das möchte ich auch nicht ändern. Mir reicht, wozu mich mein letzter Schwips getrieben hat.

Ärgere ich mich denn wirklich so sehr darüber, dass Lukas hier ist? Es war doch klar, dass er mir früher oder später über den Weg laufen wird. Diese Stadt ist einfach zu klein, als dass man ein zufälliges Wiedersehen vermeiden könnte. Und inzwischen bin ich mir sicher, dass ich ihm keine zweite Chance geben würde. Oder rührt meine schlechte Laune daher, dass ich Jan heute Abend nicht begegnet bin? Hatte ich vielleicht klammheimlich gehofft, er würde in den Menschenmassen auf der Hauptstraße plötzlich vor mir auftauchen?

Und dann – was wäre dann gewesen? Bestimmt hätten wir einander nicht freudestrahlend begrüßt, wären uns um den Hals gefallen und hätten uns ein frohes neues Jahr gewünscht. Was immer er auch getan oder nicht getan hätte – es hätte mich frustriert. Genauso, wie es mich frustriert, dass ich jeden einzelnen Tag seit unserer Begegnung an ihn denken muss, teilweise in den unmöglichsten Situationen. Ich habe keine Macht, jene Bilder zu verdrängen, die sich plötzlich vor mein geistiges Auge schieben – und wenn ich es doch mal einen Tag lang schaffe, suchen sie mich spätestens vor dem Einschlafen heim. Seine Nachricht im Messenger habe ich gelöscht und sicherheitshalber auch noch mal auf dem PC; die Spuren sind vernichtet. Außerdem habe ich den Cache meines Internetbrowsers geleert, die Tatsache ignorierend, dass ich nur ein weiteres Mal Jay River eingeben muss, um sein Schlampenfoto aufrufen zu können. Doch es fällt mir leicht, nicht in Versuchung zu geraten. Ich will nicht sehen, wie er sich anpreist. Auf die Vorstellung, dass er sich von erfahrenen Frauen verwöhnen lässt, reagiere ich beinahe eifersüchtig. Ich weiß sehr wohl, dass das völlig übersteigert ist – ach, es ist hirnverbrannt. Niemals hätte ich gedacht, dass sich tief in mir drin die Seele einer Stalkerin verbirgt. Ich bin fixiert. Das muss aufhören. Es ist mein erster Vorsatz für das neue Jahr und ein besseres Leben: nicht mehr an Jan denken.

Aber wenn ich ihm heute begegnet wäre, hätte sich diese Fixierung möglicherweise von ganz alleine gelöst. Mit Sicherheit hätte ich eine vortreffliche Bestätigung dafür bekommen, dass er genau jenes Arschloch ist, wofür ich ihn halte – und Jonas auch. Wir hätten friedvoll einer Meinung sein können.

»Hier.« Johanna drückt mir ein Bier in die Hand. Klackend stoßen wir an, doch ich gebe ihr meines nach dem ersten Schluck gleich wieder zurück.

»Hältst du mal? Ich muss für kleine Mädchen.«

»Soll ich mitkommen?«

»Nein, warte einfach hier.« Johanna zuckt nur mit den Schultern; sie ist meinen Befehlston, den ich in mieser Stimmung an mir habe, von Kindestagen an gewöhnt, auch wenn sie sich immer noch nicht damit abfinden kann, dass ich es hasse, zusammen mit anderen Frauen zur Toilette zu gehen. Wenn ich weiß, dass mir jemand beim Pinkeln zuhört, brauche ich ewig. Außerdem gehe ich meistens aufs Klo, um mal kurz alleine sein zu können, und nicht, weil ich muss.

Das Bad liegt am anderen Ende des dunklen Flurs und ist, wie befürchtet, besetzt. Seufzend stelle ich mich in das kleine Eck neben der Tür, schließe die Augen und warte. Vielleicht haue ich einfach ab. Ohne aufs Klo zu gehen. Genau, ich verdrücke mich, nehme mir ein Taxi zurück in die Stadt und bleibe wach, bis Jonas nach Hause kommt … oder ich …

»Na ja, sie war halt etwas – ihr wisst schon …« Schlagartig bin ich zurück in der Gegenwart und so aufmerksam, dass meine Ohren ihr Hörvermögen verdoppeln. Das war Lukas' Stimme, eindeutig. Sie drang durch die angelehnte Tür schräg gegenüber. Jetzt lacht er verlegen, doch es klingt gekünstelt. Wen meint er mit »sie«? Etwa mich? Redet er da drinnen mit seinen Kumpels über mich?

»Hopp, sag schon …«, fordert ihn jemand mit schwerer Zunge auf und rülpst kräftig. Ich erkenne ihn nicht eindeutig. Max? Oder Stephan? Nein, es muss Max gewesen sein. »Ich meine, sie ist doch ein hübsches Mädel.«

»Merci«, flüstere ich angesäuert und spüre, wie mir übel wird. Ich sollte nicht zuhören. Nicht, weil mich das nichts angeht, denn es geht mich etwas an, und wie. Sondern weil ich ahne, dass gleich Granaten durch die Luft fliegen werden.

»Hübsch isse schon, auf ihre Weise«, gibt Lukas leutselig zu. »Aber na ja … hat sich bisschen doof angestellt. In der Horizontalen.«

Mein Gesicht wird so heiß, dass ich meine Wange an die kühle Wand drücke und leise aufstöhne. In der Horizontalen? Er spielt doch nicht etwa darauf an? Aber was sollte er sonst meinen? Seine Kumpels lachen verständnisvoll und abfällig zugleich und ich wittere darin unverkennbare, fast lüsterne Neugierde. Sie wollen mehr wissen.

»Die ist irgendwie verklemmt«, redet Lukas weiter. Das Lachen seiner Freunde hat ihm Mut verliehen. »Kriegt die Beine nicht richtig auseinander.«

»Du elende Missgeburt …«, zische ich und balle meine Fäuste. Das ist nicht wahr, was er da sagt, sondern erstunken und erlogen. Außerdem – was hätte ich in den zwei Minuten schon großartig machen sollen? In solch einer kurzen Zeitspanne schafft man es ja nicht mal, sich eine Kamasutra-Anleitung durchzulesen. Ja, vor dem Akt war er Casanovas Reinkarnation gewesen, Massagen, Musik und viel Fummeln. Aber sobald wir nackt waren, hat er Rekordgeschwindigkeiten aufgestellt. Ich weiß, es lag nicht an mir, es kann nicht an mir gelegen haben, doch ich zittere am ganzen Körper, während das Lachen seiner Kumpels kein Ende nehmen will.

»Echt, sieht man der gar nicht an. Ist doch 'ne heiße Braut …«

Jetzt sind diese Worte kein Kompliment mehr. Niemand hat das Recht, so über mich zu sprechen. Weder ein Ex noch seine Kumpels. Ich sollte zu ihnen gehen und sie konfrontieren, doch was würde es ändern? Gar nichts. Dieses Bild ist in ihren Köpfen und mein Protest würde es nur bestätigen. Ronia, die die Beine nicht auseinanderkriegt. Es ist die Hölle.

»Ja, aber die ist auch irgendwie komisch.« Lukas senkt seine Stimme, sodass ich ihn kaum mehr hören kann. »Die macht einem Angst. Mit ihren riesigen Puppenaugen. Und gleichzeitig liegt sie da wie ein Brett. Mit der stimmt was nicht.«

Das reicht. Ich drehe mich um und hämmere mit beiden Fäusten gegen die Badezimmertür. Fast im selben Moment öffnet sie sich und ein Pärchen mit glasigem Blick stolpert mir grinsend entgegen. Passt ja zum Thema, denke ich grimmig, als ich hineinhechte und sofort abschließe. Gehetzt blicke ich mich um. Meine volle Blase interessiert mich nicht mehr, ich muss hier weg; je schneller, desto besser. Wenn ich Lukas da draußen begegne, bringe ich ihn um. Ich fühle mich so gedemütigt, dass ich laut schreien möchte; ich sehne jemanden herbei, der mich heilt und von dieser Schmach befreit – und gleichzeitig möchte ich nie wieder einem anderen Menschen begegnen, niemandem auch nur ein Wort davon erzählen. Was sinnlos ist, denn es wird die Runde machen. Keine Frage. Ronia Leonhard kriegt die Beine nicht auseinander. Ein Brett mit Puppenaugen. Verklemmt. Jagt einem Angst ein. Wieso tut er das? Was gibt es ihm, solche Märchen aufzutischen? Machen das alle Männer – über die Bettqualitäten ihrer Ex-Freundinnen lästern? Wenn ja, werde ich auf der Stelle lesbisch. Würde ja bestens mit seinen Theorien harmonieren. Mit der stimmt was nicht.

Meine Augen finden, was sie suchen – dieses Bad hat ein Fenster und das Loft liegt im Erdgeschoss. Ich gehe nicht mehr zurück. Und ich will zu Jonas … Oh verdammt, warum ist er nicht da, wenn man ihn wirklich braucht? Ganz spontan musste er einspringen, weil ein Kollege krank wurde und jeder weiß, dass Jonas niemals über einen Einsatz an einem Tag murren würde, an dem alle anderen feiern möchten. Ich glaube, er war sogar fast erpicht darauf, heute auf Streife gehen zu können. Aber ich brauche ihn jetzt und hier.

Jonas würde so etwas niemals tun. Derart über mich sprechen. Und wenn ich bei ihm noch so versagt hätte, niemals würde er sich auf eine solch niederträchtige Weise an meiner Seele und an meiner Würde vergehen. Lukas hat mich in den Dreck gezogen. Dabei war er es doch, der die Beziehung beendet hat. Hat er denn gar keinen Anstand im Leib?

Das Fenster lässt sich problemlos öffnen und mein Entschluss ist sowieso längst gefallen. Ich habe zwar keine Jacke an und meine

Handtasche hängt um Johannas Schulter – doch das ist mir egal. Es hat aufgehört zu regnen; kalt ist es auch nicht. Besser könnte ich es nicht treffen. Wenn ich schnell laufe, wird mir warm bleiben. Mit beiden Händen fege ich die Lotionen, Duschgeltuben, Zahnbürsten und Klopapierrollen von der Fensterbank, klettere auf das Sims und springe trotz meiner hohen Absätze mit einem Satz nach unten auf den Bürgersteig. Sofort fange ich an zu laufen, obwohl ich gar nicht genau weiß, wo ich bin. Doch so verkehrt kann es nicht sein, mich erst einmal vom Fluss zu entfernen. Nach der nächsten Biegung sehe ich in der Ferne die Turmspitzen des Doms hinter den Häuserdächern auftauchen. Dorthin muss ich mich orientieren. Jetzt kenne ich mich wieder aus.

Notgedrungen bremse ich mein Tempo, weil ich bereits nach wenigen Metern außer Atem bin. Aus der Stadt dröhnen noch vereinzelt Raketen und Böller und zeitgleich erhellen bunte Funken den Nachthimmel. Doch hier, abseits des Zentrums, ist fast niemand unterwegs und die Gegend gefällt mir mit jedem Schritt weniger. In diesem stillgelegten Industriegebiet gibt es kaum Wohnhäuser; einige Bands haben Proberäume angemietet und Künstler Ateliers bezogen, aber ansonsten kenne ich die breite Straße nur vom Durchfahren – sie führt aus der Stadt, hinaus in die Erholungsgebiete der Auen, wo Johannas Großeltern einen kleinen Schrebergarten haben. In diesem Viertel geht man nachts nicht spazieren. Nicht einmal, wenn man einen Hund hat.

Ist das nicht die Gegend, von der Jonas neulich gesprochen hat? Tierheim? Nein, das muss ein Stück weiter westlich liegen, näher am Ufer, hinter der Brücke. Nun beschleunige ich meine Schritte wieder. Die Straße erscheint mir zu breit und zu leer und die Absätze meiner Stiefel hallen zu laut. Ich versuche, mein Gewicht auf die Zehenspitzen zu verlagern, um die Lautstärke meiner Schritte zu dämpfen.

Hier gibt es keine kleinen Gassen wie im Zentrum und in der Altstadt, in denen man sich jederzeit verbergen kann – da ist nur diese elend breite Straße und … Oh nein.

Obwohl ich weiß, dass es mich und meine Unsicherheit verrät, bleibe ich stehen. Auch sie verharren kurz, kommen ein paar Schritte näher, verharren wieder. Sie lauern. Drei Typen, der eine bullig mit Springerstiefeln, die anderen beiden schmaler und sichtlich schwankend. Jetzt wirft einer von ihnen achtlos einen Chinaböller zur Seite, der gequält verpufft.

Ich hätte nicht stehen bleiben dürfen. Das war dumm. Jetzt sind sie auf mich aufmerksam geworden und schauen mich an. Mit der Rechten taste ich meine Jeans ab, doch das ist zwecklos, denn mein Handy liegt in meiner Handtasche, bei Johanna, die immer noch denkt, ich sei auf dem Klo. Es wird dauern, bis sie kapieren, dass ich gar nicht mehr dort bin. Niemand weiß, wo ich stecke. Ich habe keinerlei Möglichkeit, Hilfe zu rufen. Das hier muss die Revanche für meine Stalkerei an Weihnachten sein – das Schicksal schlägt zurück, wie immer doppelt und dreifach. Ich sag es ja – Gott hat einen kranken Sinn für Humor.

»Hallo, hallo!«, ruft der Dicke anerkennend und kommt näher. »Wen haben wir denn da?«

Das ist nicht real, oder? Diese Szene kann nur aus einem schlechten Film stammen. Doch wie in einem solchen Film kann es nicht ausgehen, darf es nicht! Das wäre zu platt. Die meinen das bestimmt nett. Silvester eben. Da ist man geselliger. Und betrunken dazu.

»Niemand«, antworte ich abweisend und setze mich wieder in Bewegung. Aber das Beben in meiner Stimme ist nicht zu überhören. Ich habe Angst. Und das turnt sie an.

»Na, mal nicht so eilig, Süße. Wünsch uns einsamen Männern mal ein frohes Neues, ja? Aber mit Küsschen.«

Ich versuche, nach rechts auszuweichen, doch es ist zu spät – der Dicke hat mich bereits am Handgelenk gepackt und zieht mich ruckartig zu sich. Ich kann riechen, dass er sich übergeben hat, vermutlich haben die drei gesoffen wie die Löcher. Denen ist alles egal. Die wollen eine Frau, jetzt, sofort.

»Macht euch keine Mühe, ich krieg die Beine sowieso nicht auseinander«, raunze ich ihn an und würge beinahe, weil sein säuerlicher Atem in Stößen auf mein Gesicht brandet. Er ist erregt. Grunzend schnüffelt er an meinem Hals.

»Na, das werden wir ja sehen. Komm schon, Süße, nicht so steif. Es ist Silvester …«

Eine Hand grapscht nach meinem Hintern, knetend und prüfend, sie muss von einem der anderen Männer stammen, denn der Dicke hat seine Pranken fest um meine Taille gelegt und hört nicht auf, mir ins Gesicht zu atmen. Ich versuche das Übliche, etwas anderes fällt mir auch nicht ein: Knie anziehen und ihm in die Eier stoßen. Doch ich weine bereits hilflos vor mich hin und Kraft habe ich sowieso keine. Ehe mein Knie seinen Schritt erreicht, hat er mich gegen die Hauswand gedrückt und schiebt mir seinen schweren Schenkel gegen die Hüfte. Tief schneidet meine Gürtelschnalle in meinen verkrampften Bauch.

»Loslassen oder ich schreie!«, warne ich ihn mit dünner Stimme. Verdammt, ich sollte längst angefangen haben zu schreien, warum schreie ich nicht? Schrei, Ronia!

»Hilfe«, versuche ich es, doch seine Hand hat sich schon auf meinen Mund gelegt. Auch sie riecht nach Kotze und Bier. Erneut ziehe ich mein Knie an, aber die Bewegung nimmt mir Balance. Die Wand in meinem Rücken ist rau und hart und ich kann spüren, wie meine Haut über den Wirbeln aufreißt. Das wird eine Vergewaltigung, registriere ich nüchtern. Gleich werde ich vergewaltigt, auf offener

Straße, von drei Männern auf einmal. Und ich kann nichts dagegen tun. Verzweifelt hebe ich meine Lider und blicke ihn direkt an, flehend, bittend und wütend. Doch er glotzt nur auf meinen Ausschnitt, meine Augen sind ihm gleichgültig. Oder irre ich mich? Ist das nur ein Spaß unter Jungs und sie werden mich gleich loslassen und mir ein Bier anbieten? Wollen mir eigentlich gar nichts tun?

Seine Hand rutscht von meinen Lippen und ich beginne sofort zu brüllen, dieses Mal etwas lauter. »Hilfe! Helft mir, Hilfe!« Der Kerl reagiert mit einem bösartigen Knurren, doch bevor er seine Finger erneut über meinen Mund schieben kann, wird er starr und sackt in sich zusammen. Wie, das war es schon? Er gibt auf? Als sein Schatten von mir weicht, habe ich das Gefühl, geblendet zu sein. Auf einmal ist es hell um mich.

»Lauf! Verdammt noch mal, lauf, Ronia! Hau ab!«

Diese Stimme … Selbst wenn er schreit, hat sie noch dieses belegte Robert-de-Niro-Timbre und er ist gerade unfassbar wütend.

»Verstehst du nicht, was ich sage? Lauf! Bring dich in Sicherheit, Mädchen!«

Plötzlich kann ich mich wieder bewegen. Einen Sekundenbruchteil noch starre ich auf den Dicken, der keuchend am Boden liegt und sich die Halsschlagader hält, dann fange ich an zu laufen, obwohl ich meine Beine nicht spüre und das Gefühl habe, bei jedem Schritt hinzufallen.

»Wo ist deine Gouvernante eigentlich, wenn du sie brauchst?«, höre ich Jans Stimme hinter mir durch die Nacht schallen – dann keucht auch er schmerzerfüllt auf und ein sattes Klatschen verrät mir, dass die zwei anderen nicht tatenlos bleiben. Auch der Dicke wird nicht ewig ausgeknockt am Boden liegen. Einer gegen drei – das ist doch völlig verrückt. Ich bleibe stehen und drehe mich um.

»Lauf! Wie oft soll ich es dir noch sagen, hau endlich ab!«

Gebannt sehe ich dabei zu, wie Jan einem der beiden Dünnen in den Unterleib tritt, roh und ungehemmt. Der Dicke hat sich wieder aufgerappelt und beginnt, auf den Asphalt zu kotzen. Trotzdem gehorche ich. Es ist falsch, ich darf nicht abhauen, ich kann Jan so nicht alleinlassen. Er hat keine Chance ... Und doch laufe ich ohne Pause, mit hallenden Absätzen, bis ich endlich die WG erreicht habe. Schluchzend schlurfe ich die Treppe hoch, öffne die Tür, trete sie zu und sinke augenblicklich zu Boden. Endlich bin ich in Sicherheit. Hier in meinem Reich kann nichts passieren. Mit letzter Kraft schiebe ich den Riegel vor und drehe den Schlüssel bis zum Anschlag. Ein paarmal muss ich würgen – es ist der Schreck, aber vor allem das Laufen. Ich hab überhaupt keine Kondition, in gar nichts. Weder vernünftig treten noch schreien noch rennen konnte ich. Die hätten alles mit mir machen können. Im Staub nach Scherben zu suchen, ersetzt nun mal kein Fitnessstudio, das sollte ich mir ein für alle Mal merken.

»Jan ... oh Gott, Jan ...« Auf allen vieren robbe ich zur Flurkommode, ziehe das Telefon zu mir runter und wähle die Polizeizentrale. Jonas hat die Nummer eingespeichert und zum ersten Mal brauche ich sie. Sofort nimmt jemand ab.

»Können Sie mich mit Jonas verbinden? Bitte, Jonas Tscharnezki, es ist dringend.«

»Sind Sie verletzt? Ist alles in Ordnung? Wo befinden Sie sich?«

»Zu Hause«, antworte ich geistesgegenwärtig. »Ich bin unverletzt und in Ordnung.« Das ist die Lüge des Jahrtausends. »Aber draußen im alten Industriehafen wird jemand verprügelt, von drei Männern, ich bin ... ich bin vorbeigefahren, habe mich aber nicht getraut einzugreifen.« Nein, ich bin beinahe vergewaltigt worden! Warum sage ich das nicht? Wieso schweige ich? »Heissestraße, glaube ich. Bitte machen Sie schnell, bitte!«

»Es ist schon jemand unterwegs.« Ich höre, wie er einen knappen Befehl über Funk abgibt. »Geht es Ihnen wirklich gut? Sind Sie eine Bekannte von Herrn Tscharnezki?«

»Ja. Und ja, es ist alles in Ordnung. Ich habe mich nur erschreckt. Danke. Können Sie …« Worum will ich ihn eigentlich bitten? Dass er mir Bescheid sagt, ob Jan die Schlägerei überlebt hat? Was für ein Quatsch. Das findet außerdem Jonas für mich heraus. »Nein, alles in Ordnung.«

»Herr Tscharnezki hat um vier Uhr Dienstschluss. Ich teile ihm über Funk mit, dass Sie angerufen haben, Frau … Frau?«

Doch ich habe schon aufgelegt. Vier Uhr. Das ist in einer halben Stunde. Diese halbe Stunde werde ich schon überleben.

Auf den Knien krieche ich ins Wohnzimmer und wuchte mich in meinen Sessel, wo ich starr sitzen bleibe, bis sich endlich Jonas' Schlüssel in der Tür dreht.

Strahle sanft

Und? Wissen sie was? Haben sie ihn gefunden?«

Mahnend hebt Jonas die Hand, um mir zu bedeuten, dass ich schweigen soll. Er lauscht weiter in den Hörer, während ich vor Anspannung an den Nägeln kaue – bis ich mich daran erinnere, dass ich mit diesen Händen den Dicken berührt habe, und angewidert davon ablasse. Dabei habe ich mir die Finger mindestens fünf Mal gewaschen.

Bang schaue ich Jonas an und versuche, an seinem Gesicht abzulesen, was er gerade hört. Endlich legt er auf. Verneinend schüttelt er den Kopf.

»Nichts außer ein paar entlaufenen Hunden aus dem Tierheim, wahrscheinlich wegen der Knallerei. Aber ansonsten wurden keine besonderen Vorkommnisse aus dem Industriehafen gemeldet.«

»Aber das kann nicht sein!«, rufe ich panisch. »Ich hab es mit meinen eigenen Augen gesehen.«

»Und bist dann weggerannt«, vollendet Jonas meinen Satz ruhig. »Oder?«

»Ja, aber …« Ich weiß nicht, wie ich ihm die Dringlichkeit meines Anliegens klarmachen soll. Doch es muss einen Weg geben, herauszufinden, ob Jan sein Selbstmordkommando heil überstanden hat.

»Kann doch gut sein, dass der Typ ebenfalls getürmt ist – oder er konnte sich durchsetzen. Von neunzig Prozent aller Prügeleien bekommen wir gar nichts mit, weil sie glimpflich ausgehen und keiner die Polizei ruft.«

»Und im Krankenhaus wurde niemand eingeliefert? Kannst du das rauskriegen?«

»Ronia, dein Engagement für fremde Raufbolde in Ehren, aber mich würde eher interessieren, warum du mitten in der Silvesternacht alleine in einer solchen Gegend herumläufst. Ich hab dir so oft gesagt, dass du nachts nicht ohne Begleitung durch die Stadt gehen sollst – schon gar nicht an Silvester im alten Industriehafen. Was wolltet ihr überhaupt dort?« Jonas ist müde, ich höre es an seiner matten Stimme und kann es in seinen leicht geröteten Augen sehen. Er würde gerne ins Bett gehen und sich gründlich ausschlafen. In gut sieben Stunden beginnt sein nächster Dienst. Nur meinetwegen sitzt er morgens um sechs am Küchentisch, trinkt Tee und behelligt seine Kollegen, die sich langsam über seinen Übereifer wundern werden. Ja, für ihn ist meine Penetranz nur schwer zu verstehen. Denn ich habe ihm weder gesagt, was mir selbst kurz vor der Schlägerei passiert ist, noch, dass es River war, der sich eingemischt und es gleich mit drei Kerlen auf einmal aufgenommen hat. Die Version für Jonas ist so simpel wie falsch: Ich sah, wie ein junger Mann sich mit drei anderen prügelte. Oder, weil Jonas meine Schilderung nur wenig beeindruckte, ein wenig dramatischer: Ich sah, dass ein junger Mann von drei anderen verprügelt wurde. Dabei wünsche ich mir inständig, dass Jan die drei das Fürchten gelehrt hat.

»Wir waren dort auf einer Party eingeladen und die Party war doof«, antworte ich vage und starre aufs Telefon, als könne es mir verraten, was Jan geschehen ist. Einen Toten würden sie doch melden, oder? Die Leiche eines jungen Mannes würde selbst in solch einer menschenleeren Gegend auffallen, spätestens nach ein paar Stunden. Aber was ist, wenn er sich in irgendeinen Hauseingang geschleppt hat und von der zur Kontrolle durch die Heissestraße fahrenden Streife nicht gesehen wurde? Oder haben die drei Typen ihn am Ende mitgenommen? Liegt er jetzt grün und blau geschlagen bei ihnen im Keller?

»Eine doofe Party. Ronia, bitte, speis mich nicht mit so was ab. Deshalb haut man doch nicht Hals über Kopf alleine ab. Lukas war da, oder?«, holt Jonas mich gähnend aus meinen wüsten Räuber-und-Gendarm-Fantasiegebilden zurück. Kriminalromane sollte ich besser nicht verfassen.

»Jep«, erwidere ich kurz angebunden. Es hat ja keinen Sinn zu lügen, wenn mein Umfeld von meiner Stirn ablesen kann, wie mein Leben in all seinen Hochs und insbesondere Tiefs verläuft. »Und er hat mies über mich geredet. Hab es zufällig mitbekommen.«

Jonas runzelt die Stirn und wirkt schlagartig wacher. Ich habe sein Ritterethos erweckt. »Über dich geredet? Was denn genau?«

»Ach, dass ich komisch wäre und so …« Ich kann es ihm nicht sagen. Es wäre gut, offen zu reden, das weiß ich. Über Lukas' fiese Diffamierungen und vor allem über die Beinahe-Vergewaltigung. Jonas würde vor Wut schäumen. Eigentlich müsste ich die Typen anzeigen. Aber ich schäme mich für beides und daran ändert auch die Tatsache nichts, dass ich keine Schuld trage. Hätte ich mich jedoch anders verhalten, wäre vielleicht nichts passiert. Ich bin vom Regen in die Traufe geraten. »Dass man vor mir Angst bekommen kann«, vollende ich mein abwesendes Gestammel fahrig, weil sich das Schweigen zwischen uns unangenehm in die Länge zieht.

»Hm«, macht Jonas und ich kann nicht deuten, was sich dahinter verbirgt – Zweifel, Neugierde, Verständnis? Oder ein leiser Vorwurf? »Das ist doch Quatsch«, fügt er nach einer kleinen Pause halbherzig hinzu. »Das weißt du auch selbst. Nimm das nicht so ernst.«

»Es hat mich verletzt«, flüstere ich. Jonas beugt sich nach vorne und legt behutsam seine Hand auf meinen Unterarm. Nur das, mehr nicht. Für den Moment ist das in Ordnung. Seine Finger sind angenehm kühl und trocken. Er trägt noch seine Uniform, wie so oft, wenn er nach Dienstschluss nach Hause kommt. Dabei hat er seinen Spind im Revier und könnte sich wie seine Kollegen dort umziehen. Anscheinend turnt er gerne in seinem Bullenkostüm vor mir herum. Es steht ihm auch, das muss ich zugeben. Jetzt hat die blaue Uniform sogar eine beruhigende Wirkung auf mich. Von mir aus soll er damit ins Bett gehen.

»Es ist doch auch erst eine Woche her, dass er Schluss gemacht hat. Das geht nicht so schnell, Ronia. Gibt dir ein bisschen Zeit. Konzentrier dich auf andere Dinge.«

Das würde ich zu gerne und hätte es beinahe geschafft – aber wie soll ich mich auf etwas anderes konzentrieren, wenn mich dieses belauschte Gespräch wieder mitten in die ganze Misere hineingestoßen hat? Es ist absurd, Lukas' Lästerei wütet schon jetzt unbarmherziger in meiner Seele als die Szene mit den drei Typen. Ja, ich hatte Angst um mein Leben, diese Minuten waren wie ein Albtraum – doch ich kenne diese Männer nicht. Mit Lukas hingegen lag ich nackt im Bett, Haut an Haut, und ich glaubte, ihn zu lieben. Das ist etwas völlig anderes. Und mir ist, als ob hinter ihm auch meine anderen Ex-Freunde stehen, mit dem Finger auf mich zeigen und sich über meine Bettqualitäten lustig machen. Was Lukas gesagt hat, war überzogen und gemein. Bisher hat sich zumindest noch nie jemand über mich beklagt, trotzdem … Ein Quäntchen Wahrheit, von dem er nicht das Geringste ahnt, steckt tatsächlich dahinter. Und durch seine Lästerei wird es mir bewusster denn je. Gekommen bin ich wirklich noch nie. Jedenfalls nicht beim Sex mit einem meiner Freunde. Ich weiß, dass ich es kann, das ja. Dazu genügen zwei Hände. Um genau zu sein, genügt eine. Aber zusammen mit einem Mann – nein. Jedes Mal war ich so auf sie konzentriert und darauf, dass ihnen gefällt, was ich tue, dass ich mich irgendwann selbst dabei verloren habe. Bisher war das okay für mich. Ich war überzeugt davon, dass es irgendwann von ganz alleine geschieht und eben seine Zeit braucht. Jetzt komme ich mir zum ersten Mal wie eine Versagerin vor. »Ronia? Wo bist du mit deinen Gedanken? Ist das auch wirklich alles, was heute Abend passiert ist?«

Ich nicke stumm. Ja, das ist alles. Denn ich werde versuchen, das andere aus meinem Gedächtnis zu streichen, sobald ich ein paar Stunden geschlafen habe. Irgendwie wird es gehen. Ich muss es nur mit neuen Erfahrungen überdecken.

Das plötzliche Läuten des Telefons lässt uns beide aufschrecken, doch es ist Jonas, der abnimmt und sich mit ruhiger Beamtenstimme meldet. Er kommt nicht mal dazu, seinen Namen auszusprechen.

»Ja, sie ist hier … warum … ach so … oh … okay, warte, ich geb sie dir …«

Die Strenge in seinem Blick erinnert mich ein wenig an Vater. »Für dich. Bambi«, sagt er mahnend, als er mir das Telefon reicht. Oje, Johanna. Die habe ich total vergessen.

»Hey, Josy …«

»Oh Gott, Ronia, ich bin so froh, deine Stimme zu hören, wir haben uns solche Sorgen gemacht!« Und ich möchte im Boden versinken, als ich *ihre* Stimme höre. Unverkennbar hat sie geweint und sie klingt so ausgebrannt, dass mein Herz augenblicklich in Mitgefühl ertrinkt. Zu spät, fürchte ich. Ich hab sie mit meiner Flucht in Angst und Schrecken versetzt. »Wir mussten die Tür eintreten, beinahe hätten wir die Polizei geholt. Ich hab ja erst einmal eine Viertelstunde auf dich gewartet, bis ich ahnte, dass was nicht stimmt, und dann riefen wir nach dir und du hast nicht geantwortet …« Sie bricht ab, um sich die Nase zu putzen. Ich will gar nicht wissen, wer die anderen sind. Es ist peinlich genug, dass ich für einen solchen Aufstand gesorgt habe.

»Josy, es tut mir leid. Ehrlich. Ich hab Lukas zufällig bei einem Gespräch belauscht, er hat schlecht über mich geredet und ich wollte nur noch weg …«, versuche ich mich zu erklären.

»Aber wieso sagst du mir dann nicht Bescheid und gehst nicht wie andere Menschen durch die Tür? Ich dachte, du hast dir was angetan da drinnen.«

»Ich doch nicht!«, entgegne ich erschrocken. Hat sie das etwa wirklich geglaubt? »He, du kennst mich doch!«

»Ja, aber es hätte ja auch sein können, dass du ohnmächtig geworden bist oder irgendwas genommen hast oder … keine Ahnung. Hab dir in dem Moment alles zugetraut. Du warst schon die ganze Woche so still und unnahbar.«

»Sorry. War wohl eine Übersprunghandlung«, murmele ich. Für meine Übersprunghandlungen bin ich über die Stadtgrenzen hinaus bekannt. »Ich hab nicht nachgedacht.«

»Bitte denk das nächste Mal nach, Ronia. Bitte. Ich hab dich doch lieb.«

Ich muss mich einen Moment sammeln, um nicht ebenfalls zu weinen, denn eines höre ich deutlich: Bei Johanna fließen erneut Tränen. Wir gehen zwar nicht zusammen aufs Klo, aber im gemeinsamen Heulen sind wir unschlagbar. Wenn wir mal damit anfangen, hören wir nicht so schnell wieder auf.

»Ich dich auch, Josy. Es ist alles gut, mach dir keine Sorgen. Jonas ist bei mir, auf dem Heimweg bin ich noch in eine … Na, da war eine Prügelei, ziemlich übel, und das hat mich so abgelenkt und erschreckt, dass ich nicht mehr an die Party gedacht hab. Ich bin nur noch gerannt. Sonst hätte ich längst angerufen.«

»Oje … Jonas ist bei dir?«, piepst sie verschnupft in den Hörer und unterdrückt ein Gähnen. Oder ein Schluchzen?

»Ja. Er hatte um vier Dienstschluss. Wir trinken gerade Tee. Äh, Johanna?« Ich muss lachen. »Du hast doch eben mit ihm gesprochen. Das war Jonas, wer denn sonst?« Ich glaube, wir brauchen alle drei dringend eine Mütze Schlaf.

»Ja. Stimmt. Das ist gut, dass er bei dir ist. Ich dachte nur, ich … keine Ahnung.« Einen Moment lang verspüre ich den Impuls, sie zu fragen, ob sie vorbeikommen will, weil ich glaube, dass sie genau das möchte. Aber das ist idiotisch. Sie muss sich ausruhen, genauso wie Jonas und ich. Und was hätte sie davon, mit zwei Leichen in der Küche zu sitzen und widerwärtigen Kräutertee zu trinken?

»Ich ruf dich morgen an. Wir treffen uns irgendwo zum Kaffee und dann reden wir, ja? Schlaf gut.«

»Nacht, Ronia. Und mach das nie wieder.«

Irgendwo zum Kaffee – am besten in einem anderen Land. Oder spätabends in der WG bei verdunkelten Fenstern. Aber nicht in einem Café dieser Stadt. Auch nicht bei meinen Eltern. In meiner Fantasie sind Zentrum und Altstadt bereits von überlebensgroßen Fotos von mir plakatiert und über meinem Kopf steht in fetten Lettern geschrieben: »Kriegt die Beine nicht auseinander«. Ein Grund mehr, endlich von hier wegzuziehen, doch das haben meine Eltern mir erfolgreich ausgeredet. Es passte ja auch plötzlich alles: das Zimmer in Jonas' Wohnung, mein Studienplatz in Heidelberg, wo die WGs sowieso unbezahlbar sind, und Johannas Entscheidung, ebenfalls in Heidelberg zu studieren. Germanistik sei schließlich überall das

Gleiche. Sie hat das mir zuliebe getan, das weiß ich. Um es mir leichter zu machen. Dabei hatte sie schon eine Zusage aus Hamburg. Und ich schicke sie in einer meiner gefürchteten Hals-über-Kopf-Aktionen einmal durch die Hölle und zurück.

Verlegen gebe ich Jonas das Telefon zurück, der es sofort in die Ladestation stellt und, ordentlich, wie er ist, unsere beiden Tassen spült. Mit trübem Blick sehe ich ihm dabei zu. Johannas Stimme hat mich geerdet und gleichzeitig den Schrecken des Abends intensiver werden lassen – auf eine ferne, groteske Art und Weise. Ich fürchte mich vor meinen eigenen Erinnerungen, doch noch habe ich das Gefühl, ihnen ausweichen zu können, solange ich nur wachsam genug bleibe. Was sich jedoch nicht auf Distanz halten lässt, ist meine Sorge um Jan. Mein Handy liegt zwar bei Johanna, aber der Laptop ist hier. Ich werde Jan eine Nachricht schreiben – und wenn es mich meinen letzten Rest Stolz kostet.

Unter Schmerzen erhebe ich mich. Meine Waden krampfen und in den Knien spüre ich jede meiner Sehnen. Ich sollte wirklich anfangen, Sport zu treiben. Langsam rächt es sich, dass ich seit dem Abi keine Turnhalle mehr von innen gesehen habe. Das ist okay, solange ich Seminararbeiten schreibe und lediglich vom Vorlesungssaal zur Bibliothek und wieder zurück cruise. Bei Schlägereien und in anderen Extremsituationen erweist es sich jedoch als tendenziell ungünstig. Vielleicht wäre das ein guter Vorsatz fürs neue Jahr: ein Abo fürs Fitnessstudio buchen. Oder besser gleich einen Selbstverteidigungskurs belegen?

»Gute Nacht«, sage ich müde und drücke meine Stirn an Jonas' uniformierte Schulter. Er verharrt in der Bewegung, die Tasse in der einen und das Küchenhandtuch in der anderen Hand.

»Willst du vielleicht …«, setzt er an, unterbricht sich aber sofort selbst. Er weiß, dass ich ablehne. »Gute Nacht.«

Nein, ich will nicht neben ihm in seinem Bett schlafen. Nicht im Wissen um seine Wünsche. Wenn es diese Wünsche nicht gäbe, könnte ich mir nach einer solchen Nacht allerdings keinen besseren Platz vorstellen als in seinem Bett. Es ist traurig, dass es so ist und nicht anders. Auch für mich.

Nachdem ich mich unter der Dusche dreimal von Kopf bis Fuß eingeseift habe, fahre ich meinen Laptop hoch und logge mich in meinen Facebook-Account ein. Sofort gebe ich Jans Initialen in die Suchmaske – doch es laufen keine Ergebnisse ein. Null Treffer. Das kann nicht sein! Er hatte mir doch eine Nachricht geschrieben. Es muss ihn geben. Ich versuche es erneut und in mehreren Variationen. Viele Jans, aber keinen mit verendenden Sternen als Profilbild. Auch unter Jay R.S. – kein passender Treffer. Es gibt ihn nicht mehr.

Plötzlich friere ich so stark, dass es sich wie der Vorbote einer heftigen Grippe anfühlt. Kein Facebook-Account – ob das ein Zeichen ist? Es gibt ihn nicht mehr, weder virtuell noch real? Hat er in irgendeiner kruden Vorahnung sein Profil gelöscht? Vielleicht sogar absichtlich den Tod gesucht? Nein, das ist nun wirklich zu weit hergeholt. Und wie Jonas schon sagte, die meisten Prügeleien enden harmlos.

Dennoch möchte ich wissen, ob es ihm gut geht. Er hat das immerhin für mich getan. Und es war eine Art Rettung und Vertreibung zugleich. Nicht einmal zusehen durfte ich ihm. Mädchen hat er mich genannt, erinnere ich mich. Der Typ ist zwei Jahre jünger als ich und nennt mich Mädchen? Und Jonas meine Gouvernante?

Kopfschüttelnd beschließe ich, dass es mir für jetzt und hier egal ist, ob er mit zertrümmerten Kronjuwelen in einer feuchten Gasse liegt und gepeinigt vor sich hinwinselt. Im Schlaf lässt es sich wunderbar vergessen und genau das will ich: nichts mehr von all dem wissen.

»Prost Neujahr, Ronia«, hauche ich mir zu, nachdem ich das Licht ausgeknipst habe, und obwohl es stockdunkel ist und die Morgensonne sich noch verborgen hält, spüre ich ein sanftes Strahlen hinter meinen geschlossenen Lidern, das erst verglimmt, als mein Bewusstsein langsam schwindet.

Gedankendämmerung

Ronia! Ronia, da bist du ja … jetzt warte doch mal.«

Mit angehaltenem Atem bleibe ich, wo ich bin. Es macht wenig Sinn, am Buffet einer Studentencafeteria so zu tun, als gäbe es mich nicht, wenn – wie üblich an Freitagnachmittagen – fast niemand mehr an der Universität unterwegs ist. Ein Leuchtturm wäre nicht minder auffällig. Nach drei Stunden Recherche in der Bibliothek brauche ich dringend einen Teller Nudeln und bin dankbar, dass noch welche übrig sind, also flüchte ich nicht. Außerdem freue ich mich, Johannas Stimme zu hören, obwohl ich ahne, dass mir ein kleines Verhör bevorsteht.

»Moment, so geht das nicht, was machst du denn da?«, kichert sie und schiebt mir rasch einen Teller auf das Tablett, bevor ich die Kelle mit den Nudeln auskippe. Stimmt, ein Teller ist eine sinnvolle Sache, wenn man etwas essen möchte. Multitasking war noch nie meine Stärke.

»Bin gestresst«, entschuldige ich mich sowohl bei der mich kritisch musternden Johanna als auch bei der sichtlich irritierten Thekenkraft, bezahle und steuere den kleinen Ecktisch an, der zu normalen Zeiten fast immer besetzt ist. Doch Johanna und ich sind fast die einzigen Studenten. So still habe ich die Cafeteria noch nie erlebt. Allerdings war ich bislang auch noch nie freitagnachmittags auf dem Campus. Das ist selbst für mich ungewöhnlich.

»Wo warst du denn die ganze Zeit? Und was war mit Mittwoch, hast du uns vergessen?« Johanna klingt nicht vorwurfsvoll, sondern betrübt. Ersteres wäre mir lieber gewesen, dann hätte ich ein bisschen zicken können. So aber äuge ich betreten auf meine Nudeln.

»Wie gesagt, ich bin total gestresst. Viel zu tun hier.« Ich mache eine unbestimmte Armbewegung. »Ich muss meine Seminararbeit komplett umschreiben.« Das ist keine richtige Lüge. Aber auch nicht die volle Wahrheit. Ich selbst war diejenige gewesen, die für dieses Muss gesorgt hat, weil ich plötzlich der Meinung war, dass die Gliederung hätte optimaler sein können. Mein Dozent erwartet die Arbeit frühestens im März und selbst in der ersten Version wäre sie sicherlich eine gute Zwei geworden. Die Wahrheit ist, dass ich Expertin fürs intellektuelle Zeitschinden geworden bin.

»Vier Wochen lang? Auf den Saunaabend letzten Mittwoch hatten wir uns doch so gefreut. Was ist los mit dir?«

»Hatte meine Tage«, rechtfertige ich mich mit gesenkter Stimme. »Das nächste Mal bin ich wieder dabei.«

»Na gut, okay.« Johanna zieht einen Schmollmund, doch ihre Miene wird sofort wieder heiter. »Hättest trotzdem absagen können.«

»Ich hatte so Bauchschmerzen, dass es mir erst am nächsten Tag eingefallen ist. Und da bin ich hier schon wieder im Dreieck gesprungen.«

Gut, das sind Lügen, ohne Wenn und Aber. Weder hatte ich meine Tage gehabt noch es vergessen. Es ist nur so, dass wir nicht in die

Sauna gehen, um zu saunieren, sondern um uns Müll von der Seele zu reden – Johanna, ich und unsere alten Schulfreundinnen Suse und Chiara. Psychohygiene. Früher habe ich es geliebt. Ich fühlte mich anschließend wirklich leichter. Es hatte etwas Verschworenes, im Halbdämmer zu schwitzen und kein Blatt vor den Mund zu nehmen, wenn es um Männer, Männer und noch mal Männer ging. Doch genau das ist mein Problem. Männer sind aus meinem Leben gestrichen und über meine Männer der Vergangenheit will ich kein Wort mehr verlieren. Es ist ein Punkt erreicht, an dem es nicht mehr befreiend ist, darüber zu sprechen.

»Bist du immer noch traurig wegen Lukas? Ziehst du dich deshalb so zurück? Man sieht dich gar nicht mehr.«

»Nein«, antworte ich etwas zu barsch und schicke ein versöhnliches Lächeln hinterher. »Nein, das hab ich weggesteckt. Ich hatte wirklich viel Stress.«

Ab wie vielen Lügen kommt man eigentlich in die Hölle? Selbstverständlich ist Lukas der Grund, warum man mich nicht mehr sieht – jedoch nicht, weil er mich verlassen hat, sondern wegen seiner Läster-Zugabe. Ich habe nicht die geringste Ahnung, welche Kreise seine Eröffnung inzwischen gezogen hat. Kann sein, dass seine Kumpels sich für Lukas' Geschwätz gar nicht richtig interessiert haben und den Mund halten. Oder dass sie so betrunken waren, dass sie am nächsten Tag sowieso nichts mehr davon wussten. Aber es ist auch möglich, dass darüber geredet wurde, und ich möchte mich so lange zurückziehen, bis ich mir sicher bin, damit umgehen zu können. Selbst auf Facebook habe ich mich nicht mehr blicken lassen.

Bis zum Tag X, an dem ich morgens aufwache und weiß, dass es ausgestanden ist, warte ich ab und tu so, als wäre alles okay. Standardbegründung: Stress an der Uni. Meinen Eltern gegenüber klappt das ja auch. Ich komme trotzdem wie immer samstagmittags zum

Kaffee und sonntags zum Mittagessen. In diesen Stunden spielen wir mit vereinten Kräften das große Verdrängen. Denn über den Vorfall am Helfertreffen hat Vater die große Pastorenrobe des Schweigens geworfen – wir tun alle so, als habe es diese Szene niemals gegeben. Zudem wissen Mama und Vater nichts von meinen Silvesterkatastrophen. Sie denken, ich habe wie jedes Jahr einen schönen Abend mit Johanna verbracht. Über meine Beinahe-Vergewaltigung habe ich noch immer mit niemandem geredet und ich habe auch nicht vor, das zu ändern. Es ist okay, wie es ist. Wenn meine Gedanken nicht ständig zu Jan driften und sich augenblicklich in eine merkwürdige Art von bewundernder Sorge verwandeln würden, hätte ich diese Vorkommnisse vielleicht sogar schon in die Mottenkiste der Erinnerungen packen und diese in die hinterste Ecke des gedanklichen Speichers schieben können. Leider habe ich ein furchtbar gutes Gedächtnis und es holt mich spätestens im Traum in das Geschehen dieser Nacht zurück.

Ich kann nicht sagen, wie oft ich in den vergangenen Nächten wieder dort stand und dabei zusah, wie Jan sich gegen die Typen zur Wehr setzt. Jedes Mal möchte ich zu ihm laufen und ihm helfen, aber ich bin wie gelähmt. Ich kann weder schreien noch mich bewegen. Doch im letzten Traum kam ihm eine Horde geifernder Hunde zu Hilfe … Hunde? Warum Hunde?

»… heute Abend kommst du doch mit, oder?«

»Was?«, frage ich konsterniert. Wie immer, wenn ich an Jan denke, scheint die Gegenwart zu entschweben. Ich hasse diese Macht, die er über mich hat – und wenn es nur in meinen Erinnerungen ist.

»Heute Abend, Chiaras Einweihungsparty – das haben wir doch schon im Dezember ausgemacht.« Johanna schüttelt den Kopf. »Du brauchst echt mal eine Pause vom Lernen, Ronia. Jetzt sag bloß nicht, du hast es dir anders überlegt.«

»Doch, ich komme nach. Ich muss noch – nein, ich will noch laufen gehen. – Joggen«, ergänze ich erklärend, als Johanna mich verständnislos anschaut.

»Joggen? Du? Alleine?«

»Ja, warum denn nicht?«, entgegne ich leicht beleidigt. Ich weiß nicht, ob Johanna sich daran erinnert, aber im Langstreckenlaufen war ich nie schlecht gewesen. Das hatte mich jedoch nicht davon abgehalten, bei jedem Training lautstark über diese meines Erachtens vollkommen perverse Form der Sportlehrer-Folter zu lästern. Ich habe lange überlegt, wie ich meinen Neujahrsvorsatz verwirkliche. Fitnessstudio ist mir zu teuer, mit Jonas squashen zu stressig und ein Selbstverteidigungskurs erst der zweite Schritt. Zumba trau ich mir nicht zu, Schwimmen ist zu langweilig.

Nein, ich werde laufen gehen, unten an der Flusspromenade, wo immer Spaziergänger und Jogger unterwegs sind. Ich werde alleine und doch in Gesellschaft sein und ich kann mich darauf verlassen, Lukas nicht zu begegnen. Meine Versuche, ihn zu einem gemeinsamen Spaziergang am Fluss zu überreden – was für mich stets der Inbegriff der Romantik gewesen war –, schlugen allesamt fehl; er legte lieber Kuschelrock auf und fummelte. Oder er verzog sich vor den Fernseher, wahlweise auch vor den Computer – aber auf jeden Fall in einen geschlossenen Raum. Nein, dort unten auf der Promenade werde ich umgeben von Fremden sein und somit in Sicherheit. Und mit ein wenig Glück bin ich nach dem abendlichen Training so erschöpft, dass ich traumlos schlafe und nicht mit Jan und dem Dicken konfrontiert werde. Wobei Jan den Dicken mittlerweile eindeutig überstrahlt und immer mehr aus meinem Traumsichtfeld rücken lässt. Dafür bin ich ihm dankbar, doch es beschert mir eine andere Form von Frust, denn ich weiß immer noch nicht, ob Jan die Schlägerei heil überstanden hat. In den ersten zwei Wochen nach

Silvester habe ich sogar die Todesanzeigen in der Tageszeitung durchforstet, glücklicherweise ergebnislos. Andererseits hätte es mir Jonas längst gesagt, wenn Jan in dieser Nacht ums Leben gekommen wäre. Es wäre ihm eine persönliche Freude. Er kann ja nicht wissen, dass Jan mich vor einer Gewalttat gerettet hat – und zwar ganz alleine gegen drei Gegner.

»Na gut«, erwidert Johanna skeptisch, nachdem sie eine Weile Löcher in die Luft gestarrt hat und wahrscheinlich das Gleiche empfindet wie ich: Wir reden aneinander vorbei. Trotzdem kann ich mich nicht dazu überwinden, ihr zu erzählen, was mir auf dem Herzen lastet. Denn ich müsste von meiner Stalking-Attacke auf Jan berichten, für die ich mich einerseits schäme und die andererseits niemand verstehen würde. Auch Johanna nicht. Noch immer verspüre ich das Bedürfnis, in diese Momente zurückzutauchen und im Nieselregen hinter ihm her zu pirschen, weil es in diesen wilden Herzschlägen nichts anderes gab außer ihm, mir und der Nacht um uns herum.

»Sag mal, Ronia … Hast du vielleicht wieder einen Neuen? Ist es das? Hast du jemanden kennengelernt?«

Ich lache trocken auf. Einen Neuen habe ich nicht, jemanden kennengelernt auch nicht wirklich, und trotzdem kommt mir mein heftiges »Nein« wie eine weitere Lüge vor. Johannas Frage ist berechtigt – wann immer ich mich in der Vergangenheit frisch verliebt hatte, drehte sich meine Welt nur noch darum und Johanna musste kämpfen, um zu mir durchzudringen und mir eine Verabredung abzuringen. Wenn Johanna und ich uns mal nicht grün waren, dann aus diesem Grund. Weil sie nicht verstand, was mich in diesen Wochen bewegte, und ich nicht verstand, warum sie das nicht verstand. Es ist nur logisch, dass sie diese Vermutung ausspricht.

»Ehrlich nicht, Josy.«

Ich sehe an ihren Bambiaugen, dass sie nicht ganz überzeugt ist, doch bevor ich ihnen direkt begegnen kann, senkt sie ihre langen, dichten Wimpern.

»Oder ist es doch Jonas? Der ist ja nicht neu. Hast du dir endlich einen Ruck gegeben und …«

»Johanna!«, rufe ich aufgebracht und kassiere einen weiteren Blick von der Thekenkraft, die mit verschränkten Armen hinter dem leeren Buffet steht und sehnlichst darauf wartet, dass wir endlich unsere Tabletts zurückbringen und verschwinden. Freitagnachmittags haben Studenten in der Uni nichts verloren. »Kannst du bitte ein für alle Mal damit aufhören? Du bist ja langsam schlimmer als meine Eltern.«

»Ich glaube ja nur, dass es – na ja, dass es gut für dich wäre. Und dass es gut wäre, wenn du dem ewigen Hin und Her mal ein Ende setzen und dich entscheiden würdest.«

»Da gibt es nichts zu entscheiden! Und es gibt auch kein Hin und Her. Warum glaubst du mir das nicht?« Ich glaube es ja selbst nicht. Zuletzt zweifelte ich gestern Abend an mir und meiner Sturheit, als das Telefon klingelte und Jonas nur mit einem Handtuch bekleidet vom Bad ins Wohnzimmer ging. Keiner meiner bisherigen Freunde hatte in einem Handtuch eine solch gute Figur gemacht wie er. Mir fiel auch auf, wie die Wassertropfen von seinen Schultern perlten. Aber es waren eben Wassertropfen, die über Schultern perlten. Mehr nicht. Ich fand es ästhetisch und es war ein Bild, das ich so schnell nicht vergessen werde, und ja, vielleicht wäre es angenehm gewesen, meine Wange an seine feuchte Haut zu schmiegen. Aber wonach ich suche, ist mehr als nur angenehm. Ich suche etwas im Sinne von »Ich verliere den Verstand, wenn ich ihn berühre«, gleichzeitig will ich kompromisslose Geborgenheit und Sicherheit. Im Nachhinein muss ich gestehen, dass das bei keinem meiner bisherigen Partner der Fall war – und trotzdem war es anders als bei Jonas.

»Manchmal sehen Außenstehende halt mehr als man selbst«, trotzt Johanna meiner Empörung mutig. »Du würdest es mir doch sagen, oder? Wenn es passiert? Mit Jonas?«

»Du würdest es als Allererste erfahren, glaub mir. Noch vor meinen Eltern, dem Helferkreis und sämtlichen Nachbarn und Verwandten«, gebe ich zurück und verdrehe die Augen, um zu demonstrieren, wie sehr mir dieses Thema auf den Zeiger geht, doch Johanna steigt nicht darauf ein.

»Ich glaub, wir müssen mal los, sonst schaffen wir es nicht mehr zur Party«, wechselt sie abrupt das Thema.

»Du weißt, ich geh erst laufen.«

»Okay, dann kommst du eben fünf Minuten später.« Plötzlich grinst sie wieder, schaut mich direkt an und für einen Augenblick ist alles wie früher. Die Distanz zwischen uns hat sich in Luft aufgelöst. Ich trete ihr sanft ans Bein, bevor wir aufstehen, unsere Tabletts abliefern und zur Bahn laufen. Auf der kurzen Fahrt in die Stadt reden wir über Belanglosigkeiten, ohne uns jedoch zu verabreden oder Pläne zu schmieden. Zu deutlich sind meine Signale, dass ich mich um meine Arbeit kümmern muss, was sogar mir selbst immer mehr wie ein billiger Vorwand erscheint.

In der WG empfängt mich Jonas mit dröhnendem Staubsauger und finsterer Miene, weil ich morgens wieder Chaos hinterlassen habe, bevor ich zur Uni aufbrach. Ich ignoriere seinen Putzkoller und verdrücke mich sofort in mein Zimmer, um mich umzuziehen. Am Wochenende habe ich meine alten Schulsportsachen aus meinem Schrank im Pfarrhaus gerettet, bevor Mama sie in eine Kleidersendung geben konnte. Draußen bricht bereits die Dämmerung herein. Ich muss mich sputen, wenn ich nicht im Dunkeln laufen will.

Sobald ich in den Flur trete und zur Tür eile, verstummt der Staubsauger.

»Ronia? Was hast du denn vor?«

Ich wusste es. Ohne mich nach Jonas umzudrehen, öffne ich die Tür. Der wird mich jetzt nicht aufhalten.

»Eine Runde joggen. Brauch Bewegung.«

»Halt, stopp, warte mal.« Ehe ich die Tür hinter mir zuziehen kann, hat Jonas sie wieder aufgestemmt. »Alleine? In der Dämmerung?«

»Ja. Unten an der Promenade, wo tausend andere Frauen joggen gehen, alleine und in der Dämmerung. Kann ich jetzt bitte?«

»Soll ich nicht besser mitkommen?«

Ich zögere eine Sekunde. Vorhin hatte ich sogar selbst noch darüber nachgedacht. Jonas wäre ein idealer Trainingspartner. Er würde mich dazu ermutigen, sinnvolle Aufwärmübungen zu absolvieren, für die ich niemals den Mut hätte, weil ich in der Öffentlichkeit nicht gerne turne. Er würde eine Flasche Wasser für mich mitnehmen, mir Schutz bieten und darauf achten, dass ich mich nicht überfordere. Dummerweise ist das alles sehr langweilig. Klug, aber langweilig.

»Nein, ich brauche bisschen Zeit für mich.«

»Ronia, du machst kaum mehr etwas anderes, als Zeit mit dir selbst zu verbringen. Was ist eigentlich los? Irgendwas ist doch passiert, Johanna denkt das auch und …«

»Himmelherrgott, könnt ihr mich nicht einfach mal in Frieden lassen? Kann ich nicht einen Schritt gehen, ohne dass er von dir und Josy interpretiert und gewertet wird? Ich gehe laufen, wie Millionen andere Menschen auch, und ihr macht einen Staatsakt draus! Ich habe das so satt, ehrlich!«

»Darum geht es doch gar nicht«, entgegnet Jonas gänzlich unbeeindruckt von meiner Schimpftirade. »Wir spüren doch, dass dich etwas belastet. Du, Johanna und ich – wir kennen uns seit Kindertagen, wir sind wie Geschwister!«

»Ja, genau, wie Geschwister«, erwidere ich gedämpft. »Geschwister. Bruder und Schwester.«

Jonas wendet sich zur Wand und hält kurz den Atem an. Es war nicht richtig, dass ich das so deutlich gesagt habe, ich attackiere ihn an seinem wundesten Punkt. Doch es ist auch mein wunder Punkt und ich fühle mich überdies kontrolliert und eingeengt. Josys und Jonas' Fürsorge in allen Ehren – ich werde ja wohl noch joggen gehen dürfen. Ohne Begleitung und ohne es vorher auf tiefenpsychologischer Ebene ausdiskutieren zu müssen. Das ist meine Sache, basta. Ich bin erwachsen und das schon seit knapp drei Jahren.

Unsanft werfe ich die Tür hinter mir zu, stopfe das Handy in die Tasche meiner grauen Trainingshose, hetze die Treppe hinunter und laufe mit leerem Kopf und jagendem Herzen der Kälte entgegen.

Im Zwielicht

Sobald ich die Uferpromenade erreicht habe und auf den sandigen Hauptpfad einbiege, weiß ich, dass ich mich in meinen großspurigen Theorien Jonas gegenüber kolossal geirrt habe. Das Areal ist wie leergefegt und statt der angekündigten anderen Joggerinnen kommt mir nur ein drahtiger grauhaariger Läufer entgegen, der ausgerüstet ist, als würde er für den nächsten New-York-Marathon trainieren: Funktionsklamotten von Kopf bis Fuß inklusive Reflektoren und umgehängter Trinkflasche mit Röhrchen zum Mund, sodass er seinen ambitionierten Run nicht eine Sekunde unterbrechen muss, um gegen seine Dehydrierung anzugehen. Gegensätzlicher könnte unsere Aufmachung nicht sein, doch er nickt mir kollegial und mit angemessenem Ernst – wir sind ja nicht zum Vergnügen hier – zu, bevor er gleichmäßigen Schrittes an mir vorüberzieht. In seinen Ohren stecken i-Pod-Stöpsel, sodass er dankenswerterweise nicht gehört hat, dass mein Atem klingt, als würde ich kurz vor den Presswehen stehen. Schon in der Stadt musste ich immer wieder kleine Gehpausen einlegen, da mein Lungenvolumen dem eines Eichhörnchens zu ähneln scheint. Jetzt fühlen sich auch die Muskeln in Oberschenkeln und Waden steinhart und verkrampft an – morgen werde ich mich kaum mehr rühren können und jede einzelne Bewegung verfluchen.

Körperlich bin ich bereits seit dem Dompark über meinen Grenzen, doch nun, da ich den Fluss erreicht habe, wird in mir eine Stimme wach, die sich jenseits der Gesetze von Lungenvolumen und muskulärer Sauerstoffversorgung bewegt und mich unaufhörlich nach vorne treibt. Mein Kopf hat nichts mehr mitzureden, obwohl es eine stolze Riege an Gründen gibt, die mich schleunigst umkehren lassen sollten: Es ist niemand unterwegs außer mir, Nebel zieht auf, bald wird es dunkel sein, ich schwitze und die Temperaturen sind zu niedrig für meine dünne Trainingshose und meine zwei Sweatshirts, Jonas wartet, Johanna wartet, ich müsste mich für die Party fertig machen …

Und doch laufe ich weiter, keuchend und abgehackt, bis sich eine Weichheit und ein Unwirklichkeitsgefühl über meine Erschöpfung legt, die ich schon aus den Langstreckenläufen in der Schule kenne und die mich damals sogar einige dieser Läufe gewinnen ließen, weil es mir gelang, auch von den hinteren Plätzen nach vorne aufzuschließen. Die Schmerzen sind noch da, meine Lunge brennt, als würde ich Feuer einatmen, doch ich muss meine Beine nicht mehr antreiben. Sie laufen von alleine, ohne mein Zutun, in meinem und mit meinem Schmerz, und meine Seele wird in dieser glühenden Pein leicht und frei, drängt unweigerlich nach vorne, dem Nebel entgegen, der nach und nach alles Vertraute verschluckt.

Als ich das Ende des Spazierwegs erreicht habe und eigentlich nur noch Richtung Stadt umdrehen kann, erscheint es mir falsch, stehen zu bleiben. Ich habe gerade meinen Atemrhythmus gefunden und mich den Schmerzen ergeben, wenn ich jetzt Stopp mache, werde ich aus dem Takt fallen. Ich muss weiterlaufen, auch wenn ich so weit eigentlich gar nicht hatte gehen wollen.

Gab es da nicht einen Pfad zur Brücke, den Johanna und ich auf einer unserer kindlichen Erkundungstouren einst entdeckt haben? Irgendwo rechts von mir? Wenn ich weiter geradeaus laufe, am alten Pier vorbei und über das Wiesenstück, gerate ich genau in die Gegend, die ich meiden wollte – dort, wo alles Gefährliche und Unberechenbare lauert, und meine Erinnerungen.

Aber die Brücke führt auf die andere Seite des Stroms, zu den Auwäldern und den alten Flussarmen, wo im Sommer die Stechmückenlarven brüten und Frösche quaken und sich bei Niedrigwasser lang gezogene Kiesstrände eröffnen. Links entlang führt ein Radweg, über den man auch laufen könnte, selbst wenn er dazu nicht gemacht wurde, denn niemand kommt auf die Idee, zu Fuß auf die andere Seite zu gehen.

Ja, da ist der alte, verwachsene Pfad, ich habe ihn gefunden – er sieht fast genauso aus wie früher. Der Nebel dämpft das Geräusch meiner Schritte, als ich mich durch das Dickicht kämpfe und tief hängenden Ästen ausweiche, bis plötzlich die Brücke vor mir auftaucht. Ohne darüber nachzudenken, nehme ich die wenigen Stufen zum Radweg und trabe der anderen Seite entgehen, im Bewusstsein, dass jeder Meter, den ich zurücklege, meinen Heimweg verlängern und zu einer Qual für Muskeln und Sehnen werden lassen wird.

Der Asphalt unter mir vibriert, wenn ein Auto an mir vorbeirauscht, und ich versuche zu ignorieren, dass sich links neben mir nur ein Geländer befindet und darunter der Fluss, denn schon jetzt hat sich das Schwindelgefühl in meinem Kopf zu einem hypnotischen Rauschen gesteigert, das mir das Gefühl verleiht, mich selbst nicht mehr steuern zu können. Ich laufe nicht, ich werde gelaufen, und doch sind meine Schritte sicherer und gleichmäßiger, als sie im

Gehen je sein könnten. Ich weiß nicht mehr, ob ich das alles träume oder wach bin.

Als vor mir, am Kamm der Brücke, ein Schatten aus dem Nebel auftaucht, glaube ich deshalb auch zuerst, einer Sinnestäuschung zu erliegen; ob Mann oder Frau, kann ich nicht erkennen. Aber es ist weder ein Jogger noch ein Radfahrer. Der Schemen bewegt sich langsam und gemächlich. Obwohl ich mich damit aus meinem Rhythmus bringe, zwinge ich mich, mein Tempo zu drosseln, und werde sofort bestraft. Ein beißender Schmerz fährt in meine Waden und meine Kehle ringt schnappend um Luft, als habe ich zu lange getaucht. Jetzt erst merke ich, dass ich schweißgebadet bin. Unaufhörlich rinnen salzige Tropfen meinen Nacken und meine Schläfen hinab, tropfen von meinem Kinn und aus meinen Haaren. Geistesabwesend fange ich einen davon mit meiner Zunge ab, ohne meine Augen von der Silhouette abzuwenden. Nähert sich da etwa wieder eine Gruppe lüsterner Männer, die mir an die Wäsche wollen, und die Gestalt ganz vorne ist der Anführer?

Nein, so etwas passiert einem nicht zweimal hintereinander. Und jetzt? Stehen bleiben? Aber genau das war in der Silvesternacht verkehrt gewesen, es hatte mich verraten. Ich muss weiterlaufen, als würde mich das nicht kümmern. Es ist Freitagabend kurz nach Sonnenuntergang und ich jogge. Kein Grund durchzudrehen, nur weil mir jemand entgegenkommt. Wenn ich weiterhin joggen gehen möchte, werden mir noch viele Menschen entgegenkommen.

Aber warum habe ich das Gefühl, alleine auf der Welt zu sein – alleine mit diesem Schemen vor mir, von dem ich nicht einmal weiß, ob es ein Mann oder eine Frau ist?

Im Laufen schärfe ich meinen Blick. Es ist nur eine Person – und es ist ein Mann. Kein Zweifel. Seine Bewegungen kommen mir zutiefst vertraut vor, so vertraut, als würde ich jeden Abend vor dem

Einschlafen einen Film sehen, der nichts anderes zeigt als ihn, wie er einen Fuß vor den anderen setzt. Die Kamera fängt ihn von hinten ein, von vorne, von der Seite, von weit oben aus der Vogelperspektive. Er müsste Flügel haben, denke ich entrückt, er müsste Flügel haben, auf die Brüstung der Brücke springen und davonschweben.

Nun ist er es, der stehen bleibt. Er wartet – und ich bin es, die ihm entgegenläuft. Es fühlt sich richtig an, wie alles in diesem Augenblick, selbst der Nebel fühlt sich richtig an und mein stoßweise keuchender Atem, in dem meine Stimme mitschwingt. Ich kann es nicht mehr kontrollieren.

Als uns nur noch zwei Armlängen trennen, bleibe auch ich stehen und hebe meinen Blick. Er schaut knapp an mir vorbei, kühl und distanziert, doch ich spüre, dass er mich erkennt, nicht mit dem Kopf, sondern mit dem Bauch. Ich rege mich nicht, möchte diesen Moment auskosten und mein Körper scheint singend zu vibrieren, als der Nebel sich in erquickender Kälte auf meine erhitzte Haut legt. Ich bade in Salzwasser und den Tränen des Himmels. Sie waschen mich rein. Jans Gesicht verschwimmt im Dunst und ich strecke instinktiv meine Hand aus, als könne ich die Nebel zwischen uns damit zerstreuen. Ich möchte ihm in die Augen sehen. Ohne Schleier.

»Du schwitzt«, dringt seine Stimme durch das matte graue Dämmerlicht. Er meint nicht nur das. Es ist auch keine anklagende Feststellung. Er mag es. Und deshalb antworte ich nicht. Ich werde mich weder erklären noch verteidigen. »Was suchst du hier?«

»Dich«, sagt mein Herz, sage ich, und halte still, als er einen Schritt auf mich zugeht, sich vorbeugt und seine Zunge sacht über meine schweißnasse Wange gleiten lässt. Fast im gleichen Moment ertönt hinter ihm ein so aggressives, bösartiges Knurren, dass ich brutal in die Realität zurückgerissen werde und ihm eine Ohrfeige verpasse, die sich gewaschen hat.

Als würde mein Schlag mich wecken, übernimmt mein Kopf sein altvertrautes Kommando und befiehlt mir zu fliehen. Blitzschnell drehe ich mich um und beginne zu rennen, ohne einen Blick zurück, denn ich will nur das in Erinnerung behalten, was vor meiner Ohrfeige geschehen ist. Jenes weiche, vertraute Sehnen, das mich gleichzeitig in Flammen stehen ließ.

Erst als ich den Pfad zurück zur Promenade erreicht habe und mir sicher bin, dass mir niemand folgt, klammere ich mich an einen dünnen Baum und muss mich in einem jäh aufwallenden Würgen nach vorne beugen, das aber so rasch wieder verebbt, wie es gekommen ist. Meinem Magen gefällt überhaupt nicht, was ich hier tue, und nun sitzen die Schmerzen auch in meiner Hüfte und meinen Lendenwirbeln. Doch irgendetwas in mir ist so euphorisch, dass ich trotz meines Schreckens mein kurzes Glück in die Welt hinausbrüllen möchte. Glück? Ronia, reiß dich zusammen, versuche ich mich zu zügeln, dieser Mistkerl hat dich abgeleckt …

Nein, das hat er nicht, das war kein Ablecken, das war – ja, was war es denn nun? Respektlos ist er gewesen, das steht außer Frage, so etwas tut man nicht, aber ich hab es zugelassen, oh, nicht nur das – ich habe es gewollt. Ohne es zu wissen. Ich wusste es erst in dem Moment, als es geschah. Immerhin, er hat seine Revanche bekommen. Ich hab ihm eine geknallt. Leider bin ich mir ziemlich sicher, dass er das lediglich lustig fand. Er ist meinem Schlag ja nicht mal ausgewichen.

Und was, bitte, habe ich kurz vorher für einen Bullshit zum Besten gegeben? Dass ich ihn suche? Oh, verflucht. Meine Euphorie verpufft und die eisige Kälte auf meinem verschwitzten Rücken spornt mich dazu an, mich wieder in Bewegung zu setzen, um endlich unter eine heiße Dusche zu kommen. Ich hole mir den Tod, wenn ich weiter im Nebel stehen bleibe.

Habe ich das denn wirklich gesagt? Oder nur gedacht? Dass ich ihn suche? Ich habe ihn nicht gesucht. Ich wollte nur laufen gehen. Es ist nicht wahr, was ich da gedacht oder gesagt habe. Aber in diesem Augenblick war es die einzige Antwort, die meine Seele zugelassen hat. Es gab keine andere. Es war wieder da gewesen, ohne einen Cocktail oder zermürbenden Kummer – dieses weite Reich in meinem Herzen, das sich dann zu öffnen beginnt, wenn er vor mir steht. Es überträgt sich auf meinen ganzen Körper und mein Kopf wird zum Nebenschauplatz – ist es etwa das, was Wissenschaftler meinen, wenn sie davon reden, dass Anziehungskraft zwischen Mann und Frau nicht mehr als eine hormonelle Wechselwirkung ist? Denn ich wollte nicht mit ihm sprechen oder gemeinsam ins Museum gehen oder über Philosophie diskutieren. Ich wollte ihn spüren.

Zu Hause brauche ich drei Anläufe, bis ich es schaffe, auch mein Gesicht und meine Haare unter den Duschstrahl zu halten, denn es schmerzt mich fast körperlich, Jans Berührung von meiner Wange zu waschen. Wieder kommt mir alles so unwirklich vor, unsere wenigen Worte, mein Blick, die sich bewegenden Nebelschwaden. Gab es dieses stille Einverständnis und die tief empfundene Nähe zwischen uns wirklich oder ist dieses Gefühl nur im Rausch meiner Endorphine entstanden?

Als ich aus der Dusche trete, krampft auch mein Bauch und ich fühle mich so elend, dass ich mich für ein paar Minuten flach auf den flauschigen Badezimmerteppich lege. Ich sollte etwas trinken. Mir die Waden mit einer von Jonas' wärmenden oder kühlenden Sportsalben einreiben. Die Party bei Chiara streiche ich, das schaffe ich nicht und ich will es auch nicht. Ich habe Angst, dass sich verflüchtigt, was auf der Brücke geschehen ist, es waren schließlich nur wenige Sekunden gewesen und ich weiß nicht einmal, was real war und was nicht – doch ich will sie bewahren.

Ich möchte seine Stimme wieder hören. Er soll noch mehr zu mir sagen. Was es ist, ist mir beinahe egal, doch es soll mich meinen und ich will dabei spüren, dass er mich begehrt. Am besten jedoch sagt er gar nichts. Wir bleiben wortlos.

Ja, in meinen Fantasien bleiben wir wortlos.

Die ganze Nacht, in der ich wach und mit schmerzenden Muskeln in meinem Bett liege, die Hand auf meiner Wange, sagen wir kein einziges Wort.

Alles, was die Engel dieser Nacht hören, ist das Schlagen unserer Herzen.

Goldschimmer

Nicht schon wieder … und vor allem nicht jetzt«, knurre ich unwirsch, als mein Handy heute früh gefühlt zum hundertsten Mal klingelt. Doch nach einigen Sekunden siegt meine Neugier. Mit der Rasierklinge in der Hand und einem schaumbedeckten Bein hüpfe ich barfuß und so gut wie nackt durch den Flur zur Kommode, wo mein Samsung gerade neuen Saft bekommt. Wer wird es jetzt sein? Wieder Johanna? Jonas? Chiara, die immer noch sauer ist, weil ich ihre Party verpasst habe? Meine Eltern, bei denen ich in der Zeit vor Ostern alle Jahre wieder ein tägliches Anruf-Abo habe, weil es immer irgendetwas zu tun gibt, wobei sie mich »dringend« brauchen?

Nein. Keiner der üblichen Verdächtigen. Diese Nummer kenne ich nicht, doch sie hat eine Heidelberger Vorwahl. Jemand von der Uni? Habe ich irgendwelche Fristen verpasst? Oder meine Seminaranmeldungen verschwitzt?

Mit einem unguten Gefühl melde ich mich.

»Frau Leonhard? Kai Schuster hier, bitte entschuldigen Sie, dass ich Sie privat störe, Ihre Mutter hat mir Ihre Mobilnummer gegeben, denn es ist dringend.«

Oh. Kai Schuster – das ist mein Dozent aus der späten vorchristlichen Zeit, Schwerpunkt Frankreich; Römer und Gallien. Vergangenes Jahr habe ich bei ihm eine glatte Eins geschrieben und unter seiner Leitung erfolgreich ein Ausgrabungspraktikum absolviert (meine erste Vasenscherbe), also kein Grund für irgendwelche Beschwerden – was will er von mir?

»Hallo, Herr Schuster«, entgegne ich lahm und verspüre das dringliche Bedürfnis, mir eine Hose anzuziehen und meinen Ladyshaver in einem hohen Bogen von mir zu werfen. Stattdessen lege ich ihn auf das Telefonbuch, als handele es sich um eine geladene Waffe, und versuche, den herunterlaufenden Rasierschaum an meinem linken Bein zu ignorieren. Es ist generell idiotisch, sich fürs Joggen die Beine zu rasieren, aber von einem Unidozenten dabei erwischt zu werden, fühlt sich beinahe unanständig an.

»Störe ich gerade?«, scheint Herr Schuster meine wild umherspringenden Gedanken zu wittern.

»Nein, alles gut, Sie stören nicht. Was gibt es denn?«, frage ich, obwohl mir eher nach »Was habe ich verbrochen?« zumute ist.

»Forschungssemester an der Saône, ab Mitte August zwei Monate und dann im Frühjahr wieder zwei Monate – ein gerade entdecktes gallisches Oppidum samt Müllgrube und römischen Spuren. Wir haben beides in einem, Römer und Gallier! Ist das nicht sensationell?«

Kai Schuster wird von seinen Studenten und Kollegen auch liebevoll Idefix genannt. Jetzt weiß ich wieder, warum. Alleine das Wort Gallien zaubert ein Leuchten auf sein Gesicht und sein halbes Leben besteht darin, von gallischen Müllgruben zu schwärmen. Für Archäologen mit Gallier-Fetisch sind Müllgruben so etwas wie der siebte Himmel, da sie allerbeste Rückschlüsse auf den Alltag dieses sagenumwobenen Volkes bieten. Seine Euphorie schwappt bis zu mir in den dämmrigen Altbauflur und ich muss automatisch mit ihm lächeln.

»Das freut mich für Sie«, entgegne ich verständnisvoll, »aber warum … ja, warum …?« Unsicher stocke ich, doch meine Frage ist angebracht – warum erzählt er mir das eigentlich? Wir haben uns zwar gut verstanden, eben so, wie sich Studentin und Dozent verstehen können, aber er wird doch nicht …

»Weil Sie dabei sein sollen, Ronia. Ich darf Ronia sagen, oder? Wenn wir zusammen im Dreck wühlen, duzen wir uns sowieso, spätestens ab der zweiten Woche. Rückenschmerzen und Sonnenbrand verbinden wie kaum etwas anderes, das wissen Sie doch!«

Verwirrt halte ich inne, während der Schaum zu einem See wird und mein blanker Hintern arktisch.

»Dabei sein?«, hake ich ungläubig nach.

»Wir dürfen mit fünf Studenten anreisen, die anderen werden von Frankreichs Universitäten gestellt, und Ronia, ich möchte Sie dabei haben. Keiner unserer Studenten arbeitet so konzentriert und systematisch wie Sie, das wurde mir auch vom Landesamt für Denkmalpflege bestätigt. Ich bestehe darauf, keine Widerrede! Sie kriegen diesen Aufenthalt natürlich angerechnet, es wird die beste Basis für Ihren Master sein und Sie machen doch den Master, oder? Ronia, sind Sie noch dran?«

»Ja, ich … meinen Sie das ernst? Ich darf – ich soll mit nach Frankreich?« Jetzt ist mir mein nackter Hintern gleichgültig. Hier geht gerade ein heimlicher Traum in Erfüllung. Kai Schuster will mit mir und anderen Studenten ein Oppidum ausgraben? Insgesamt vier Monate? Weit weg von dieser spießigen Kleinstadt? Das ist ein Sechser im Lotto!

»Sie müssten lediglich für die Unterkunft und einen Teil der Versorgung aufkommen, die Reisekosten übernimmt die Uni. Bitte überlegen Sie es sich. Ich reserviere Ihren Platz und Sie denken darüber nach, versprochen? Ronia, ich muss weiter, ich habe noch eine Prüfung abzunehmen. Geben Sie mir so bald wie möglich Bescheid, ja? Ich wünsche Ihnen ein schönes Wochenende! Wiederhören!«

Eine Weile bleibe ich wie eine Statue stehen, das Handy noch in meiner Rechten, und lasse seine Worte in mir nachklingen, unsortiert und in einem kunterbunten Tanz, der erst nach und nach ein Bild ergibt. Doch dieses Bild hat Schwachstellen. Vier Monate fort von hier. Kosten für Unterkunft und Verpflegung notwendig, also schätzungsweise 400 Euro im Monat. Mindestens. Ich wusste, dass die Sache einen Haken hat. Denn wie soll ich dieses Geld nur aufbringen? Aber sein Angebot ist der Fingerzeig vom Schicksal, den ich dringend brauche, nachdem ich heute am liebsten vor mir selbst geflüchtet wäre.

Denn mein Leben ist in Langeweile erstickt seit Jans Leckattacke, von der ich immer noch nicht genau weiß, ob er dafür eine Ohrfeige oder einen Kuss verdient hat. Überhaupt konnte ich die neblige Magie unserer Begegnung nur für wenige selige Stunden mithilfe jener schwül-erotischen Fantasien konservieren, in deren zweifelhaften Welten ich mir die kurze Nacht vertrieb. Beim Vogelzwitschern suchten mich stechende Kopfschmerzen in Schläfen und Nacken heim, die sämtliche halbseidenen Kurzfilme gnadenlos verjagten. Das Aspirin jedoch, das ich mit wenigen Schlucken runterspülte, entfaltete eine durchschlagende Wirkung, sodass Jonas mich leichenblass, zittrig und mit einer Wärmeflasche auf dem Bauch im Wohnzimmer vorfand, als er von seiner Nachtschicht nach Hause kam.

Nach einer Palette gezielter Fragen seinerseits und widerwilliger

Antworten meinerseits stellte sich heraus, dass ich nicht etwa krank war, sondern hoffnungslos übersäuert und dehydriert, was sich aber mindestens genauso schlimm anfühlt, wie schwer krank zu sein, und mir eine Lehre war. Genauso wie der wenige Stunden später einsetzende folterähnliche Muskelkater. Jonas und Johanna wurden nicht müde, sich daran zu ergötzen, dass ich weder in der Lage war, in einem für gesunde Erwachsene angemessenem Tempo eine Treppe zu gehen, noch mich ohne Schmerzenslaut zu setzen und wieder aufzustehen. Mit zarten einundzwanzig machte ich Omageräusche und das nach einer Runde Joggen. Gut, es war eine große Runde. Und ich hatte dabei einen Endorphinrausch, der vermutlich mit der Wirkung von harten Drogen mithalten konnte.

Doch trotz aller Pein blieb das leise Lächeln in mir, das die Begegnung mit Jan ausgelöst hatte – und bekam immer wieder Gesellschaft von bohrender Unsicherheit. Wie hat er das eigentlich gemeint? Wie kann man so etwas überhaupt meinen? Er wollte mich damit nicht erniedrigen, oder? Das würde keinen Sinn ergeben – mich erst vor einer Vergewaltigung retten und dann selbst zudringlich werden. Es hatte sich auch nicht zudringlich angefühlt. Nein, wenn ich daran denke, flimmert mein Bauch, als habe jemand eine Kerze darin entzündet. Diese innere Wärme war nie richtig weg und flackerte sogar manchmal auf, ohne dass ich bewusst eine Erinnerung an diesen Abend hervorholte.

Also rappelte ich mich nach meiner Genesung wieder auf und ging erneut laufen, dieses Mal marginal besser ausgerüstet, zur gleichen Zeit am gleichen Tag am gleichen Ort. Der Freitagnachmittag hat sich als ideal erwiesen. Auf Facebook und WhatsApp wird es spätestens ab 16 Uhr totenstill, meine Eltern bereiten in ihrem üblichen Wahnsinn das Kirchenwochenende vor, Jonas spielt Squash oder schiebt Dienst, im Fernsehen läuft nur Mist – die beste Zeit, ein paar Runden zu drehen, in der stillen Hoffnung, dass Jan mir wieder unten am Fluss begegnete.

Denn es kann kein Zufall gewesen sein, dass er über die Brücke gelaufen war, redete ich mir vehement ein. So etwas plant man, aus welchen Gründen auch immer, und ich baute darauf, dass einer der Gründe lautete, dass er gerne auf der anderen Flussseite spazieren ging. Selbst wenn das nicht zu dem passte, was Jonas mir über ihn erzählt hatte. Ein drogenkonsumierender Callboy, der Prügeleien und Mädchenärgern zu seinen Lieblingshobbys zählt, geht nicht in der Natur spazieren. Es ist sogar eher möglich, dass er drüben im Dickicht des Auwaldes Stoff vertickert. Ein ungewöhnlicher Umsatzplatz, sicher, aber im Bereich des Denkbaren.

Letztlich aber musste ich all diese Theorien verwerfen, denn ich traf ihn nicht mehr. Drei Freitage hintereinander ging ich laufen, vergangene Woche das erste Mal ohne anschließende Wadenkrämpfe und Verdauungsstörungen, und trotz eines fiesen grippalen Infekts, der mich anderthalb Wochen flachlegte, bilde ich mir ein, dass ich weniger außer Atem gerate, wenn ich die vielen Stufen zum großen Vorlesungssaal nehme. Aber Jan bin ich nicht mehr begegnet.

Trotzdem will ich heute laufen gehen, denn ich habe mich bis zu meinem Beschluss selbst kaum ausgehalten. Ich muss mich abreagieren. Der Anruf von Idefix ist da nur Öl ins Feuer. Er erfordert eine klare Entscheidung und eigentlich ist sie längst gefallen. Die Schwierigkeit wird darin bestehen, sie zu verwirklichen. Ich will nach Frankreich. Ausgrabungen sind das allerbeste Mittel, um stromernde Straßenjungs mit Hang zum Frauenverführen ein für alle Mal zu vergessen. Außerdem sind vielleicht ein paar nette französische Studenten mit von der Partie, wer weiß. Das Tolle an Ausgrabungen ist, das man stundenlang zusammen auf der Erde sitzt und gar nicht umhinkommt, sich miteinander zu unterhalten – und wenn es nur abends beim Zusammentragen der Ergebnisse ist. In einer gallischen Müllgrube kann mir außerdem kein Mann so schnell davonlaufen.

Blitzartig löst sich meine Starre. Wie ein aufgescheuchtes Huhn flitze ich zurück ins Bad, belasse es bei einem ganz und einem halb rasierten Bein, wische mir notdürftig die Schaumreste von der Haut und ziehe mir meine Laufklamotten über. Mit einem Blick nach draußen vergewissere ich mich, dass die Sonne immer noch scheint. Es ist bereits der zehnte März und der erste warme Frühlingstag, also wie geschaffen für die andere Seite. Denn heute wird die Promenade von übermotivierten Joggern wimmeln. Einige kenne ich bereits vom Sehen, wir grüßen uns sogar, aber Gesellschaft will ich nicht und erst recht keinen Laufkollegen – ich will für mich sein, wenn ich laufe. Oder eben unbeobachtet, falls ich doch …

»Stopp«, herrsche ich mich an. Die anderen Jogger gehen auch nicht an den Fluss, um amouröse Abenteuer zu provozieren. Es wird mir guttun, mich auszupowern. Dieses Mal wird es mir guttun. Es wird …

Beim Blick auf mein Handy kollabieren meine Gedanken und ich bleibe doch noch einmal stehen, obwohl ich es kaum erwarten kann, an die Luft zu kommen. Ich muss es ihnen jetzt sagen. Wenn ich das nicht sofort hinter mich bringe, wird es mich den ganzen Lauf verfolgen. Dann wird es kein schöner Lauf sein. Meine Nasenspitze wird kalt und mein Nacken heiß, als ich ihre Nummer wähle. Sofort nimmt Mama ab.

»Ronia? Ich hab vorhin versucht, dich zu erreichen, aber es war besetzt. Wo bleibst du denn? Du wolltest mir doch helfen, die Kirche zu dekorieren.«

Dumme Entscheidung, Ronia. Sehr dumme Entscheidung.

»Mama, entschuldige, das habe ich vergessen und ich schaffe das auch heute nicht mehr, aber ich rufe wegen etwas anderem an, was viel wichtiger ist …«

Mama schnauft so laut, dass ich es hören muss, und ich verspüre den Wunsch, sie anzufauchen. Nein, natürlich kann nichts wichtiger sein, als den Altar mit Weidenkätzchen zu dekorieren. Warum macht sie es nicht alleine? Oder mit Frau Kehrlein? Die brennt doch darauf. Ich hab es eh immer falsch umgesetzt, nie war es recht. Außerdem bin ich nicht ihre persönliche Angestellte. Ich habe keinen Pfarrer geheiratet, ich bin nur seine Tochter und selbst das hab ich mir nicht ausgesucht.

»Es ist wirklich wichtig«, beharre ich in bemüht freundlichem Ton. »Ich hab die Möglichkeit, an einer Ausgrabung in Frankreich teilzunehmen. Im Spätsommer.«

»Ach so«, antwortet Mama nach einer kurzen Kunstpause latent desinteressiert. »Wieder ein Praktikum?«

»Nein. Ein echtes Forschungssemester, das voll anerkannt wird.«

»Ein ganzes Semester?«, fragt sie gedehnt und hörbar beunruhigt.

»Ja, vier Monate.« Ich fühle mich, als würde ich ein Verbrechen gestehen, voll und ganz schuldbewusst. »Aber in zwei Päckchen, Herbst und Frühjahr, dazwischen bin ich hier und wir dokumentieren die Ergebnisse und ich muss auch nur für Kost und Logis aufkommen.«

»Nur? Ronia, Kind, das ist Frankreich, Frankreich ist ein teures Land und …«

»Aber nicht in Gallien! Nicht dort«, widerspreche ich eifrig.

»Gallien«, echot Mama und dieses eine Wort birgt so viele Untertöne, dass ich mir gar nicht die Mühe machen möchte, sie zu filtern. Sie muss denken, ich habe mich in der Parallelwelt eines Asterix-Heftchens verloren. Mama hat sich noch nie aufrichtig dafür interessiert, was ich in meinem Studium eigentlich genau tue.

»Ronia, das können wir uns nicht leisten, das weißt du.«

»Aber das ist doch Quatsch!« Jetzt habe ich keine Geduld mehr. Mein Ton wird laut und unüberhörbar fordernd. »Erzähl mir keine Märchen, Mama, Vater ist Pfarrer, er verdient wahrlich genug und ich bin das einzige Kind, das sollte bezahlbar sein, es geht immerhin um meine …«

»Wir reden morgen darüber. Ich muss in die Kirche.« Das ist mal wieder typisch. Probleme werden vertagt. Wenn die Kirche nach ihren Weidenkätzchen ruft, ist sowieso alles andere nebensächlich. »Wir sind auch nicht dein persönlicher Klingelbeutel, Ronia. Bis morgen, und sei pünktlich, ja? Wenn du schon heute nicht kommst.«

Ehe ich antworten kann, hat sie aufgelegt. »Wenn du schon heute nicht kommst.« Jetzt muss ich wirklich laufen gehen, sonst demoliere ich die Wohnung. Das darf nicht ihr letztes Wort bleiben. Auf keinen Fall. Und falls doch, dann rufe ich eben im Landesamt für Denkmalschutz an und frage, ob sie Arbeit für mich haben, selbst wenn es bedeutet, dass ich Akten von A nach B schleppe wie im ersten Semester. Aber wird unten an der Filzfabrik nicht die Straße aufgerissen? Vor zweitausend Jahren wimmelte es hier von Römern, sie finden immer etwas, wenn sie bauen oder Kanalarbeiten machen – es wird nur eine Frage der Zeit sein, bis sie Studenten brauchen, die sich darum kümmern. Irgendetwas wird sich ergeben. Es muss!

Unbehaglich schüttele ich meine Waden aus, die nun in hautengen Lauftights stecken und in deren atmungsaktiver Umhüllung sich das rechte Bein komplett anders anfühlt als das linke. Ich hätte doch beide Oberschenkel rasieren sollen. Aber wenn ich nicht wieder in die Dunkelheit geraten will, muss ich aufbrechen. Dennoch hinterlasse ich auf dem AB im Landesamt für Denkmalschutz eine kurze Nachricht mit der Bitte um einen Job, bevor ich die WG verlasse und mich aus der Stadt hinausbewege.

Trotz der sinkenden Abendtemperaturen kommt mir die Luft schwül vor und ich atme erleichtert auf, als ich den Park erreicht habe und die perlende Frische im Nacken spüre, die von den großen, alten Kastanien ausgeht, an deren Ästen sich schon das erste Grün zeigt. Die Luft riecht schwer nach aufkeimenden Blättern und süßer Frühlingserde, ein süchtig machendes Gemisch, das die Wut über die Reaktion meiner Mutter mit jedem neuen Inhalieren weiter in die Ferne rücken lässt. Meine Schritte tun ihr Übriges, langsam fange ich an, es zu genießen, dieses gleichmäßige Auf und Ab im Takt mit meinem Atem; zwei Schritte ein, vier aus, ein Tipp von Jonas, der Gold wert ist. So kann ich sogar das Seitenstechen wegpusten, das mich meistens auf der zweiten Hälfte der Strecke heimsucht.

Am Pier hat gerade ein lang gezogener Flusskreuzer angelegt, dessen Reling in der Abendsonne golden aufglimmt, sodass ich mich im Zickzack durch die herausströmenden Passagiere arbeiten muss. Doch je weiter ich mich von der Promenade fortbewege, desto ruhiger und einsamer wird es um mich herum. Ein Frachter zieht dumpf tuckernd vorüber und mit seinen Bugwellen gesellt sich das herbe, fischige Aroma des Flusses zu dem süßen Erd- und Blütengeruch. Ich spüre die labende Kühle des Wassers bei jedem Atemzug. Es ist schön zu leben, denke ich spontan, als ich auf den Pfad hoch zur Brücke einbiege. Ja, es ist schön, endlich ist es wieder schön … Habe ich etwa den Moment erreicht – den so lange ersehnten Moment, in dem Lukas' Worte mich nicht mehr tangieren? Kann ich wieder nach vorne blicken? Mich wieder zeigen? Ach, und selbst wenn sie mich weiter verfolgen – ich habe etwas, worauf ich mich freuen und konzentrieren kann, und ein fettes Lob habe ich gratis dazubekommen: »Keiner unserer Studenten arbeitet so konzentriert und systematisch wie Sie.« Bedeutet übersetzt: Ich bin die Beste! Ja, in diesem Bereich bin ich die Beste. Im Oppidum zählt nicht, was ich im Bett tue und lasse, meine Hände sind nur dazu da, ganz zart jene Schätze zu bergen, die uns den Blick in die Vergangenheit freigeben, auf all die verborgenen Wunder der Menschheit und des Menschseins.

Schon bin ich auf der Brücke und breite im Laufen kurz meine Arme aus, weil ich die Frühlingsluft greifen möchte. Mir ist, als könne ich sie damit in mich aufnehmen und bewahren, meine Waffe gegen all die Widrigkeiten und den Kummer, der mich in meinem Leben noch erwarten wird, und ich bekomme eine leise Ahnung davon, was Vater meint, wenn er in seinen Predigten sagt, dass Gott allgegenwärtig ist. Auch wenn wir ihn nicht spüren und an ihm zweifeln. Er ist da. Ich glaube immer noch nicht an ihn, doch ich koste das überwältigende Gefühl aus, ein sinnvoller Teil des Kosmos zu sein – ob es Einbildung ist oder nicht, will ich heute nicht entscheiden.

Auf der anderen Seite angelangt, nehme ich Tempo heraus und trabe locker dem Kiesstrand entgegen, der etwas breiter geworden ist als im Februar und vom matten Licht der untergehenden Sonne angestrahlt wird. Selbst die dunkelgrauen, sonst so stumpf wirkenden Steine scheinen zu funkeln und zu glitzern. Wieder zieht ein Frachter vorbei. Ich bleibe stehen, schließe die Augen und lausche in gespannter Vorfreude, bis seine Bugwellen an den Strand branden. Es hört sich an, als stünde ich direkt am Meer. Ich war so lange nicht mehr am Meer, zuletzt als Kind in der Bretagne, wo ich mich vor der Flut fürchtete und kaum dem Wasser näherte. Doch trotz des Fernwehs in meiner Brust bin ich froh, hier zu sein – hier und nirgendwo sonst –, die Sonne in meinem Gesicht zu spüren, das Flüstern der Wellen zu hören und den betörenden Duft nach aufbrechendem Grün in mich aufzunehmen. Beim nächsten tiefen Atemzug rieche ich noch etwas anderes – so würzig und penetrant, dass ich mich augenblicklich zurück ins Stadtgeschehen geschleudert fühle, nicht bei Licht und Tage, sondern in warmer, geschützter Dunkelheit.

Vor allem in den Sommernächten riecht man dieses Aroma an fast allen finsteren Ecken, ohne jene Leute zu sehen, die es in die Luft strömen lassen, und es ist mir so vertraut, dass es mir vorkommt, als habe ich jedes Mal mitgeraucht. Dabei saß ich höchstens nebendran und schaute zu. Getraut habe ich mich nie. Trotzdem weiß ich jetzt bereits, dass dieser Geruch mich, wenn ich irgendwann alt und gebrechlich bin, unweigerlich an meine Jugend erinnern und wehmütige Gefühle auslösen wird.

Aber hier, am Rand des Auwalds, hätte ich nicht damit gerechnet. Es passt doch gar nicht. Ich habe auch niemanden gesehen, als ich die Brücke verlassen habe – wann immer ich ihr Ende erreiche, werfe ich einen prüfenden Blick auf das Ufer und den Strand, um zu entscheiden, ob ich nach rechts oder links laufen werde. Auf der anderen Seite sind nicht selten Menschen mit frei umhertollenden Hunden unterwegs – an der Promenade nicht vorstellbar, wo alle paar Meter mahnende Schilder zur Leinenpflicht aufgestellt wurden. Ich pflege keine Hundephobie, bin aber auch nicht böse, wenn sie mir vom Leib bleiben. Die Hundegefahr ist für mich das einzige Manko auf dieser Seite des Flusses. Ansonsten ist sie mir inzwischen lieber als die Promenade. Sie ist reiner und freier. Verwunschener.

Ohne Eile drehe ich mich um, fort von den sanfter werdenden Wellen, und lasse meine Augen über den Waldsaum gleiten. Bisher habe ich mich noch nie hineingewagt, doch heute lockt das Dickicht mich. Die Äste der Bäume sehen aus, als habe sie jemand mit grüner Farbe besprüht, auch wirken sie bewegter und feingliedriger als vergangene Woche noch. Sie strecken und winden sich der Sonne entgegen. Wenn sie erst einmal ihr volles Laub tragen, wird der Auwald undurchdringlich wie ein Dschungel sein.

Meine Schritte knirschen laut auf dem trockenen Kies, als ich hinauf zur Böschung laufe und den schmalen Weg überquere. Von ihm aus führt ein ausgetretener Pfad zwischen zwei mächtigen Platanen hindurch, bevor er sich nach links wendet. Auch ohne Laub stehen die Büsche und Bäume an dieser Abzweigung so dicht, dass ich nicht erkennen kann, was sich dahinter verbirgt – aber der Geruch nach Marihuana ist stärker geworden. Hier muss ich keine Bange haben, dass meine Schritte gehört werden. Denn das weiche, feuchte Gras fängt jedes Geräusch ab, als ich den Pfad nehme und um die Ecke biege.

Ich wundere mich nicht darüber, dass ich weder zusammenzucke noch überrascht bin. Es musste doch so sein. Einen Wimpernschlag lang bleibe ich kühl und unbeteiligt, beobachte nur, als habe ich nichts damit zu tun. Dann schreit über mir ein Vogel auf und flattert mit lauten, harten Flügelschlägen davon. Ich kann nicht sagen, ob Angst in seiner Kehle lauerte oder Freude, doch mein Herz beginnt so schnell zu schlagen, dass meine Beine wieder laufen wollen – auch, um die bittere Enttäuschung in meinem Bauch zu zersprengen.

Das hier ist wieder nur ein Beweis mehr dafür, was Jonas an Schauergeschichten erzählt hat. Die ganze Zeit hatte ich den Fund dieser Schmuddelseite im Internet verdrängt, denn die Vorstellung, dass ein Callboy mir über die Wange leckt, war inakzeptabel gewesen. Jetzt sehe ich diese Website wieder so deutlich vor mir, dass ich nicht ausweichen kann. Sie ist genauso unmissverständlich, wie die Realität mir zeigt, dass Jonas recht hatte: Jan sitzt auf dem Boden, unter sich seine abgewetzte Lederjacke, lehnt sein Kreuz entspannt an einen breiten Baumstamm und kifft. Ob er mich bemerkt hat, weiß ich nicht, ich schätze aber, es ist ihm sowieso gleichgültig, wer auch immer ihn bei seinem berauschenden Vergnügen erwischt. Jemand wie er kennt seine Gesetzeslücken genau und Haschischkonsum für den Eigenbedarf wird ja toleriert.

Mir ist es allerdings zu einfach, kehrtzumachen und mich weitere drei Wochen erfolglos im Vergessen zu üben – ein altes und lückenhaftes Rezept, das noch nie aufgegangen ist. Lieber streite ich mich vorher noch ein bisschen mit ihm, vielleicht wird es dann leichter.

So lautlos wie möglich schleiche ich mich an ihn heran und an ihm vorbei, kehre ihm einige Meter von seinem Baum entfernt den Rücken zu und gieße mir den Rest des Wassers über mein Gesicht, denn das synkopische Jagen meines Pulses macht es mir unmöglich zu sprechen. Ich muss zu Atem kommen.

Der ovalförmige, dunkelgrüne Tümpel vor meinen Füßen schenkt meinen Augen ein wenig Ruhe, entwickelt aber gleichzeitig einen Sog, der mir unheimlich ist. Seen, denen man nicht auf den Grund blicken kann, mochte ich noch nie. Man weiß nicht, was unter ihrer Oberfläche lauert. In diesem Teich könnten sich verwesende Leichen und Tierkadaver befinden – oder aber verwunschene Nixen mit grünen, großen Augen wie meinen, langem Haar und spitzen Öhrchen.

Als würde dieses Bild mich beflügeln, drehe ich mich in einer gleitenden Bewegung zu Jan herum und schaue dabei zu, wie er den Rest des Joints inhaliert, genüsslich und mit halb geschlossenen Augen, bevor er ihn ausdrückt und hinter sich ins Gebüsch wirft. In seinen Ohren stecken Kopfhörer, er konnte mich nicht kommen hören; ich hätte mir mein blödes Indianeranschleichen ruhig sparen können. Aber warum ist er dann nicht erschrocken? Mit der Linken zieht er sich unvermittelt die Stöpsel heraus, bleibt jedoch sitzen. Ist das eine Aufforderung?

»Also stimmt es«, stelle ich mit rauer Stimme fest. »Das mit den Drogen.«

»Ja, stimmt«, antwortet er unberührt und streckt sich, bevor er die

Arme hinter dem Kopf verschränkt und seine Lider vollständig herabsinken lässt. Unwillkürlich taste ich nach meinem Handy, das in der Potasche meiner Laufhose steckt und mir ein viereckiges Hinterteil verleiht. Kann ich mir diesen Anblick merken? Und zu Hause malen? Nein, verdammt, so gut malen kann ich nicht. Ach, was denke ich da nur wieder – hab ich nicht gehört, was er gerade gesagt hat?

»Ich kiffe«, bestätigt er meine mühevoll rekapitulierenden Gedanken. »Und, weiter?«

Frustriert lasse ich meinen Atem durch die Nasenflügel strömen. Ich frage ihn aus und fühle mich dabei, als würde ich mich in einem Verhör befinden. Das passt mir gar nicht. Trotzdem mache ich weiter.

»Nur Kiffen? Nicht auch anderes? Oder ist das ein Polizistenmärchen?«

»Korrekt, auch anderes. Hab es aber reduziert. Sonst noch was?«

»Warum hast du es reduziert?« Eine Sozialarbeiterfrage, ich weiß, aber ich will irgendetwas Gutes hören, etwas Geläutertes, Erwachsenes. Etwas, was ihn rettet, wenigstens ein bisschen.

»Gibt mir nicht mehr viel.«

»Was hat es dir denn gegeben?«, bleibe ich stur. Noch immer lässt er seine Augen geschlossen und wieder verspüre ich den bohrenden Wunsch, seinen Anblick festzuhalten, obwohl mir genau das wie ein Frevel vorkommt. Doch ich habe schreckliche Angst, dieses Bild für immer zu vergessen. Dabei ist er vermutlich nicht nur bekifft, sondern auch betrunken. Neben ihm liegt eine leere Bierflasche im Gras. Es wird nicht die einzige gewesen sein.

»Ach, man glaubt, seinen Horizont zu erweitern, und testet immer mehr und immer härtere Sachen und in anderen Kombinationen und letzten Endes …« Er spart sich weitere Erklärungen. Nur ansatzweise die richtige Antwort, Jan, denke ich fast verzweifelt, doch noch dominanter als die Unzufriedenheit über seine lapidaren Wortmeldungen ist meine Sorge um ihn. Harte Sachen – ist Kiffen nur eine Aufwärmübung? Er sagte, er habe es reduziert. Und nicht, er habe damit aufgehört. Also tut er es immer noch. Ich gehe vor ihm auf die Knie, ohne mich um die normalerweise übliche Distanzgrenze zu kümmern, und starre argwöhnisch auf seine nackten Unterarme. Sind das Einstiche? Nein, Leberflecke, wie dunkle Sommersprossen, vier am linken und zwei am rechten Arm. Es sind doch Leberflecke, oder?

»Das ist doch der letzte Dreck. Hältst du mich für dumm?«

Allein sein Tonfall lässt mich aufspringen und zwei Meter zurücktreten.

»Du sagtest, harte Sachen, und Heroin ist eine …«

»Wenn ich mal sterben will, nehme ich Heroin. Okay? Da ich aber leben will, lass ich die Finger von Müll. Ich bin kein Junkie, Mädchen, ich hab was in der Birne, und zwar nicht zu knapp.«

»Falls dein übersteigertes Selbstbewusstsein noch Platz dafür lässt«, entgegne ich bärbeißig. Meine Herren, da ist jemand aber überzeugt von sich. Doch er grinst nur.

»Lässt es, glaub mir. Genug Space übrig. Ich muss mich hier aber nicht rechtfertigen, bilde dir das bloß nicht ein. Mir ist egal, was du davon hältst – und was all die anderen davon halten. Mir macht's Spaß, mal dieses und jenes auszuprobieren und dann wieder sein zu lassen. Nichts bleibt. Alles im Fluss.«

Oh, jetzt auch noch ein Grundkurs in Drogenphilosophie. Nichts bleibt, alles im Fluss. Ähnlich wird er es mit dem Frauenvolk handhaben. Ab und zu was Neues ausprobieren und dann wieder ausmustern, bevor es langweilig wird. Warum hat er mich dann bisher nicht ein einziges Mal direkt angeschaut, sondern nur in dem Moment, als ich ihm den Rücken zuwendete? Angst? Oder gehöre ich bereits zum alten Eisen?

Ich bin es jedenfalls überdrüssig, Fragen zu stellen, die unbefriedigende Antworten ernten, doch ich kann mich auch nicht dazu durchringen zu gehen. Sollte ich jetzt gehen, wird es ein hohles, leeres Gefühl in meinem Bauch hinterlassen und ich werde mich mit noch mehr Vermutungen und Theorien martern, als ich es in den vergangenen Wochen schon getan hatte. Wenn er mit mir spielt, will ich wenigstens die Regeln kennen.

Doch er regt sich nicht, sitzt da wie ein Aktmodell, das gerade porträtiert wird, und lauscht mit geschlossenen Augen in den Himmel. Die untergehende Sonne leuchtet ihn von der Seite an, sodass ihn die harten Schatten seiner rechten Gesichtshälfte reifer und älter wirken lassen, als er ist. Aber zugleich verleihen sie ihm eine fast überirdische Ausstrahlung. Wenn er sich in der nächsten Sekunde in pures Licht verwandelte und auflöste, würde es mich nicht mehr verblüffen, als wenn er endlich seine Augen öffnen und mich anblicken würde.

Da aber nichts von beidem passiert, fummele ich nun doch mein Handy aus der Hosentasche, schalte die Videokamera ein und gebe mir keine Mühe, mein Vorhaben in irgendeiner Weise zu vertuschen. Ja, ich filme ihn – das will er schließlich, oder?

Wieder wandert das überhebliche Grinsen über sein Gesicht. Wie kann er wissen, was ich tue, er sieht doch nichts?

»Findest du mich schön?«

Mit der Kamera in der Hand gefriere ich zu Eis. Na prima, Ronia, das hast du ja toll hingekriegt. Verbissen schweige ich.

»Ich hab dich was gefragt, Ronia. Findest du mich schön?«

Genervt schalte ich die Kamera aus und stopfe das Handy zurück in meine Tasche.

»Du bist der schönste aller Männer und zu unserem großen Glück hältst du dich auch dafür. Aber selbst wenn es so wäre und du ein Mann und kein eingebildeter Knabe …« Ich muss Luft holen. Erst jetzt merke ich, dass ich vom Laufen noch aus der Puste bin, und plötzlich bricht mir der Schweiß aus allen Poren. Mit dem Handrücken wische ich ihn mir von der Stirn und den Schläfen. »Selbst wenn es so wäre«, fahre ich leiser fort, »bedeutet es nichts. Gar nichts.«

»Warum filmst du mich dann? Das sind nur Abbilder.« Abfällig wedelt er mit der Hand, als würde ihm das täglich passieren. Ich weiß nicht, was ich erwidern soll. Die Wahrheit? Und dann meinen Worten in der nächsten Sekunde widersprechen?

»Vielleicht, um mir genau das vor Augen zu führen. Dass es nur Abbilder sind. Nichts sonst«, lüge ich, doch ich finde, es ist eine gute Lüge. Ich schlage ihn mit seinen eigenen Waffen. Er lacht lautlos auf und erhebt sich, um so nah an mich heranzutreten, dass ein Hauch Tabak und verfliegende Moleküle eines orientalischen Männerparfums meine Nase streifen. Mit dem Parfum hatte ich nicht gerechnet. Es macht mich schwindelig.

Jetzt ist es gut möglich, dass er mich ansieht, er wird wohl kaum mit geschlossenen Lidern aufgestanden sein. Doch meine Augen kleben an seinen Boots, die gut und gerne 300 Euro gekostet haben werden, wenn nicht mehr. Muss sehr beliebt sein bei seinen Kundinnen, der schöne Jan. Hatte er heute schon eine? Trägt er deshalb Parfum?

»Viel Spaß noch«, sage ich kalt und wende mich ab, doch meine linke Hand schert sich nicht um meine abweisenden Worte.

Es könnte Zufall sein, eine versehentliche, flüchtige Berührung, schließlich stehen wir eng beisammen und sind eingerahmt von Bäumen und Büschen. Doch es entflammt mich wie ein Gewitter, das sämtliche Nervenbahnen entlangjagt, als ich meine Hand hebe und meine Fingerknöchel wie zum Abschied über seinen nackten Unterarm streifen lasse. Seine Haut ist weich und warm und ich spüre, wie ein Schauer durch seinen Körper läuft. Sofort wende ich mich ab und renne davon.

Der Nachhall unserer Berührung wandert noch heiß durch meine Venen, als ich mit knirschenden Schritten über den Kiesstrand laufe und den Brückenpfeiler anpeile, doch ehe ich ihn erreicht habe, hat Jan mich eingeholt und in der Bewegung herumgewirbelt, nur durch seine Gegenwart; er hat mich nicht berührt. Rückwärts bewege ich mich dem verwitterten Beton der Brücke entgegen, sicher und geschmeidig wie eine Katze – es ist keine Flucht, sondern ein Locken. Der Schatten der Brücke ist bereits über uns, und ehe ich beschließen kann, etwas zu tun oder gar abzuhauen, drückt er mich gegen die kalte Wand und umfasst mit der Linken mein Gesicht.

Ich stöhne auf, als ich seinen Atem auf meinen Lippen fühle, jetzt noch nicht, doch, tu es, ich will es, aber er wartet, zögert es heraus, bis ich kaum mehr stehen kann und meinen Kopf drehe, um meine Zunge auffordernd über seine Fingerspitzen wandern zu lassen.

Mit einem Knurren beißt er in meinen Hals, nun umschließt er mein Gesicht mit beiden Händen, löst seine Zähne wieder, atmet, wartet, sagt nichts, bis unsere Lippen sich endlich finden und so vorsichtig und scheu liebkosen, dass ich aufwimmern möchte. Nur sein Knie, das er zwischen meine Schenkel geschoben hat, hält mich davon ab, die Balance zu verlieren.

»Nein«, flüstert es in mir, als er mich unvermittelt loslässt und zum ersten Mal anschaut, aus dunklen, schmalen Augen. Jung, denke ich. Du bist so jung … Was ist nur mit dir passiert?

Fast ungläubig schüttelt er den Kopf und schnuppert an seinem Handrücken, als wolle er sich beweisen, dass das hier wirklich geschehen ist, bevor er sich ohne ein Wort wegdreht, in seinem lässigen, aber kraftvollen Gang den Kiesstrand überquert und im Dickicht des Auwalds verschwindet.

Noch minutenlang stehe ich da, höre meinem Atem und Jans verklingenden Schritten zu, bis das rote Licht der untergehenden Sonne mich blendet und die Kälte des Abends das Feuer in mir besiegt. Mein Laufen gleicht einem sanften Schweben, als ich von der Brücke zurück in die Stadt finde und ihre bunten Häuserreihen betrachte, als sähe ich sie zum ersten Mal.

Ich möchte das wieder spüren.

Es war zu schön und zu schnell vorüber, um daran zu glauben, um sich auch nur eine Sekunde darauf zu verlassen. Es darf nicht das letzte Mal gewesen sein.

Und doch war es so gewaltig, dass ich es kaum fassen kann, weder in meinem Kopf noch in meinem Herzen. Ich werde Tage brauchen, um es in mich aufnehmen zu können, ohne mich unentwegt danach zu sehnen, dass es wieder geschieht.

Mit niemandem werde ich darüber reden. Jeder würde es kaputt machen, es zu Dreck verkommen lassen. Keiner würde es verstehen.

Es gehört nur mir.

Morgengrauen

Es ist nicht mein heiseres, hilfloses Schreien, das mich endlich aus meinem Traum reißt, sondern das Licht – matt und pulsierend, in einem sanften Dunkelblau, wie es meine Nachttischlampe nie hatte, und für einen Moment glaube ich, dass es das ist, was mich in diesen Albdruck geschickt hat. Etwas Schreckliches ist passiert, alle Lichter erlöschen für die Ewigkeit, die Welt stirbt. Dunkelheit überall.

Während das Pulsieren schwächer wird und sich schließlich im Morgengrauen auflöst, quält sich erneut sein Name aus meiner Kehle: »River!«

»Ronia! Ronia, wach auf, es ist nur ein Traum, wach auf.«

»Oh Gott«, flüstere ich panisch und nun wieder mit meiner eigenen, normalen Stimme. »Oh Gott, war das furchtbar …«

»Mach die Augen auf. Ronia? Bitte versuche, deine Augen zu öffnen.«

Mühevoll gehorche ich und es wirkt sofort. Die letzten Schatten der Dunkelheit weichen von mir und damit auch die Erinnerung an das pulsierende Licht. Doch was im Traum geschehen ist, bleibt in meinem Gedächtnis, in all seiner grausamen Brutalität. Während ich es zulasse, dass Jonas meine verkrampften Fäuste von der Bettdecke löst und mir das verschwitzte Haar aus der Stirn streicht, sehe ich mich wieder dort stehen, in einem finsteren, verwunschenen Irrgarten, und die Dämonen schießen aus dem schwarzen Nichts des Nachthimmels auf mich herab. Geflügelt sind sie und mit spitzen, scharfen Schnäbeln und Krallen bestückt, die an mir zerren und auf mich einhacken. Doch der körperliche Schmerz war es nicht, der dieses abgrundtiefe Grauen auslöste. In mir hatte etwas geschrien, das schlimmer war als der Tod – nämlich eine ewige, alle Zeiten überdauernde Angst um mein Seelenheil. Mein Seelenheil war in Gefahr. Der Tod wäre nur eine Erlösung gewesen.

Verkrampft schlucke ich. Mein Rachen schmerzt, als würde ich eine Halsentzündung bekommen. Wie lange habe ich gerufen, bis Jonas mich hörte? Oder habe ich auch das Rufen nur geträumt?

»Bin okay«, murmele ich matt und streife den Träger meines Nachthemds wieder über die linke Schulter. Doch ich kann Jonas' prüfendem Blick kaum ausweichen. »Mir geht's gut.«

»Ja, sicher.« Jonas schüttelt langsam den Kopf. »Ich hab noch nie erlebt, dass du einen solchen Albtraum hattest …«

»Du schläfst ja auch nicht neben mir«, erwidere ich naseweis, doch er hat recht. Ich bin eine geborene Schönträumerin – falls ich mich überhaupt an meine Träume erinnere. Meistens schlafe ich so fest, dass ich morgens nichts mehr von ihnen weiß. Wenn doch, stammen sie aus einem fernen Märchenwunderland, und falls es mal schlechter läuft, geistern nicht Feen und kühne Ritter um mich herum, sondern böse Hexen und listige Zwerge.

Das hier war etwas völlig anderes gewesen. Diese Bilder waren lediglich eine Verkörperung dessen, was tiefer sitzt und nach wie vor bereit ist, sich zu zeigen. Ich spüre es. Heute Nacht werde ich keine Sekunde mehr schlafen. Es ist zu gefährlich.

»Ich würde es merken, wenn du schlecht träumst, glaub mir – vor allem, wenn du dabei …« Jonas zögert.

»Was, wenn ich dabei?«, hake ich unsicher nach. »Ich hab geschrien, oder?«

»Weißt du auch noch, nach wem?« Jonas klingt gefasst, doch in seinen Augen sehe ich etwas aufblitzen, das sich in meiner Spiegelung anfühlt wie Angst.

»Keine Ahnung. Weiß nicht.« Es kommt mir von Sekunde zu Sekunde unwirklicher vor. Selbst wenn ich nach ihm gerufen habe – warum habe ich dann nicht seinen richtigen Namen benutzt?

»River.« Jonas' sonst so klare Stimme ist rau geworden. »Du hast nach River gerufen. Hat er dir etwas getan? Im Traum? Oder vielleicht sogar …«

»Nein!«, rufe ich etwas zu heftig und schiebe Jonas' Hand von meinem Arm. »Hat er nicht. Außerdem hast du dich verhört, ich habe Hilfe gerufen, nicht River. Hilfe.«

»Klingt ja auch fast gleich.« Jonas atmet seufzend aus. »Ronia, ich weiß, dass du mir etwas verschweigst, seit Silvester, ich bin nicht blöd. Da ist etwas passiert. Und ich schwöre, wenn *er* dir etwas getan hat, dann wird er auf diesem Planeten keine …«

»Er hat mir nichts getan, verdammt!« Ich muss husten, meine Stimme ist völlig lädiert. Nein, Jan hat mir nichts getan, bis auf die Tatsache, dass seit unserem Kuss mein komplettes Innenleben ein erotisches Katastrophengebiet geworden ist und ich ganze Stunden damit zubringe, im Internet nach ebensolcher Musik zu suchen (und es gibt sie), sie zu hören und dabei unseren einen Kuss unzählige Male von Neuem zu durchleben – was so unbefriedigend schlecht funktioniert, wenn Jan nicht dabei ist. Aber an diesem Albtraum ist er nicht schuld, das weiß ich so sicher wie das Amen in der Kirche, auch wenn jeder Psychologe samt Jonas und Johanna das Gegenteil behaupten würde. Es sei denn, sie würden die Geschichte mit der Beinahe-Vergewaltigung kennen. Doch auch sie scheint mir nicht in Zusammenhang mit dem Traum zu stehen. Sie hat mich eine Weile vor dem Einschlafen begleitet, fast jeden Abend, in kurzen, abgehackten Bildern. Dieser Albtraum aber hatte nur mit mir zu tun. Deshalb macht er mir ja solche Angst. Es waren meine eigenen Dämonen.

»Wie spät ist es?«

Jonas löst seinen Blick mit einem weiteren Seufzen von meinem Gesicht und schaut auf seine Armbanduhr. »Zwanzig nach drei. Meinst du, du kannst wieder schlafen?«

»Bestimmt.« Ich höre mich zuversichtlich an und was will Jonas auch tun? Auf meiner Bettkante sitzen bleiben, als wäre er mein Vater?

»Na gut. Wenn was ist, dann …«

»Ich weiß schon.« Eigentlich ist das erbärmlich. Jonas wartet auf den Moment, in dem es mir so schlecht geht, dass ich zu ihm unter die Decke krieche, und er durchschaut das ebenfalls. Ich sehe es ihm an. Beinahe tut er mir leid deshalb. Seine Miene verschließt sich, als er aufsteht und zur Tür geht – keine Abweisung mir, sondern sich selbst gegenüber. Erst jetzt fällt mir auf, dass er nur eng anliegende Shorts trägt, was ihm ebenso gut steht wie ein Duschhandtuch. Andere Frauen hätten diese Minimalnachtbekleidung sofort registriert. Ich sehe es erst beim dritten Blick.

Der Schweiß auf meiner Stirn ist getrocknet und durch den schlecht isolierten Altbaufensterrahmen zieht es, sodass ich mich wieder unter mein Plumeau schiebe, bis es auch meine Ohren bedeckt. Mit der rechten Hand greife ich nach dem Feuerzeug und zünde die Stumpenkerze auf meinem Nachttisch an. Seit dem Aus mit Lukas habe ich sie stur ignoriert, doch ebenso wenig brachte ich es übers Herz, sie wegzuwerfen. Das letzte Mal flackerte ihre Flamme und warf unruhige Schatten an die Zimmerwände, als wir miteinander schliefen.

So viel ist passiert in den vergangenen drei Monaten – und doch so wenig. Noch immer weiß ich nicht, wie Jan sich gegen die drei Typen behaupten konnte. Dabei hatte ich mich deshalb tagelang mit Fragen gemartert. Doch wenn wir uns begegneten, war diese Sequenz wie gelöscht – als sei sie nie passiert. Er schafft es, mein Denkvermögen außer Kraft zu setzen, und ich bin ihm nicht böse deshalb.

Doch jetzt, in diesen dunklen Stunden einer endlos erscheinenden Nacht, kommt mir die Szene wieder in den Sinn und zum ersten Mal wird mir bewusst, wie ähnlich die Begegnungen mit den drei Typen und die mit Jan im Grunde waren – vor allem unser letztes Aufeinandertreffen auf der anderen Seite des Flusses. In der Silvesternacht wollte ich weglaufen und der Dicke hat mich gepackt und an die Wand gedrückt – kalt war sie und hart, wie die Wand der Brücke. Auch Jan hat mich verfolgt, um mich zu packen und – nein. Nein, er hat mich nicht gepackt. Ich hatte ihn hinter mir gespürt und mich in der Bewegung umgedreht – und danach war es keine Flucht mehr, denn ich hatte ihn mit jedem meiner Rückwärtsschritte gelockt.

Trotzdem, wo liegt der Unterschied? Denn dann hat er mich gegen die Brückenwand gedrückt und sein Knie zwischen meine Beine geschoben – aber nicht um mich zu fixieren, sondern am Fallen zu hindern? Mit geschlossenen Augen versuche ich mich in diese Sekunden zurückzuversetzen, was mir ein Leichtes sein sollte, denn ich habe es bereits unzählige Male getan.

Er ließ mir Raum. Das war der Unterschied! Genau, das war es, dieser Raum, obwohl Jan mir so nah war. Ich hätte jede Sekunde gehen können, ohne die geringste Schwierigkeit. Noch nie habe ich mich in seiner Gegenwart eingeengt oder bedroht gefühlt – was Jonas vermutlich weder glauben noch verstehen würde, denn er ist blind davon ausgegangen, dass ich Jans Namen rief, weil er mir etwas angetan hat. Ihm würde gar nicht in den Sinn kommen, dass ich Jan um Hilfe angerufen habe.

Aber die Berührung seiner Zunge auf meiner Wange, der Kuss, seine Nähe – all das war keine Gewalt gewesen. Ich war jederzeit frei, mich umzudrehen und zu verschwinden. Er hätte nicht versucht, mich aufzuhalten. Außerdem wollte ich, was er tat. Ich wollte es so sehr.

Fast erlöst lasse ich meinen Atem durch meine Brust fließen, als ich tief in meinem Herzen spüre, dass ich mir nichts einrede oder zurechtkonstruiere. Es ist die Wahrheit. Er lässt mich frei.

Aber genau darin lauert auch die Gefahr. Es bedeutet mir etwas und das darf es nicht, denn ihm ist gleichgültig, ob ich da bin oder nicht. Bedeutet denn auch er mir etwas? Ist das so?

Doch wie kann ein Fremder mir etwas bedeuten – vor allem, wenn es jemand ist, der in sich sämtliche Negativattribute vereint, die ein Mann bieten kann, sofern man sich auf die inneren Werte fokussiert, und die waren mir doch immer das Wichtigste? Allein das ist ein Widerspruch.

Es ist doch gut möglich, dass nur ich dieses grenzenlose, alte Vertrauen zwischen uns fühle, das sich meiner Vernunft entzieht und jeder Beschreibung trotzt. Es ist sogar wahrscheinlich, dass nur ich es fühle. Ich kann mir nicht vorstellen, dass er in diesen Minuten ebenfalls wach liegt und an mich denkt – ach, dass er überhaupt jemals nachts nicht schlafen kann, weil ich durch seinen Kopf wandere.

Obwohl ich ruhiger bin als vorhin, bemächtigt sich ein elendig schwaches Gefühl meines Magens. Das muss aufhören, das mit ihm und mir, und wenn es nicht aufhört, muss es zumindest anders laufen als mit den Männern vor ihm. Er darf mir nicht zu wichtig werden. Ich habe schon so viele Stunden nur in Gedanken an ihn verbracht.

Ich sollte wieder vernünftig werden. Es gibt bedeutungsvollere Dinge und Herausforderungen in meinem Leben. Noch immer nicht ist es mir gelungen, meine Eltern davon zu überzeugen, dieses Forschungssemester finanziert zu bekommen, und auch vom Landesamt für Denkmalpflege erreichte mich kein Jobangebot. Mir ist klar, dass meine Eltern auf Zeit spielen, und das verstärkt mein Ohnmachtsgefühl nur. Sie warten darauf, dass ich von alleine aufgebe. Bisher war es immer so gewesen. Doch dieses Mal will ich mich durchsetzen. Ich möchte nach Frankreich und dann werde ich Jan sowieso nicht wiedersehen.

Erneut schiebe ich meinen rechten Arm aus dem warmen Deckenkokon und hole mein Handy vom Nachttisch, um das zu tun, wovor ich mich seit unserer letzten Begegnung drücke. Ich will mir die kurze Filmaufnahme ansehen, die ich unten am Fluss von ihm gemacht habe. Zwei Wochen liegt unsere Begegnung bereits zurück und ich konnte mich nicht dazu überwinden, sie mir anzuschauen. Diese Nacht ist der beste Zeitpunkt dafür. Nichts kann aufwühlender sein als der Traum.

Trotzdem wird mir flau, als ich die Galerie aufrufe und das Video aktiviere. Schon in der ersten Sekunde beginnt mein Herz schneller und härter zu schlagen, nicht angstvoll, sondern freudig und erregt. Die Kamera liebkost ihn … Verflucht, sieht er schön aus, wie er so ruhig und selbstverständlich an dem Baum lehnt und die Sonne in seinem Gesicht spielt. Mit seiner ebenmäßigen Haut, dem in die

Stirn fallenden Haar und seinem fernen Blick, der sich hinter geschlossenen Lidern verbirgt und doch so präsent ist.

Er pflegt Liebschaften gegen Geld, bläue ich mir ein, was ich jeden Tag aufs Neue vergesse, und in meinen Nächten erst recht. Das, was ich hier aus purem Trotz heraus gefilmt habe, ist etwas, was andere nicht nur sehen, sondern auch fühlen dürfen – weil sie dafür bezahlen. Sie gönnen ihn sich.

»Nein!«, keuche ich wütend und lösche den Film, bevor ich ihn zu Ende ansehen kann. »Und ja, ich will!«, setze ich zischend hinterher, als das Handy mich fragt, ob ich das wirklich tun möchte. Ich werde mich nicht einreihen in die Riege von Jay Rivers Liebhaberinnen, auch wenn ich bisher kein Geld zahlen musste, weder dafür, ihn betrachten zu dürfen, noch für seinen Kuss noch für seine plötzliche Nähe. Das darf keine Rolle spielen. Ich darf ihm nicht verfallen.

So war es bisher doch immer gewesen: Sobald ich einem Typen derart nahegekommen war wie Jan, hatte sich für mich unweigerlich die Konsequenz ergeben, eine Beziehung anzusteuern. Ein Kuss war nicht nur ein Kuss, sondern ein Versprechen. Genauso, wie eine beschlossene Beziehung mit einem Kuss besiegelt wurde. Ich hatte es nie anders gewollt, aber es war jedes Mal schiefgegangen. Am Anfang schien alles perfekt und ich schwebte auf Wolke sieben, täglich Liebesbotschaften, Herzklopfen, Pläne beiderseits – und dann? Spätestens nach drei Monaten fingen sie an zu stottern und an mir vorbeizuschauen. Oder aber es kam gar nicht erst zu einer Beziehung, weil ich die ewige Flirterei mit ihren erschöpfend vielen Fragezeichen nicht mehr ertragen konnte, Tacheles redete und mir einen Korb einfing. Es war niederschmetternd genug, das zu erleben, das eine wie das andere, mit Jan soll so etwas auf keinen Fall passieren. Ach, es ist sowieso undenkbar, mit ihm auch nur irgendeine Verbindung anzustreben, die einer klassischen Beziehung ähnelt. Wie sollte das auch gehen mit jemandem, der seinen Körper verkauft und in seiner Freizeit mit »Mädchen« spielt?

Nein, dieses Mal werde ich die Zügel in der Hand behalten. Ich werde alles anders machen – und ich werde es steuern, ohne im Gegenzug etwas zu erhoffen. Keine Anrufe, keine Mails, keine Botschaften im Briefkasten, was, das muss ich zähneknirschend zugeben, auch gar nicht möglich ist, da ich von ihm weder eine Telefonnummer noch eine Mailadresse oder gar eine echte Anschrift habe. Ich bräuchte dafür zwar nur ein weiteres Mal ins Internet gehen und nach ihm googeln, seine Seite aufrufen, ihn dort kontaktieren – doch: Ich will es nicht. Denn dann warte ich. Das Warten habe ich satt.

Ich werde wie bisher freitags laufen gehen, mal bis zur anderen Seite, mal nicht. Zwei Abende haben wir uns bereits auf dieser Strecke getroffen. Und er hat ja betont, wie ausgeprägt seine Intelligenz ist, also wird er sich ausrechnen können, dass ich öfter zu dieser Zeit dort unterwegs bin. Wenn er mich sehen will, treibt er sich ebenfalls dort herum. Wenn nicht, tue ich wenigstens was für meine Fitness und werde bei den Ausgrabungen in Frankreich nicht beim ersten schwülen Sommerwetter ohnmächtig.

Eigentlich ist es ganz einfach – ich werde nichts weiter tun, als wie bisher joggen zu gehen. Meine Fantasien reduziere ich, das Suchen von schwülstiger Chilloutmusik auf Youtube auch und ansonsten wird alles so laufen wie bisher.

Den Rest entscheidet das Schicksal. Anders als bisher werde ich dabei nichts erhoffen, was sowieso niemals klappen würde – und selbst wenn, würde es mir meine Zukunft auf einen Schlag vernichten. Keiner würde ihn akzeptieren und mein Studium könnte ich abhaken.

Das zwischen Jan und mir wird niemals eine Beziehung. Es ist

Lichtjahre davon entfernt. Und ich werde mich nicht verlieben. Solange er den jungen Lover für frustrierte Unternehmergattinen spielt und Drogen nimmt, werde ich auch nicht mit ihm schlafen.

Es wird allerhöchstens ein Abenteuer.

Das erste meines Lebens.

Feuerwerk im Bauch

Och nee«, brumme ich unwillig und bleibe so unvermittelt stehen, dass mir ein junger Mann von hinten auf die Hacken tritt. Seine Entschuldigung ignoriere ich. Bereits als ich losgelaufen bin, war ich genervt, doch jetzt bin ich kurz davor, wieder damit anzufangen, an den Nägeln zu kauen. Schon auf dem Weg zum Dom waren mir die vielen fröhlich plappernden Menschen aufgefallen, die Richtung Festplatz strömten, aber ich hatte es in meinem heutigen Dusel auf den Einbruch des warmen Wetters geschoben – denn das hier ist kein frischer Frühlingsabend mehr. Der Wind riecht nach Sommer, obwohl der Kalender Anfang April zeigt.

Es ist einer dieser Tage, an denen man nicht begreift, dass der Winter endgültig vorbei ist, und die laue Luft wie einen Angriff empfindet. Gleichzeitig ist es so schön und befreiend, dass man ununterbrochen draußen sein möchte, um es ja nicht zu verpassen. Doch die Luft duftet nicht nur nach all den lockenden Frühsommernuancen, sondern auch nach gebrannten Mandeln, Zuckerwatte und Frittierfett. Außerdem höre ich die Bässe einer der Bands wummern, die heute Abend spielen werden. Das Brunnenfest hat begonnen, wie jeden ersten Freitag im April. Noch nie hatte ich es vergessen. Jetzt überrumpelt es mich, ich fühle mich sogar gestört davon. Und nun? Mein Programm durchziehen, abseits der Menschenmassen? Oder kehrtmachen und eine Woche verstreichen lassen, in der nagenden Ungewissheit, ob ich ihn wiedersehen werde?

»Ronia, da bist du ja endlich! Wir dachten schon, du …« Wie ich gerade eben bleibt Johanna mitten in der Bewegung stehen und guckt mich rätselnd an, die Hände noch zur Umarmung erhoben. Doch die erspart sie sich. »Wie siehst du denn aus?«

»Wie man eben aussieht, wenn man joggen geht«, verteidige ich mich errötend. Ja, ich mache mich gerade lächerlich. Ich steche in meiner engen Lauftight und meinen neuen knallblauen Asics-Schuhen aus dem Festvolk heraus wie ein Pfau aus einer Hühnerschar. Im Moment wäre ich gerne ein Huhn. Unauffällig und braun gescheckt.

»Joggen? Aber wir …« Johanna dreht sich zu Chiara und Suse um, die beide kopfschüttelnd die Schultern heben. Übersetzung: Wir verstehen es auch nicht. »Wieso denn Joggen?«

»Weil ich jeden Freitagabend laufen gehe, weißt du doch, und ja, ich hab's vergessen …«

»Vergessen.« Johanna kann ein gereiztes Schnauben nicht unterdrücken. »Mann, Ronia, das ist unser fester Termin jedes Jahr, Freitagabend Brunnenfest, wie kannst du so was vergessen?«

Je länger ich hier rumstehe, desto bescheuerter komme ich mir vor. Aber vor allem bin ich sauer. Mir ist, als hätten all die Feiernden meine Hoffnungen zerstört, obwohl ich zu gut weiß, dass ich mir genau diese Hoffnungen untersagt hatte. Aber wenn heute Brunnenfest ist, wird Jan sich sicher auch dort rumtreiben und nicht am Rhein herumstromern und somit …

»Okay, ich gehe nicht laufen«, entscheide ich rasch und setze ein versöhnliches Lächeln auf. »Gebt mir eine halbe Stunde! Ja?«

»Gut«, erwidert Johanna erleichtert, wenn auch zögernd. »Können wir uns auf dem Festplatz treffen? Beim Riesenrad? Ich …« Sie senkt ihre Stimme und kommt näher. »Du weißt doch. Riesenrad.«

»Wow«, raune ich, fühle mich aber gleich noch ein bisschen blöder – und ausgeschlossen dazu. »Glückwunsch.«

»Ist noch nicht sicher, es entwickelt sich gerade. Aber ich möchte, dass du ihn kennenlernst.«

Ich habe sofort verstanden, worauf sie anspielt. Es war seit jeher unsere geheime Abmachung: Wenn wir einen neuen Freund haben und es ist Brunnenfest, treffen wir ihn am Riesenrad und die andere gibt ihr Ja, um die Beziehung zu besiegeln. Ein Mädchenpakt aus der siebten Klasse, der uns Glück bringen sollte. Weder Johanna noch ich haben es je geschafft, uns zum Brunnenfest zu verlieben und diese Verliebtheit auch erwidert zu bekommen, es war wie verhext – und jetzt ist es ihr gelungen. Vor mir. Ich kann es kaum glauben. Offensichtlich war ich stillschweigend davon ausgegangen, dass ich die Erste sein würde, der das widerfährt. Es entwickelt sich gerade, hat sie gesagt, also ist es noch nichts Festes. Sie vertraut sich mir dennoch an, wie früher. Könnte ich ihr denn im Gegenzug von Jan erzählen? Können vielleicht, aber will ich es? Nein. Selbst ihr nicht.

»Bis nachher am Riesenrad«, flüstere ich, nicke den anderen beiden zu und mache kehrt, um zurück zur Wohnung zu laufen, wo ich mich in Windeseile dusche, umziehe und notdürftig schminke. Zu mehr reicht die Zeit nicht. Dennoch hebt sich meine Laune, während ich mich, dieses Mal in langsamerem Tempo und wesentlich unauffälliger, wieder unter die Passanten mische. Es liegt ja durchaus im Bereich des Möglichen, dass Jan auf dem Fest ist – neuer Ort, neues Glück. Es ist sogar noch besser, hier zu sein, als laufen zu gehen, denn ich bin mit meinen Freundinnen unterwegs; niemals kann er mir unterstellen, dass ich ihn meine.

Und doch meine ich ihn, als ich mich der Altstadt mit ihren vielen Brunnen nähere und in die typischen Festgerüche eintauche. Für ein paar Sekunden vermisse ich das kühle Aroma des Flusswassers und das Tuckern der Frachter, dann ergebe ich mich dem, was ich seit Jahren kenne und eigentlich immer geliebt habe. Johanna und ich haben das Brunnenfest stets als romantisch empfunden, vor allem in der Pubertät. Wir konnten stundenlang am Autoscooter verharren und unsere Traumtypen beobachten oder mit großen Augen zum Riesenrad aufschauen und uns ausmalen, wie wir dort einst mit dem Mann unserer Träume die Sterne zählen. Es wird heute anders sein, ein wenig, aber innerhalb dieses Spiels kenne ich die Regeln.

Johanna hat Wort gehalten. Meine Freundinnen warten neben dem Zahlhäuschen des Riesenrads auf mich. Unsere Route ist klar: Erst werden wir etwas essen, dann die Schmuckstände abklappern und uns für den Rest des Abends eine der Bands anschauen.

Jetzt ist es eine richtige Begrüßung, kein verwundertes Starren, und es fühlt sich gut an – erst umarmen Johanna und ich uns, dann die anderen beiden mich, etwas kürzer und weniger herzlich, aber vertraut.

»Pizza?«, frage ich in die Runde.

»Pizza«, ist die einhellige Antwort. Johanna lächelt mich scheu an, als ich Chiara und Suse bitte, sich schon mal anzustellen, wir müssten noch was bereden. Es gibt eben Dinge, die gehen nur Johanna und mich an. Sie zieht mich am Jackenärmel ein paar Meter weiter, sodass wir nicht mehr in den Strom der Menschen gedrückt werden und ungestört sprechen können.

»Und?«, frage ich neugierig. »Ist er da? Hast du ihn herbestellt oder wie hast du das gemacht?«

»Wir haben uns verabredet, was denn sonst!«

»Also wird er … er wird dabei sein? Bei uns?«, vergewissere ich mich irritiert. »Aber wir … es ist doch Mädelsabend.«

»Das hier war nie ein Mädelsabend. Wir waren nur deshalb unter uns, weil wir niemanden hatten. Was ist denn los, passt dir das nicht?«

»Doch, schon okay, klar.« Nein, nicht okay, es passt mir tatsächlich nicht. Aber es gibt auch keinen Grund, etwas dagegen einzuwenden. Also folge ich Johannas gespanntem Blick, als sie sich umsieht und ihn entdeckt. Ihre Augen leuchten auf und sie beginnt, mit beiden Armen zu winken. Es fehlt nur noch, dass sie auf und ab hüpft, so sehr freut sie sich.

»Hey, hier sind wir!« Aufgeregt wendet sie sich mir zu. »Das da ist er, der ganz rechts, mit dem grünen Shirt.«

Bevor ich etwas sagen kann, stürmt sie ihm entgegen, und im gleichen Moment gesellen sich Chiara und Suse samt Pizzastücken dazu, während ich stehen bleibe und mir einzureden versuche, dass ich mich täusche. Doch ich täusche mich nicht. Der Typ in dem grünen Shirt ist Max, einer von Lukas' Kumpels. Er gehört nicht zu seinen engsten Freunden, aber seine Stimme war die einzige außer der von Lukas, die ich erkannt zu haben glaubte, als mein Ex sich an Silvester über meine Bettqualitäten mokiert hatte. Er und Johanna? Ein Paar? Konsterniert schaue ich dabei zu, wie sie sich zur Begrüßung auf die Wange küssen, nicht auf den Mund, und genau das gibt mir Hoffnung. Es ist nicht zu spät. Dieser Abend läuft zwar gewaltig schief, doch noch lässt sich das Ruder herumreißen.

So beschließe ich, vorerst zu beobachten und gute Miene zum bösen Spiel zu machen. Während ich ununterbrochen Max' Blicken ausweiche und immer stiller werde, weil ich Angst habe, jede meiner Bemerkungen könne ihm einen Anlass bieten, mir zu zeigen, dass er weiß, was ich belauscht habe, warte ich mit zunehmender Übelkeit darauf, endlich eine Gelegenheit zu erwischen, unter vier Augen mit Johanna zu sprechen. Denn sie klebt an ihm. Schaut bewundernd zu ihm auf, lacht zu viel, ist zu frech, zu lebenslustig, so kenne ich sie nicht, sie war doch immer das stille, scheue Reh und ich diejenige, die mit ihren unqualifizierten Spontanaktionen die Lacher auf ihrer Seite hatte. Im schnellen Begeistern war ich immer gut – nur eben nicht darin, den Spannungsbogen zu halten. Jetzt aber starre ich verkrampft vor mich hin und kann mich nur ab und zu zu einem gekünstelten Lachen hinreißen lassen.

Erst nach zwei Stunden, als die Band ihr erstes Set beendet hat, muss Johanna endlich aufs Klo – oder, wie sie charmant sagt: »Für kleine Königstigerinnen«.

»Warte, ich komm mit«, verkünde ich hastig und springe auf, bevor Chiara oder Suse es tun können.

»Du? Sind ja ganz neue Sitten«, amüsiert sich Johanna. Ihre Wangen glühen und ihre Augen strahlen, aber irgendetwas an ihrem Gehabe ist nicht echt. Da stimmt was nicht. Weiß sie etwa schon davon? Er wird ihr es doch nicht brühwarm erzählt haben …

»Max ist nicht der Richtige«, haue ich kurz vor dem Toilettenwagen ohne Umschweife raus, was ich in den vergangenen Stunden gedanklich versucht habe, in hieb- und stichfeste Argumente zu verwandeln. Aber die Wahrheit ist, dass ich Max nicht kenne und nichts über ihn weiß, was ich gegen ihn verwenden könnte.

»Was!?« Johannas Gesicht verfinstert sich schlagartig. »Das meinst du nicht ernst, oder?« Jetzt bin ich diejenige, die sie zur Seite zieht, bis wir abseits des Wagens im Schatten einer Kastanie stehen. Auch hier sind noch viel zu viele Menschen unterwegs, aber wir können reden, ohne schreien zu müssen.

»Doch. Glaub mir, Josy, er ist nicht der Richtige. Ich spüre das.«

»Du spürst das. Okay, Ronia …« Johanna bekommt einen Tonfall, den ich sonst von ihr nur kenne, wenn sie sich gegen ihre exaltierte Mutter zur Wehr setzt. Dann wird Bambi zum abweisenden Kampfreh. Aber noch nie hat sie so mit mir geredet. »Kann es sein, dass du mir das nicht gönnst? Du schaust schon den ganzen Abend so verbiestert drein.«

»Ich bin überhaupt nicht verbiestert«, erwidere ich erzwungen ruhig, obwohl ich mich selten verbiesterter gefühlt habe als in diesem Moment. Mein Herz rast vor innerem Widerstand. Ich finde es schrecklich zu streiten, erst recht, wenn es mit Johanna passiert. »Ich möchte nur nicht, dass du dich unglücklich machst. Er ist einer von Lukas' Kumpels.«

Klasse Argument, Ronia, beglückwünsche ich mich säuerlich. Das ist ja wie im Kindergarten.

»Sippenhaft, was?« Johanna plustert sich auf und stemmt die Arme in die Seite. »Nur weil Lukas mit dir Schluss gemacht hat, darf ich keinen Freund haben?«

»Nein, das hab ich doch gar nicht gesagt! Ich denke, dass er nicht der Richtige ist, und außerdem ist er mit Lukas befreundet, und wie Lukas drauf war, das …« Ich beginne zu stottern und breche resigniert ab. So wird das nichts. »Glaub mir. Das geht nicht gut. Triff ihn nicht mehr. Bitte.«

»Du spinnst ja wohl. Du kannst mir doch nicht vorschreiben, mit wem ich mich treffe. Ronia, ich verstehe dich nicht, ich dachte, wir sind Freundinnen! Warum gönnst du mir es nicht? Wir hatten doch noch nie Stress wegen einem Kerl! Wir haben uns geschworen, dass uns das nicht passiert.«

Ja, und das haben wir immer gut hinbekommen. Es geschah tatsächlich ein paarmal, dass wir uns in denselben verguckten, vor allem in der Mittelstufe, aber wir hatten ein gutes Timing. Entweder tat ich es zuerst und dann Johanna oder umgekehrt. Nie buhlten wir zeitgleich um denselben Jungen.

»Bitte triff ihn nicht mehr«, wiederhole ich stur, was ich eben schon einmal gesagt habe, denn ein anderes Argument habe ich nicht. »Sonst treffe ich *dich* nicht mehr.«

»Das ist Erpressung.« Johannas Augen sind so schmal geworden, dass sie nur noch aus Wimpern zu bestehen scheinen. »So was mache ich nicht mit. Ich sag dir, worum es hier geht: Du erträgst es nicht, dass du niemanden hast und ich mich gerade verliebe, und zwar glücklich. Ich kapier echt nicht, warum, denn du brauchst ja nur mit den Fingern zu schnipsen, um den schönsten Mann der Stadt zu bekommen.«

»Ja, ist das so?«, frage ich mit katzenhafter Kühle und einem völlig unpassenden Lächeln auf den Lippen. Ich weiß genau, wen Johanna meint, aber in dem Moment, als sie »schönster Mann der Stadt« sagte, hat ein anderer seinen Auftritt inszeniert und er ist ihm wie immer beneidenswert gut gelungen. Plötzlich tauchte seine Gestalt wie herbeigezaubert zwischen den Bäumen auf. Und da steht er nun, etwas abseits, die Arme in meditativer Gelassenheit hängend, den Rücken gerade, um den Hals einen hellen Schal geknotet, der seine abgewetzte Lederjacke nur zusätzlich betont, und schaut gewohnt gleichgültig zur Band hinüber, die wieder angefangen hat zu spielen.

Ich mustere ihn ungeniert wie immer, während ich Johannas Blick wahrnehme wie einen lästigen Schwarm Schnaken, der neben mir durch die Luft wuselt – er gefällt mir nicht, aber er ist auch nicht wichtig. Nicht für das, was ich in diesem Augenblick empfinde. River ist hier. Nur das zählt. Heute Nacht, wenn ich über Johannas und meinen Streit nachdenke, werde ich traurig und ärgerlich werden – aber jetzt?

»Oh Gott, Ronia. Nicht der. Du willst mich provozieren, oder? Was … Oh nein.« Es ist Johannas Aufrichtigkeit, die mich einen Moment wach und aufmerksam werden lässt.

»Ich gucke doch nur.« Wie er. Ja, nun schaut er auch.

»Ich kenne deinen Blick und er hat dich gerade angeblickt, als …«

Johanna sucht nach Worten. Ich habe ebenfalls keine mehr. Schon wieder bemächtigt sich das Lächeln meines Gesichts, ich kann nicht anders. Er hat mich wirklich angeschaut, nur kurz, aber es war der absolute Hollywood-»Hey, Baby«-Blick. Es ist mir egal, dass er ihn aufgesetzt hat, weil er genau kapiert, was hier abgeht, und ein bisschen Benzin dazukippen wollte. Aber auch ich kann meine Augen zu Eis werden lassen. Gleichzeitig steigt wieder dieses überwältigende, ziehende Gefühl in mir auf, ihn schon länger zu kennen, als ich mich selbst kenne. Ich will zu ihm. Aber das darf er nicht wissen.

»Tu das nicht, Ronia, flirte nicht mit dem, ehrlich. Der ist bestimmt mies zu Frauen und außerdem …«

»Musst es mir nicht sagen, Jonas hat mir schon einen Vortrag gehalten und ich habe nichts mit ihm laufen. Mach dir keine Sorgen, ich weiß, mit wem ich mich abgeben kann und mit wem nicht.«

Nur durch Jans Auftauchen hat sich die Situation komplett gewendet. Nicht ich bitte Johanna, die Finger von einem Mann zu lassen, sondern sie bittet mich darum. Schon holt sie Luft, um erneut zu argumentieren, doch ich drehe mich mit einem geflüsterten »Entschuldige bitte« von ihr weg und haue ab. Die Situation überfordert mich maßlos. Ich höre nur noch »Drogen« und »spielt mit deinen Gefühlen« durch das Stimmengewirr der Menschen dringen, dann habe ich Johanna hinter mir gelassen und schlendere an Jan vorüber. Weit genug entfernt, dass es Zufall sein könnte, aber nah genug, dass er mich nicht übersehen kann.

Ich weiß nicht, wohin ich gehen soll, nach Hause will ich nicht, auf dem Brunnenfest bleiben aber auch nicht. Es scheint in dieser Nacht keinen passenden Platz für mich zu geben. An meine Eltern und das Pfarrhaus will ich gar nicht erst denken. Aber was ist mit der Uferpromenade? Aufs Wasser schauen und innerlich abkühlen? Es ist das Beste, was ich jetzt tun kann.

Doch auf halber Strecke verlässt mich der Mut. Wie ein Kind, das Mist gebaut hat, setze ich mich in geduckter Haltung auf eine der Bänke am Rande des Festgeländes, ziehe die Knie an und lege meine Wange darauf ab. Schon nach wenigen Atemzügen fühle ich mich wie erstarrt, als könne ich mich nie wieder von dieser kalten Bank lösen. Dieser Abend fing doof an, ging doof weiter und hat jetzt sein himmelschreiend doofes Ende erreicht. Schuld daran ist eine doofe Henne namens Ronia. Das mit Johanna und mir beginnt in meinem Bauch zu beißen. Ich bereue es, mich so dominant benommen zu haben. Aber noch ätzender ist der Gedanke, dass sie Max in ihrem Zorn erst recht dazu ermuntern wird, ein paar geheime Dinge über ihre verrückte Freundin auszupacken – was sie wiederum darin bestätigen wird, dass ich ein handfestes Problem mit Männern habe und ihr Max deshalb nicht gönne.

»Was für eine Scheiße«, seufze ich flüsternd und schließe für einen Moment die Augen. Wenn ich noch länger hier sitze, hole ich mir eine Blasenentzündung, eine passende Vollendung dieser gnadenlosen Aneinanderreihung von Missverständnissen und Fehlentscheidungen.

»Kommste mal mit? Dieser Ringelpietz hier ist doch was für Spießer.«

Ich lasse meine Wange noch einige Sekunden auf meinen Knien ruhen, meine aufgerissenen Augen in die Büsche gerichtet, und versuche mich davon zu überzeugen, mich nicht getäuscht zu haben. Doch diese Stimme ist unverwechselbar.

»Wohin?«, frage ich und komme nicht umhin zu akzeptieren, dass Frauenstimmen niemals so sexy klingen wie Männerstimmen. Meine schon gar nicht.

Doch er hat sich schon wieder von mir abgewendet und geht voraus, fort vom Festgelände, was eine rasche Entscheidung verlangt – entweder weiter mit der Blasenentzündung flirten oder ein Abenteuer herausfordern. Ich entscheide mich fürs Abenteuer, zweifle aber schon nach den ersten zwei Minuten Fußmarsch ins Ungewisse wieder daran. Ja, wir nähern uns dem Fluss, wie auch ich es mir überlegt hatte, aber nicht in Richtung Promenade, sondern genau jenem Revier entgegen, das Jonas Rivers Drogenaktivitäten zugeordnet hat und ich meiden wollte. Alte Industrieflächen, Heissestraße – dort, wo sich Dealer herumtreiben und man immer etwas bekommt, wenn man von den härteren Sachen probieren möchte.

»Wohin gehen wir?«, durchbreche ich unser Schweigen, obwohl offensichtlich ist, wohin wir gehen. Doch er antwortet mir nicht. Es ist nur ein neues Spiel, in einer anderen Variante. Wie mutig ist die kleine Ronia? Oder will er Nägeln mit Köpfen machen und betrachtet mich lediglich als eine Kundin, die endlich für ihre Streicheleinheiten blechen soll, indem sie ihm seinen Rausch finanziert? Das kann er sich abschminken. Ich bleibe stehen und warte, bis er es merkt und sich in aller Ruhe zu mir umdreht.

»Was ist?«

»Das würde ich auch gerne wissen.«

»Wirst du gleich. Ist nicht mehr weit.«

»Ich … ich will nicht … das ist doch …«

»Mensch, Mädchen.« Kopfschüttelnd mustert Jan mich, aber die Dunkelheit verhindert, dass ich ihm in die Augen sehen kann. Dennoch weiß ich, dass es ein völlig anderes Mustern und Kopfschütteln ist als bei Jonas und Johanna. Es macht mich rasend.

»Nenn mich nicht immer Mädchen!«, bricht es aus mir heraus. »Ich hasse das!«

»Bist aber eins.«

»Bin ich nicht!«

»Ach komm, du spielst doch sogar in deinem Beruf noch im Sand.« Sein Lachen scheint mich trotz des unüberhörbaren Spotts zu streicheln und stachelt dabei meinen Zorn nur weiter an. Woher weiß er überhaupt, was ich studiere? Ist denn alles, was ich tue und nicht tue, öffentliches Gut in dieser Stadt?

»Ich grabe wichtige Dinge aus! Das ist kein Spielen, sondern harte Arbeit!«

»Schon gut. Und deine beste Freundin ist Pocahontas. Ronia Räubertochter und Pocahontas. Passt doch. Ab und zu gesellt sich dann noch Ritter Kunibert hinzu. Willst du jetzt weiter durch die Gegend blöken oder kommst du mit?«

»Du lebst ziemlich gefährlich, weißt du das?« Plötzlich habe ich mich wieder im Griff und zum ersten Mal klingt meine Stimme so, wie ich sie gerne haben möchte. Er kann noch so unverschämt sein – er hat sich soeben verraten. Denn er hat sich mit mir beschäftigt. Er weiß um mein Studium und um Johanna und um Jonas; das geht nur, wenn er mich beobachtet und sich Gedanken um mich gemacht hat. Es verleiht mir Heldenmut. Ohne jede Hast gehe ich ihm entgegen und spüre überdeutlich, wie meine Schritte meine Hüfte sanft bewegen – das merke ich sonst nur, wenn ich getrunken habe. Die Sohlen meiner Schuhe geben keinen Laut von sich. Ich schleiche wie eine Katze und ich genieße es.

»Wild und gefährlich«, entgegnet er ironisch, als ich vor ihm stehen bleibe und mich weigere, ihn anzusehen. So einfach mache ich es ihm nicht. »Kannst was davon abhaben, wenn du willst. Falls du dich traust, Mädchen.«

Wieder wendet er sich ab und geht voraus. Doch noch bleibe ich stehen. Erst als seine Gestalt mit der Dunkelheit eins zu werden droht, beginne ich ihm wieder zu folgen. Ob er vielleicht sogar schon was genommen hat? Jemand wie er wird kaum nüchtern das Brunnenfest besuchen und nachts Mädchen ins Dunkle locken. Doch er hat klar artikuliert und schwankt auch nicht, sondern strahlt beim Laufen die gleiche schlafwandlerische Sicherheit aus, die ich selbst gerade in mir spüre, obwohl sie sich mit all meinen Befürchtungen widerspricht.

Nun biegt er links ab. Ich halte mich ein paar Meter hinter ihm, damit ich jederzeit abhauen kann, wenn es mir zu dumm wird. Er testet mich und meine Entschlossenheit, daran gibt es keinen Zweifel. Aber ich entscheide, wie lange ich mitspiele. So weit habe ich mich abseits der Promenade und auf dieser Flussseite nie zu Fuß vorgewagt, doch noch habe ich einen Rest von Orientierungsgefühl – wir müssten uns auf dem Parallelweg zur Heissestraße befinden, also recht nah an dem Ort, wo die Typen in der Silvesternacht auf mich losgegangen sind. Der Fluss links von uns stärkt mein Vertrauen. Solange ich seine Wellen höre und ihn riechen kann, kann mir das, was vor mir im Ungewissen liegt, nichts anhaben.

Noch einmal biegt Jan ab, dieses Mal nach rechts, zwischen zwei alten Werftgebäuden hindurch. Prüfend blicke ich über meine Schulter. Gut, ich kann die Brücke noch erkennen, sie ist nah genug, um sie in einem Fünfminutenlauf zu erreichen und somit auch mein vertrautes Terrain. Jan wird langsamer, dann bleibt er stehen und lauscht. Warnend hebt er die Hand und ich schlucke meine Frage wieder herunter, so schwer es mir auch fällt. Außerdem weiß ich jetzt, wo wir sind. Das lang gestreckte, barackenähnliche Haus vor uns kenne ich aus der Zeitung. Betreten habe ich es noch nie, obwohl ich als Kind meine Eltern wochenlang um eine Katze angebettelt habe. Aber Mama ist allergisch gegen so ziemlich jedes Lebewesen mit Fell und Papa hat keinen Sinn für Tiere. Also blieb es beim Betteln und Träumen. Jetzt, mit einundzwanzig Jahren, stehe ich zum ersten Mal vor dem städtischen Tierheim. Jan schaut nach rechts, dann nach links, lauscht erneut in die nächtliche Stille hinein. Aber hier ist niemand außer uns. Auffordernd winkt er mich zu sich.

Nun wird mir doch mulmig und dieses Gefühl verstärkt sich, als er einen zurechtgebogenen Draht aus seiner Jackentasche zieht und sich am schmiedeeisernen Törchen des Tierheimgeländes zu schaffen macht. Er tut es so routiniert, als mache er derartige Dinge jede Nacht.

»Das hier ist ein Einbruch«, weist mein Neokortex mich pflichtbewusst darauf hin, dass ich soeben Zeugin eines Verbrechens geworden bin – und mich allein deshalb strafbar mache, weil ich nichts dagegen unternehme und stattdessen tatenlos zusehe, wie Jan das Schloss knackt, das Törchen öffnet und mich erneut zu sich winkt.

»Was willst du da? Warum brichst du hier ein?«

Er zuckt nur mit den Achseln und ist schon dabei, das Tor wieder hinter sich zu schließen, als ich es mir anders überlege und im letzten Moment durchschlüpfe. Wortlos verriegelt er es und hat bereits den Draht für das nächste Tor zu den Zwingern aus der Tasche geholt. Zu den Zwingern? Nicht zum Bürogebäude?

»Lass mich vorausgehen, sonst schlagen sie an«, wispert er. »Ist ein Wunder, dass sie es nicht schon getan haben.«

»Gut«, erwidere ich ohne Stimme, doch selbst wenn ich wollte, hätte ich keine mehr. Irgendwas läuft hier gewaltig schief und ich begreife immer weniger, warum ich mich in meiner Lebendigkeit fast euphorisch fühle. Johanna und ich haben uns früher nicht mal getraut, uns jenem Ritual anzuschließen, das jeder Jugendliche in dieser Stadt irgendwann einmal vollführt – in einer heißen Sommernacht über die Mauer des Freibads zu klettern und schwimmen zu gehen. Aber Jan und ich brechen in ein Tierheim ein und der Sinn dieser Aktion liegt absolut im Dunkeln. Was will er hier nur?

Von den Zwingern ertönt unterdrücktes Winseln und Bellen, doch Jans entschiedenes »Aus« sorgt augenblicklich für Ruhe. Diese Hunde kennen ihn. Wie geht das, es werden doch immer wieder Hunde vermittelt und neue stoßen dazu?

Nach nur wenigen Minuten schiebt sich sein Schatten um die Ecke und er kommt zu mir zurück, begleitet von drei gedrungenen, aber kräftigen Tieren, die aufgeregt hecheln. Sobald sie in den matten Schein der Straßenlampe tapsen, kann ich ihre Rasse identifizieren. Diese Hunde kennt jeder, der ab und zu Zeitung liest und fernschaut. Es sind Pitbulls.

»Nein, bleib stehen, die tun nichts … Hey. Ronia. Glaub mir, die tun nichts. Hab keine Angst, dann bleiben sie ruhig. Es ist ganz einfach. Tu so, als wären es Schoßhunde.«

»Was soll das?«

Ich zwinge mich, gleichmäßig weiterzuatmen, weil die Tiere genau spüren müssen, dass ich mich erschreckt habe. Macht sie das nicht erst recht aggressiv? Der Mittlere, ein weiß-schwarz gescheckter, bulliger Rüde, wird von Jan am Halsband festgehalten, die anderen sind völlig frei. Fast rücksichtsvoll schnuppert einer von ihnen an meinem linken Fuß. Ich rühre mich nicht von der Stelle. Jan geht in die Hocke, um den Rüden an sich zu drücken, woraufhin dieser ihm sanft mit der Zunge über die Wange leckt. Aha. Daher also seine Inspiration. Knurren, beißen, lecken.

»Ich dachte, es wäre mal Zeit, dass du dich bei deinen Rettern bedankst.«

»Meinen – meinen Rettern? Das heißt … sie haben …?« Nein, genug gestottert heute Abend. Ich weiß sowieso nicht, was ich sagen soll, und es wäre auch unnötig. Auf einmal passt alles zusammen. Jonas hatte es selbst erwähnt. Aus dem Tierheim sind in der Silvesternacht Hunde entlaufen. Dieser Vorfall war der Polizei gemeldet worden. Die Prügelei nicht. Doch die Hunde sind nicht wegen des Feuerwerks abgehauen, Jan hat sie rausgeholt und auf die Typen gehetzt, als er sah, was los ist. Hat er mich deshalb angeschrien, dass ich verschwinden soll? Weil sie möglicherweise nicht unterschieden hätten, wer Freund und wer Feind ist? Aber warum habe ich sie nicht gesehen?

»Überraschungsangriff«, antwortet er, als könne er lesen, was in meinem Kopf vor sich geht. »Ich hab sie in dem Moment gerufen, als die Schwachmaten nicht mehr damit gerechnet haben. Das kann ich hiermit, ohne meine Stimme zu erheben.« Er deutet auf seine Stirn. »Drittes Auge.«

Natürlich. Er hat nicht nur eine gesegnete Intelligenz, sondern verfügt auch über reichhaltige übermenschliche Fähigkeiten. Wer's glaubt, wird selig. Trotzdem überwinde ich meine Scheu, knie mich ebenfalls nieder und strecke dem Rüden meine bloße Hand hin. Er begnügt sich damit, an ihr zu schnüffeln, sodass ich mich traue, sie auf seinen Kopf zu legen. Ich kann seine geballte Kraft unter seinem Fell spüren, doch in seinen blutunterlaufenen Augen sehe ich auch, dass er alt ist.

»Die will keiner mehr. Sind seit Jahren hier. Werden im Heim sterben. Ich hol sie ab und zu raus, damit sie mal was von der Welt sehen. War in der Silvesternacht dein Glück.«

Grunzend lässt sich der Rüde auf alle viere fallen und streckt Jan seinen Bauch hin, damit er ihn dort krault – was er umgehend tut, zärtlich und liebevoll. Auch die anderen lassen sich auf der Erde nieder. Nun hocken wir hier, Mann, Frau, drei Hunde, und zelebrieren ein semikriminelles nächtliches Sit-in. Ist das denn überhaupt kriminell, nachts ins Tierheim einbrechen und Hunde ausführen, die keiner mehr haben will?

»Jan, warum machst du das nicht tagsüber? Wieso nachts?«

»Schlecht fürs Image. Außerdem hab ich sonst keine Zeit für solche Aktionen. Geht's dir eigentlich wieder gut?«

Er schaut mich nicht an, seine Hände bleiben auf dem hellen Hundebauch. Ohne nachzufragen, weiß ich, worauf er anspielt. Eigentlich müsste ich endlich fragen, ob es ihm gut ging nach der Prügelei, und nun fragt er mich – oh, verdammt, das ist zu nett. Es jagt mir eine Heidenangst ein.

»Was nicht tötet, macht härter, oder?« Mein Grinsen verkommt zur Farce. Mir ist eher nach Weinen zumute. Jan ist der einzige Mensch, der von dieser sexuellen Nötigung weiß. Nur mit ihm kann ich darüber sprechen. Wir haben den ersten friedlichen Moment, einen Moment ohne Streit, wenn auch im illegalen Bereich – aber ich habe Angst, heulen zu müssen. Noch größere Angst habe ich davor, ihn dadurch gleich wieder zu verprellen.

»Sehe ich auch so.« Schlagartig weichen meine drohenden Tränen einer erschöpfenden Ernüchterung. Wie hatte ich nur glauben können, er sei ein Tröster? Nein, er sieht das genauso. Was nicht tötet, macht härter. Eine Beinahe-Vergewaltigung gehört doch zu jedem anständigen Frauenleben dazu.

»Und jetzt, gehst du mit ihnen Gassi?«

»Heute nicht. Zu viel los da draußen. Und du? Stürzt dich wieder in den Zickenkrieg mit Pocahontas?« Jan erhebt sich und sofort tun die Hunde es ihm gleich. Er ist ihr Boss. Ja, er hat ihnen sogar beigebracht, leise zu bleiben, wenn er unbefugt aufs Gelände geht. Niemals würden sie ihn verraten.

»Sie ist keine Zicke«, springe ich für Johanna in die Bresche.

»Du schon«, kontert er mit einem fast gehässigen Grinsen. »Kampfkatze. Hast hübsch deine Krallen ausgefahren. Habt ihr euch aus Versehen den gleichen Lippenstift gekauft oder was war los?«

»Ach, leck mich doch«, fauche ich, drehe mich um und marschiere dem Törchen entgegen, das ich notgedrungen überklettern muss, um hier wieder rauszukommen. Doch das Lauftraining macht sich bezahlt. Als würde ich so etwas täglich tun, springe ich ab, setze einen Fuß auf die obere Kante und nutze den Schwung, um zur anderen Seite zu federn. Meine eigene Energiewelle treibt mich weiter nach vorne – und ich weiß genau, wohin es mich zieht. Johannas und mein Favorit der romantischen Orte war das Riesenrad gewesen, einfallslos und infantil, aber wirksam. Wem das Fahren in einem Riesenrad gleichgültig geworden ist, liegt bereits im Grab.

Doch jetzt ist das Riesenrad endgültig ins emotionale Kinderzimmer verbannt. Ich möchte hoch auf die Brücke und von oben auf die Stadt und den Fluss schauen, ich brauche Luft und Raum um mich und den kalten, klaren Sternenhimmel über mir. Jan brauche ich dazu nicht. Doch er wird mir folgen.

Nur sein lang gestreckter, zuckender Schatten, der im Schein der Brückenlaternen näher kommt und sich wieder zurückzieht, verrät mir, dass er hinter mir bleibt, mehr beobachtend als verfolgend, vielleicht auch schlichtweg magnetisiert von meiner stummen, egoistischen Entschlossenheit. Kaum ein Auto fährt an uns vorüber. So ruhig und verlassen habe ich diesen Weg noch nie erlebt, und als ich den Scheitelpunkt der Brücke erreicht habe und mich gefährlich weit über die Brüstung lehne, um hinunter in den Fluss zu schauen, werden selbst die dröhnenden Bässe des Brunnenfestes von einem sachten, nach Blüten duftenden Wind fort vom Wasser in die Stadt geweht. Um uns herum wird es still – so still, dass ich seinen Atem hören kann.

Nicht etwa eine mangelnde Kondition macht ihm zu schaffen. Seine Schritte klingen leicht und behände. Ich bin es, die ihn außer Atem bringt. Doch noch lasse ich meine Augen auf dem Fluss ruhen, als wäre Jan gar nicht hier. Matt schimmernd zieht der Strom unter mir vorbei. Ich schaue so lange hinein, bis ein angenehmes Schwindelgefühl meinen Kopf erfüllt und meine letzten klaren Gedanken vertreibt. Eine andere, reinere Klarheit nimmt von mir Besitz, die keine Vorschriftsmaßnahmen, Benimmregeln und Moralvorstellungen kennt. Sie fühlt sich unschuldig an. Und das bin ich auch. Unschuldig. Es ist nichts Böses an dem, was wir miteinander tun.

Wie vorhin schon werde ich mir meiner weichen Bewegungen bewusst, als ich mich vom Geländer löse und ihm zwei, drei genussvoll langsame Schritte entgegengehe. Ich ziehe keine Show ab. Keine meiner Regungen ist eintrainiert oder affektiert. Das hier bin ich. Mein schmaler Schatten, die Zartheit meiner Haut, meine riesigen Augen, die selbst im Dunkeln grünlich glimmen. Ich weiß nicht, ob ich mir je näher war als in diesem Moment und mich je aufrechter gehalten habe. Es fällt mir ganz leicht und mein Herz lacht dabei, leise und zufrieden. Nun geht auch mein Atem schwerer – aber selbst das genieße ich.

Ohne jede Pose bleibe ich stehen, warte nur ab, was geschieht. Er ist am Zug und er spielt mit. Seine Sohlen klacken kaum hörbar auf dem Asphalt des schmalen Radwegs, als er sich mir bis auf wenige Zentimeter nähert. Unsere Stirnen berühren sich nicht, nur eine seiner Haarsträhnen streift knisternd meine Schläfe. Wieder kitzelt der verfliegende Hauch seines dunklen orientalischen Parfums meine Nase, doch dieses Mal bleibe ich im Licht, fliehe nicht, sondern lasse es zu, wie mich eine unsichtbare, behutsame Welle nach vorne drängt, seiner Haut entgegen und seinem leicht geöffneten Mund, ohne dass unsere Hände nacheinander greifen. Sein Atem brandet gewaltvoll durch seine Brust und erzählt mir, was er sich wünscht und wonach er sich sehnt, aber noch will er mich nicht darum bitten. Er will, dass ich es entscheide. Mit weichem Blick sehe ich dabei zu, wie er seinen Kopf in den Nacken legt und ein gedämpftes Stöhnen nicht unterdrücken kann.

Dann hat er sich wieder im Griff und erneut kommen sich unsere Gesichter so nahe, dass unsere Schatten ineinander übergehen. Ich stehe nur da und spüre die Wärme seiner Haut auf meinen Lippen. Mit beiden Händen greift er rücklings nach dem stählernen Brückengeländer, um nichts zu tun, was mich in die Flucht treiben könnte. Ich küsse ihn nicht, obwohl die Sehnsucht wie ein raues Schluchzen in meine Kehle drängt, sondern berühre nur für einen Sekundenbruchteil mit der Zungenspitze seinen Mundwinkel, während meine Brust sich von ganz alleine gegen seine drängt und mein Gaumen von Speichel überflutet wird, weil ich ihn beißen will – in den Hals, seine Hände, seine Hüftknochen … ja, ich will an seinen Hüftknochen knabbern.

Ich hab das noch nie gemacht, nie im ersten Schritt und auch nie vollkommen freiwillig, doch jetzt kann ich nicht anders, als meine Hand zu heben und meine Fingerknöchel wie beiläufig die Innenseite seines rechten Oberschenkels hinaufgleiten zu lassen, ein kleines bisschen zu nah an den Knöpfen seiner Jeans entlang und trotzdem …

»Oh Gott, Ronia«, flüstert er, sein heißer Atem in meinem Ohr. »Fass mich an, bitte.«

Doch meine Hand ruht schon auf seiner knabenhaft schmalen Taille, die zu glühen scheint unter dem dünnen Hemd, während das Leder seiner Jacke sich schwer und kalt auf meinen Arm legt. Ich will meine Nase in seine Achselhöhle stecken, ihn dort riechen und schmecken. Seinen Herzschlag hören.

Aber nicht jetzt. Nicht an diesem Abend. Er soll warten, wie ich gewartet habe. Ab heute bestimme ich die Regeln.

Ungehemmt atmet er in meinen Mund, als unsere Zungen sich berühren und unsere Lippen ihnen folgen, das kann ich ihm nicht verwehren, es ist unmöglich, ich schaffe es nur noch, mich hin und wieder zurückzuziehen und ihn auf Abstand zu bringen, sodass ich zuschauen kann, wie seine Brust sich hebt und senkt und er kaum imstande ist, mich anzublicken, weil es ihm die letzte Kontrolle entziehen würde. Ich muss betörend schön aussehen im schwarz-gelben Zwielicht dieser Nacht.

»Fass mich an …«, bittet er mich noch einmal zwischen zwei Küssen. Sein Flüstern klingt hoffnungslos. Er möchte hoffnungslos sein. Ich schmiege meine Hüfte spielerisch an seine und nähre mich an dem unmissverständlichen Wissen, wie sehr er mich begehrt.

Er versucht nicht, mich aufzuhalten oder nach mir zu greifen, als ich mich unter brutaler Willenskraft von seinen Lippen löse, ohne ihm in die Augen zu sehen, zwei Schritte nach hinten trete, mich umdrehe und der Stadt entgegenlaufe.

Ich werfe keinen Blick zurück, meine Fantasie malt ihr eigenes Bild von ihm, wie er immer noch am Geländer lehnt und sich festhält, die Augen halb geschlossen, und sein Atem so kraftvoll und intensiv durch seine Brust wandert, als stehe er in Verbindung mit einer höheren Macht. Dieses Atmen … Es war eigentlich ein Stöhnen, nur mir zuliebe hat er es gedrosselt, obwohl es ihn fast umgebracht hat.

Es schwingt noch immer in meinen Ohren und strömt durch meine Venen, als ich mit bebenden Händen die Tür aufschließe, nach oben schleiche, die Wohnung betrete und mich rücklings auf mein weiches, kühles Bett fallen lasse. Meine Arme weit ausgebreitet, bleibe ich liegen und merke erst jetzt, dass ich die ganze Zeit lächle.

Dieses Lächeln ist in meinen Augen, meinem Kopf, meinem Bauch, strahlt wie eine helle Flamme in meinen ganzen Körper. Es war bereits da, als ich ihn berührt habe. *Ich* war dieses Lächeln.

Noch nie war es so leicht und einfach gewesen. Noch nie hatte ich so wenig Angst verspürt – und noch nie hatte ich mich dabei so sicher gefühlt, nichts falsch machen zu können. Doch mein Herz bittet bereits klagend und bangend um mehr, und mit jeder Stunde, die ich lächelnd wach liege und zu träumen glaube, flutet ein bitteres, dunkles Verlangen die tiefsten Abgründe meiner Seele.

»Denkst du an mich?«, flüstere ich in die Dunkelheit und lausche, als könne ich die Antwort hören, wenn ich nur leise und aufmerksam genug bin. »Denkst du jetzt auch an mich?«

Erst im Morgengrauen glaube ich, ein Ja zu fühlen, irgendwo zwischen Wachen und Schlaf, und ergebe mich dankbar seinem süßen, beruhigenden Rausch.

Silberstreif

Hier stimmt doch was nicht …«, murmele ich verdutzt, als ich um die Ecke biege, und ducke mich unter die tief hängenden Zweige einer sich im Wind biegenden Trauerweide. Jonas' Auto. Johannas Fahrrad. Beides nebeneinander vor dem Haus meiner Eltern – an einem ganz normalen Freitagnachmittag. Und ich weiß nichts davon. Das kann kein Zufall sein. Aus meinem Versteck heraus linse ich zu den Fenstern hoch, als bewege ich mich auf verbotenem Terrain, dabei bin ich hier aufgewachsen. Wenn jemand das Recht hätte, Erklärungen einzufordern, dann ich. Aber die Situation kommt mir vor wie eine Verschwörung. Was machen die beiden hier? Sie konnten nicht wissen, dass ich vorhatte, zu meinen Eltern zu fahren, es war eine spontane Idee, weil dieser Freitag sich zu einer Tortur für Bauch und Nerven zu entwickeln begann.

Schon gestern Abend hatte ich vor dem Einschlafen so starkes und in Wellen verlaufendes Herzrasen, dass ich irgendwann zwei Baldrian schluckte, um zur Ruhe zu kommen.

Freitag ist Jan-Tag geworden. Es sollte der Jogging-Tag werden und er ist es noch. Auch heute will ich laufen gehen. Doch darüber schiebt sich ein Name, ein Gesicht, eine Verheißung, die so gleißend wie unheilvoll zugleich ist. Seit dem Aufwachen hat die Nervosität mich fest im Griff – in einer lampenfieberartigen Intensität, die meinen Bauch leidenschaftlich mit dem Reizdarmsyndrom sympathisieren lässt, und kaum etwas ist unerotischer als Durchfall. Beim ersten gemeinsamen Abendessen mit Lukas verschwand dieser zwei Mal aufs Örtchen, um danach mit Leidensmiene zu verkünden, dass er »Dünnschiss« habe, während ich gerade ein Stück Pizza in den Mund schob. Zu diesem Zeitpunkt wusste ich mit aller Klarheit, dass ich mich umsonst von Kopf bis Fuß mit meiner teuren Bodybutter einbalsamiert hatte. Allein das Wort war der absolute Lustkiller. Hätte er etwas vornehmer Durchfall gesagt oder noch vornehmer Verdauungsstörungen, hätte es jedoch auch nichts daran ändern können. Die Bilder waren bereits in meinem Kopf – und sie waren vernichtend.

Deshalb habe ich seit dem Frühstück sicherheitshalber nichts mehr gegessen und auch auf die Magnesiumtabletten verzichtet, die ich mir sonst vor dem Laufen einverleibe, um mich nachts nicht wieder mit Wadenkrämpfen im Bett zu winden. Heute aber gilt: lieber Wadenkrämpfe als Bauchkrämpfe. Nach dem Laufen darf von mir aus alles passieren. Während des Laufens jedoch muss ich optisch und konditionell in Hochform sein.

Wegen meines Bauchgrummelns verzichtete ich außerdem auf meinen üblichen Freitagmorgen-Bibliotheksbesuch und ließ die Uni Uni sein, wodurch sich der Tag noch mehr in die Länge zog als ohnehin schon – bis ich den kühnen Entschluss fasste, bei meinen Eltern vorbeizuschauen und endlich diese leidige Sache mit dem Auslandssemester zu klären. Kai Schuster hat mich erst gestern wieder angerufen, um mit sanfter Strenge darauf hinzuweisen, dass er den Platz zwar noch einige Wochen reservieren könne, aber ich aus Fairness den anderen Studenten gegenüber bitte zeitig eine verbindliche Entscheidung treffen solle. Ich beeilte mich, ihm zu versichern, dass mir alles an diesem Projekt liege, ich aber noch »einige Dinge« abklären müsse und das so schnell wie möglich tun werde.

Vom Landesamt für Denkmalschutz habe ich keine Rückmeldung bekommen, also kein Job in Aussicht, und um noch einmal bei der Domschenke als Bedienung anzufragen, fehlt mir nach meinem Zaziki-Unfall vor zwei Jahren der Mut. Ich werde niemals den Anblick der Dame in Schwarz vergessen, die über und über mit weißem Quark besprenkelt war, nachdem ich über meine eigenen Füße gestolpert und die Zaziki-Schüssel mir voraus durch die gesamte Gaststätte geflogen war, um wie in Zeitlupe an der Tischkante zu zerschellen und ihr Innerstes großflächig auf die Gäste einer Trauerfeier zu verteilen. Spätestens zu diesem Zeitpunkt war mir klar geworden, dass ich in der Gastronomie nicht gut aufgehoben war.

Nun, in der Not frisst der Teufel bekanntlich Fliegen. Doch selbst wenn ich einen Job kriege, es wird nicht reichen. Die Unterkunftskosten sind höher, als ich dachte, und das Zimmer in Jonas' Wohnung will ich nicht aufgeben. Ich brauche diese Fluchtburg. Im Kinderzimmer meines Elternhauses mit allen Sinnen von Jan zu träumen, ist unvorstellbar. Es grenzt direkt an ihr Schlafzimmer. Das hat mich schon immer gestört. Ich hatte das Gefühl, sie könnten mich durch die Wand beobachten und all meine heimlichen Gedanken erahnen. Also fällt für die Monate in Frankreich doppelte Miete an. Ich brauche die Unterstützung meiner Eltern, ohne geht es nicht.

Noch einmal vergewissere ich mich, dass es tatsächlich Jonas' Auto und Johannas Fahrrad sind, die da einträchtig nebeneinanderstehen. Johanna und ich haben seit unserem Streit nicht mehr miteinander gesprochen, nur kurz eine Nachricht über Facebook geschickt, dass es uns beiden leidtut. Wie sehr sie von Herzen kam, weiß ich weder bei ihr noch bei mir selbst. Zu sehen, dass sie hier ist, verstärkt mein unbehagliches Gefühl, dass da eine Verschwörung im Gange ist. Eine verschnupfte Johanna in Kombination mit Jonas und meinen Eltern – dieses Haus ist gerade voller Sittenwächter.

Aber ich muss das jetzt hinter mich bringen. Falls ich Jan heute Abend nicht treffe, habe ich wenigstens einen wichtigen Schritt getan – und mit Glück etwas erreicht, worauf ich mich freuen kann. Ja, ich hatte nicht mehr so viel von ihm träumen und mich in keinen Fantasien verlieren wollen, aber je weiter die Woche voranschritt, desto schwerer fiel es mir und desto höher wurde meine Anspannung. Ich brauche Zerstreuung.

Unsicher hebe ich die Hand und will gerade den Schlüssel ins Schloss der Haustür schieben, als sie sich wie von Geisterhand öffnet und meine Mutter mich nicht minder geisterhaft anblickt. Ich muss für sie eine Erscheinung aus einer anderen Welt sein, doch sie ist es für mich ebenfalls. Wie die Gäste aus meiner Zaziki-Erinnerung trägt sie Schwarz; schwarzer Rock, schwarzes Oberteil, lediglich der Schal erlaubt sich Farbtupfer in Rostbraun und Petrol.

»Ronia, da bist du ja endlich. Wie siehst du denn aus?«

Ihre Augen verfangen sich fragend auf meinem knallpinken Snoopy-Shirt und gleiten dann nach unten zu meiner engen, verwaschenen Jeans und meinen karierten Chucks. Ganz normale Archäologiestudenten-Freizeitkleidung. Was ist so verkehrt daran? Und warum trägt sie Trauer? Oh Gott, es wird doch nichts Schlimmes passiert sein?

»Ist jemand gestorben?«, frage ich piepsig, was mir durch den Kopf schießt, als ich all die beunruhigenden Zeichen, die sich mir präsentieren, zusammenzähle.

»Machst du dich etwa jetzt darüber lustig?« Mama tritt einen

Schritt beiseite, damit ich hereinkommen kann. »Und zieh dir bitte was anderes an, das ist wirklich unpassend. Oben sind noch deine Blusen im Schrank.«

»Hi!«, rufen Johanna und Jonas im Chor aus der Küche. Verunsichert luge ich um die Ecke und wage mich herein. Beide wurden mit Hausarbeit eingedeckt. Johanna hackt Dill, Jonas schiebt Servietten in bronzene Ringe. Ein penetranter Geruch nach gekochtem Fisch schlägt mir entgegen. Im Wohnzimmer brennen bereits Kerzen und es läuft die Johannes-Passion – und mir beginnt es endlich zu dämmern. Oh mein Gott. Heute ist Karfreitag. Wenn ich nicht zufällig hier aufgeschlagen wäre, wäre mir das Jüngste Gericht sicher gewesen – und auch die direkte Fahrkarte ins Fegefeuer. Am Karfreitag gibt es im Hause Leonhard null Toleranzspielraum. Von Kind an hatte ich die seltene Gabe, das immer wieder zu vergessen und pünktlich zu Jesus' Kreuzigung laut zu singen, Musik aufzudrehen, zu tanzen oder herzhaft zu lachen. Alles verboten. Jedes Jahr mussten mir diese Verbote aufs Neue eingetrichtert werden – bis ich erwachsen war und es mir mit viel Disziplin und neonfarbenen Memos merken konnte.

Mehr schlecht als recht unterdrücke ich ein Kichern, als ich an meine Frage an der Tür denken muss. »Ist jemand gestorben?« Oh, und wie. Es war Gottes Sohn persönlich.

»Ronia, wieso stehst du herum wie ein Ölgötze?« Mama schiebt mich zur Seite, um an das Regal mit den Servierschüsseln zu kommen. »Wolltest du dich nicht umziehen? Wir sind schon gefragt worden, warum du nicht im Gottesdienst warst. Du hättest ruhig Bescheid sagen können, dass du … tja, was eigentlich?«

Na, die hat ja prächtige Laune. Hab mich am Hintern gekratzt, würde ich gerne antworten, besinne mich aber in letzter Sekunde auf eine weniger pampige Reaktion.

»Gelernt«, erkläre ich ruhig. »Und mit meinem Dozenten telefoniert. Ich muss endlich mal …«

»Johanna, gehst du mit Ronia nach oben und suchst ihr etwas zum Anziehen heraus? In zehn Minuten ist das Essen fertig.«

Mittagessen mit Kochfisch um 15 Uhr am Karfreitag mit einem Knoten im Bauch – besser geht's nicht. Alles Dinge, die ich nicht mag. Doch ich tappe Johanna hinterher in den Flur und die Treppe hinauf, bis wir in meinem Zimmer sind und ich unsanft die Tür ins Schloss fallen lasse.

»Du hast es vergessen, oder?« Johanna lächelt verschmitzt, was es mir etwas leichter macht, sie anzusehen.

»Mal wieder«, gestehe ich ohne schlechtes Gewissen. Ich habe den Sinn von Karfreitag nie richtig verstanden. Dass man Jesus' Kreuzgang gedenkt – ja, sehe ich ein. Aber Ostern ist jedes Jahr an einem anderen Termin. Karfreitag ist nicht der Tag, an dem er gestorben ist. Es ist nur ein beliebiger Tag, an dem man gefälligst daran denken soll. Jesus selbst ist es doch schnurzegal, wann man das tut. Ganz abgesehen davon, dass er tot ist und somit nicht merken kann, ob man an ihn denkt oder nicht. In einem bin ich mir ohnehin sicher: Er hätte nicht gewollt, dass man an diesem Tag weder lacht noch singt noch tanzt. Und keine Snoopy-Shirts tragen darf.

Trotzdem stelle ich zutiefst enttäuscht fest, dass ich mir das abendliche Joggen aus dem Kopf und vor allem aus dem Herzen schlagen muss. Hier komme ich vor zwanzig Uhr nicht mehr raus. Ich müsste eine Krankheit vorgaukeln, aber selbst das wäre sinnlos, denn dann würde Mama mich genau in dieses Zimmer verfrachten und auf keinen Fall zurück in die WG gehen lassen. Würde ich doch in die WG gehen und von dort aus türmen, würde Jonas mich verpetzen. Ich sitze in der Falle. Also wieder eine lange Woche warten und meinen Reizdarm pflegen. Doch selbst wenn ich laufen gehen würde –

ich würde es kaum fertigbringen, dabei amouröse Begebenheiten herauszufordern. Dazu bin ich zu sehr Pfarrerstochter – und zu abergläubisch, zumal ich heute in meinem Nebel schon ausgiebig am moralischen Abgrund balanciert bin. Aber da war ich mir des Karfreitags nicht bewusst. Jetzt kann ich ihm nicht mehr ausweichen. Sobald ich Jan berühren würde, würde ich Vaters strengen Blick vor mir sehen.

»Die da?« Johanna hält mir eine dunkelgraue Bluse mit dünnen weißen Streifen hin.

»Josy, ganz ehrlich, was juckt es Jesus, ob ich Schwarz oder Pink trage?«

»Dann kannste ja auch Grau tragen«, erwidert Johanna pragmatisch und wirft sie mir hin. Rasch schlüpfe ich aus meinem Shirt. »Wow. Nicht übel. Neu? Sag mal …« Johanna macht einen Schritt in meine Richtung, um genauer schauen zu können. »Sind die größer geworden?«

»Quatsch, ist der BH.« Ohne jedes Feingefühl stülpe ich mir die Bluse über den Kopf, damit es schneller geht und Johanna mich nicht allzu neugierig begutachten kann. Das Corpus Delicti, einen schwarzen Push-up, trage ich zum ersten Mal. Er war viel zu teuer und ist etwas zu raffiniert, inklusive seiner kleinen Gelkissen, die selbst aus meiner Mini-Körbchengröße einen sichtbaren Busen zaubern. Aber man weiß ja nie. Das ist meine neue Devise. Man weiß ja nie. Auch wenn ein Sport-BH für eine abendliche Joggingtour sicher die angebrachtere Variante wäre. Oder gar kein BH? Auf die Idee bin ich noch gar nicht gekommen. Aber sie ist nicht verkehrt. Denn …

»Bist du denn jetzt einverstanden? Mit Max? Du knöpfst sie grad falsch zu, Ronia. Deine Bluse …«

»Oh, stimmt.« Fahrig öffne ich die oberen Knöpfe wieder und versuche es ein zweites Mal. »Na ja, wenn es dich glücklich macht.«

Man hört mir deutlich an, dass es *mich* nicht glücklich macht. Ich kann mich immer noch nicht daran gewöhnen. Es fühlt sich falsch an, wie ein Puzzleteil, das zwar optisch passt, aber sich nicht exakt in die Lücke fügt, sondern wackelt und Luft hat. Es wird nicht halten. »Wie ist es denn mit ihm?«, lenke ich ab, bevor die Stimmung wieder kippt. Johanna spricht zwar mit mir, als sei nichts Erwähnenswertes vorgefallen, doch ich spüre eine Distanz zwischen uns, wie ich sie nur selten erlebt habe. Ich fühle mich unwohl mit ihr in einem Zimmer.

»Du bist ziemlich zerstreut in letzter Zeit, findest du nicht?«

Oh, eine Gegenfrage. Nun kann ich mir denken, warum sie hier ist: Meine Eltern haben sie eingeladen, genauso wie Jonas, der jedem Karfreitag beiwohnen musste, seitdem er dem Sandkasten entwachsen ist. Sie müssen miteinander gesprochen und beschlossen haben, mich mit vereinten Kräften auszuhorchen. Kann spaßig werden. Denn selbst vor der heiligen Inquisition werde ich über Jan und mich nichts ausplaudern und auch nicht über die Beinahe-Vergewaltigung, an die ich nicht mehr denken kann, ohne auch an Jans Hand auf dem breiten Hundekopf zu denken. Das macht die Erinnerungen um einiges erträglicher.

»Ach, du weißt doch, das ist mein Karfreitags-ADS. Hatte ich schon immer. Gehen wir zu den anderen?«

Ich warte ihre Antwort nicht ab, sondern mache mich auf den Weg nach unten ins Esszimmer, wo die Johannes-Passion weiterhin für depressive Stimmung sorgt und ein hässlicher Kabeljau ein Bad in Dill und Zitronen nimmt. Vater hat sich bereits ans Tischende gesetzt und sendet mir mit einem einzigen Blick so viele ermahnende Bibelverse, wie andere Pfarrer sie gar nicht in eine Predigt packen können.

»Würdest du bitte, Ronia?«, erinnert mich Mama in angestrengt heiterem Ton. Artig greife ich nach Jonas' und nach Johannas Hand und atme einmal tief durch.

»Komm, Herr Jesu, sei unser Gast und segne, was du uns bescheret hast.« Deinen eigenen Leichenschmaus, fülle ich in Gedanken die jetzt folgende Kunstpause. Die habe ich bei Vater abgeguckt. »Amen.«

Ich kann nicht verhindern, dass Mama mir Fisch auf den Teller lädt. Dabei sehe ich mich nicht einmal imstande, ein trockenes Salzkartöffelchen in meinen Magen zu zwingen. Obwohl ich nun keinen Grund mehr habe, nervös zu sein, ist mein Bauch wie verschlossen und blubbert gleichzeitig lautstark vor sich hin.

»Warum bist du nicht ans Telefon gegangen, Ronia?«, fragt Vater, ohne mich dabei anzusehen. Sein Ton ist neutral, doch ich fühle mich zunehmend unter Druck gesetzt. Er fragt nicht seinetwegen, sondern wegen Mama. Ich habe Mama enttäuscht und sie warten lassen. Das tut man nicht als gute Tochter.

Richtig, ich bin nicht drangegangen, weil ich dachte, es sei ein zweites Mal Kai Schuster. Auch das Handy hatte ich offline geschaltet. Vermutlich stapeln sich dort Nachrichten und Mails von Mama, Johanna und Jonas. Ich muss schauspielern, um mich und die Stimmung zu retten.

»Aber ich habe doch mein Handy immer bei mir … oh …«, mime ich die Erstaunte und runzele die Brauen, als ich es wie ein Beweisstück vor meine Nase halte. »Wieso ist das denn offline? Sorry, das ist ein Versehen.« War das glaubwürdig? Eifrig drücke ich Tasten und schalte wieder auf online. Oder darf man Karfreitag auch nicht online sein? Sofort rauscht penetrant piepsend eine FB-Messenger-Benachrichtigung ein. »J. hat dir geschrieben«. Wie bitte, Jan? Aber er war doch von Facebook verschwunden! Ist die alte Nachricht irrtümlich noch einmal eingelaufen?

Jetzt vibriert das Smartphone zusätzlich und piepst schrill; nach seiner langen Offline-Zeit hat es ein munteres Eigenleben entwickelt und bittet klagend um Aufmerksamkeit. Reihenweise trudeln SMS und Mails ein, während Papas Blick mit jedem neuen Ton vernichtender wird.

»Ich tu es gleich weg, ich muss nur noch schnell ...« Ich kann keine Sekunde länger warten, ich muss schauen, was das für eine Nachricht ist.

»Denkst du an mich, wenn du dich berührst?«

Vor Schreck lasse ich das Handy fallen und stürze mich schon im nächsten Moment in einem gewagten Hechtsprung unter den Tisch, damit niemand anderes es aufheben und auf das Display schauen kann. Sobald ich es sicher in der Hand habe, lasse ich den Bildschirm schwarz werden, tauche keuchend unter dem Tisch hervor und setze mich wieder. Mit der Linken halte ich das Smartphone fest umklammert, während ich mir mit der Rechten in einer meiner verfluchten Übersprunghandlungen einen riesigen Bissen Fisch in den Mund schiebe und vor Ekel würgen muss.

»Warum eigentlich Fisch?«, brabbele ich kauend, bevor mich jemand fragen kann, warum ich mich derart befremdlich aufführe. Noch so eine Nummer und sie schicken mich zum Drogentest. »Ein Fisch ist doch auch ein Lebewesen. Warum darf man an Karfreitag Fisch essen und kein Fleisch? Fisch ist Fleisch. Der einzige Unterschied ist, dass dieses Tier Gräten statt Knochen hat und schwimmt. Aber es hat eine Seele. Die hat es doch, oder, Vater?«

Jonas hat die Hände vors Gesicht genommen und schnauft hörbar durch – ob lachend oder entsetzt, ich weiß es nicht. Johanna, da gibt es keinen Zweifel, würde sich gerne in einem tiefen Erdloch verstecken vor lauter Fremdscham. Mama und Vater wage ich gar nicht erst anzuschauen.

»Müssen wir das jeden Karfreitag von Neuem ausdiskutieren, Ronia?« Noch ist Vater ruhig.

»Ich möchte es nur gerne verstehen. Das ist alles.« Ich spüle den Fischklumpen in meinem Mund mit einem großen Schluck Apfelsaft herunter und mein Bauch bedankt sich sofort mit einem kurzen, heftigen Krampf. »Muss aufs Klo«, füge ich entschuldigend hinzu, als ich aufstehe und den Tisch verlasse. »Bin gleich wieder da.«

Es ist Fehlalarm – ich dachte es mir schon. Sobald ich im kühlen Gästeklo stehe und die Tür hinter mir abschließen kann, beruhigt sich mein Bauch, doch meine Wangen haben Feuer gefangen und sind so rot geworden, dass winzige Äderchen darin glühen. Meine Augen jedoch blicken mir aufgeweckt und klar aus dem kleinen Spiegel entgegen, in einem reinen, hellen Grün. Keine Schatten, keine Müdigkeit. Seit einer Minute bin ich hellwach.

Ich klappe den Deckel auf die Brille, lasse mich darauffallen und navigiere mich in den Messenger. Hat er das wirklich geschrieben? Oder war es eine Karfreitags-Halluzination? Oh ja, er hat. Was für eine bodenlose Unverschämtheit. »Denkst du an mich, wenn du dich berührst?« Kein Smiley, es ist kein Scherz, er meint das ernst. Er will wissen, ob …

»Das geht dich nichts an, du kleines Arschloch«, tippe ich hektisch und verwerfe es gleich wieder. Vielleicht will er mich ja lediglich provozieren. Dann wäre das die falsche Antwort. Sie würde ihn nur ein weiteres Mal darin bestätigen, dass ich ein kleines Mädchen bin. Aber kann ich ihm das durchgehen lassen, ohne ihm die Leviten zu lesen? So etwas fragt man doch nicht, das ist … Ich weiß nicht, was das ist, aber auf jeden Fall weit unter der Gürtellinie. Im wahrsten Sinne des Wortes.

Trotzdem macht es mich weich. Ich spüre Tränen, obwohl ich nicht weine. Ich möchte mich hinlegen – nicht hier auf dem Gästeklo, sondern in mein Bett, im Dunklen bei heruntergelassenen Jalousien, und diesen Satz immer wieder lesen. Eigentlich ist er gar nicht hässlich. Er hat nicht geschrieben: Denkst du an mich, wenn du es dir machst? Das wäre hässlich gewesen. Nein, er schrieb: wenn du dich berührst. Es ist wertfrei und doch, es ist intim. Gott, ja, das ist es. Verstörend intim.

Es kann gut sein, dass er nur etwas hören will, das ihn aufgeilt, oder aber … Nein, eine klare Antwort werde ich ihm nicht geben, selbst wenn er es noch so schön formuliert. Würde ich ehrlich sein, bestünde sie aus zwei Buchstaben. Ja. Ich habe an ihn gedacht. Ich wollte es nicht, es ist einfach geschehen – und es war anders als sonst. Es hat länger gedauert, viel länger. Weil ich plötzlich das Gefühl hatte, er sei da, schaue mir dabei zu, ohne mich zu sehen, vielmehr wie eine Begegnung unserer inneren Bilder. Als könne er es spüren, wenn ich komme. Das war der Grund, weshalb ich aufhörte, kurz bevor ich mich vergaß. Ich hatte Angst, dass er es tatsächlich wittern kann.

Was ausgemachter Blödsinn ist, aber warum dann diese Frage? Zufall? Nun, Johanna hat mir vorhin eindrucksvoll demonstriert, wie man auf überflüssige Fragen am besten reagiert. Mit einer Gegenfrage.

»Tust du es denn, wenn du dich berührst?«

Halt, stopp. Daraufhin käme sicher ein grinsendes Ja als Antwort. Denn es ist missverständlich. Klar denkt er an sich. Jemand wie Jan denkt immer als Erstes an sich, auch dabei.

»Denkst du denn an mich, wenn du dich berührst?«

Mein Finger ist schon fast auf Senden, da ziehe ich ihn wieder zurück, als habe ich mich verbrannt. Ich muss es umgekehrt formulieren. Es ist doch gut möglich, dass er sich berührt und seine Liebhaberinnen ihm dabei zusehen – oder er es gar für sie filmt? Bei derlei Aktionen soll er bitte niemals an mich denken. Und wenn, möchte ich es nicht wissen. Fieberhaft lösche ich meine Worte und fange wieder von vorne an.

»Berührst du dich denn, wenn du an mich denkst?«

Genau. So stimmt es. Denn dann betrifft es nur mich. Das Berühren folgt dem Gedanken, folgt meinem Namen. Seiner Idee von mir. Wenn, dann soll es so sein und nicht anders. Kann ich das abschicken? Tut man so etwas? Müsste ich ihn nicht sofort sperren und komplett ignorieren?

Ein paar Sekunden lang verharre ich und horche in mich hinein. Mein Bauch ist ruhig geworden, fast träge. Mein Herz pocht – stark und gleichmäßig. Meine Wangen haben eine Außentemperatur von circa 45 Grad erreicht. Mein Nacken ist entspannt. Alles zusammen fühlt sich an wie ein Ja.

»Okay, dann los«, flüstere ich und schicke die Nachricht ab. Sofort kann ich beobachten, wie Jan online geht und mir der Messenger verkündet, dass er die Nachricht gelesen hat. Willkommen in der modernen Überwachungsgesellschaft. Obwohl ich solche Details eigentlich nicht wissen möchte, starre ich wie magnetisiert auf das Display.

»J. schreibt«, informiert mich Facebook. Er antwortet mir … oje, er antwortet. Was auch immer hier gleich erscheint, es wird mir verraten, ob ich ihn wiedersehen kann oder nicht.

»Ja, ich raufe mir manchmal die Haare.«

Jetzt brennen nicht nur meine Wangen, sondern mein ganzes Gesicht, mein Hals, mein Dekolleté. Ich hätte niemals reagieren dürfen. Er rauft sich die Haare, wenn er an mich denkt. Jan, du bist so ein … Moment. »J. schreibt etwas.«

Ich schließe die Augen, lehne mich zurück, versuche zu atmen, was immer schwieriger wird, und als das sanfte Vibrieren des Handys mir endlich verkündet, dass seine Nachricht angekommen ist, wage ich es einen Moment lang nicht, nach unten zu sehen. Doch wie immer siegt meine Neugierde.

»;-) Ich sag es dir heute Abend.«

Na klasse. Er vertröstet mich und legt eine dramaturgische Pause ein. Trotzdem muss ich grinsen, nein, sogar lachen. Es war nur ein Scherz gewesen. Zum Glück, er hat gescherzt.

»Ich kann heute Abend nicht laufen gehen. Wir tragen hier den Karfreitag zu Grabe. Kann dauern. Er sperrt sich.«

Klick, abgeschickt. Langsam komme ich ihn Form. Er schreibt erneut etwas ... Wir schreiben miteinander! Kann das wirklich wahr sein? Ja, und es ist fordernder als der furchterregendste Horrorfilm. Denn ich bin mittendrin und habe das Gefühl, die Höllenfahrt kann jeden Moment kippen und meinen Tod bedeuten. Wieder vibriert das Handy.

»Lach ... ich sag es dir trotzdem heute Abend.«

Noch bevor ich seine Zeilen gelesen und begriffen habe, weist der Messenger mich darauf hin, dass Jan wieder offline ist. »Zuletzt online heute, 15.30 h.«

Er ist weg. Auf einmal fühle ich mich verlassen und alleine. Die Höllenfahrt ist vorüber, viel zu schnell und abrupt. Jetzt erst realisiere ich, was ich seit mindestens zehn Minuten tue – ich sitze auf dem Gästeklo des Pfarrhauses und schreibe Nachrichten von nicht übersehbarer erotischer Brisanz an einen Bad Boy. Allein dafür werde ich in die Hölle kommen.

Wie stellt er sich das eigentlich vor? Ich soll bis heute Abend warten – warum? Juckt es ihn gar nicht, dass ich ihm nicht geantwortet habe? Oder nahm er meine Gegenfrage als ein Ja?

»Bin ich blöd«, flüstere ich atemlos. Natürlich hat er das. Warum sonst sollte ich die Gegenfrage stellen? Wenn es mich nicht interessiert? Jetzt geht er davon aus, dass ich es tue. Was ja die Wahrheit ist. Ein äußerst nerviger und viel zu schwerwiegender Verdacht in meinem Unterbauch weist mich außerdem darauf hin, dass er bereits die ganze Zeit davon ausgegangen ist. Was im Grunde auch kein Wunder ist, denn ich habe ihn in den Hals gebissen, bevor wir uns das erste Mal küssten, und vor einer Woche auf der Brücke beinahe seine Erektion mit meiner Hand umschlossen. Meine Finger können nur Zentimeter entfernt gewesen sein. Deutlicher kann man einem Mann nur sagen, dass man ihn will, wenn man auch diese letzten Zentimeter überschreitet – was ich in meinen Fantasien längst getan habe. Nun, immerhin friert man in der Hölle nicht, ganz im Gegensatz zu diesem lausig kalten Plätzchen. Aus purem Pflichtbewusstsein mache ich schnell Pipi, damit es sich auch gelohnt hat, spüle, spritze mir Wasser ins Gesicht und in meinen Ausschnitt, weil ich in Flammen stehe, und gehe zurück zum Esszimmer. The show must go on.

Sobald ich den Raum betrete, verstummt das sorgengetränkte Raunen, in das meine Eltern und Freunde vertieft waren, und alle vier schauen mich an. Augenblicklich fühle ich mich schuldig.

»Ich … äh … mein Bauch ist ein bisschen – weiß nicht. Vielleicht was Falsches gegessen.«

Kabeljau zum Beispiel. Mama wirft Johanna einen aufmunternden Blick zu, woraufhin diese ihre Schultern strafft und mich fest anschaut. In ihren braunen Augen macht sich eine mütterliche Ernsthaftigkeit breit, die ich trotz meiner verschiedenen Sündhaftigkeiten verwirrend finde. Was kommt denn jetzt noch?

»Ronia, Süße. Ich bin deine beste Freundin, Jonas ist dein bester Freund und das hier sind deine Eltern. Du kannst es uns ruhig sagen, wenn …« Nun verlässt sie doch der Mut und sie blinzelt Hilfe suchend zu Mama hinüber, die mir für heute ihr erstes aufrichtig freundliches Lächeln schenkt.

»Wir werden damit zurechtkommen. Es gibt für alles Lösungen. Vertrau uns. Wir reden auch mit Lukas, wenn es nötig ist.«

Lukas? Warum denn mit Lukas? Ich will ihn nicht zurück und die Vorstellung, dass meine Eltern bei ihm meine zerstörte Beziehung einklagen, ist erniedrigend. Oder glauben sie am Ende, ich sei – sie denken doch nicht, ich sei schwanger? Ich will aufspringen und eine ambitionierte Verteidigungsrede starten, doch Jonas kommt mir zuvor.

»Du isst immer unregelmäßiger, dir ist oft schlecht, deine Figur hat sich verändert, du verschließt dich immer mehr und das eben ...« Er hebt die Schultern und lässt sie wieder fallen. »Wir können doch eins und eins zusammenzählen.«

»Nein, das könnt ihr offensichtlich nicht!« Jetzt bin ich doch aufgestanden. »Ich bin nicht schwanger, wovon denn auch? Wie kommt ihr nur auf solche idiotischen Ideen? Meine Figur hat sich außerdem überhaupt nicht verändert.« Das stimmt nicht, ich hatte gestern Abend selbst den Eindruck, dass ich trotz der strafferen Muskeln weiblicher geworden bin. Aber ich war immer eine Spätentwicklerin gewesen – vielleicht durchlebe ich gerade den letzten Pubertätsschub. Wenn ich von Lukas schwanger wäre, müsste man außerdem längst einen Bauchansatz sehen. »Guckt doch!«, rufe ich und schiebe die graue Bluse hoch. Vier Augenpaare starren auf meinen flachen, wohlgeformten Bauch, in dem sich zwar viel Grummeln und Blubbern versteckt, aber ganz bestimmt kein Baby. Jonas ist der Erste, der seine Blicke wieder abwendet. Johanna schaut eher neidvoll drein. Mama bleibt undurchsichtig leblos und Vater schließt für einen Moment erleichtert die Augen. Trotzdem sehe ich, dass sie dem Braten noch nicht ganz trauen.

»Und diese ewige Lauferei? Als wolltest du etwas ... etwas loswerden?«, fragt Jonas in geübter Polizistenbeharrlichkeit.

»Ich gehe joggen, um mich fit zu halten! Sonst nichts! Und in einem könnt ihr euch sicher sein – sollte ich schwanger werden, würde ich nie etwas tun, um dieses Kind loszuwerden! Niemals! Habt ihr verstanden?« Ich rufe nicht mehr, ich schreie und in meine Augen sind Tränen der Wut und des Schmerzes getreten. Wie können sie so etwas von mir denken? Wenn es Jans Kind wäre, könnte ich das erst recht nicht tun, ach, niemals könnte ich das. Das müssen sie doch wissen!

»Ronia, Liebling …« Vater hat dieses Kosewort so lange nicht mehr benutzt, dass ich zusammenfahre, doch dann spüre ich, dass er seine Hand auf meinen Arm gelegt hat und mich mit erstaunlicher Sanftheit zurück auf den Stuhl drückt. »Es ist schön, dass du so denkst und fühlst. Wir freuen uns, das zu hören. Wirklich.«

»Okay.« Ich gehorche seiner Hand, setze mich wieder, obwohl in mir immer noch der Drang herrscht, so lange herumzubrüllen, bis ich mir sicher bin, dass ich mir meine eigene geschützte Zone verschafft habe. Hier ist es erstickend eng geworden. Ich habe das Gefühl, keine Luft mehr zu bekommen.

Doch meine kurze Wutrede hat all das Unausgesprochene in diesem Raum zerschmettert. Fragend wandert es in winzigen Splittern von einem zum anderen, noch sind verblassende Zweifel dabei, aber auch der tiefe Wunsch, mir zu glauben. Die Katastrophe, die nie da war, wurde gerade noch abgewendet – so muss es sich für Mama und Vater anfühlen.

Ohne zu verstehen, was sie sagen, höre ich ihnen bei ihren Gesprächen über die Kirchengemeinde, den neuen Chor und Jonas' Reviererfahrungen zu, ab und zu darf auch Johanna etwas sagen; sogar ich werfe in geeigneten Abständen routiniert ein »Stimmt« und »Ja, sehe ich auch so« ein, um die für einen Karfreitag plötzlich sehr gelöste Stimmung nicht erneut zu gefährden. Die Sache mit meinem Forschungssemester kann ich mir für heute sparen. Das wird nichts mehr.

Meine Eltern haben mir geglaubt, weil sie mir glauben wollen – und keine Ahnung, was sie damit bewirkt haben. Darüber habe ich nämlich noch gar nicht nachgedacht. Schwangerschaft. Verhütung. Babys … Ich nehme die Pille, ja, aber das ist nur die halbe Miete. Auch die Pille kann versagen. Wenn mein Bauch seine Kapriolen weiterhin pflegt, erst recht.

Noch halte ich an dem Vorsatz fest, nicht mit Jan zu schlafen. Aber was, wenn keiner von uns sich beherrschen kann und es so wird wie in meinen Träumen, wo kein Vernunftgedanke unsere tiefe Versunkenheit stört? Ich kann doch mit Jan nicht prophylaktisch ein Gespräch über Verhütung vom Zaun brechen. Aber wenn auch nur ein Bruchteil der Gerüchte über ihn stimmt, muss ich gerade bei ihm höllisch vorsichtig sein.

Also darf ich wirklich nicht mit ihm schlafen. Zu den vielen Tausend Gründen, die dagegensprechen, bin ich mir des schwerwiegendsten Grundes erst jetzt bewusst geworden.

Es wird dabei bleiben, dass ich davon träume, es zu tun. Träumt er denn auch davon? Schickt er deshalb solche Nachrichten?

Den Nachmittag und Abend durchlebe ich wie in einem ungesunden Bann, der meine Seele von meinem Körper getrennt hat. Von ferne schaue ich auf mich, wie ich mich unterhalte, esse und trinke und funktioniere, und bin erst dann bereit, wieder in diese sterbliche Hülle zurückzukehren, als ich in der WG auf meinem Bett liege, alleine und ungestört.

Das Handy ruht neben dem Kissen. Ich hatte es die ganze Zeit bei mir und immer wieder aufs Display geschaut, doch es kam keine weitere Nachricht. Er wollte mich nur auf die Folter spannen. Es ist ja alles ein Spiel. Ich darf das nicht vergessen. Jan spielt mit Frauen.

Mein Herz zieht sich mit jedem Atemzug weiter zusammen, bis es klein und fest in meiner Brust lauert, als habe es Angst. Das hier ist meiner unwürdig. Zu warten, bis er mir endlich die erbetene Antwort gestattet. Ich sollte so etwas nicht tun. Ich darf nicht seine Sklavin werden und auch nicht die meines Facebook-Messengers.

Ich muss gegen einen schier unüberwindbaren Widerstand ankämpfen, um das Handy zu nehmen und offline zu schalten, doch danach dauert es keine drei Minuten, bis die Erschöpfung mich in einen tiefen, haltlosen Schlaf zwingt. Erst als Klappern des Zeitungsbriefkastens mich weckt und die Dächer des Doms golden in der aufgehenden Sonne glühen, schalte ich es im Halbdämmer wieder an. Sofort ertönt der Signalton und ich weiß schon jetzt, dass ich ihn nie wieder in meinem Leben hören kann, ohne dabei an Jan zu denken. Mein Herz verliert seine nächtliche Starre, wird weit und groß, sobald ich mich traue zu lesen, was er geschrieben hat – kurz nach Mitternacht, genau zu dem Zeitpunkt, in dem mich meine Träume zu sich geholt hatten und ich schwerelos, hell und leicht wurde.

»Eben habe ich mich berührt, als ich an dich gedacht habe. Ich möchte dich fühlen ... Schlaf gut.«

Glut auf unserer Haut

Jetzt reicht es aber langsam!«, keife ich dem Autofahrer hinterher, mit erhobenem Armen und einem Blick, der vermutlich selbst Lava in Eis verwandeln könnte. »Könnt ihr nicht aufpassen?« Doch hinter seinem Scheibenwischer sieht er mich vermutlich nicht einmal, und beim nächsten heranrauschenden Wagen mache ich mir nicht mehr die Mühe, ein Ausweichmanöver zu starten. Wohin auch? Links neben mir erhebt sich das Geländer, rechts braust der Feierabendverkehr über die Brücke, nur durch Pfützen von mir getrennt, deren brackiger Inhalt sich immer wieder großzügig über meine Beine ergießt.

Nun beginnen auch meine Haare zu triefen und ich komme nicht drum herum zu akzeptieren, dass es schlechteres Wetter für eine abendliche Joggingrunde kaum geben könnte. Ich hätte es wissen müssen. Den ganzen Tag schon hatte die Sonne sich nicht gezeigt und ein kühler Wind fuhr launisch durch die Straßen. Gegen Nachmittag begann es zu tröpfeln – jenes gleichmäßige Nieseln, das sich unaufhaltsam zu einem schweren Landregen entwickelt, bis es schüttet wie aus Eimern. Dieser Punkt ist jetzt erreicht. Eine neue Windböe reißt an meinem dünnen Fleecejäckchen und lässt mich trotz der Bewegung frösteln, doch noch bin ich zu stur, um aufzugeben. Ich will es nicht wahrhaben – dass heute wieder nichts passieren wird. Karfreitag war beklagenswert genug, gerettet nur durch Jans offenherzige Mail, deren Worte mir jedes Mal wie elektromagnetische Wellen in den Bauch fahren, wenn ich sie lese. Geantwortet habe ich nicht. Alles, was ich hätte schreiben können, kam mir doof und kindlich oder aber zu pornografisch vor. Billig will ich auf keinen Fall wirken. Die Grenzen zwischen stilvoll erotisch und peinlich sind so fragil und dünn – zumal ich nie weiß, welche Reaktion ich damit ernte. Er könnte stilvoll antworten oder aber eine Bemerkung ablassen, die es mir verbieten würde, jemals wieder an ihn zu denken.

Am darauffolgenden Freitag hatte ich vor lauter Bauchflimmern und Herzklopfen kaum einen geraden Schritt laufen können, bis ich in einen wütend-hilflosen Flow geriet, weil ich nur Hundebesitzern begegnete, es nirgendwo nach Haschisch roch und ich selbst in den Auwäldern, die inzwischen hellgrün geworden sind und deren Tümpel von Kaulquappen wimmeln, keine Spur von ihm fand. Fast zweifelte ich daran, dass es all das zwischen uns gegeben hatte.

Zu Hause unter der Dusche habe ich vor Enttäuschung beinahe geweint, lediglich mein Stolz hielt mich davon ab. Ich dachte nur an ihn.

Heute muss etwas passieren.

Aber jetzt ist es der Himmel, der weint, als wolle er nie wieder aufhören. Immer dichter wird der Regen. Es ist Mai, rede ich mir ein, fast Sommer, da kann es von einer Minute auf die andere aufklaren und die letzten Strahlen der Sonne locken die Menschen ins Freie. Auch Grenzgänger wie ihn.

In zorniger Entschlossenheit laufe ich weiter, das andere Ufer fest im Blick. Die Autofahrer mögen mich für heldenhaft halten, eine echte Sportlerin, die ihr Programm auch dann durchzieht, wenn es stürmt und schneit. Wenn sie wüssten. Oh Gott, wenn irgendjemand wüsste, warum ich mich so quäle – es würde mich keiner mehr ernst nehmen. Niemals wäre ich früher freiwillig bei solch einem Mistwetter ins Freie gegangen. Ich hab sogar manchmal Vorlesungen geschwänzt, weil ich mich nicht imstande sah, die dreihundert Meter von der Bibliothek durch die Innenstadt zum Lesungssaal zu laufen, und Regenschirme hasse wie die Pest. Jetzt kämpfe ich mich klatschnass durch den Wind und ertrage dabei fast winterliche Temperaturen. Wozu? Um wieder enttäuscht zu werden?

Es ist ein winziger, armseliger Rest von Hoffnung, der mich vom Kiesstrand weg zu den Bäumen treibt, wo ich unter einer großen Platane Schutz suche und mich erschöpft gegen ihren nassen Stamm lehne. Das Dickicht scheint im Regen zu singen – das Rauschen und Plätschern des Wassers, das Zwitschern der Vögel und das Quaken der Frösche vermischt sich zu einem dschungelartigen, hypnotischen Konzert, dem ich trotz meines schwitzenden Frierens wie eingelullt lausche und dabei die Zeit vergesse. Erst der Signalton meines Messengers reißt mich aus meiner Trance. Mit der Hand versuche ich das Display zu schützen, als ich das Handy aus der Potasche meiner Hose ziehe und nachsehe, was Jan mir geschrieben hat. Er muss es sein, denn nur noch er hat auf Facebook einen Signalton für seine Nachrichten. Zu oft endete das Piepsen mit einer Enttäuschung, sodass ich den Ton bei allen anderen Kontakten deaktiviert habe. Ja, es ist Jan. Plötzlich stört mich der Regen nicht mehr. Gerade noch war die Welt dunkel und öde. Jetzt ist alles wieder möglich.

»Masochistisch veranlagt bin ich nicht. Musst schon zu mir kommen, wenn du mich (sehen) willst.«

»Oh nein, so einfach ist es nicht«, grummele ich halb zickig, halb begeistert. Zu ihm kommen? Nach Hause? War es mir an Heiligabend nicht noch undenkbar gewesen, dass jemand wie er ein Zuhause hat? Aber will ich das überhaupt? Das kann auch eine Falle sein und es ist so – ach, es ist so realistisch. Eine Wohnung ist wie ein Tagebuch, das offen herumliegt, man kann darin lesen. Was ist, wenn sie mir überhaupt nicht gefällt oder ich an jeder Ecke Zeichen sehe, die ich nicht sehen will? Außerdem ist er sich seiner selbst viel zu sicher. »Wenn du mich (sehen) willst.« Was bildet er sich eigentlich ein? Ich habe ihm nicht geantwortet auf seine Offenbarung und trotzdem geht er davon aus, dass ich auf ihn stehe. Abgesehen davon weiß ich nicht mal, wo er wohnt. Andererseits, wenn ich mich weiter nassregnen lasse, ohne mich zu bewegen, hole ich mir eine Lungenentzündung. Ich muss wieder laufen. Entweder nach Hause – oder zu ihm.

»Hellsehen kann ich nicht«, tippe ich nach zehn Minuten angestrengten Grübelns und Abwägens griesgrämig in mein Handy, um dessen Wohlergehen ich mir langsam Sorgen mache. Das Display ist kaum mehr lesbar vor lauter schillernden Wassertropfen. Sobald ich die Nachricht abgeschickt habe, mache ich mich zügig auf den Heimweg. Erst am Ende der Brücke, nach drei weiteren unerfreulichen Pfützenfontänen auf Beine und Schuhe, läuft die Antwort ein.

»Fischergasse 7. In zehn Minuten endet die Besuchszeit, dann spielt der FCK.«

Der FCK? Bundesliga? Meine erste spontane Reaktion: Dann eben nicht. Heute nicht und niemals wieder. Es passt nicht ins Konzept. Fußball – das ist zu durchschnittlich, zu typisch und vor allem unfassbar langweilig. Das darf nicht wahr sein. Jan sitzt zu Hause und guckt Fußball? Schwingt dabei vielleicht noch Fähnchen und trägt ein Trikot, in der anderen Hand die Bierflasche? In meinem Kopf waren viele Bilder, doch die meisten davon beschränkten sich auf den Auwald, ein mir unbekanntes, aber geschmackvolles Bett und Jan und mich. Schwitzende Männer, die einem Ball hinterherjagen, haben niemals dazugehört – sie wären mir im Traum nicht eingefallen.

Die Fischergasse, ist die nicht schräg gegenüber vom Museum? Recht nah am Fluss, das würde zu seinen Streifzügen passen, doch sie liegt auch gar nicht weit von unserer Wohnung entfernt. Luftlinie höchstens vierhundert Meter, wenn überhaupt. Jan war mir die ganze Zeit so nah, nicht nur gedanklich, sondern in Wirklichkeit? Diese Vorstellung überfordert mich dermaßen, dass ich aus dem Rhythmus komme und fast über meine eigenen Füße stolpere. Ich hatte gedacht, er würde weiter weg wohnen, in einem der unschönen Außenbezirke der Stadt. Aber nicht zentral, schon gar nicht Altstadt. In der Fischergasse stehen ausnahmslos alte Häuser. Schon seit Jahren warte ich darauf, dass die Kanäle erneuert werden und sie etwas finden, das uns erlaubt, dort in der Erde zu wühlen.

Ich müsste gar nicht mal einen Umweg gehen, um sie zu erreichen; der Weg, den ich bei meinen abendlichen Lauftouren runter zum Fluss wähle, führt ohnehin an der Einmündung der Fischergasse entlang. Zurück bin ich zwar immer eine andere Strecke gelaufen, doch so könnte ich zumindest einen Blick hineinwerfen und abschätzen, in welchem Haus Jan seine Wohnung angemietet hat.

Gedacht, getan, es sind ja nur noch zwei Ecken. Die Erkenntnis trifft mich fast noch härter als die, dass Jan FCK-Fan ist. Denn das Haus ist eines der ersten, und wenn die Dinge so liegen, wie ich befürchte, kann er aus seinen Fenstern wunderbar beobachten, wer den lieben langen Tag an der Einmündung der Fischergasse vorbeispaziert oder wahlweise vorbeijoggt. Er wird mich gesehen und sich in seiner üblichen Häme eins gegrinst haben. Ist ja auch köstlich –

sich davon zu überzeugen, wie nötig es die kleine Ronia hat, den schönen Jan zu sehen. Oder was für eine hartgesottene Läuferin sie ist. Er weiß doch gar nicht, was in mir vorgeht. Ich habe ihm nicht geantwortet, erinnere ich mich erneut. Er hat keine Ahnung. Ausnahmsweise bin ich im Vorteil, genau so, wie ich es die ganze Zeit wollte. Hellsehen können wird er ebenso wenig wie ich, also ist ihm auch nicht bewusst, dass ich in diesen zwei Wochen ungefähr fünfhundert Antworten formuliert und wieder verworfen und mir zudem mehrmals abends vorgestellt habe, wie er sich streichelt und …

»Nicht jetzt«, schiebe ich den Bildern in meinem Kopf einen Riegel vor, streiche meine triefenden Locken zurück und meine Fleecejacke glatt und mustere die Klingelschilder von oben nach unten. M. Müller, Emma Thiel, J. Stumann. Stumann, das ist also sein Nachname. Nicht zu normal, aber auch nicht exotisch. Er wohnt im Erdgeschoss? In meinen Fantasien befanden wir uns immer irgendwo oben. Nicht in meiner Wohnung, sondern … gelöst von allem Irdischen.

Der blecherne Ton der Klingel verrät den Renovierungsstau des Hauses, und als der automatische Öffner zu summen beginnt und ich die Tür aufdrücke, schlägt mir der charakteristische Altbaugeruch nach Öl, Linoleum und verwittertem, kaltem Stein entgegen.

»Hi«, bringe ich schnaufend hervor, mehr nicht, nachdem ich die drei Stufen zur Erdgeschosswohnung genommen habe und ihn in seinem Türrahmen lehnen sehe, entspannt und mit einem furchtbaren Grinsen im Gesicht – furchtbar, weil es schön ist. Verdammt, was für ein schöner Kerl, denke ich bedrückt. Im gedämpften Licht des Flurs sieht er noch strahlender aus als in der Nacht unten am Fluss – oder nehme ich ihn anders wahr? Weil in diesen Sekunden alles anders ist, als es jemals zwischen uns war?

Nun werde ich sein Reich betreten. Es wird mir Geschichten erzählen, ob ich sie hören möchte oder nicht. Und wenn einer jene verborgenen Geschichten versteht, die Räume, Häuser und Steine erzählen, dann ich. Fast wünsche ich mir, diese Gabe nicht zu besitzen, um nicht ein weiteres Mal enttäuscht zu werden.

»Tapfer«, begrüßt er mich knapp. »Du tropfst. Hast du gebadet oder bist du gelaufen?«

»Beides«, entgegne ich brummig und horche auf, als ein dumpfes Rumpeln die alten, hohen Wände der Wohnung erschüttert. »Was ist das?«

»Frachter. So ein Holländer mit antikem Dieselmotor. Kommt alle paar Tage über den Fluss. Dann klirrt sogar das Geschirr im Schrank.«

Geschirr. Ja, natürlich, Geschirr braucht man zum Leben. Hatte ich etwa gedacht, er reißt nachts ein paar Rehe und brät sie über dem offenen Feuer? Er kocht wie ich morgens seinen Kaffee, wäscht seine Klamotten und geht aufs Klo. Apropos …

»Kann ich … hast du ein Badezimmer?«

»Nein, du musst raus in den Garten.«

Ich schaue ihn nur streng an, obwohl mir tausend bissige Konter auf der Zunge liegen, doch ich mache den Fehler, es einen Tick zu lange und zu direkt zu tun. Er weicht nicht aus und es wirkt sofort. Seine Augen sind gar nicht schmal und dunkel, sondern fast so groß wie meine und voller blau und gelb flirrender Funken. Doch mein fatalster Irrtum war zu glauben, sie seien jung. Sie wissen um mich. Schon immer. Von Anbeginn aller Zeiten. Meine Knie werden weich und ich greife schwankend zur Wand, um mich abzustützen. Dazu dieses sanfte, unstete Dämmerlicht. Sehe ich das richtig, brennen in der gesamten Wohnung nur Kerzen? Kein elektrisches Licht? Neugierig luge ich an ihm vorbei in den schmalen Flur hinein. Ja, auf einem halbrunden Abstelltisch flackert eine kleine Stumpenkerze vor einer kleinen, indischen Götterfigur mit Elefantenrüssel, die ihre vier Arme elegant ausbreitet und dabei auf einem Bein balanciert. Die Kerzenflamme lässt das Silber in unterschiedlichsten Schattierungen aufleuchten und die Figur lebendig wirken, als könne sie sogleich eine andere Position einnehmen, wenn sie sich nur dazu entscheidet.

»Das ist Ganesha. Er weist dir den Weg zum Klo.«

»Ich will nur aus den nassen Sachen raus und heiß duschen«, erwidere ich und schlüpfe aus meinen nassen Schuhen, um Jans Ohren nicht mit diesem obszönen Schmatzen zu belästigen, das sie von sich geben, wenn ich laufe. Aufstöhnend befreie ich mich auch von meinen Socken, es ist eine Wohltat, die alten, abgewetzten Holzdielen des Flurbodens unter meinen nackten Füßen zu spüren. Ohne Jan eines weiteren Blickes zu würdigen, lasse ich mir von Ganesha das Bad zeigen, schlüpfe hinein und schließe die Tür ab. Er hat auf meinen Hintern geschaut. Ich weiß es genau, er hat gestarrt – auf meinen Hintern und auf meine nackten Füße. Kritisch betrachte ich sie, doch da gibt es nichts zu beanstanden. Ich habe schöne Füße, schmal und mit langen Zehen und einem filigranen, silbernen Kettchen um den linken Knöchel. Im Sommer trage ich sogar manchmal Zehenringe. Angeblich Tussi-Attribute, aber das ist mir egal, denn mir gefällt es. Ich mag meine Glitzerflossen.

Erst nach einigem Suchen finden meine Finger den Lichtschalter. Sobald ich mich in dem kleinen fensterlosen Raum orientiert habe, schäle ich mich aus meinen nassen Klamotten, habe aber keine Ahnung, wo ich sie hinlegen soll. Es gibt keinen Hocker oder gar ein paar freie Haken. Ich kann sie höchstens über die Duschvorhangstange werfen. Außerdem fällt mir auf, dass ein Mülleimer fehlt, in dem ich mein durchweichtes Taschentuch entsorgen kann. Ein Badezimmer ohne Mülleimer? Sofort muss ich an Jans Job denken. Jemand wie er muss doch die Möglichkeit haben, »Dinge« im Bad zu entsorgen. Gebrauchte Kondome zum Beispiel. Obwohl das ein Gedanke ist, bei dem mir fast schlecht wird. Wahrscheinlich befindet sich der Mülleimer im Schlafzimmer oder im Wohnzimmer – eben dort, wo er seine Kundinnen empfängt.

Auf dem Waschbeckenrand entdecke ich eine teure elektrische Ultraschall-Zahnbürste neben einem Päckchen Zahnseide und Flüssigseife. Er achtet also auf seine Zähne. Das ist ein vernünftiger Ansatz, der mir den nötigen Mut verleiht, die Türchen des Spiegelschränkchens zu öffnen. Ich weiß, ich dringe in seine Privatsphäre ein, aber er schickt mir Mails zum Thema Masturbation – das hier ist lediglich ein überflüssiger Schritt, den ich längst vorher hätte gehen sollen. In puncto Privatsphäre haben wir die üblichen Grenzen schon bei unseren ersten Begegnungen weit überschritten.

Trotzdem lasse ich meine Blicke zuerst vage schweifen, bevor ich genauer hinsehe. Das Schränkchen kommt mir vor wie ein heiliger Schrein, erweist sich dann aber als unorthodoxes Sammelsurium an Kosmetika in Liliputaner-Größen. In drei Fächern reihen sich Bodylotions, Shampoos und Duschgels unterschiedlichster Firmen und Hotelketten eng nebeneinander. Hotels? Empfängt er auch dort Kunden? Die Proben sehen nicht nach Billigabsteigen aus, sogar ein südfranzösisches Label ist dabei, von dem Mama sündhaft teure Seifen für das Gästeklo ersteht. Geschenke von seinen »Freundinnen«? Dennoch beruhigt es mich, dass Körperpflege in diesem Hause großgeschrieben wird und er bei Parfums eine gesunde Neugier zeigt. Es finden sich gleich vier elegante Flakons, von denen mir nur zwei schon einmal in Magazinen begegnet sind. Die anderen machen einen hochwertigen und exklusiven Eindruck, doch ich wage nicht, daran zu riechen. Selbst anfassen möchte ich die glitzernden Flakons nicht oder mir gar ihre Namen merken. Die Gefahr wäre zu hoch, dass ich morgen in den nächsten Douglas renne und mir Proben davon mitgeben lasse, um ihn auch zu Hause schnuppern zu können – und niemals riecht ein Parfum auf einem Pappstreifen so füllig wie auf echter Menschen- und Männerhaut. Ansonsten präsentiert sich mir das Übliche, was Männer sich so zulegen, wenn sie nicht wie ein Gorilla herumlaufen möchten: Deodorants, Rasierschaum, Rasierklingen, Haargel, Maniküreutensilien – aber auch hier: keine Kondome. Vorsichtig lasse ich die Türen wieder zugleiten, bevor die Stille auffällig wird, und drehe die Dusche auf.

Es ist wunderbar, das heiße Wasser auf meine durchgefrorene Haut rieseln zu lassen, aber ich kann mich kaum darauf konzentrieren, weil nur ein Gedanke meinen Kopf beherrscht: Ich stehe bei River unter der Dusche – jenem Typen, vor dem Jonas mich in der Weihnachtsnacht so beflissen gewarnt hat. Es würde mich nicht wundern, wenn ich aufwachte, sobald ich unter dem Wasser hervortrete, denn eigentlich kann das nur ein Traum sein. Doch ich bleibe bei Bewusstsein und stehe zwar etwas kafkaesk, aber frappierend real in einem kleinen Männerbadezimmer, zu meinen Füßen ein Bündel klitschnasser Joggingklamotten, und frage mich, was ich mich längst hätte fragen sollen: Was ziehe ich jetzt eigentlich an?

Hier hängt kein Bademantel und das einzige große Handtuch ist zu klein, um es mir umzulegen. Alles, was ich finde, ist ein Kleiderbügel mit einem weißen Hemd, das an dem einzigen Haken der Tür auf bessere Zeiten wartet. Es riecht frisch gewaschen, lediglich am Hemdkragen meine ich, einen Hauch von Jans Parfum zu erahnen. Er ist nicht viel größer als ich, doch es sollte genügen. Ja, das Hemd reicht genau bis unter meine Scham; seine Schöße bedecken, was sie bedecken sollten. Wollte ich in solch einem Aufzug nicht schon immer mal einen Mann verführen? Oh, ich weiß zu gut, dass es eines dieser viel zu oft gequälten Klischees ist, aber sein Hemd fühlt sich gut an auf meiner nackten Haut. Ich schließe nur die mittleren zwei Knöpfe und überprüfe die Wirkung dieses minimalistischen Dresscodes im Spiegel.

Er begegnet mir wohlwollend. Eine feine, gesunde Röte überzieht mein dauerblasses Gesicht und Dekolleté, während meine Haare in ihren ganz eigenen, dunklen Korkenzieherlocken über meine Schulter fallen. Meine Augen blicken mir gelassen und wissend entgegen. Es ist lediglich mein Kopf, der noch Schwerarbeit verrichtet.

Und jetzt?, fragt er mich. Unterhöschen an oder nicht? Mein Slip war das einzige Kleidungsstück, das trocken geblieben war. Ohne Höschen, das ist zu billig. Ich will hier ja nicht *Neuneinhalb Wochen*, *Basic Instict* und *Wilde Orchidee* auf einmal nachspielen, das wäre lachhaft. Andererseits wäre es auch unmissverständlich – aber wofür? Dass ich ihn will? Und was, wenn wir dann damit anfangen und ich diese nervtötende Verhütungsfrage klären muss? Außerdem habe ich mir das verboten, es geht nicht. Ein bisschen spielen, ja, aber nicht die ganze Nummer. Ich frage mich, warum ich das immer wieder vergesse. Vielleicht, weil ich es in meinen Träumereien zu oft durchexerziere. Es verselbstständigt sich.

Bedauernd lese ich den Slip vom Boden auf, schüttele ihn aus und ziehe ihn an. Er hat die exakt richtige Mischung aus »normal« und verführerisch. Kein String, doch an den Seiten geteilt, was ihm das gewisse verruchte Etwas verleiht, jedoch auch Zufall sein könnte. Ich streife das Hemd darüber – prima, man sieht nicht, ob ich etwas daruntertrage oder nicht. Das Höschen zeichnet sich nicht ab.

Mein Herz beginnt seine üblichen Jan-Kapriolen zu pflegen, als ich aus der Tür trete und mich lauernd im Flur umsehe. Links von mir liegt das Schlafzimmer, ein Raum mit einem breiten Bett und riesigem weißem Wandschrank. Er muss Berge an Klamotten besitzen, wenn er diesen Schrank mit ihnen füllen kann. Links und rechts neben dem Bett stehen zwei antik wirkende Nachttische. Auf einem hat er eine männliche Büste drapiert, auf dem anderen eine weibliche, Nachbildungen von Plastiken aus der Römerzeit. Ich will schon hineingehen, um sie genauer zu untersuchen, weil es mein Beruf von mir verlangt, doch in letzter Sekunde beherrsche ich mich. Also betrachte ich sie nur von der Tür aus, fragend und irritiert. Ich hätte alles erwartet, aber nicht so etwas. Rote Lavalampen, Wasserpfeifen und schwülstige Poster an der Wand – ja, das schon. Doch hier hängt kein einziges Bild und es gibt auch keinen Spiegel über dem Bett. Das beruhigt mich ungemein, denn es wäre ein weiteres K.-o.-Kriterium. Allerdings brennen auch hier zwei Teelichter auf der Fensterbank und verbreiten ein mildes, schmeichelndes Licht.

Beklommen weiche ich in den Flur zurück und nehme jetzt erst die Geräusche aus dem Wohnzimmer wahr, das sich ebenfalls auf der linken Seite befinden muss, ganz nah an der Wohnungstür. Es ist die typische akustische Kulisse eines Fußballspiels. Hat er das ernst gemeint mit der Besuchszeit und glaubt, ich wollte nur auf halber Strecke duschen, um dann wieder zu verschwinden? Und ich laufe in einem seiner Hemden durch seine Wohnung? Herrgott, worin soll ich denn sonst herumlaufen? In seinem zu kleinen Handtuch oder nackt? Nein, es ist völlig in Ordnung, was ich hier tue, und er wird gefälligst mich anschauen und nicht den Fernseher.

Doch auch darin war ich blauäugig. Er hebt sogar die Hand, damit ich ja meine Klappe halte, als ich den Raum betrete, weil irgendein Kommentator unter seinem Regenschirm den gewohnten Schwachsinn ins Mikro bellt, während die Zuschauer bereits ihre neandertalerartigen Gesänge angestimmt haben. Doch Jans Fixierung auf die Niederungen der Männerwelt gibt mir Gelegenheit, mich umzusehen, und ich schnappe fast nach Luft, als meine Augen auf die Ottomane fallen, die an der Wand steht. Dunkelrot. Ich hatte von einem dunkelroten Sofa geträumt, letzte Nacht erst. Dass wir dort sitzen, meine Füße nur in zierlichen Flip-Flops, und ich irgendwann aus dem einen Schuh schlüpfe und meinen nackten Fuß unter meinen Po klemme. Im Traum überlegte ich noch, ob ich das tun kann und es nicht etwa unhöflich ist, doch jetzt stehe ich im Hemdchen und barfuß vor diesem Sofa und der Gedanke, mich daraufzusetzen, kommt mir frevelhaft vor – und völlig wirkungslos.

Lieber stelle ich mich mit dem Rücken an die Wand, der rechte Fuß hinter meinem linken an die Wand gestützt, sodass die Hemdschöße ein wenig auseinanderfallen. Ich schaue ihn an und … oh, wow. Zum ersten Mal betrachte ich ihn im Profil. Was ich sehe, überrascht mich so sehr, dass ich meine Pose einen Moment vergesse. Es zeigt eine ganz neue Facette von ihm. Seine Züge erinnern mich an die Darstellungen von Heroen aus den griechischen Sagenbüchern, mit denen ich mir in der Bibliothek manchmal die Zeit vertreibe. Edle, helle Antlitze, die jedoch einen bitteren Zug um den Mund haben – genau das, was ich bei ihm in dieser Perspektive ebenfalls zu erkennen glaube.

Nun registriert er meine Blicke, wendet den Kopf – und schaltet noch in der Bewegung den Fernseher aus. Brav, lobe ich ihn im Geiste. Genau das wollte ich. Ich weiß nicht, woher mein Lächeln kommt, in Filmen schauen Frauen in solch brenzligen Situationen verwegen und raubtierhaft. Doch ich kann nichts dagegen ausrichten. Ich lächle, strahle fast, als er sich mir nähert und seine Augen wieder in ihre verborgene, dunkle Weichheit zurückkehren.

Zuerst berühren sich unsere Hände, seine linke und meine rechte. Unsere Finger betasten sich neugierig wie die von Kindern, bevor sie sich ineinander verschränken und ich seine an meine Wange führe, sie an seinen Handrücken schmiege und mich daran reibe wie eine Katze. Ich seufze auf, als er sie öffnet und ich meine Wange hineinlegen kann – noch nie hat bisher ein Mann erspürt, wie sensibel ich im Gesicht bin. Es ist meine erogenste Zone, vor allem dann, wenn seine Finger wie jetzt meinen Mundwinkel streifen und ich … Himmel, was tue ich da? Doch ich will es – und nehme die Kuppe seines Zeigefingers in meinen Mund, ertaste mit der Zunge seinen Nagel und nehme den Geschmack seiner Haut in mich auf. Jetzt versucht er kaum mehr, sein Stöhnen zu unterdrücken, weil meine Liebkosungen ihn an Dinge erinnern, die er sich ersehnt. Seine Stirn sinkt auf meine Schulter, während er sich mit der rechten Hand an der Wand abstützt, und dieses Mal kann ich mich nicht zurückhalten. Bevor ich seinen Kuss erlaube – und er wird sich wieder anfühlen wie ein allererster Kuss, was mich in kindliches Staunen versetzt –, überprüfe ich, was ich längst hatte überprüfen wollen, obwohl ich genau weiß, was mich erwartete. Es entzückt mich zutiefst, durch den groben Stoff seiner Jeans das Pochen seines Blutes zu spüren und dabei sein Stöhnen zu hören, das er nun nicht mehr verbergen kann. Doch ich will nicht, dass er sich verbergen muss, in nichts. Er soll frei sein, auch hier, bei mir, unter meinen Händen. Ich fürchte mich nicht. Denn ich weiß, dass er mir nicht wehtun wird. Alles was geschieht, wird aus meinem Wunsch heraus geboren.

Unter seinem dünnen Hemd trägt er nichts, endlich kann ich seinen Rücken erfühlen und seine Muskeln, die sich anspannen und wieder weich werden, im Rhythmus seines Atems. Seine Lenden sind heiß geworden, auch hier spüre ich seine geballte Lebenskraft pulsieren, winzige, regelmäßige Erschütterungen in Kopf und Herz.

»Und? Hast du dich berührt? Hast du es getan?«, flüstert er. Fast täglich, müsste ich antworten, wenn ich noch dazu in der Lage wäre. Aber ich kann keine Sätze mehr bilden. Er weiß es doch sowieso. »Ich würde dir so gerne dabei zusehen.«

»Jan.« Ich muss seinen Namen aussprechen, seinen richtigen, um mich davon zu überzeugen, dass ich lebe und das hier wahrhaftig passiert. Es ist das einzige Wort, das ich noch formen kann und will. »Jan.«

Während des Küssens öffne ich meine Augen, auch seine sind leicht geöffnet, so nah, dass wir uns verschwommen wahrnehmen, als befänden wir uns in einem uralten, verblassten Fresko, und ich beginne zu fallen, tief und trudelnd wie Ikarus, dessen Flügel an der Sonne verglühen ... Weil er zu hoch geflogen ist, viel zu hoch.

Jan lässt mich so plötzlich los, dass ich mich mit beiden Händen an der Wand abstützen muss, um nicht auf meinen Hintern zu plumpsen. Seufzend atmet er mit zurückgelegtem Kopf ein und aus, dann fährt er sich durch die Haare, die gerade so herrlich durcheinander waren, und tritt rückwärts in den Raum hinein.

Kurz schüttelt er sich, dann blickt er sich um und beginnt, ein Glas und eine Tasse vom Tisch zu räumen und in die Küche zu tragen, die Vorhänge zurechtzuschieben, ein Kerzchen, das ausgegangen ist, neu zu entfachen, Fernbedienung und Handy akkurat nebeneinanderzulegen, CDs in ihre Hüllen zu verfrachten und welke Blätter aus der Yuccapalme zu zupfen.

Fasziniert, aber auch brutal entzaubert schaue ich ihm dabei zu. Zum ersten Mal erlebe ich bei einem anderen Menschen das, womit ich mein Umfeld in regelmäßigen Abständen aus dem Takt bringe: eine Übersprunghandlung. Ich war zu viel für ihn. Er räumt auf. Muss Ordnung schaffen, um mit dieser frisch geduschten Frau in seinem Hemd klarzukommen, die in seinem Wohnzimmer steht.

Nein, das kann nicht sein. Er ist Callboy. Für ihn ist es doch Alltag, Frauen auf Touren zu bringen. Wenn er in akute Verwirrung gerät, weil Kundinnen in Fahrt kommen, wird er nicht lange Erfolg haben.

»Hier.« Er schiebt mir ein paar Gästehausschuhe vor meine nackten Füße und reicht mir eine samtige braune Kuscheldecke. »Magst du was trinken? Einen Tee? Ich schmeiße deine Sachen in den Trockner, okay?«

»Ja«, sage ich nur belämmert und sein flüchtiger, aber feuriger Blick auf meine Füße – der zweite heute Abend, kann kein Zufall sein – tröstet mich nur wenig. Andererseits wollte ich doch gar nicht mehr als das, was geschehen ist. Und es ist schön gewesen. Sobald ich zu Hause bin, werde ich mich auf diese Momente konzentrieren und nicht auf Jans plötzlichen Putzwahn. Der hat in meinen Fantasien nichts verloren und zum Glück kann ich entscheiden, was ich für die Ewigkeit aufhebe und was nicht. Es ist wie bei den Ausgrabungen – man stellt nur das in Vitrinen, was von Wert ist. Das andere bleibt dort, wo es war. Niemals würde man auf die Idee kommen, all den Dreck, den man durchwühlt, ebenfalls in einem Museum zu zeigen. Dabei besteht daraus die Hauptarbeit: stundenlang Erde und Sand zu sieben.

Mit der Kuscheldecke um den Bauch und Filzpantoffeln an den Flossen schlurfe ich in den Flur. Mein Unterleib zuckt unwillig, aber da kann ich ihm jetzt auch nicht helfen. Jan hat mein Höschen nicht einmal berührt, geschweige denn das darunter. Ich habe ihn berührt, aber er mich nicht. Das gab's noch nie im Liebesleben der Ronia L. Und trotzdem …

»Hoppla«, entfährt es mir, als ich das riesige, gerahmte Foto im Flur erkenne. Oh nein. Nicht dieses. Es ist die Aufnahme aus dem Internet. Hot, young, sexy. Jan mit nacktem Oberkörper in einer viel zu tief sitzenden Jeans. Ich muss mich abwenden, als ich sein Gesicht betrachte. Vielleicht sollte ich ihm beim Aufräumen helfen und ihn fragen, ob ich was bügeln kann. Bügeln ist ideal, um sich abzulenken.

Mit dem Staubtuch in der Hand wuselt er an mir vorüber und zurück ins Wohnzimmer. »Ich krieg sonst morgen einen Rappel, wenn hier alles rumfliegt.« Es fliegt gar nichts mehr herum. Die Bude ist erstaunlich ordentlich. Das war sie auch schon, bevor er sich in seiner Übersprunghandlung verlor.

Nachdem er den Fernseher auf Hochglanz gebracht hat, streckt er sich und gähnt ausgiebig. Glückwunsch, Ronia. Nun ist er auch noch müde und schläft fast ein. Das wird ein prickelnder Abend. Dennoch – ich mag sein Gähnen. Ich bekomme das Gefühl, ihn in den Arm nehmen zu wollen, wenn er müde ist. Angesichts des XXL-Posters von sich selbst an der Wand ist dieser Wunsch allerdings ziemlich krank.

»War ein langer Tag heute. Hatte eine schwierige Kundin. Ne echte Zicke.« Er legt den Kopf schräg, als wage er nicht, an seine eigenen Erinnerungen zu glauben. »Manchmal meinen die, sie wären Gott.«

»Na ja, damit kennst du dich ja aus«, erwidere ich kühl und zeige auf das Poster. Er soll es mir endlich sagen, von sich aus. Keine Versteckspielchen mehr. »Warum hängst du so was in deinen Flur?« Ich weiß, warum er es tut. Reklame für sich selbst. Aber ich will es aus seinem Mund hören.

»Weil ich mich gern anschaue.« Er grinst vergnügt und gähnt noch einmal. »Nee, war mein erster großer Deal. Gutes Geld. Ohne den hätte ich mir diese Wohnung nicht nehmen können. Wollte immer mal in der Nähe vom Fluss leben.«

»Magst du nicht endlich mal Licht anmachen?«, frage ich müde. Das Kerzenlicht zermürbt mich plötzlich. Er verschafft die Illusion von Romantik, wo keine Romantik möglich ist.

»Nein. Ich ertrag es nicht gut. Bin heute wieder so viel geblendet worden vom Blitzlicht. Bekomme sonst Kopfweh.«

Okay, er lässt sich also auch von ihnen fotografieren. Wahrscheinlich splitternackt. »Jan, ich kann das nicht. Sorry. Ich krieg das nicht auf die Reihe mit deinem Job, das geht nicht. Toleranz hin oder her.«

»Toleranz?« Schlagartig hört er damit auf, wie eine Putzfrau auf Speed hin und her zu flitzen, sondern kommt zu mir in den Flur. Seine Brauen haben sich zusammengezogen. Die Intimität zwischen uns ist endgültig Vergangenheit, nun stehen die Zeichen wieder auf Krieg. Es schmerzt mich. »Ist für dich nur jemand akzeptabel, der studiert und sich ab und zu gepflegt den Finger in den Po steckt? Dieser Lukas, der studiert, oder? Soll ich dir was sagen – das ist ein Pisser. Wusstest du, dass er sich immer mal wieder ein Näschen genehmigt und dann richtig unangenehm wird? Ärger anzettelt und abhaut, diese feige Sau? Den hast du doch auch an dich rangelassen, oder? Und dass er BWL studiert und später als irgendein Arsch von Boss seine Mitarbeiter knechtet, bis sie am Burn-out zugrunde gehen, macht es besser? Ja?«

»Nein, macht es nicht und ich wusste das gar nicht.« Bestürzt schlucke ich und versuche, seinen Wortschwall zu ordnen. Lukas hat gekokst? Ist das wahr? »Aber er verkauft seinen Körper nicht, er …«

»Ich verkaufe meinen Körper nicht, ich lasse ihn nur fotografieren, Mädchen!« Jans Äußeres ist ruhig und entspannt, seine Haltung zeigt keinerlei Aggressivität. Dennoch spüre ich seine Energien wild stürmen. Nicht nur in ihm, sondern in der ganzen Wohnung. Doch dann beruhigen sie sich mit einem Mal und es wird still. »Oh nein, jetzt sag nicht, du bist auf den Mist hereingefallen, den die Leute sich erzählen? Du bist echt ein Kind, Ronia. Denkst du nie selbst nach?«

»Doch, eben drum!«, gifte ich ihn an. »Es passte doch alles! Du bist – du bist also nur ein Model? Du bist Model?« Wenn er mich nicht so blöd anmachen würde, würde ich lachen vor Erleichterung und eine Runde durch den Flur tanzen. Nackt. Nun aber schäme ich mich.

»Ja, Model, auch mal Aktmodel, aber keine SM- und Pornoszene und in letzter Zeit hab ich gute Aufträge. Und wenn du es genau wissen willst: Stimmt, ich hatte vor einiger Zeit ein Verhältnis mit einer Dreißigjährigen und sie hatte auch Kohle, aber Irina ist eine tolle Frau, die mitten im Leben steht und es ganz bestimmt nicht nötig hat, mich für irgendetwas zu bezahlen. Alles andere geht niemanden etwas an, kapiert? Mir doch scheißegal, was die ganzen verklemmten Spießer erzählen. Die können mit Schönheit halt nicht umgehen.«

»Oh ja, das wird's sein. Die anderen sind schuld. Du spielst doch damit! Du spielst immer! Und ich bin verdammt noch mal kein Mädchen! Du bist zwei Jahre jünger als ich!« Wie eine Furie rausche ich in die Küche, wo der Trockner röhrt, schalte ihn mitten im Lauf aus und öffne ihn, um meine noch feuchten Klamotten herauszuzerren. Ohne auf Jans Blicke zu achten, streife ich mir das Hemd über den Kopf und beginne mich anzuziehen. Es ist mir egal, dass ich nur im Slip vor ihm stehe. Eigentlich bin ich überglücklich, aber das darf ich ihm nicht zeigen. Leichter ist es, zornig zu sein. Es ist nicht mal gelogen. Meine Gefühle zerreißen sich gerade gegenseitig in ihrem wilden, ungehemmten Teufelstanz, ein flackernder Wechsel aus Licht und Schatten.

»Was sagt denn das gezählte Alter aus, Ronia? Muss ich dich das fragen? Wirklich?« Ich weiß nicht, was er meint. »Ich bin eine alte Seele.«

Kieksend lache ich auf. »Eine alte Seele?«

»Ja«, erwidert er gelassen.

»Eine alte Seele.« Ich will ironisch klingen, aber was nach außen tritt, ist pure Hilflosigkeit. »Wie meinst du das?«

»Schau mich an. Hast es doch vorhin schon mal getan, oder?«

Ja, habe ich, doch jetzt traue ich mich nicht mehr. Es stimmt, seine Augen waren offen und im direkten Blick anders als in ihrem üblichen Schlafzimmergebaren. Die Tiefe darin hat mich beinahe umgehauen.

»Ich lasse das sonst fast nie zu. Im echten Gegenüber. Die Kamera filtert es und den Abglanz lieben sie«, sagt Jan leise und wie zu sich selbst. Er redet nicht oft darüber. Vielleicht in diesem Augenblick sogar zum ersten Mal. Ich möchte mich gerne auf den Boden setzen und heulen. »Aber die meisten Menschen verkraften es nicht.«

»Und ich, bin ich keine alte Seele?« Ich kann nicht auf das eingehen, was er gerade gesagt hat. Sonst sterbe ich. Weil ich ihm dann beweisen muss, dass ich dazu fähig bin – ihn direkt ansehen. Es wird mich umbringen.

»Wenn, dann hast du es noch nicht gemerkt. Aber denk mal drüber nach, warum du so viel im Sand spielst. Vielleicht entdeckst du was.«

Entkräftet schlüpfe ich in meine Schuhe, richte mich schwer atmend auf und werfe die weiche, warme Decke an Jan vorbei ins Wohnzimmer.

»Muss schlafen«, entschuldige ich mich mit zitternder Stimme, reiße die Tür auf und nehme fast torkelnd die drei Stufen zur Haustür. Draußen scheint mir die unverhoffte Abendsonne so direkt und grell ins Gesicht, dass ich ein paar Minuten stehen bleiben muss, um zwischen all den schwarzen Flecken die Stadt zu erkennen. Wege und Straßen, die ich kenne und die mir vertraut sind. Ich weiß, dass Jan aus dem Fenster sieht. Nicht, um mich zu beobachten und sich daran zu ergötzen.

Er will wissen, ob es mir gut geht.

Aber es geht mir gut. Noch geht es mir gut – solange ich laufe und nicht zur Ruhe komme. Ich muss laufen.

Die Dämonen werden erst vom schwarzen Firmament stürzen und mich jagen, wenn es dunkel ist.

Sonnensturm

»Sag mal, was machst du da drin eigentlich die ganze Zeit?« In einem exakten Rhythmus klopft Jonas an die Badezimmertür, schon zum dritten Mal, seitdem ich mich vor einer knappen Stunde hier eingeschlossen habe.

»Ich dusche!«, gebe ich gereizt zurück. Mir läuft die Zeit davon und seine Fragen lassen mich fahrig werden.

»Du duschst nicht. Die Dusche lief vor zwanzig Minuten und dann eben kurz wieder und jetzt ist es still.«

»Hast du eine Überwachungskamera angebracht?«

Durch die Tür höre ich Jonas mindestens so gereizt aufstöhnen, wie ich mich gerade fühle. Ich kann mich nicht konzentrieren, wenn er mir ständig dazwischenfunkt. Gerade habe ich mich vermalt, weil ich nicht gleichzeitig reden und Nägel anpinseln kann. Mein altes Multitasking-Problem. Mit einem Wattepad versuche ich den Lacktropfen vom kleinen Zeh zu wischen. Für einen dritten Versuch habe ich keine Geduld mehr.

»Ronia, wir haben nur ein Badezimmer und ich muss mich auch

langsam fertig machen, ich hab noch meine Dienstklamotten an und will ebenfalls duschen und vielleicht auch mal die Toilette benutzen.« Oh, wie vornehm, Toilette statt Klo. »Mach schon, in einer halben Stunde müssen wir los.«

»Wir?«

Nun drehe ich doch den Schlüssel und öffne die Tür einen Spalt, doch Jonas nutzt ihn gnadenlos und drängt sich zu mir ins Bad, ohne mich um Erlaubnis zu bitten, was mich so überrumpelt, dass ich keinen Protest einlege. Das ist eigentlich nicht seine Art – und es gefällt mir nicht. Ahnt er, dass ich mich auf ein potenzielles Treffen mit River vorbereite? Argwöhnisch beobachte ich ihn. Wie ein Detektiv auf Spurensuche guckt er sich um, bis seine Augen sich am Ende der Rundfahrt auf mich heften und verengen.

»Wieso denn das?« Mit dem Daumen deutet er auf meine Lauftights, die ich mir bereits übergestreift habe. Oben trage ich nur ein weißes Bustier, das ein kleines bisschen durchsichtig ist. Doch sein Blick ist schon nach unten zu meinen Füßen gesprungen, auf deren Zehen der Lack noch feucht ist und die von einem bunten Schaumstoffstück gespreizt werden. Diesen Anblick sollte in diesem Leben außer mir eigentlich niemand zu Gesicht bekommen.

»Ronia – ich will dir ja nicht zu nahe treten, aber machst du dich zum Laufen fertig und malst dir dafür die Füße bunt?«

»Das ist nicht bunt, das ist perlmutt. Und vor allem geht es dich nichts an, weder was ich hier tue noch was ich vorhabe«, antworte ich patzig.

»Eigentlich nicht, das stimmt, heute aber schon. Und du kannst nicht laufen gehen. Wobei ich immer noch nicht verstehe, warum du vor dem Laufen duschst und dir die Zehennägel lackierst. Du ziehst doch Schuhe an.« Okay, er hat Lunte gerochen und sein analytisches Berufsdenken schlägt durch. Hier ist ein Fehler in der Gleichung.

Wenn Jonas dieses Spielchen während seiner geliebten CSI-Serien trieb, fand ich es amüsant. Bei mir selbst ist es jedoch beklemmend.

»Musst du nicht verstehen. Wieso kann ich nicht laufen gehen?«

Wieder gleitet Jonas' Blick über die Regale und Ablagen. Ich komme mir vor wie ein Verbrecher, der in flagranti bei seinen liederlichen Taten erwischt worden ist. Dabei habe ich nur Körperpflege betrieben, mehr nicht.

Selbst wenn er wüsste, was hier vor sich geht – vielleicht ist es übertrieben, sich vor einem möglichen Zufallstreffen herauszuputzen, als sei man zu Heidi Klum in die Topmodel-Körperkontrolle geladen worden. Denn wie immer weiß ich nicht, was heute passiert. Es kann alles geschehen. Und nichts. Wobei ich meine Karte auf »alles« setze. Also muss ich für alles gewappnet sein.

Jonas schnüffelt skeptisch. Ja, es riecht hier drinnen – intensiv und durcheinander. Nach meinem Mandelmilch-Duschgel, meiner Vanille-Bodylotion, einem Peeling mit Aprikosenkernstückchen, dem Rasierschaum und meiner Lavendel-Fußcreme, die hoffentlich beim Laufen nicht verfliegt. »Ronia, ich sag es noch mal: Das wird nichts mehr mit dem Joggen«, wiederholt Jonas grübelnd, was ich immer noch nicht zuordnen kann. Ich habe heute Abend frei, auch mit Jonas bin ich nicht verabredet. Erst recht nicht mit jemand anderem. Freitagsdates sind tabu, seitdem ich laufen gehe. Dass ich vergangenen Freitag aus rein taktischen Gründen zu einem Uni-Vortrag von Kai Schuster ging, um ihn ein wenig hinhalten zu können, war eine Entscheidung gewesen, die mich in ihrer Zerstörungskraft fast krank machte – ich hatte während seiner Rede rasende Kopfschmerzen bekommen. Noch einmal schaffe ich das nicht.

»Aber warum denn nicht?«

»Heute ist der 20. Mai, Ronia. 20. Mai, jetzt sag nicht, dass du nicht dran gedacht hast?«

»Oh, Scheiße.« Ich lasse mich auf den Badezimmerhocker fallen und befreie meine Zehen genervt von ihren Schaumstofffolterwerkzeugen. Der 20. Mai – Johannas Geburtstag. Dazu muss ich keine Einladung kriegen. Seitdem sie fünfzehn geworden ist und ihre Mutter endgültig beschlossen hat, dass ihre Tochter tun und lassen kann, was sie will, ist es Tradition, dass wir ab dem frühen Abend zu ihr kommen und gemeinsam feiern. Damals waren es Teenagerpartys mit dem ein oder anderen Knutschspiel und viel Klammerbluesmusik, heute kochen wir zusammen, spielen Therapy oder Trivial Pursuit und schauen DVDs. So ändern sich die Zeiten.

Doch an diesem Freitag kann ich nichts von all dem tun. Es geht nicht. Ich darf keine weitere Woche verstreichen lassen, sonst kann Jonas mich gleich einliefern lassen. Meine Nerven machen das nicht mehr mit. Ich brauche Sicherheit, wenigstens ein bisschen. Die Ungewissheit, ob Jan mir meine Flucht übel genommen hat oder nicht, ob er noch sauer ist oder es jemals war, hat mich so viele schlaflose Stunden gekostet, dass ich allein meiner seelischen Gesundheit und meinem Studium zuliebe Klarheit schaffen muss. Und das geht nicht per Mail und auch nicht mit einem aufdringlichen Besuch bei ihm. Ich muss es wie die bisherigen Male dem Schicksal überlassen. Oder besser: seinem Willen, mich zufällig zu treffen. Er weiß, dass ich freitags am Fluss laufe. Wenn er mich sehen will, kann er dazukommen. Wenn nicht, dann … Ich weiß nicht, was dann ist. Ich sollte gar nicht erst darüber nachdenken. Ich schaue auf eine schwarze, kalte Wand, sobald ich diesen Gedanken erlaube. Sie lässt keinen einzigen Sonnenstrahl mehr zu. Es wird besser werden, wenn ich die Gewissheit habe, dass er mich noch will. Dann kann ich mich wieder entspannen und auf andere Dinge fokussieren. Diese zwei Wochen im Nirgendwo waren zehrend genug.

»Geh doch morgen laufen. Warum heute Abend?« Eine aus Jonas'

Sicht durchaus berechtigte Frage, doch meine Antwort kommt wie aus der Pistole geschossen.

»Weil es morgen Regen geben soll.« Das stimmt sogar, sie haben es vorhin verkündet. »Ich komme nach, okay? Kann ich jetzt bitte weitermachen, und zwar alleine?«

Doch Jonas ist immer noch mit meiner Kosmetikarmada beschäftigt. Er benimmt sich wie ein Bluthund, der Fährte aufgenommen hat. Und er wird nicht eher aufhören, sie zu verfolgen, bis er herausgefunden hat, was dahintersteckt. »Hey, hast du gehört, was ich gesagt habe? Ich komme nach.«

»Das wird zu spät, Ronia, wir wollen Raclette machen und Johanna beim Schnippeln helfen. Gibt dir einen Ruck, bitte. Es ist doch gerade erst aus bei ihr.«

»Was?« Jetzt bin ich aufrichtig perplex. »Es ist aus? Mit diesem Max?« Mein erleichtertes Lächeln kommt zu schnell, ich kann es nicht aufhalten. Jonas hat es gesehen. Eine kleine Weile schauen wir uns stumm an, er traurig und enttäuscht, ich ertappt. Außerdem ärgere ich mich darüber, dass sie es ihm erzählt hat und mir nicht.

»Also hast du es ihr wirklich nicht gegönnt. Ich versteh dich nicht mehr, Ronia. Von mir aus tanz weiter auf meinem Kopf rum, wenn es dich glücklich macht. Ich kann das ab. Spiel, solange du spielen musst. Aber tu es nicht ihr an, okay? Sie ist deine beste Freundin und ein sehr liebes Mädchen. Das hat sie nicht verdient.«

»Ich geh nur laufen und danach ...« Doch Jonas hat die Tür schon hinter sich zugezogen und mich in meinem Vanille-Lavendel-Mandel-Duftkarussell alleine gelassen. Seufzend erhebe ich mich vom Badezimmerhocker, werfe die Wachsstreifen und Kosmetikpads in den Mülleimer und bin plötzlich völlig kraftlos. Und vor allem mutlos.

Das sind keine guten Voraussetzungen für erfüllte Doktorspielchen im Auwald. Ich fühle mich auch nicht gut dabei. Aber ich würde mich noch schlechter fühlen, wenn ich mir jetzt brav was Nettes anziehen und mit Jonas zu Josy fahren würde. Ich wäre mit meinen Gedanken ständig woanders und hätte dieses grauenhaft aufreibende Gefühl, etwas zu verpassen. Niemals könnte ich mich auf ein Gespräch konzentrieren oder aus ganzem Herzen mit den anderen lachen. Sie hätten doch gar nichts von mir. Belügen will ich sie auch nicht.

Besser ist es, ich überzeuge mich davon, was Kismet heute mit mir vorhat, und komme anschließend nach. Ausgepowert, erfrischt und voller neuer Bilder in Kopf und Bauch. In solch einem Zustand ist Raclette mit Freunden etwas Wunderbares und ich werde es genießen können.

Trotzdem: Jonas hat mich entlarvt. Das kann ich nicht verdrängen. Ich putze mich heraus und streife dann Joggingklamotten drüber, um so zu tun, als treibe ich Sport, in der Hoffnung, etwas anderes zu treiben. Würde ich überhaupt laufen gehen, wenn es Jan nicht gäbe? An einem solch schönen, warmen Abend? Nie und nimmer. Das weiß vermutlich auch Jan. Es ist lächerlich, mich ihm nass geschwitzt und in vollsynthetischer, atmungsaktiver Ausrüstung zu nähern. Am Anfang war das noch etwas anderes. Da waren wir Fremde. Das sind wir jetzt zwar auch noch, doch ich war in seiner Wohnung, habe bei ihm unter der Dusche gestanden, seine Pantoffeln an meinen Füßen gehabt – und ich weiß nun, dass er Model ist und kein Callboy. Jetzt darf es passieren. Ja, theoretisch dürfen wir … dürfen wir miteinander schlafen? Darf er mit mir schlafen?

Sollte es heute passieren, dann will ich nicht, dass er einen verschwitzten und möglicherweise nicht mehr ganz so sinnlich duftenden Körper aus Laufhosen und Nylonhemdchen schälen muss. Meine Haut verlangt nach anderem, nach einer engen, gekrempelten

Sommerjeans und meinem seidigen graublauen Trägershirt, das sich so schön weich auf der Haut anfühlt.

Ich möchte, dass Jan mich darin sieht, selbst wenn er dann genau weiß, dass ich seinetwegen auf die andere Seite gelaufen bin und nicht zu Zwecken der Körperertüchtigung. Doch nach meiner überstürzten Flucht darf er das wissen. Er soll es sogar wissen.

Nur: Wenn ich jetzt Jeans und Shirt anziehe und aus der Tür gehe, wird Jonas erst recht Lunte riechen. Oder mich gar nicht erst ziehen lassen, sondern mit zu Johanna nehmen, und ich werde kein einziges Argument haben, mich dagegen zu wehren. Also bleibt mir nur eins: die normalen Klamotten in einen kleinen Rucksack zu packen und mich auf halber Strecke umzuziehen – was wiederum bedeutet, dass ich die übliche Route abändern muss. Sonst wird Jan stutzig, falls er aus seinem Fenster schaut, um zu sehen, ob ich laufen gehe, und mich später – Überraschung! – im Alltagsdress und ohne ein Schweißtröpfchen im Gesicht am Fluss wiederfindet. Doch wenn ich eine andere Strecke wähle, weiß er nicht, ob ich an die Promenade und über die Brücke gehe. Vielleicht bleibt er dann in der Wohnung und schaut Fußball.

»Puh. Langsam wird es stressig«, spreche ich aus, was sich immer deutlicher in mir manifestiert. Eine Affäre ohne Verbindlichkeiten und Versprechungen ist anstrengend und überdies eine hoch komplizierte Angelegenheit. Wie machen das erst Frauen, die verheiratet sind und um jeden Preis vertuschen müssen, dass es ihren Lover gibt? Die trotzdem noch mit ihrem Mann den wöchentlichen Ehesex absolvieren und in voller geistiger Präsenz ihre Kinder versorgen müssen? Wie schneiden die sich die Zeit für ihre Treffen heraus und wie oft müssen sie dafür lügen? Ich würde kläglich daran scheitern. Ich bin ja jetzt schon erschöpft und überfordert und wir haben nicht einmal miteinander geschlafen.

Allerdings muss auch ich Geheimniskrämerei betreiben. Das mit Jan und mir darf niemand erfahren – obwohl ich nun weiß, dass er Model ist und es genügend Beweise dafür gibt, die ich auch anderen vorlegen könnte. Es bleibt immer noch reichlich übrig, was gegen ihn sprechen würde, und für meine Eltern wäre auch der Modeljob inakzeptabel. Selbst wenn alles gut und er vorzeigbar wäre – ich würde es nicht wollen. Das gäbe unnötigen Druck. Mitwisser und Beobachter stören mich nur. Ich möchte das Schöne, das ich mit ihm erlebe, nach wie vor nicht teilen.

Also versuche ich, das schlechte Gewissen Johanna gegenüber zu ignorieren, ziehe mir meine Laufmontur über, packe die anderen Sachen, eine Wasserflasche und ein paar feuchte Tücher in meinen leichtesten Rucksack und schleiche mich aus der Wohnung.

Der Umweg kostet mich ein paar Minuten zusätzlich und es ist so warm, dass ich bereits nass geschwitzt bin, als ich das Gebüsch unterhalb der Brücke erreicht habe. Wie ein Sittenstrolch sehe ich mich nach allen Seiten um, bevor ich mich hinter einen dichten Strauch zurückziehe und in Windeseile die Laufhose, das Shirt und zu guter Letzt auch meinen Slip von meiner feuchten Haut streife. Jetzt noch schnell eine zusätzliche Sicherheitsreinigung mit den Tüchern, etwas Deo unter die Achseln, Füße überprüfen … oh verdammt. Ich mache mich hier zum Narren. Es ändert nichts, dass mich niemand beobachtet – *ich* beobachte mich und das ist beschämend genug. Außerdem fällt mir beim hektischen Umpacken siedend heiß ein, dass ich mein Smartphone zu Hause vergessen habe. Es liegt in meinem Zimmer in der Nachttischschublade. Was, wenn Jonas weiter Detektiv spielt?

Aber mich jetzt wieder umziehen und zurücklaufen, das Handy holen, erneut von Jonas in ein Verhör verwickelt werden? Nein. Ich vertraue auf Kismet. Es war mir so selten hold, bei dieser Geschichte muss es mir einfach gnädig sein. Auch das Wohlergehen meines Rucksacks muss ich dem Schicksal überlassen, denn ich möchte ihn nicht mitschleppen. Nach einigem Überlegen schiebe ich ihn zwischen zwei dichte Büsche und versuche mir die Stelle zu merken – darin bin ich gut. Als Kind wusste ich auch nach drei Sommern immer noch genau, wo im Garten ich meine Schätze verbuddelt hatte. Zur großen Verwunderung meiner Eltern konnte ich sie stets auf den Zentimeter genau orten. Sie waren der Meinung, dass die Erde arbeitete und die Schätze verschlinge. Vielleicht hatte ich ein Gespür für sie, wie ein menschlicher Metalldetektor. So bekam Oma ihren geliebten Mondsteinring, den ich aus ihrer Schmuckschatulle stibitzt und heimlich unter dem Kirschbaum vergraben hatte, im nächsten Jahr mit großem Hallo zurück. Es wird mir keine Mühe machen, auch den Rucksack wiederzufinden. Nur mein Benehmen ist mir unsagbar peinlich und dieses Gefühl wird nicht besser, als ich die Brücke erklimme und wieder einmal Fahrradfahrer zum hektisch warnenden Klingeln motiviere.

Die Sonne beginnt zu stechen, die Luft wird immer schwüler und scheint an Sauerstoff zu verlieren. Als ich die Hälfte des Weges zurückgelegt habe, muss ich eine Pause machen. Es fällt mir schwer, klar zu denken, auch meine Fingerkuppen kribbeln warnend. Mich verwundert es nicht, dass mein Kreislauf sich danebenbenimmt. Ich habe heute kaum etwas gegessen und getrunken, da ich nie weiß, wie lange meine Jogging-Unternehmungen dauern, und erst recht nicht, ob eine Toilette in der Nähe sein wird. Jetzt bekomme ich die Quittung dafür und meine neu aufwallende Nervosität der vergangenen zwei Nächte gesellt sich fröhlich dazu. Ich versuche, mich mit dem Blick auf das vorüberziehende Flusswasser zu beruhigen, doch das Kräuseln der Wellen verstärkt das Schwindelgefühl in meinem Kopf nur.

Ist das eigentlich noch schön? Diese zerreißende Anspannung und das Nichtwissen – ist es das wert, ihm zu begegnen? Wäre mein Leben nicht ausgeglichener und ruhiger und würde es meinem Stolz nicht besser bekommen, wenn ich umkehren und wie die vergangenen Jahre zu Johanna fahren würde?

Aber selbst wenn noch gar nicht viel passiert ist – das wenige, was ich mit Jan erlebt habe, übertrifft alles Bisherige. Ich wäre eine Idiotin, wenn ich das wegen ein wenig Herzklopfen und Unsicherheit wegwerfen würde. Vor allem aber haben wir keine Beziehung miteinander und deshalb kann er auch nicht Schluss machen. Davor muss ich keine Angst haben. Wir stehen ganz am Anfang und bisher habe ich nichts eingefordert, dessentwegen er mir einen Strick drehen könnte. Es ist alles offen.

Während ich mir diese Argumente wie Mantras vorbete, wird mein Atem allmählich ruhiger und die Verkrampfungen in meinem Bauch lösen sich. Es ist keine Angst, die mich bewegt, es ist Adrenalin. Mein Körper zeigt mir, dass ich lebe. Das ist etwas Wertvolles.

Eine kühle, sanfte Brise erhebt sich vom Fluss und streichelt über mein fiebriges Gesicht, wie eine vertraute Stimme, die mir zuflüstert weiterzugehen. Es ist das gleiche Gefühl, das aufkommt, wenn man drei Tage lang bei brütender Hitze in der kalten Erde gewühlt und nichts gefunden hat – und plötzlich, aus dem Nichts heraus, ändert sich die Atmosphäre und jeder bekommt einen letzten Schub Kraft und Energie weiterzumachen. Bis eine Stimme »Hier!« ruft und allen klar wird, dass man nicht umsonst geschuftet hat.

Erleichtert lasse ich das Geländer los, an dem ich mich in meinem Schwindel festgehalten habe, und laufe weiter, nun wieder kraftvoller und geschmeidiger. Schon auf der kurzen Schotterpiste hinunter zum Ufer merke ich, dass sich die Gerüche verändert haben. Das fischige Aroma des Wassers lastet schwerer in der Luft als noch im

Frühling, vom anderen Ufer zieht der Duft nach gegrilltem Fleisch herüber und die Kieselsteine erzählen von den Wellen, die sie in nie endender Regelmäßigkeit sacht benetzen, dunkel werden lassen und wieder der Sonne freigeben.

Der Auwald ist so dicht und dunkel, wie ich ihn noch nie erlebt habe, doch seine undurchdringliche Fülle lockt mich, anstatt mich von ihm abzuhalten. Er verspricht mir Geborgenheit und Schutz. Sogar die Insekten, die in Schwärmen vor mir hertanzen, und die faulig riechenden, schillernden Regenwassertümpel mit ihren Wasserflöhen und giftgrünen Schlieren sind wie geheime Wegzeichen, denen ich wie in einem Zauberwald folgen muss.

An der Stelle, an der Jan und ich uns das letzte Mal begegnet waren, lagert nur ein Angler und schaut stumpfsinnig auf den Teich. Ohne ihn zu grüßen, bahne ich mir weiter meinen Weg, immer am Fluss entlang, aber gut verborgen im Wald. Nun ist es mir beinahe egal, ob ich Jan finde oder nicht – alleine ihn hier zu suchen, gibt mir das Gefühl, unsterblich zu sein und jenes Leben zu führen, das ich immer führen wollte. Hier zählen die Gesetze der Stadt und die meiner Eltern nicht mehr, denn hier wird mich niemand entdecken und erst recht kann niemand meine Gedanken erahnen oder verurteilen.

Trotzdem entspannen sich meine Gesichtszüge zu einem feinen, wissenden Lächeln, als ich einen schmalen Trampelpfad entlangschleiche und Jan entdecke. Sofort bleibe ich stehen. Ich will ihn nicht erschrecken. Er scheint zu schlafen. Die dicke, weiche Decke, auf der er ruht, hat er über einen am Boden liegenden Baumstamm geworfen, an dem nun sein Oberkörper lehnt. Seine Brust hebt und senkt sich gleichmäßig und seine Augen sind vollkommen geschlossen. Obwohl er sich im Schatten befindet, fangen seine Haare und der silberne Kettenanhänger, den er an einem Lederarmband um seinen Hals trägt, Lichtreflexe ein – es muss das Spiel des Windes über seinem Kopf sein, das die Sonnenstrahlen ab und zu durch das dichte sattgrüne Laub dringen lässt. Ich könnte Stunden hier stehen und ihn ansehen. Leider habe ich so viel Zeit nicht, aber immerhin Muße genug, aus meinen Flip-Flops zu schlüpfen und in aller Ruhe näher zu kommen, was mir so geräuschlos gelingt, als bestünde ich nur noch aus Sonne und Wind.

Neben seiner linken Hand liegen eine halb volle Wasserflasche, ein Päckchen Zigaretten und zwei Bücher – er liest? Neugierig beuge ich mich vor. Was liest jemand wie Jan? Spionageromane, Erotik für Männer oder … oh. Tietze, Walter, Feuerlein, die drei Pappnasen kenne ich. Ihr Opus war nach meinem Empfinden das am meisten gefürchtete Buch der ganzen Oberstufe. Algebra. Nur Geometrie ist schlimmer als Algebra. Der Wälzer daneben ist auch ein alter Bekannter – der Lindner. Drei Jahre Biologie für Abiturienten. Meine Rückschlüsse in Lichtgeschwindigkeit sind ein kleiner Schock. Niemand liest solche Bücher zum Spaß, auch Jan nicht. Er lernt für die Schule. Ach du grüne Neune, er geht noch zur Schule! Das Modeln ist offenbar nur ein Freizeitjob für die schnelle Kohle nebenher.

Ich bin so überrascht, dass ich barfuß kehrtmache und quer durch das Dickicht stapfe, obwohl mir Äste ins Gesicht schlagen und meine Füße immer wieder im Schlamm versinken. Ich muss für einen Moment hier raus, an die freie, frische Luft zum Fluss – nein, nicht zum Fluss, sondern in den Fluss hinein. Denn mir ist so heiß geworden, dass ich das Gefühl habe, mein Blut verklumpt, wenn ich noch länger durch die warme Luft laufe. Er geht zur Schule. Das ist so menschlich, beinahe schon verletzlich, und damit eine Seite an ihm, mit der ich niemals gerechnet hätte. Er steckt seine hübsche Nase nachmittags in Bücher wie ich, muss Arbeiten schreiben, Hausaufgaben machen. Allein diese Vorstellung zeichnet ein Bild, das meinen Kopf schier explodieren lässt. Weil es mich rührt. Verflucht, es rührt mich … Ohne nachzudenken, schiebe ich die Jeans über meine Hüften, schleudere sie mit den Füßen auf den Kies und haste über die rutschigen, schmerzenden Steine in die nur Zentimeter hohe Brandung hinein, während in der Fahrrinne dröhnend ein schwerer Frachter vorüberzieht.

Doch nur die Knöchel zu benetzen, reicht mir nicht, es ist nicht genug, ich spüre die Kühle ja kaum. Also gehe ich weiter, stur geradeaus, bis meine Oberschenkel zur Hälfte vom Flusswasser umspült werden, das viel weicher und dennoch mächtiger ist, als ich dachte. Es zieht an mir, will mich mit sich nehmen, ich spüre diesen Sog sogar an meinen Händen, als ich sie ins Wasser tauche und es verwirbele. Spielerisch stemme ich mich gegen die Kraft der Strömung und muss darüber lachen, dass ich ins Taumeln gerate und mich bei meinem Versuch, mit rudernden Armen die Balance zurückzuerobern, selbst nass spritze. Jetzt rollen auch noch die Bugwellen des Frachters auf mich zu – wenn ich nicht baden gehen oder gar mitgerissen werden will, muss ich umkehren. Lachend laufe ich vor ihnen weg, doch der erste Kamm erreicht mich noch, schwappt fast bis hoch zu meinem Slip. Auch das kann meinen Gefühlssturm nicht dämpfen, obwohl meine Waden vom Kampf gegen die Gewalten müde werden und mein Herz warnend pocht.

»Das ist gefährlich, was du da tust. Weißt du, oder?«

»Weiß ich. Manchmal mag ich es gefährlich«, schieße ich frech zurück, sobald ich es taumelnd geschafft habe, über den rutschenden Kies zurück ans Ufer zu klettern, wo Jan gähnend und mit müder Miene auf mich wartet.

»Echt jetzt, der Sog der Frachter ist nicht ohne, da sind schon manche ersoffen oder in die Schiffsschraube geraten, die dachten, sie könnten mal auf die andere Seite schwimmen, um zu zeigen, was für ein toller Hecht sie sind. Idioten.«

»Glaub mir, ich würde es schaffen.« Ich kann kaum sprechen, weil ich mich nicht zwischen Luftholen und Lachen entscheiden kann. »Du gehst also noch zur Schule?« Für einen Moment pruste ich meine Heiterkeit ungehemmt heraus, dann kehrt das Gefühl der Rührung zurück, intensiver und wärmer als zuvor. Ich bestehe nur noch aus Hitze.

»Ja. Noch und wieder. Ins Kolleg. Abitur nachmachen. Uncool? Ich find's cooler, das Abi in der Tasche zu haben, als mich mein ganzes Leben lang kurzhalten zu müssen, weil ich jobmäßig nix auf die Reihe kriege.« Ihn stört mein verzweifelter Spott gar nicht. Seine ganze Haltung strahlt eine Selbstsicherheit und innere Ruhe aus, die es mir leicht macht, das Bild von ihm, wie er lernend über den Büchern brütet und Buchstaben aufs Papier setzt, weit wegzuschicken.

»Du wirst doch Supermodel. Schon vergessen?«

Ohne zu antworten, liest er meine Jeans vom Strand auf und geht mir voraus zurück Richtung Auwald. Ich schaffe es kaum, ihm zu folgen – meine Fußsohlen schrammen über den Kies und ich habe Schwierigkeiten, meine Bewegungen zu steuern. In meinem Kopf wummert das Blut.

Kurz vor dem Weg, der den Strand vom Dickicht trennt, bleibt Jan stehen und dreht sich zu mir um. Sobald er mich ansieht, muss ich lächeln und spüre, wie meine Augen dabei schelmisch funkeln und blitzen. Alles in mir ist ein einziger Widerspruch. Mein Körper streikt, meine Seele feiert ein Freudenfest, mein Kopf arbeitet wütend dagegen an.

»Ronia, alles klar? Hast du vielleicht einen Sonnenstich? Oje, die hat zu viel Sonne auf den Schädel bekommen«, beantwortet Jan seine Frage selbst und stellt gleich die nächste. »Hast du dich eigentlich mal angesehen? Genau? Und wach? Hast du das?«

Eigentlich besteht meine wache Freizeit aus fast nichts anderem mehr, als mich anzusehen – kritisch, prüfend, abwägend, manchmal auch wohlwollend oder lobend. Jetzt aber fühle ich mich eher verwirrt, als ich meine Augen über meinen Körper wandern lasse. Gut, ich trage keine Hose, aber mein Slip könnte auch als Bikiniunterteil durchgehen. Meine Beine sind mustergültig rasiert und eingecremt, ich habe weder Dellen noch zu viele Äderchen – eigentlich alles gut.

»Ich meine dein Gesicht. Hast du dir dein Gesicht mal genau angesehen? Deine Augen?«

Meine Augen. Nein, in letzter Zeit nur flüchtig, weil mir sofort die Kommentare von Lukas in den Kopf schießen. Auch jetzt höre ich seine Worte, als habe ich gestern erst an der Tür gestanden und ihn belauscht.

»Puppenaugen«, wiederhole ich leise, was er gesagt hat, so abfällig und belustigt. »Ich hab Puppenaugen.«

»Bitte was?« Jan lacht laut auf, zum ersten Mal sehe ich ihn offen und ehrlich lachen. Es kommt tief aus seinem Bauch und lässt ihn schlagartig um Jahre jünger wirken. »Puppenaugen sind glupschig und tot. Aber ich weiß, was die meinen, wenn sie das sagen. Das sagen doch andere, oder, nicht du? Aber du glaubst es.«

Seufzend zucke ich mit den Schultern. »Macht es noch Sinn, dass ich mich an dieser Konversation beteilige, oder möchtest du sie alleine fortführen?«

»Hexe. Du bist eine Hexe. Nie gemerkt?«

»Oh, schön. Besten Dank, zu gütig. Und du vermutlich der Teufel in Menschengestalt. Deshalb passen wir ja auch so wunderbar zusammen.«

»Nein, Baby, ich meine das ernst.«

Huch, habe ich das richtig gehört? Er hat Baby zu mir gesagt? Erst Hexe, dann Baby, das ist zu viel für mich, zumal sich das Baby so weich und dunkel und …

»Okay, du *hast* einen Sonnenstich. Komm her. He, hoch mit dir, nicht umkippen jetzt. Ronia?«

Nimm mich einfach in deine Arme und trag mich in den Schatten. Bitte. Doch es geschieht nicht, ich muss alleine auf meine Beine kommen. Jan zieht mich lediglich am Handgelenk in die Senkrechte und schiebt mich durch die Büsche vor sich her. Mein erster Tanzschultango war weitaus erotischer als das, was wir hier vollführen, und den musste ich mangels Jungs als Mann tanzen, mit einer anorektischen Blondine, die sich wie im Krampf an mich klammerte und mir ihren Kaugummiatem ins Gesicht blies, während ich nur eines dachte: Ich will nach Hause.

»Ich weiß nicht, ob dir das mal jemand gesagt hat, aber du bist hellhäutig, du solltest nicht so viel in der Sonne herumrennen bei solchen Temperaturen.« Er hebt die Flasche vom Boden auf und reicht sie mir. »Trink.«

»Geht's auch freundl…?«

»Trink!«, unterbricht er mich harsch. »Mein Erste-Hilfe-Kurs liegt eine Weile zurück und ich hatte was geraucht. Ich kann dich also nicht retten, wenn du kollabierst, weil ich mich an nix mehr erinnere. Kapiert?«

Ich strecke ihm die Zunge raus, bevor ich aus seiner Flasche trinke. »Ich bin dunkelhaarig«, setze ich zusammenhanglos hinterher, nachdem ich sie von meinen Lippen genommen habe.

»Aber deine Haut ist fast weiß«, widerspricht Jan, der sofort wieder mitten im Thema ist. »Ohne Sommersprossen. Dazu deine Augen. Da passt nichts zusammen. Ist dir das nie aufgefallen? Ich sag doch, du bist 'ne Hexe. Falls du schon mal gelebt hast, hast du ein paar Stunden davon auf dem Scheiterhaufen verbracht, dafür leg ich meine Hand ins Feuer. Mit solchen Gesichtern kommt fast niemand klar. Also geh lieber nachts raus, das Tageslicht bekommt dir nicht.«

»Für heute keine Sätze in Befehlsform mehr, verstanden?« Ich schütte ihm einen Schwung von seinem Wasser in den Ausschnitt. Mir ist immer noch schwummrig, doch ich hab mich selten besser gefühlt. »Sonst verhexe ich deine Eier zu Schrumpfhoden.«

»Puppenaugen.« Jan lacht erneut auf, dieses Mal gedämpfter und in sich gekehrter. »Wer erzählt denn solchen Mist?«

»Mein Ex«, erwidere ich kurz angebunden. Jan setzt sich wieder an den Baumstamm, und weil genau das die Position ist, die reichlich in meinen Träumen zu sehen war, knie ich mich vor ihn, rücke vorsichtig zwischen seine Schenkel und lehne mich mit dem Rücken an seine Brust. Sofort legt er seine Hand auf meinen rechten Oberschenkel, der immer noch nackt ist. Er berührt meine nackte Haut … an meinen Beinen … das hat er noch nie getan.

»Sie sind hellgrün, voller Licht. Wenn dein Ex behauptet, sie seien Puppenaugen, heißt das nur eins: Er hat sich in die Hosen gemacht vor Angst. Der Pisser hatte Angst vor dir.«

Ich höre gar nicht mehr richtig hin, denn das Wasser hat mich belebt und der Sonnenstich ermattet, eine Wirkung, die der von Drogen vermutlich recht ähnlich ist. Ich trete aus meinem Körper heraus und doch fühle ich ihn intensiver als je zuvor in meinem Leben. Hatte ich ihn überhaupt einmal richtig wahrgenommen – so wie jetzt?

»Will nicht über meinen Ex reden«, murmele ich benommen. »Nicht jetzt. Bitte.« Fast ist mir, als schlafe ich in völliger Zeitlosigkeit und ferner Wachheit ein, bevor ich mit dem nächsten Windhauch über uns wieder klarer werde. »Pst. Warte mal, Jan, nicht bewegen. Merkst du das auch?«

Wir halten inne, lauschen, doch ich habe mich nicht geirrt. Sanfte, winzige Wellen gleiten durch meinen Körper, ich spüre sie unter Jans Hand, und auch, wie sie sich von dort fortsetzen und wieder ineinander übergehen, sich neu finden. Verzückt schließe ich die Augen, um tiefer in mich hineinfühlen zu können. Diese Wellen verlaufen nicht im Takt mit meinem Puls und Herzschlag – sie sind langsamer, die Abstände zwischen ihnen viel größer. Das ist etwas anderes.

Jan antwortet nicht, doch ich kann sein Staunen fühlen, als ich meine rechte Hand oberhalb seiner auf meinen Oberschenkel lege und die Wellen nun auch mit meiner eigenen Handinnenfläche wahrnehmen kann. Es ist, als ob sie in Verbindung mit der ganzen Welt stehen, den Tieren und Pflanzen und der Erde um mich herum, ja, als würde mein Blut vom Universum bewegt und geatmet werden. Ich werde geatmet. Es macht mich schläfrig und wach in einem – und ungeheuer mutig.

Langsam, Zentimeter um Zentimeter, lasse ich meine Hand nach oben gleiten, an den Bund meines Höschens, wo ich sie für ein paar Anstandsminuten ruhen lasse, in denen unser Atem lauter wird. Dann schiebe ich sie darunter. Das Erzittern in Jans Brust und die Regung seines Halses verraten mir, dass ich nichts Falsches tue. Nein, das ist nicht falsch – es ist sogar wunderschön. Meine Lider gleiten hinab, als ich mich zu fühlen beginne, träumerisch, ohne Eile und ohne Ziel. Meine Hüften heben sich sanft an und entspannen sich wieder im Rhythmus mit seinen Hüften und dem der Wellen am Kiesstrand, die ich nicht höre, doch fühle, gleich denen meines eigenen Körpers – sie werden nie sterben, nie vergehen. Sie werden auch dann noch da sein, wenn mein Herz aufgehört haben wird zu schlagen.

Und deshalb will ich nicht kommen. Ich will es noch nicht erleben, nur herauszögern, so lange wie möglich, ohne Zeit und Raum, bis ich es kaum mehr ertrage, und dann …

»Ich möchte dich in mir spüren«, flüstere ich, bevor ich meine

Hand zurückziehe, Worte wie ein scheues Gebet, das im Abendwind davongetragen wird. Seine Zähne schließen sich fest um meine Halsvene, während er mich dort küsst und gleichzeitig an meiner Haut saugt, ein süßer, willkommener Schmerz, der meine Gedanken zerrüttet, bevor mein Körper sich vergisst, und sobald ich weiß, dass es vorbei ist, bemächtigt sich eine bleierne Müdigkeit meines Kopfes.

Alles, was ich spüre und höre, ist das Rufen des Himmels, als Jan seine Augen öffnet und hineinsieht, in dieses unendliche, tiefe, ferne Blau.

Ja, ich sehe es auch, obwohl ich fast schon schlafe. Es ist unser Himmel, unser Universum. Er war immer da, mein ganzes Leben lang.

»Mein Leben ist zu Ende« ist mein erster Gedanke, als ich erwache, immer noch in Jans Armen, aber nun mit dem Gesicht auf seinem Bauch. Um uns herum ist es dämmrig geworden und die Sonne beinahe untergegangen. Die Uhr zeigt sicherlich schon nach neun, was bedeutet, dass Jonas und Johanna seit Stunden auf mich warten, während ich hier – ja, was haben wir eigentlich getan? Jan hat mich als Hexe verurteilt und ich bekam einen Sonnenstich, der sich gewaschen hatte – und mich zu Handlungen trieb, die mir im Nachhinein die Röte ins Gesicht schießen lassen. Um es neudeutsch zu formulieren: Ich habe mich in seinen Armen befriedigt – nicht inklusive Höhepunkt, aber bis knapp davor. Dass ich gerade so die Kurve gekriegt habe, macht es in meinen Augen nicht weniger verrucht. Alles was er getan hat, war, mich zu halten und bei mir zu sein. Er hat nicht einmal seinen Gürtel geöffnet. Ich bin mir nicht ganz sicher, ob das eine Beleidigung ist oder eine Sensation. Ihn kann ich danach nicht fragen, denn er schläft tief und fest. Das Leben mit Schule, Modeljobs und einer Hexe scheint anstrengend zu sein.

Doch trotz meiner Verlegenheit Jan gegenüber fühle ich mich nicht imstande, mich nach diesen Erlebnissen und einem gerade erst auskurierten Sonnenstich moralisch integeren Menschen wie Jonas und Johanna zu präsentieren, und Gelegenheit macht bekanntlich Diebe. Es ist noch so hell, dass ich Jan mühelos erkennen kann, seinen leicht geöffneten, nun so arglos und unschuldig wirkenden Mund, erste Zeichen eines blonden Bartschattens am Kinn, seine hellbraunen Brauen und dunkelbraunen Wimpern, die lang und dicht, aber nicht gebogen sind, ähnlich den Fächern eines Pinsels. Er hat eine Narbe am rechten Auge, wie eine Fortführung seines Lids, genäht mit vier Stichen. Aus Kinderzeiten? Wie war er wohl als Kind? Ein lieber, süßer Junge oder ein kleines Scheusal?

Dort, wo mein Kopf ruhte, hat sich sein Hemd ein Stück nach oben geschoben, sodass ich ein paar Zentimeter seines Bauches sehen kann. Ich müsste den Hemdzipfel nur anheben, um meine Hand auf seine Brust legen und sein Herz klopfen hören zu können. Doch das würde ihn wecken. Ganz langsam lasse ich meinen Oberkörper wieder sinken und bette meine rechte Wange auf seine Leiste, wo ich zur Hälfte auf seiner nackten Haut und zur Hälfte auf seinem Gürtel liege. Beide Gerüche vermischen sich sanft miteinander – der dunkle, herbe des Leders und die milde, saubere Note seines Bauchs. Schmunzelnd denke ich an meine Pubertät zurück, als mir bewusst wird, an welch delikatem Punkt eines Männerkörpers ich mich gerade befinde. Ich werde den hell entsetzten Moment nie vergessen, als Johanna und ich uns darüber klar wurden, dass Frauen so etwas tatsächlich tun. Einem Kerl einen »blasen«. Erst wussten wir nicht, was es überhaupt bedeutet, dann erfuhren wir es aus der *Bravo*. Doch wir waren felsenfest davon überzeugt, dass Jungs sich das zwar wünschen, aber die meisten Mädchen es niemals machen. Warum denn auch? Das ist ja eklig!

Mit fünfzehn, bei meinem ersten Mal, verschwendete ich keinen Gedanken daran, denn der ganz normale Akt gestaltete sich bereits schwierig genug und steigerte sich zu einem mittelschweren Desaster, sodass Robin und ich vor lauter Verlegenheit weder darüber redeten noch einen neuen Versuch wagten – geschweige denn über andere Experimente nachdachten. Drei Wochen später war es ohnehin aus.

Es war Daniel, Robins Nachfolger, der mir eines Tages einen Ausschnitt aus der *Men's Health* vor die Nase schob, in der ein findiger Journalist Anleitungen dazu gab, wie Männer Frauen dieses »höchste Gefühl der Lust« schmackhaft machen könnten. Für mich war, wie ich fand, kein stimmiges Rezept dabei. Außerdem war ich noch damit beschäftigt, mich von meinen neuerlichen sexuellen Erkundungszügen zu erholen, bei denen immer das fehlte, was ich mir vorher erträumt hatte. Ein zutiefst vertrautes Nachglühen nämlich, Arm in Arm und vollkommen entspannt. Dieses Gefühl wollte ich erst erleben, bevor ich weitere Körpereroberungen unternahm. Daniel schmollte, ich stellte auf Durchzug und heute denke ich, unsere Beziehung hätte länger gehalten, wenn ich eines dieser Rezepte ausprobiert hätte.

Spätestens bei Lukas gehörte es auch für mich dazu, obwohl ich es erst in einer Vollmondnacht und nach zwei Gläsern Melonenbowle wagte. Ich fand es interessant, vielleicht sogar mehr als das, aber dann umschloss Lukas meinen Hinterkopf und hielt ihn fest, sodass es sich anfühlte wie eine Pflicht und nicht wie eine Kür. Und auch da, das vertraute Nachglühen blieb fern.

Bei Jan wird es anders sein. Ich weiß es genau.

Außerdem schläft er. Wenn hier jemand etwas herausfordert oder entscheidet, bin ich es. Nur ich. So gerne würde ich seinen Gürtel öffnen, seine Hose über seine Hüften streifen und nur noch nackte

Haut unter meiner Wange fühlen. Ich möchte ihn ansehen, riechen, schmecken, überall – auch dort. Vielleicht habe ich immer noch einen Sonnenstich, mag sein, aber ich will es. Jetzt will ich es. Sanft streiche ich über den Reißverschluss seiner Jeans, doch er wacht nicht auf, was mich wundert, denn was ich unter meinen Fingern fühle, ist prall und fest, um nicht zu sagen hart.

Geschickt öffne ich seinen Gürtel und den Hosenknopf. Darf ich das denn überhaupt? Ist das nicht Nötigung? Immerhin schläft er, kann nichts dagegen tun. Doch genau in dem Moment, als ich es mir anders überlegen will, bekommen meine Hände Hilfe – von seiner rechten, die den Reißverschluss öffnet, die Shorts ein Stückchen nach unten schiebt und dann daneben liegen bleibt, wartend und ruhig, aber sicher nicht schlafend. Also ist der ganze Kerl wach. Ich rücke noch etwas näher, schließe die Augen, nur für ein paar Sekunden, um in mich hineinzuhorchen, ob ich das auch wahrhaftig will. Doch dann reagiert mein Körper von alleine, ohne dass ich es steuern kann. Ich ziehe die Shorts mit den Zähnen komplett herunter, schmiege meine Wange an ihn und reibe sie an seiner heißen, samtigen Haut, muss lächeln, als ich spüre, wie er sich mir entgegendrängt, mich beinahe stupst.

Jan liegt da wie erschlagen, berührt mich nicht, aber das muss er nicht, denn alles, was ich tun und spüren will, geschieht bereits. Neckend kitzle ich ihn mit meiner Zunge, es gefällt mir, ich mag den Geruch und Geschmack, als ich tief einatme und mich entspanne. Und ganz besonders mag ich, wie Jan darauf reagiert. Er keucht auf, als würde ich ihn quälen. Aus einem träumerischen Instinkt heraus nehme ich seine Hand in meine und führe sie dazu, bis er versteht und sich langsam zu streicheln beginnt, während ich ihn immer wieder liebkose, mit meinen Lippen, meinem Mund, meiner Zunge, ohne dass es mich jegliche Mühe und Anstrengung kostet – und erst recht keine Überwindung. Es berührt mich zu sehen, wie er sich berührt. Er tut es viel rücksichtsvoller und zärtlicher, als ich es mir je vorgestellt habe.

»Gott, Ronia, das ist so schön …«

Mit einem bedauernden Stöhnen ziehe ich mich zurück, krieche zu ihm nach oben und küsse ihn auf Wange und Mund, der einen fast schmerzlichen Zug angenommen hat.

»Denk an mich …«, wispere ich in sein Ohr, schnappe mir meine Jeans, ziehe sie mir im Gehen über, springe wie ein junges Reh durch den mattblauen Auwald, in dem es überall flüstert und raschelt und rauscht – und bleibe erst wieder stehen, als ich mein dunkles, kühles Zimmer erreicht habe.

Ich habe es gefühlt. Als er kam. Kurz vor den Toren der Stadt hat mich etwas zum Schwanken und Flimmern gebracht, wie das Wärmeschild einer übergroßen Flamme, die vor mir aus den Sternen fiel, und ich habe, ohne zu wollen, seinen Namen gesagt.

Jetzt ist es vorbei. Ja, für heute ist es vorbei.

Eine Weile liege ich starr und still auf dem Bett und warte ab, ob mich noch etwas erreicht, ein Nachbeben, irgendein Zeichen, dass es auch für ihn schön war. Doch nach einigen leblosen Minuten ziehen nur ein paar beschwipste Frauen am Haus vorbei, klackende Absätze und lautes Gelächter, sodass ich erst glaube, mich zu irren, als mein Handy in der Nachttischschublade verhalten piepst.

Das war der Messenger-Signalton. Es ist Jan! Jan hat mir geschrieben. Mein Körper schwankt, als ich mich aufsetze, es aus der Schublade ziehe und das Display anschalte.

»Mach das nie wieder, okay!?«

Ein paar Sekunden lang bleibe ich mit offenem Mund sitzen und kann den Schmerz in mir nicht fassen. Es war wieder verkehrt. Ich habe es wieder vermasselt, wieder irgendwas falsch gemacht. Es schien doch alles gut zu sein, währenddessen hat er sogar gesagt, dass er es schön findet, und doch ... Aber die anderen hatten auch gesagt, dass sie es schön fanden, und trotzdem Schluss gemacht. Es bedeutet nichts.

Doch dann sehe ich, dass er erneut schreibt, und warte zitternd auf seine Antwort. Hoffnung ist eine solch machtvolle Kraft.

»... alleine im Dunkeln über die Brücke auf die andere Seite gehen, meine ich. Warte nächstens, bis ich (mit)komme. Gute Nacht & süße Träume.«

Ich weine und lache gleichzeitig, erleichtert und verstört, beruhigt und voller Angst, wach und müde, und kann nur ein kryptisches »Danke« zurücksenden, bevor ich mich ein zweites Mal an diesem Abend aus meiner Jeans schäle und unter die Decke krieche, wo ich wieder nicht schlafen werde, doch dafür glücklich sein.

Ja, heute Nacht werde ich glücklich sein.

Kristalle aus Eis

Heute ist aber nicht Karfreitag, oder?«, versuche ich die angespannte Stille mit einem Witz zu durchbrechen, der so ungeschickt wie taktlos ist. Die Atmosphäre ist weitaus drückender als an Karfreitag. Denn das Schweigen betrifft mich und nicht Jesus' Tod am Kreuz, ich spüre es genau und ich weiß nicht, warum ich dermaßen abgestraft werde.

Ja, in den vergangenen Wochen habe ich meine Samstags- und Sonntagsbesuche im Pfarrhaus nur noch sporadisch und dann gar nicht mehr absolviert, aber es steht nirgendwo geschrieben, dass ich am Wochenende dort erscheinen muss. Das hatte sich nach meinem Semi-Einzug in Jonas' Wohnung einfach so eingependelt; unter der Woche Studium, am Wochenende Familie, Hilfsdienste in der Kirchengemeinde und Freunde. Aber wir hatten das nie fest ausgemacht, zu keinem Zeitpunkt habe ich mich dazu verpflichtet. Heute fielen meine SMS und Mamas Anruf samt Einladung fast zeitgleich zusammen. Wobei ich die SMS zugegebenermaßen aus egoistischen Gründen abgesendet hatte, weil ich immer noch nicht die

Sache mit dem Auslandsaufenthalt geklärt habe und mich dringend ablenken muss, um nicht an meinen Zweifeln und Sehnsüchten rund um Jan kaputtzugehen. Aber ich bin hier. Das ist es doch, was zählt, oder?

Eigentlich hätte auch Jonas hier sein müssen. Heute Morgen noch habe ich ihn gebeten, ebenfalls zu kommen, und er gab seine Zustimmung, bevor er nach einem seiner immer häufiger werdenden besorgten Blicke in die Muckibude verschwunden war. Doch er ist nicht gekommen und meine Eltern haben ihn mit keiner Silbe erwähnt.

Oder hat Jonas nach dem Vorfall heute Nacht die Schnauze voll von mir? Ich hatte wieder einen Albtraum – in seiner Intensität ähnlich aufrüttelnd wie der letzte, doch er kam mir nicht vor wie eine Heimsuchung, sondern wie eine Botschaft. Als ich daran denke, kann ich kaum mehr schlucken, obwohl das Hähnchen, das Mama gebraten hat, köstlich schmeckt; eine willkommene Abwechslung zu dem Trashfood, das ich mir in letzter Zeit lustlos einverleibe. Ich benötige drei Versuche und einen Schluck Wasser, bis sich der zerkaute Fleischballen endlich meine Kehle hinunterarbeitet. Heute Nacht, kurz nach dem Aufwachen, konnte ich gar nicht mehr schlucken. Mein Mund war staubtrocken gewesen und meine Füße zuckten, als bekäme ich eine Elektroschocktherapie verabreicht.

Aber viel unheimlicher war gewesen, was ich zu Jonas gesagt habe, nachdem ich endlich zu schreien aufgehört hatte. »Der Tod stand neben meinem Bett.« Ein Satz aus einem Horrorthriller. Doch so war es gewesen. Was genau ich geträumt habe – daran kann ich mich nicht mehr erinnern, nur daran, was ich sah, als ich endlich ins Erwachen überdriftete: eine hoch aufragende Gestalt, die am Fußende meines Bettes stand und auf mich hinabstarrte, mit dunkler Kapuze und einer Sense in der dürren Hand, eine Vision, die direkt aus einem Hieronymus-Bosch-Gemälde hätte entronnen sein können. »Der Tod stand neben meinem Bett.« Selbst Jonas erschrak angesichts dieser Aussage. Es hatte mehrere gepresste Atemzüge gedauert, bis die Gestalt verblasste und ich wieder in der Wirklichkeit angelangt war.

Für einen Moment der Erleichterung, immer noch im Nachhall all des Schreckens, hielt Jonas mich in seinem Arm, doch dann stieß er mich unvermittelt aufs Bett und begann zu schimpfen wie ein Rohrspatz. Es waren vielmehr Flüche als vernünftige Sätze, aber die Botschaft war klar: Er ist sauer auf mich und meine »Aktionen« und vor allem darauf, dass ich ihm nichts mehr von mir erzähle. Aber zu mir drang auch durch, dass er sich in aufrichtiger Sorge befindet und dass sein Ärger irgendwann stärker wird als die Sorge, wenn ich nicht bald dagegensteuere.

Auch deshalb: Sonntagmittagessen mit Jonas bei meinen Eltern, wie früher. Nur weil mein Liebesleben sich um 180 Grad gedreht hat, bedeutet das ja nicht, alles zu vergessen, was vorher war. Zugleich kann ich nicht glauben, dass mein Date mit Jan erst zwei Tage zurückliegt, sie kommen mir vor wie zwei Wochen – oder zwei Monate? In zwei Tagen können so unendlich viele Fragen entstehen und sie haben allesamt die schärfsten Waffen, um mein unstetes Glück zu zerstören und immer dann niederzustrecken, wenn es sich zu erholen und neu zu formen beginnt. Warum hat er mich nicht berührt? Warum hat er nichts darüber gesagt, nicht einen einzigen Satz? Gut, er hat es währenddessen getan, aber schickt man nicht noch etwas hinterher? Will er mich am Ende gar nicht wiedersehen? Wenn er es gut fand, müsste er doch mehr wollen, und zwar sofort. Hat er noch andere Gespielinnen, mit denen er sich trifft, und ist deshalb froh, dass es mit uns nur alle zwei oder drei Wochen geschieht? Und was ist, wenn ich ihn nie mehr wiedersehe, weil er eines Nachts in der

Kneipe von einer Frau angeglotzt wird, die hübscher und erfahrener und erotischer ist als ich? Und die nicht nach dem Vorspiel auf seinem Bauch einschläft, weil sie von all den Sinnesreizen restlos überfordert ist? Eine Frau, die erst ihn zum Höhepunkt bringt und anschließend sich? Die all das zu Ende führt, was sie beginnt, anstatt wie ich immer anzufangen und dann zu flüchten oder halb ohnmächtig zu werden?

Doch angenommen, ich führe es zu Ende und wir schlafen miteinander – was ist danach? Was kommt dann? Genüge ich ihm?

Das ist die Frage, die unentwegt durch meinen Kopf kreist, meine Nächte stört, und vor allem meine Träume, messerscharf und unerbittlich. Genüge ich ihm?

Gelingt es mir allein durch meine Existenz, ihn so in Atem zu halten, dass er mich wiedersehen will? Oder wäre es klüger, wie ein kostbares Kleinod zu bewahren, was wir geteilt haben, und in mein altes Leben zurückzukehren? Es war doch schön mit ihm. Ich müsste zufrieden sein damit. Aber ich bin es nicht. Ich will ihn in mir fühlen, mein Körper bettelt danach, selbst wenn es anschließend keine Träume und Wünsche mehr gibt und alles gesagt, alles getan ist.

»Hast du uns etwas mitzuteilen?«

»Was?« Erschrocken reiße ich meinen Kopf hoch und schaue Mama an. Sofort wendet sie ihren Blick ab.

»Das heißt ›wie bitte‹. Ob du uns etwas zu erzählen hast? Aus deinem Leben?«

Eine seltsame Frage. Es ist sogar zum ersten Mal der Fall, dass sie direkt nach meinem Leben fragt. Bisher habe ich immer von selbst meine wöchentliche Beichte abgelegt, die harmlos und langweilig gleichermaßen war, aber meine Eltern einigermaßen zufriedenstellte. Auch wenn sie lieber sähen, dass ich Theologie studiere, wie Vater es getan hat, und nicht so etwas Brotloses wie Archäologie.

»Ja, das habe ich. Wir müssten endlich mal den Auslandsaufenthalt in Frankreich klären«, beginne ich kleinlaut. »Ich hab nur noch eine Woche Zeit für die Zusage und es wäre wichtig für mich, denn …«

»Das meinten wir nicht«, sagt Vater mit einer Ruhe, die das Grollen dahinter deutlich verrät. Automatisch lege ich mein Besteck hin und höre auf zu essen. Essen ist jetzt nicht mehr erwünscht. »Wir meinen dein Privatleben.«

»Ich habe kein Privatleben«, lüge ich. Hat Jonas wegen Josy und ihrem Geburtstag gepetzt? Dass ich nicht da war? Sie hat seitdem nicht mehr mit mir geredet, obwohl ich ihr eine selbst gebrannte CD in den Briefkasten geworfen und mich auf einer Shaun-das-Schaf-Karte fünffach entschuldigt habe. Sie liebt Shaun das Schaf. Und sie wird mir verzeihen; wenn nicht jetzt, dann auf jeden Fall noch diesen Sommer.

»Nun, zumindest keines, von dem du berichtest – aber sehr wohl eines, das sichtbar ist, auch wenn du glaubst, du könntest den Rest der Welt an der Nase herumführen«, entgegnet Vater scharf und schiebt seinen Teller von sich weg. Okay. Das Essen war ein Vorwand. Nicht nur von meiner Seite, sondern auch von ihrer. Hier geht es um etwas völlig anderes.

»Ronia, ich weiß nicht, was du dir dabei denkst!« Mamas Tonfall klingt flehend und anklagend zugleich, Seidenpapier mit winzigen Glassplittern. Plötzlich weiß ich, was los ist. Vater spielt auf Jan an. Sie wissen es. Der Schock darüber lässt mich klar und wach werden – und meine Antwort ist einfach. Nichts habe ich mir dabei gedacht. Ausnahmsweise mal nichts. Viel drum herum, ja, ohne auch nur irgendeine schlüssige Antwort zu finden. Aber währenddessen nichts. Und es war schön. Ich habe keine Lust, das zu leugnen.

»Hat Jonas mich verpetzt?«, frage ich gelangweilt, obwohl es in mir brodelt.

»Kind, du lebst in einem Pfarrhaus! Hier gehen täglich Leute ein und aus!« Wieder ist es Mama, die redet, und mein Verdacht verhärtet sich, dass Vater jede Sekunde übernehmen wird, denn er hat diesen einen speziellen Blick, den ich bisher nur ganz selten an ihm erlebt habe. Seine Augen werden klein und kalt, ein Grau wie Eisnebel. »Du wurdest gesehen, draußen am Fluss, mit ihm, und zwar …«

Mama bricht ab. Nein, das will selbst ich nicht wissen. Ich nehme an, am Kiesstrand, als ich beinahe umkippte und Jan mich des Hexendaseins bezichtigte, oder aber bei unserem ersten Kuss an der Brücke. Hoffentlich hat das petzende Schäfchen aus Vaters Gemeinde uns nicht bis in die Büsche verfolgt oder gar Beweisfotos geknipst.

»Ronia, ich verstehe es nicht. Ich verstehe es nicht!«, lamentiert sie weiter, als ich nichts sage. »Da ist Jonas, der für dich da ist, und wenn du ihn immer noch nicht willst, gibt es unter deinen Kommilitonen sicherlich andere junge Männer, die du haben könntest, du bist eine hübsche, intelligente …«

»Ich *habe* ihn doch gar nicht! River und ich führen keine Beziehung miteinander, wir haben ….« Nur Sex, denke ich. Ja, das ist es wohl, wir haben Sex, der zwar bislang unvollendet ist, aber sagt man das seinen Eltern? Nicht im Traum. Außerdem will ich es ihnen nicht sagen. Es geht sie nichts an.

Mama stiert auf die Serviette zwischen ihren Händen, die sie jetzt schon mindestens zehnmal zum Dreieck und wieder aufgefaltet hat. Wenn sie anfängt zu heulen, stehe ich auf und gehe. Das mache ich nicht mit.

»Ich bin erwachsen, ich kann tun und lassen, was ich will«, sage ich freundlich, aber bestimmt.

»Nein, das kannst du nicht! Niemand kann das!«, poltert Vater los, so laut, dass ich erschrocken aufstehe und hinter meinen Stuhl trete.

Ich hatte damit gerechnet, dass er explodiert, doch die Wucht seiner Wut überrascht mich. »Wir Menschen leben in einer Gemeinschaft, vor allem wir drei hier und …«

»Ich lebe in einer WG. Ich bin nur noch ab und zu hier«, erinnere ich ihn schneidend.

»Ein WG-Zimmer, das ich bezahle! Genauso wie dein Studium! Und im Gegenzug erwarte ich ein Mindestmaß an Respekt und Anpassung und dass du deine Familie nicht bodenlos blamierst mit deinen Bettgeschichten!«

»Ich habe keine Bettgeschichten!«, brülle ich zurück. Das ist sogar die Wahrheit. In den Genuss von Jans Bett bin ich noch nicht gekommen. Schon gar nicht treffe ich mich mit mehreren Männern. Nie habe ich das getan und Vater müsste das wissen. Ich war immer anständig. Wenn ich mit einem Jungen schlief, dann aus Liebe. Ich wollte bleiben. Sie waren es, die geflüchtet sind. »Um wen geht es hier eigentlich, um euch oder um mich? Geht's um deinen guten Ruf, ja? Ich wollte in Berlin studieren, nicht hier in diesem Kaff, wegen euch bin ich geblieben! Nur wegen euch! Wäre ich in Berlin, würdet ihr gar nicht mitkriegen, was ich tue!«

»Es geht nicht allein um meinen Ruf, von dem unser aller Zukunft abhängt …« Papa legt eine dramatische Pause ein, wie in seinen Predigten, und er erinnert mich dabei an einen mittelalterlichen Pastor, der gegen den Teufel, das Weib und sämtliche fleischlichen Gelüste wettert. »Unser aller Zukunft.« Wieder eine Pause.

»Amen«, nutze ich sie wispernd. Krachend landet seine Faust auf dem Tisch. Oh ja, ich provoziere ihn, aber was tut er? Prangert mein Privatleben an. Nicht jeder hat das Glück, mit zwanzig die Frau seines Lebens zu treffen (die gerade in eine Art innere Emigration getreten ist und mit glasigem Blick die Serviette malträtiert).

»Ronia, wach auf! Ich bitte dich in Gottes Namen: Wach auf! Für dich und für uns! Diesem Kerl sieht man seine Geschlechtskrankheiten doch schon aus hundert Metern Entfernung an!«, zetert Papa weiter und kümmert sich nicht darum, dass Mama bei dem Wort Geschlechtskrankheiten zusammenzuckt. Ich zucke nicht zusammen, mich macht es unerträglich zornig. Selbst wenn wir nur Sex haben und streiten, sobald wir zu reden beginnen, selbst wenn ich eine Menge an Jan ablehne und seine Drogenspielereien und halb kriminellen Aktionen mich irremachen – so etwas darf niemand über ihn sagen. Nicht, ohne ihn zu kennen. Da ändert es auch nichts daran, dass ich ihn nicht kenne. Ich umgreife die Stuhllehne mit beiden Händen; irgendwo muss ich mich festhalten, um mich wehren zu können.

»Es reicht! Du hast ihn doch gar nicht kennengelernt! Erinnere dich an deine Weihnachtspredigt, Vater!« Nun zuckt auch er zusammen, denn nichts irritiert ihn mehr, als wenn ich ihn Vater nenne. Doch ein Papa war er nie. Kein Papa, bei dem man auf den Schoß krabbeln und zu dem man unter die Decke kriechen konnte, wenn man schlecht geträumt hatte. Er war immer nur ein Mann zum Respektieren und Anbeten gewesen. Also ein Vater. »Toleranz! Nächstenliebe! Von Huren hast du gesprochen, von Drogensüchtigen, Asylanten, alle Randgruppen, die dir so einfielen, hast du aufgezählt und in dein Gebet eingeschlossen, ihnen Liebe und Frieden gewünscht! Und jetzt ergibst du dich blinden Vorurteilen! Glaubst du überhaupt, was du da in deinen Predigten so verzapfst?«

»Raus. Raus! Raus aus meinem Haus! Sofort!«

»Gerne. Ich wollte sowieso gerade gehen.«

Mama erwacht aus ihrer Serviettentrance und erhebt sich schwankend, doch Vater anzufassen wagt sie nicht. Beschwichtigend reckt sie die Hände in die Luft. Sie zittern ebenso wie ihre Lippen.

»Georg, bitte, wir wollten nur mit ihr reden, Ronia, nicht. Ronia!«

Doch ich bin schon auf dem Weg die Treppe hinauf in mein Zimmer, wo ich mir eine alte Sporttasche greife und wahllos Dinge reinstopfe, einen alten Teddybär, Kinderbücher, einen Setzkasten, den ich nie gemocht hatte, aber viel ist hier ja nicht mehr und sie sollen wissen, dass ich es ernst meine. In diesem Zimmer werde ich nicht mehr schlafen. Nie wieder. Meine blöden dunklen Blusen können sie in die Altkleiderspende geben. Es hat sich ausgekarfreitagt.

»Du gefährdest dein Studium, wenn du das jetzt tust! Und dich weiterhin mit ihm triffst! Das dulde ich nicht! Wir dulden das nicht, Marie und ich!«, schreit Vater von unten. Sieh an, er hat gemerkt, dass seine Frau auch noch da ist. Trotzdem lässt er sie stehen und eilt die Treppe hoch. Zwei Schritte auf einmal.

Er wird mich schlagen, denke ich einen angstvollen Moment lang, als er in mein Zimmer stürzt, jetzt wird er mich zum ersten Mal schlagen, und weiß, dass auch er es denkt. Dass er es sogar will. Die Zeit bleibt stehen und wir starren uns sekundenlang an wie zwei Wildtiere, die sich in die Quere gekommen sind und nicht wissen, ob es sich lohnt zu kämpfen.

Er ist der Erste, der sich wieder regt, die Hand noch drohend erhoben, aber seine sonst so mächtige Stimme ist plötzlich brüchig. »Ich werde dir dein Geld streichen.«

»Das ist Erpressung«, flüstere ich. »Du erpresst mich. Das ist nicht christlich.«

»Du liebst dein Studium, oder?«

Jetzt wird er gemein. Ich bin kurz davor zu weinen, doch das will ich ihm nicht gönnen, denn trotz meiner Wut fürchte ich, dass niemand von uns heil aus dieser Situation herauskommt, wenn ich schwach werde.

»Dann geh ich eben arbeiten.« Auch meine Stimme ist nur noch ein Hauch. »Hab ich hier ja eh jahrelang getan, manchmal fast jeden Tag. Unbezahlt. Ich war hier zum Arbeiten, oder? Ich hatte einen Job zu erfüllen. Richtig?«

Er widerspricht nicht und hält mich auch nicht auf, als ich die Tasche schultere und nach unten gehe, wo Mama die Ellenbogen auf den Tisch gestützt hat und ihr Gesicht in den Händen hält. Ich schließe die Haustür sanft, nicht mit einem Knall. Ich bringe es nicht übers Herz, sie ins Schloss zu schlagen.

Das hier ist keine Rebellion, das ist ein Witz. Ich haue ab in eine WG, die mein Vater bezahlt und in der mein Sandkastenfreund auf mich aufpasst, dessen Eltern bereits gemeinsam mit meinen studiert haben. Ich gehe nur von einem goldenen Käfig in den anderen. Da ist überhaupt kein Platz für irgendeine Rebellion, geschweige denn, dass ich jemals eine anzetteln wollte. Alles, was ich tun kann, ist, mich für Krieg oder Frieden zu entscheiden.

Für heute wähle ich Krieg. Ein Krieg, der schmerzt und mir jetzt schon das Gefühl gibt, ihn niemals gewinnen zu können, aber ich kann nicht anders.

Ich muss Jan wiedersehen.

Zornesblitz

Ihr Scheißkerle!« Erneut dresche ich mit beiden Fäusten auf den Boxsack ein, obwohl ich meine Arme nicht mehr spüre und meine Knie so zittern, dass mich meine Beine kaum noch tragen. Aber meine Wut ist noch nicht verraucht und die Zweifel feuern sie sekündlich neu an. »Ihr seid doch alle gleich, benutzt uns für euer Vergnügen, und wenn dann was anderes spannender ist, sind wir euch egal! Das tut weh! Es tut weh, begreift ihr das nicht, ihr elenden Arschlöcher? Ihr tut uns weh! Du tust mir weh, Jan …« Ich kann nicht weitersprechen, doch es gibt auch nichts zu sagen als das, was ich hier nutzlos ins Nichts rufe, und im Grunde kann ich es reduzieren auf einen einzigen Satz, denn die Flüche erreichen sowieso niemanden.

»Es tut weh.«

Zweimal bin ich die Strecke über die Brücke und zurück gelaufen, weil ich hoffte, ich würde mich danach besser fühlen, doch als ich in die WG kam und wieder ergebnislos auf mein Handy schaute, wallten der Zorn und die Hilflosigkeit von Neuem auf. Es hört nicht auf.

»Scheiße«, keuche ich erstickt und lehne mein schweißnasses Gesicht gegen den kühlen Boxsack, während meine wund geschlagenen Fäuste ihn festhalten. Dann tue ich wieder das, was ich manchmal alle fünf Minuten mache: Ich hole mein Handy aus der Tasche. Kein Nachrichtensymbol. Immer noch nichts. Online ist er auch nicht. Er meinte das wirklich so. Es war sein Ernst.

»Ich halte das nicht mehr aus!« Mit Schwung schmeiße ich das Smartphone von mir. Dumpf schlägt es auf den Holzdielen auf und sofort erlischt das Licht. Das Licht erlischt? Oh nein, ich werde es doch nicht kaputt gemacht haben?

Auf den Knien robbe ich in die Ecke, drehe es um und sehe sofort, dass der Touchscreen meinen Zornesblitz nicht überlebt hat. Er ist zersprungen. Hektisch drücke ich auf den Tasten herum, doch das Licht flackert jedes Mal nur kurz auf, um dann wieder der Dunkelheit die Macht zu überlassen.

»Scheiße«, flüstere ich. »Verdammte Scheiße.« Mit dem Handy in der Hand lasse ich mich zur Seite auf den kühlen Boden fallen, schlinge die Arme um meine bebenden Knie und beginne wie ein Kind zu weinen.

»Ronia! Was machst du denn hier? Hast du Schmerzen?«

Ich stehe nicht auf, erkläre mich nicht, mir ist alles egal. Jonas dreht mich mit beiden Händen sanft zu sich, doch ich kreuze die Arme vor meinem Gesicht. Hustend versuche ich das Schluchzen zu unterdrücken.

»Mein Handy ist kaputt. Dieses dumme Ding ist einfach kaputtgegangen und ich brauche es doch … Ich brauche es!«

»Einfach kaputtgegangen? Und deshalb weinst du?«, fragt Jonas zweifelnd und macht keine Anstalten, mich in den Arm zu nehmen oder meinen Nacken zu streicheln, wie er es früher oft getan hat, wenn ich traurig war. Stattdessen setzt er sich neben mich und nimmt mir vorsichtig das Smartphone aus der Hand. »Sieht eher aus, als hättest du es durch die Gegend gepfeffert, nachdem du dich an meinem Boxsack vergangen hast. Kannst du aufstehen? Du musst aus deinen verschwitzten Klamotten raus und was trinken. Ronia, du bist ja völlig fertig, deine Beine zittern wie Espenlaub.«

»Ich will nicht! Und ich brauch mein Handy, ich kann mir doch kein neues leisten.« Endlich habe ich es geschafft, mein Weinen zu kontrollieren.

»Dann nimmst du eben mein altes, das hab ich hier noch rumliegen. Und du schickst deines ein. Sag halt, dir ist es beim Sport runtergefallen.«

»Ich brauch aber mein eigenes! Ich brauch ein Smartphone, mit dem ich ins Netz kann, ich muss doch studieren und außerdem kann ich es nicht einschicken, das geht nicht! Es geht nicht!«

Ich weiß, dass ich am Rande der Hysterie stehe. Aber ich kann das Handy nicht einschicken. Was ist, wenn die sich meine Fotos anschauen und die Nachrichten, die ich mit Jan gewechselt habe? Und es irgendwie nach außen dringt? Außerdem kann ich so lange nicht warten. Es wird Wochen dauern, bis ich es wiederkriege.

»Ich muss doch studieren«, füge ich noch einmal etwas ruhiger hinzu, was nicht übertünchen kann, dass ich mich beim Laufen und meinem anschließenden Wutanfall völlig verausgabt habe. Meine Beine krampfen und nun beginnen auch meine Arme zu zittern. Doch ich habe aufgehört zu heulen.

»Ich hab meine komplette Ausbildung ohne Smartphone durchgezogen. Geht alles. Du schreibst deine Prüfungen ja nicht auf dem Handy, oder?«, entgegnet Jonas mit vernichtender Sachlichkeit. »Willst du mir nicht endlich mal verraten, was hier los ist?«

»Willst du mich nicht endlich mal in den Arm nehmen?« Ich muss erbärmlich aussehen. Hat er kein Mitleid?

»Nein, will ich nicht.« Jonas' klare Zurückweisung ist eine eiskalte Dusche. Augenblicklich werde ich ruhiger, doch die Verzweiflung und das Ohnmachtsgefühl ducken sich nur, wie eine Katze vor dem neuerlichen Angriff. Sie wird erst wohlig schnurren, wenn sie das Vögelchen gefangen und gefressen hat. Jonas will mich nicht in den Arm nehmen? Dann habe ich mir das also nicht eingebildet – seine Distanz, mit der er mir die vergangenen Tage begegnete. Es hing nicht mit Stress im Beruf oder mieser Laune zusammen, wie ich es mir eingeredet hatte. Über den Vorfall bei meinen Eltern haben wir nicht gesprochen, doch eigentlich hätte er derjenige sein müssen, der mir entgegenkommt und bestrebt ist, sein Handeln wiedergutzumachen. Stattdessen hat er mich teilweise wie eine Fremde behandelt. Jetzt kann ich nicht mehr dazu schweigen.

»Du hast mich an sie verraten, oder?« Schniefend ziehe ich die Nase hoch. »Du warst es.«

»So etwas würde ich niemals tun, Ronia. Und ich möchte wissen, warum du so am Rad drehst. Mir gefällt das nicht. Was war los? Hat er dir was getan?«

»So ein Quatsch!«, schreie ich und schaffe es immerhin, mich aufzurichten und im Sitzen gegen die Wand zu lehnen. Stöhnend ziehe ich meine Zehen zu mir, um einen neuerlichen Krampf zu stoppen. »Er hat mir gar nichts getan! Ich weiß nur nicht, wie ich weiter studieren und die Miete hier bezahlen und nach Frankreich gehen soll, ich weiß es einfach nicht!«

Jeder Satz ist eine Lüge und ich lüge mich dabei vor allem selbst an. Ich habe selten weniger an mein Studium und an meine Zensuren gedacht als die vergangene Woche. Fast jede Vorlesung habe ich geschwänzt oder verträumt, auch die Ausgrabung in Frankreich wird mir immer gleichgültiger, ja, am liebsten wäre es mir sogar, Kai Schuster würde die Geduld verlieren und mich von der Warteliste streichen, wie er es schon öfter angedroht hat. In Frankreich zu sein bedeutet, fort von Jan zu sein. Aus den Augen, aus dem Sinn. So ist es doch, oder? Er wird mich vergessen. Und was den Rest betrifft: Ich habe einen stinklangweiligen Job im Museum bekommen, im Zuge der großen Sommerausstellung. Ägypten-T-Shirts und Ägypten-Sekt an die Besucher verkaufen und die wenigsten haben nur den Hauch eines Interesses daran. Die meiste Zeit sitze ich herum und starre Löcher in die Luft – oder auf den Messenger. Noch nie in meinem Leben habe ich Drogen ausprobiert, aber jetzt bin ich süchtig nach einem sozialen Netzwerk. Ich hasse es. Ich hasse mich, wenn ich so bin. Und doch kann ich nicht anders.

Trotzdem liegt Jonas falsch. Jan hat mir nichts getan. Er hat nur eine kurze Nachricht gesendet. Mein Herz hatte zu stolpern begonnen und mir wurde so heiß, dass ich mir beinahe mitten im Museum das T-Shirt vom Leib gerissen hätte. Doch dann rasten all die Messer und Dolche in mein Herz.

»Ich kann heute Abend nicht. Fußball. Bin halt ein Mann. ;-)«

Das war alles. Bin halt ein Mann. Ja, genau, das bist du, Jan, und ich glaube, es wird ernsthaft Zeit zu überlegen, ob man mit Frauen nicht vielleicht mehr Freude im Leben hat. Fußball! Er verzichtet auf ein Date mit mir wegen eines Fußballspiels! Er hat offenbar keine Eile, mich zu sehen, also hat er auch keine Sehnsucht. Womöglich bin ich nur eine von vielen und es ist gleich, ob ich freitags joggen gehe oder nicht. Das würde ja auch zu seinem Ruf passen, sagen sie das nicht alle? Dass er schlecht mit Frauen umgeht und dauernd neue Weibergeschichten am Laufen hat? Aber selbst wenn nicht: Was hab ich falsch gemacht, damit er mich nicht so sehr will, dass ein Fußballspiel als unbedeutend abgehakt wird?

Nein, stopp. Das sind Mädchengedanken. Nicht die einer erwachsenen, freien Frau. Es gibt keinen Grund, zu weinen oder sich aufzuregen, es hat niemand Schluss gemacht, nach wie vor ist alles offen. Jan schaut nur Fußball, das ist sein gutes Recht. Was aber tut mir dann so weh, was macht mich so zornig? Warum diese schrecklichen, beißenden Zweifel? Nun wird Jonas' Schweigen unerträglich. Ich weiß, worauf er wartet – dass ich meine Lider hebe und ihn anschaue. Aber das kann ich nicht.

»Ich weiß nicht, wie es weitergehen soll. Ich hab Angst.«

Jonas atmet gepresst aus – jetzt berührt es ihn. Denn es ist die Wahrheit und nichts als die Wahrheit. Ich weiß nicht, wie es weitergehen soll, nicht heute, nicht morgen, nicht mein ganzes Leben – wenn ich Jan nicht wiedersehe. Ich kann es mir nicht vorstellen. Und was ich mir nicht vorstellen kann, jagt mir eine Angst ein, die ich mit Worten nicht beschreiben kann.

»Es geht immer irgendwie weiter, Ronia. Immer. Wegen der Wohnung musst du dir keine Gedanken machen. Ich kann die Miete auch alleine zahlen. Das ist kein Problem.«

»Aber mein Studium …«, werfe ich heiser ein. Der Boxsack schwingt immer noch sanft klickend hin und her, ansonsten ist es so still geworden, dass ich mein Herz schlagen höre. Jonas baut geschickt die Simcard aus dem kaputten Handy. Dann geht er zu seinem Nachttisch, holt sein altes Handy aus der untersten Schublade und setzt sie dort ein.

»Kannst auch mit dem Ding ins Internet. Nur das mit den Apps wird nicht funktionieren. Braucht aber niemand. Und wegen deiner Eltern – ich hab dich nicht verpfiffen. Das ist nicht meine Art.«

Er spricht nicht aus, was deutlich zwischen seinen Zeilen schwebt: dass er es die ganze Zeit gewusst hat. Er wusste, dass ich mich mit Jan treffe. Vermutlich wäre er ein mieser Polizist, wenn er für so etwas kein Gespür hätte. Mit hängendem Kopf nehme ich das Handy entgegen und murmele ein »Danke«, bevor ich auch das Taschentuch aus seiner Hand ziehe und mir die Nase putze. Ich bin fix und fertig. Morgen werde ich vor Muskelkater kaum laufen können. »Wer hat es denn dann getan?«

»Ich tippe auf Frau Kehrlein. Sie führt neuerdings den Pudel von Herrn Stieber aus. Er hat sich doch den Fuß gebrochen. Du weißt, dass Frau Kehrlein ein Radar für alles hat, was nicht *comme il faut* ist. Ich denke, sie wird dich gesehen und es erzählt haben. Und wenn nicht, wir leben in einer Kleinstadt, Ronia. Hier kannst du so was nicht bringen.«

»Was genau denn überhaupt? Was kann ich nicht bringen? Kennst du ihn? Du hast ein paar Notizen und Akten über ihn, ja, aber was sagt das über einen Menschen aus?«, verteidige ich Jan erneut, ohne dass ich es will. Wie bei meinen Eltern sprudelt es aus mir heraus, bevor ich etwas dagegen tun kann. Dabei bin ich gerade stinksauer auf ihn. Verdient hat er das nicht.

»Mir reicht es zu sehen, wie du dich veränderst und dich immer mehr in deinen Panzer zurückziehst. Mehr muss ich nicht wissen.«

»Das ist aber nicht wegen ihm!«, beginne ich erneut zu lügen, stehe aber wie Jonas auf – jetzt geht es wieder. Das Zittern in meinen Beinen hat nachgelassen. Ich bin nur noch entsetzlich müde. »Ich bin auch nicht mit ihm zusammen, denk das bloß nicht. Das will ich überhaupt nicht. Da läuft nix.«

Jonas schaut mich nur an, wartet still und mit neutralem Blick ab, als wolle ich noch etwas hinzufügen. Und je länger er das durchzieht, desto mehr habe ich das Bedürfnis, mich zu erklären.

»Es ist nicht so wie früher, ehrlich! Es ist anders. Ich hab dazugelernt. Glaub mir.«

Obwohl er mich immer noch ansieht wie ein Sachobjekt, fern und unberührt, weiß ich, dass er mir nicht glaubt. Dabei möchte ich tatsächlich keine Beziehung mit Jan – ich kann mir das nicht vorstellen.

Mich mit ihm zu verabreden. Vor dem Einschlafen zu telefonieren und sich nette Sachen zu sagen. Hand in Hand durch die Stadt zu laufen. Zusammen in den Urlaub zu fahren. Ich möchte niemals mein Köfferchen in seinen Flur stellen. Das ist ein Bild, bei dem es mir graut. Seine Wohnung soll so bleiben, wie sie ist, ohne eine Zahnbürste von mir im Bad und meinen Socken in seinem Bett. Das ist keine Lüge, es ist die Wahrheit. Ich will ihn freilassen. Ich weiß nur nicht, ob ich es kann. Vielleicht kann ich es einfach nicht und scheitere an meinen eigenen Wünschen.

»Ich mache mir Sorgen um dich, Mäuschen. Ehrlich. Deine Eltern auch. Und Josy …«

»Das mit Josy kommt wieder in Ordnung, bestimmt!«

Jonas' Lippen werden dünn, doch selbst verkniffen ist sein Gesicht noch hübsch und lieb. »Durch den Streit mit deinen Eltern und dein Verhalten ihr gegenüber nimmst du ihr ihre Familie. Ist dir das eigentlich klar?«

Ja, ich weiß das. Es ist nicht fair, dass ich das zulasse. Unser Haus war Johannas Hafen gewesen und meine Eltern wie ihre Eltern. Ihr Vater ist abgehauen, bevor sie ins Gymnasium kam, und irgendwie konnten wir ihn verstehen, denn ihre Mutter hat nur ihre Ausstellungen und Vernissagen und ihr Atelier im Kopf. Manchmal vergaß sie sogar einzukaufen, sodass Johanna ausgehungert in die Schule kam, weil nichts zum Frühstücken im Haus war. Aber Zigaretten, Leinwände und Farben gab es stets genug. Meinetwegen blieb Johanna auch nach dem Abi dort, zwar in ihrem eigenen Stockwerk und mit einer eigenen Küche, sodass die Gefahr des Verhungerns gemindert werden konnte, aber immer noch den diversen Verrücktheiten ihrer Mutter ausgeliefert, die hin und wieder zweitägige Partys feiert und ständig einen anderen Mann in ihr Bett schleppt. Josy wird zu loyal sein, um den Streit mit meinen Eltern zu ignorieren und trotzdem zu ihnen zu gehen. Wenn unsere dauergeöffnete Pfarrhaustür für irgendetwas gut war, dann für sie.

»Jonas, ich bin einundzwanzig. Ich kann nicht ewig so tun, als wäre ich noch ein Kind, und auch Johanna ist erwachsen.«

»Tut mir leid, ihr seid beide nicht sehr erwachsen. Es war doch bisher in Ordnung, warum ist es das jetzt nicht mehr?«

Durch meine zurückkehrende Ruhe trocknet der Schweiß auf meinem Bauch und meinem Rücken und mir wird unangenehm kalt. Rhythmisch reibe ich mit meinen klammen Händen über meine Arme.

»Ja, es war in Ordnung, aber es war auch immer das Gleiche.« Was für Josy vermutlich ein Segen war. Wenigstens ein bisschen Regelmäßigkeit und Rituale. »Wenn ich mir vorstelle, dass das immer so weitergeht, dann …« Ratlos breche ich ab. Es war wirklich in Ordnung, doch manchmal hatte ich nachts wach gelegen, mit einem unbestimmten Sehnen und Fernweh im Leib, und es zog mich weit, weit weg. Ich wusste nur nicht, wohin. Ob es Jans Arme waren? Ahnte irgendetwas in mir, dass ich ihm begegnen würde? Obwohl unser Zusammentreffen reiner Zufall war, kommt es mir schicksalsträchtig vor und auch deshalb will ich nicht aufgeben. Ich möchte ihn freilassen und dennoch … was? Lieben? Liebe ich ihn? Oder liebe ich mich, wenn wir zusammen sind?

»Ich hoffe und bete, dass du wieder zu uns zurückfindest, Ronia. Und jetzt geh duschen, bevor du dir eine Erkältung einfängst. Kann ich dich alleine lassen? Ich habe noch eine Verabredung zum Abendessen.«

Gleichgültig zucke ich mit den Schultern, doch nun gesellen sich zu den Dolchen und Schwertern in meinem Herzen auch noch ein paar fiese Hornissenstiche. Eine Verabredung, oho. Jonas geht aus und sagt mir nicht, mit wem. Das ist neu – und ein billiger Versuch, mich aus der Reserve zu locken? Das wird ihm nicht gelingen. Früher allerdings hätte er mich in diesem Zustand niemals alleine gelassen. Außerdem hätte er mich in seine Arme genommen, um mich zu trösten. Das waren doch die besten Gelegenheiten für ihn gewesen – Ronia am Boden zerstört.

Ich kann ihm nichts vorwerfen. Er war da, als ich kurz vorm Zusammenbruch war, wie ein zuverlässiger Freund es tut, er hat mit mir geredet, mir angeboten, für mich Miete zu zahlen, und mir sein Handy überlassen – und doch blieb er fern. Auch das ist neu. Hat er mich etwa aufgegeben? Bin ich für ihn weniger wert, weil ich mich mit Jan abgebe? Ist es das?

Plötzlich fühle ich mich panisch und diese neue, andere Angst mindert sich auch dann nicht, als ich geduscht auf meinem Bett liege und an die Decke schaue, das Handy draußen im Flur in der Ladestation. Auch der Laptop schweigt. Ich bin nicht wieder online gegangen, ich muss mich schützen. Noch einen Ausraster kann ich mir nicht leisten, ein weiteres Ersatzhandy wird Jonas nicht in petto haben. Noch nie in meinem Leben habe ich Dinge durch die Gegend geschmissen. Oder auf einen Boxsack eingedroschen. Es stimmt, ich bin anders. Aber es ist nicht nur Schmerz und Verzweiflung und Sehnsucht, was mich um meinen Verstand bringt und jene Gesetze auf den Kopf stellt, die bisher ewige Gültigkeit hatten. Es ist etwas Echtes, Wahres darin, das ich leben muss, weil ich sonst nie mehr glücklich werde. Ich muss diesen Weg gehen. Zu diesem Weg gibt es keine Alternative – selbst wenn er mich umbringt, sodass ich irgendwann nur noch existiere, aber nie mehr liebe und lebe.

Je dunkler es in meinem kleinen Zimmer wird und je tiefer die Ecken in den Schatten der Nacht getaucht werden, desto deutlicher wird mir bewusst, was Jonas' Rückzug bedeutet. Da war ein heimlicher Ausweichplan in mir gewesen, die ganze Zeit, seitdem ich Jan das erste Mal getroffen hatte. Dieser feige, aber notwendige Plan besagte: Wenn ich todunglücklich werde und Jan sich als fataler Fehler erweist, dann ist das der Wink des Schicksals, dass Jonas der Richtige für mich ist. Dann beuge ich mich diesem höheren Willen, krieche geläutert zu ihm auf den Schoß und ergebe mich, in dem beruhigenden Wissen, dass er gut zu mir sein und mich niemals so verletzen wird wie all die anderen. Dann ist er meine ganz persönliche Gnade.

Aber ich hatte nie über die Möglichkeit nachgedacht, dass er mich gar nicht mehr will.

Jetzt gibt es keine Ausweichmöglichkeit mehr. Ich habe meine Eltern vergrätzt, es mir mit meiner besten Freundin verdorben und Jonas entliebt. Nun stehe ich alleine in der Wüste.

Da sind nur noch der ferne Fluss, Jan und ein Schicksal, von dem ich nicht weiß, ob es mich belohnen oder strafen will.

Ich bin vollkommen ausgeliefert.

Leuchtkörper

Zum letzten Mal überprüfe ich mein Spiegelbild. Hexe, sagte Jan. Ich habe das Gesicht einer Hexe. Nun, zumindest empfinde ich diese Hexe als ansehnlich, was in Anbetracht des durchheulten gestrigen Tages eine kleine Sensation ist. Erst Jans kurze Messenger-Nachricht gegen Mitternacht spendete mir inmitten meiner Trostlosigkeit ein zartes, kleines Flämmchen der Hoffnung und in ihrem Licht sah ich nach und nach ein, dass ich restlos überzogen reagiert hatte. Ein Fußballspiel in Konkurrenz zu mir zu stellen, war lachhaft, und wie man es nennen sollte, deshalb ein Handy zu zertrümmern, will ich mir gar nicht erst überlegen.

Doch in den Stunden zuvor zwirbelten meine Zweifel ihre Spirale in bislang ungeahnte Höhen, schnürten meinen Bauch zu und ließen das Atmen zu einer schmerzhaften Prozedur verkommen. Als ich mich gerade dem Gedanken hingeben wollte, Jan einen Brief zu schreiben und auszusprechen, was ich seit Stunden dachte – »Ich kann nicht mehr« –, piepste Jonas' Handy und eine E-Mail benachrichtigte mich, dass Jan mir auf Facebook geschrieben hat.

»Träum süß, Baby. Muss ständig an deine Füße denken.«

So schwer die Traurigkeit auch in meinem Blut geflossen war und so ausgeliefert ich mich gefühlt hatte – in diesem Moment hatte ich einen Hauch Trost und Sicherheit verspürt, der es mir leichter gemacht hatte einzuschlafen. Und am nächsten Morgen war mir alles wie ein böser Traum vorgekommen und übertrieben dazu. Ich hatte neue Kraft gewonnen.

»Merk es dir endlich, Ronia«, flüsterte ich mir dankbar zu. »Du musst nicht zweifeln. Es gibt keinen Grund.«

Es gibt keinen Grund – deshalb kann ich meinen Überraschungsangriff wagen und mein Spiegelbild bietet mir kein Gegenargument. Die Hexe sieht gut aus. Meine Augen leuchten in ihrem irritierend hellen Graugrün, das Jan mag und andere puppenhaft finden, meine Haut ist klar und samtig, meine Lippen schimmern. Ich habe kaum Make-up verwendet, ich brauche es nicht. Selbst meine Haare scheinen sich weicher zu locken als sonst. Sie sehen nicht aus wie feiner Draht, sondern wie etwas, das man gerne berühren und mit den Lippen streifen möchte. Ich schaue trotzig und erwartungsvoll – wenn einer damit umgehen kann, dann Jan. Zweifel sind nicht nötig. Sie waren es niemals.

Ich habe die Zügel wieder in der Hand. Sie sind mir kurz entglitten, das kann jedem passieren, nicht mal der stärkste Mensch ist davor gefeit. Aber jetzt weiß ich, was ich zu tun habe: nämlich aus dem Trott auszubrechen, den ich mir selbst geschaffen hatte. Natürlich wird diese Geschichte zum Nerventerror, wenn ich immer nur den Freitag als Jan-Tag betrachte. Ich habe mir damit einen viel zu kleinen, engen Kreis gezogen. Wir sind über dieses Stadium hinaus. Heute ist Sonntag und heute werde ich zu ihm gehen. Ja, an einem Sonntagabend.

Mir entgeht nicht, wie mein Spiegelbild unbehaglich die Schultern hochzieht. Sonntag war immer unser Pfarrhaustag – ein Tag voller Würde, Sittsamkeit und Demut. Und jetzt ziehe ich sonntags los, um Sex zu haben, anstatt mit meinen Eltern zu Mittag zu essen, Belanglosigkeiten auszutauschen und anschließend die Kirche neu zu schmücken.

Mich selbst habe ich kaum geschmückt, aber einer zweistündigen Körperpflegesession unterzogen, ohne Türklopfarien und Kontrollfragen von Jonas, der bereits heute Mittag zum Baggersee aufbrach. »Mit Freunden«, wie er lapidar sagte. Ich tat ihm nicht den Gefallen nachzufragen, wer diese Freunde sind, denn ich war froh, die Wohnung für mich zu haben und ungestört meine Neurosen kultivieren zu können. Schon ab dem frühen Nachmittag konnte ich nichts mehr essen, nur noch trinken, und das tat ich reichlich, denn es ist heiß geworden. Wir haben bereits Juni. Anfang August stehen meine Prüfungen an. Ich bin knapp dran mit den Vorbereitungen, doch heute möchte ich darüber nicht nachsinnen. Heute gibt es nur zwei Menschen auf dieser Erde – Jan und mich.

Der Ort unserer Begegnung wird seine Wohnung sein, nicht der Fluss, obwohl mir der Gedanke nicht gefällt, genauso wie der Sonntagsgedanke. Aber ich möchte Frau Kehrlein und dem Pudel keinen neuen Anlass zum Voyeurismus liefern. Überhaupt möchte ich keinen Freiluftsex haben. Ich brauche die geschützte Atmosphäre eines Dachs über dem Kopf und blickdichte Wände. Kerzenlicht, kleine indische Gottheiten und ein dunkelrotes Designersofa. Trotzdem breche ich damit gleich zweifach die Regeln. Ich missachte unseren Tag und unseren Ort. Leider bin ich zu abergläubisch, um das ignorieren zu können. Aber auch das gehört dazu – es anders zu machen als sonst. Als ich am Tag meiner Einschulung versehentlich den Regenschirm im Hausflur aufspannte und anschließend in Tränen ausbrach, nahm mein Leben auch kein jähes Ende. Ich bekam lediglich eine strenge Zurechtweisung von Vater, der jegliche Form von Aberglauben verabscheut. Also tue ich sogar etwas, was in seinem Sinne ist, wenn ich Zeit und Ort ignoriere und trotzdem an ein wohlmeinendes Schicksal glaube.

Jan war gerade eben noch online, die Chancen sind hoch, dass er zu Hause ist. Ich schlüpfe in meine blauen Flip-Flops, die mit bunten Steinen verziert sind, ein Hauch Strandleben, aber trotzdem edel. Dazu trage ich eine verwaschene, gut sitzende Jeans und ein kurzärmeliges, dunkelblaues Hemdchen mit winzigen Knöpfen im Ausschnitt. Am Schmuck habe ich gespart, es klingelt nur leise ein silbernes Kettchen an meinem rechten Handgelenk. Ansonsten bin ich pur. Ich möchte, dass nichts zwischen uns ist.

Ob meine Eltern jemals sonntags Sex hatten? Haben sie überhaupt noch Sex? Mein Zimmer im Pfarrhaus ist nur durch eine dünne Wand von ihrem getrennt und nie hatte ich in all den Jahren verdächtige Geräusche wahrgenommen. Einmal müssen sie jedoch miteinander geschlafen haben – nämlich um mich zu zeugen, und das kann niemals an einem Sonntag gewesen sein. Ich kam mir schon immer vor wie eine Montagsproduktion – von der Idee her gut, aber mit Mängeln behaftet.

Auf dem Weg zu Jan muss ich mich durch Touristenströme drängeln, die hinunter zum Fluss ziehen, und fühle meinen Magen flatternd aufbegehren, als ich mich der Fischergasse nähere. Ich habe mir nicht überlegt, wie ich damit umgehe, falls er nicht da ist oder mich abweist. Wenn ich das getan hätte, hätte mich sämtlicher Mut verlassen. Ein paar Meter vor seinem Haus bleibe ich stehen, lehne mich an die Mauer in meinem Rücken und warte, bis es ein wenig dämmriger geworden ist. Die Sonne soll nur noch eine Erinnerung sein, wenn ich ihn sehe, ich möchte, dass die Kerzen leuchten. Sie werden es mir leichter machen. Nun schlägt die Uhr des Domes zur vollen Stunde – neunmal hell, neunmal etwas tiefer. Er muss da sein. Es ist Sonntagabend, er geht noch zur Schule, vielleicht lernt er sogar. Er wird sich nicht in irgendwelchen dunklen Gassen rumtreiben.

Als ich auf den Klingelknopf drücke, wird mir so schwindelig, dass ich schon den Boden auf mich zurasen sehe. Doch dann fange ich mich wieder, muss aber unwillkürlich schlucken. Mir ist übel. Es wird jedes Mal schlimmer. Meine Nerven werden nicht stabiler, sondern dünner. Sollte es nicht wie beim Joggen sein, dass die Kondition wächst und der Trainingsreiz mich sicherer und stabiler werden lässt?

Endlich summt der Öffner und ich lasse die Tür etwas zu heftig ins Schloss fallen. Das ist weder verführerisch noch ladylike, auch nicht, wie ich in zwei sportlichen Sprüngen die Stufen nehme, um meines Adrenalins Herr zu werden.

»Hi.« Bis hierhin hatte ich geplant – und jetzt? Jetzt steht er vor mir, schaut mich fragend an und ich hab keine Ahnung, was ich sagen soll.

»Ich dachte, du hast nur freitags Ausgang.«

»Bin ausgebrochen«, erwidere ich flapsig. Ich sehe es ein: Es war verkehrt, ich hätte es nicht tun sollen, ich habe ihn überrumpelt, das ist aufdringlich und …

»Magst du Pernod? Ich hab mir grad einen gemacht. Auf Eis.«

»Pernod«, äffe ich ihn verständnislos nach.

»Gut, du kriegst eine Fanta mit Strohhalm. Aber wenn's geht, im Wohnzimmer und nicht im Hausflur.«

Ich spare mir eine Antwort und folge ihm auf kribbelnden Füßen in den Flur, wo sich Ganesha funkelnd verrenkt und ich auf der anderen Seite mit Jans nacktem Oberkörper konfrontiert werde. Heute wollte ich ihn in natura betrachten, doch im Moment kommt mir das abgehoben und abstrakt vor. Das hier ist eine ganz normale Situation, wir sind beide vollständig bekleidet und er bietet mir einen Drink an. Es wird niemals etwas passieren.

»Cheers.« Klackend stoßen unsere Gläser aneinander, als ich drei Minuten später neben ihm auf seinem Sofa Platz nehme. Ich bin wie paralysiert, ich weiß nicht, was ich in der Zwischenzeit getan habe. Vermutlich nur dumm aus der Wäsche geguckt. Anders als angedroht, hat er mir ebenfalls einen Pernod eingegossen, der sich durch das Eis milchig grün verfärbt und nach Anis riecht. Sein scharfer Geschmack holt mich in jene Geistesgegenwart zurück, die ich dringend brauche.

»Jan, es tut mir leid, dass ich einfach so …« Doch er hat mir schon das Glas aus der Hand genommen und sich mir so weit genähert, dass ich seinen Atem hinter meinem rechten Ohr spüre. »Gut. Dann besser nicht reden«, wispere ich, als wir unsere Wangen aneinanderlegen und still verharren, um mit der plötzlichen Nähe zurechtzukommen – das totale Gegenteil der vergangenen zehn Tage, in denen die einzigen Berührungen die meiner eigenen Hände waren.

Jetzt erst bemerke ich die Musik, zum ersten Mal läuft Musik, während wir uns begegnen, und sie ist meinen Youtube-Fundstücken verblüffend ähnlich: schwüler Chillout, allerdings mit einer orientalischen Färbung, die mich genauso benebelt wie der Pernod und das Gefühl von Jans Wange auf meiner. Es dauert zwei weitere hypnotische Songs, nervenzerreißend lange und doch zu schnell, bis unsere Lippen sich endlich finden und streifen, als küssten wir uns zum ersten Mal. Wird das immer so sein? Oh Gott, ich möchte das, ich will, dass es so bleibt, für immer und ewig. Nie wieder einen anderen Mund, nie wieder andere Hände, einen anderen Duft. Das hier, in diesem Moment, ist alles, was ich je wollte. Ich muss seufzen, als er mich sanft beißt und an meinen Lippen saugt, nie habe ich

Schmerz mehr genossen und für sinnvoller befunden, und ich weiß auch, warum er es tut – nicht um mir wehzutun, sondern um mich stöhnen zu hören, jene zärtliche Qual, die auch ich ihn gerne spüren lassen möchte. Er hat sich nach mir gesehnt. Kein Zweifel mehr. Er kann sich kaum zurückhalten.

Seine Hand gleitet über meine Lenden und von dort unter den Bund meiner Jeans, während er sich langsam rücklings auf das Sofa sinken lässt.

»Komm zu mir«, bittet er mich mit halb geschlossenen Augen und zieht mich so nah an sich heran, dass ich nichts anderes tun kann, als meinen Kopf auf seine Brust zu betten und in hellem Entzücken zu spüren, wie er seine Beine über meinen Oberschenkeln und die Arme über meinen Schultern kreuzt. Ich kann mich nicht mehr rühren, bin gefangen und ausgeliefert und es ist der süßeste Käfig, den ich mir vorstellen könnte. Ich höre sein Herz schlagen.

Wieder hilft er mir, öffnet an meiner Stelle sein Hemd, sodass ich seine Brustwarzen mit meiner Zunge ertasten und seine Haut riechen kann, die überall anders duftet, unter den Achseln herb und dunkel, in der Nähe seines Herzens nach warmem Wüstenstaub und seinem Parfum, am Hals nach Seife, im Nacken nach Haaren und dazu mild und sanft ... Ich bin völlig überfordert, ich weiß nicht, was ich zuerst tun soll. Mir ist danach, mich einen Moment auszuruhen – und offenbar darf ich es.

Er nimmt die Arme und Beine nicht von mir, sondern wickelt mich nur fester ein, als wäre es ihm sogar recht, wenn ich einnicke. Auch sein Atem geht ruhiger als gerade noch. Doch seine Hüften verraten mir, dass er erregt ist. Ich bin es auch, aber zu beeindruckt und überwältigt, um es mit vollen Sinnen in mich aufnehmen zu können.

Er umarmt mich, ist das wirklich wahr? Jan umarmt mich – und in diesem Augenblick ist er alles für mich, Geliebter, Freund, Bruder, Engel. Seelengefährte. Zu viel und zu schön.

»Ich liebe dich«, denke ich, so aufrichtig und rein, dass ich nicht einmal erschrecke. Es ist so, ich kann nichts dagegen ausrichten. Ich habe es mir nicht ausgesucht, aber es ist da. Schon wieder erleuchten die Worte meinen Kopf, mein Herz und meinen Bauch, schlicht und unmissverständlich. Ich liebe dich.

Ahnt er es?

Blinzelnd öffne ich die Augen, um mich zur Besinnung zu bringen, und schaue auf die Wand, wo ein gerahmtes Miniaturporträt einer Frau hängt, eine Schwarz-Weiß-Aufnahme älteren Datums – seine Großmutter? Ich weiß nichts über ihn, begreife ich so deutlich, wie es in meinen Tagträumereien nie möglich war, weil ich es stets von mir schob. Ich weiß nicht, wie alt er war, als er sich zum ersten Mal verliebte, was er gerne isst und wovor er sich fürchtet. Warum er wieder in der Stadt ist, ob er Freunde hat und welche Fächer seine Leistungskurse sind, nicht, was er später tun will und woran er denkt, bevor er nachts einschläft. Wir haben noch nie richtig miteinander gesprochen und jetzt hält er mich so nah bei sich, minutenlang, wie es noch kein Mann zuvor getan hat. Die anderen wurden nach einer gewissen Zeit nervös und schoben mich von sich. Doch er bleibt ruhig und wartet, bis ich mich gesammelt habe. Was soll ich nur anderes denken außer, dass ich ihn liebe?

»Diese Musik, was …?« Das Sprechen fällt schwer.

»Ach, da brechen meine arabischen Inkarnationen durch. Irgendein Dubai Chillout Deluxe oder so. Hab ich mir im Netz runtergeladen.«

»Arabische Inkarnationen?« Ich komme mir plötzlich sehr einfältig vor, aber Jans Hand wandert erneut und dieses Mal etwas forscher unter meinen Hosenbund, sodass ich Denken und Fragen kurzerhand über Bord werfe. Küssen ist besser als reden. Zumal es das Einzige ist, was ich noch kann, küssen und meine Hände über seine Hüften, seine Brust und seinen …

»Du … hast du gerade deine fruchtbaren Tage?«

»Was? Ich meine, wie bitte?« Himmel, das hat mich noch kein Mann mitten im Liebesspiel gefragt, wobei Jan es nur flüsterte, was diesem Satz aber nicht seine Sprengkraft nehmen kann. Ich bin völlig konsterniert. »Nein, ich verhüte doch mit der Pille, also ich meine, ist egal. Hab sie aber trotzdem nicht, vom Zyklus her. Kann nichts passieren.«

Ohne zu antworten, küsst er mich von Neuem und erobert weiter das Innenleben meiner Jeans, doch sie lässt ihm nicht allzu viele Möglichkeiten. Sie sitzt gut und auf dem Sofa liegend möchte ich mich nicht aus ihr herausschälen, obwohl ich es kaum mehr ertrage, dass seine Hände ständig an unüberwindbare Grenzen stoßen. Es ist sowieso zu wenig Platz hier. Wir rutschen dem Rand der Couch gefährlich nahe.

»Leg deine Arme um meinen Hals und vertrau mir. Nicht klammern. Einfach nur Arme um den Hals. Nicht klammern, hab ich gesagt, lass mich machen.« Er muss lachen, leise nur und nicht spöttisch, sondern neckend, aber es verstärkt meine Unsicherheit. Ich bin ein Fliegengewicht, doch das, was er hier vorhat, wird nicht gut ausgehen. So viel weiß ich über die Gesetze der Physik. »Vertrauen. Ronia?«

»Ich falle runter.«

»In meinem Armen kannst du nicht fallen.« Er gehört gestraft und gefoltert für diesen Satz, bis an sein Lebensende, denn ich werde ihn bis an mein Lebensende nicht vergessen können. Niemals. Diese Worte haben sich gerade in meine Seele gefressen.

»Nichts tun, Ronia, ich mach das schon.«

Er tut es wirklich, steht mit mir in seinen Armen auf, während ich meine Beine um seine Hüfte schlinge, und trägt mich vom Sofa weg durch den Flur in sein Schlafzimmer, wo ein Kerzchen auf der Fensterbank flackert und mir das Bett wie eine rettende Insel vorkommt. Erst auf dem letzten Meter verlässt ihn die Kraft und er lässt mich auf die weiche Matratze fallen, anstatt mich elegant darauf abzusetzen. Macht nichts. Ich hatte sowieso nichts anderes vor, als zu liegen. Doch, vielleicht sollte ich meine Jeans noch ausziehen, denn er schlüpft gerade aus seiner, der Herr sei gepriesen, ich muss diese undankbare Aufgabe nicht selbst übernehmen.

»Geht es dir zu schnell?«, fragt er, als er sich neben mich legt, nur noch in einer sichtbar ausgebeulten Shorts. Ich kann mich nicht an ihm sattsehen. »Wir können auch …«

»Halt die Klappe«, entgegne ich und kann meine eigene Zärtlichkeit nicht begreifen, in deren alles hinreißenden Sog ich auf ihn krieche, um seine Brust mit beiden Händen zu streicheln und seinen nackten Bauch zu küssen. Fast ungläubig erkunde ich seinen Körper, was mir immer schwerer fällt, je intensiver er mir auf seine ganz eigene Weise antwortet, bis ich nicht mehr kann und stillhalte, während Jan seine Hand unter meinen Slip gleiten lässt und mich so sacht und doch voller Sicherheit berührt, dass mir die Tränen in die Augen steigen.

»Oje, Ronia …« Er hält inne und lässt sich mit seinem gesamten Gewicht auf mir nieder.

»Ich will dich, Jan.«

»Das spür ich, aber es kann sein, dass es schnell geht. Ich weiß nicht, ob ich mich beherrschen kann …«

»Das ist mir egal. Wirklich, ist mir egal. Ich möchte dich endlich in mir fühlen. Bitte.«

Es ist mir tatsächlich egal, wir bewegen uns außerhalb von Zeit und Raum, ich nehme nichts mehr wahr außer seinem und meinem Körper und unseren Seelen, die sich wild und freudig umschlingen. Es kann zwei Atemzüge dauern oder eine ganze Nacht – es ist mir gleich, denn ich werde den Unterschied nicht merken. Alles, was existiert und mich am Leben hält, ist jetzt und hier, in mir und mit ihm. Keine Grenzen mehr. Deshalb macht es auch nichts, dass ich mich selbst berühre, während er mich berührt, und ihn unentwegt anschaue, weil ich in seinen Augen mich sehe und er sich in meinen. Wir tauchen ineinander ein, tief und haltlos. Ich rede mit ihm, aber weiß schon in der nächsten Sekunde nicht mehr, welche Worte es waren – wozu erinnern? Wozu prüfen oder bewerten? Da ist keine Angst und keine falsche, törichte Scheu, denn ich muss es ihm nicht recht machen, keine Leistungen erfüllen. Alles ist richtig, nichts falsch, und erfüllt sich von selbst, wenn ich nur bei mir bleibe und dadurch nah bei ihm.

Jetzt höre ich wieder sein Knurren; dieses Mal kommt es tiefer aus seiner Kehle und klingt rauer und ungehemmter. Doch es kann mir keine Angst machen, stattdessen kitzelt er uralte Instinkte in mir wach. Fast schnappend drücke ich meine Zähne in seinen Hals und er holt keuchend Luft, hält einen Moment inne, die Augen geschlossen, versucht, sich zu zügeln, doch ich weiß, was ich tun kann und muss, damit wir beieinanderbleiben und uns nicht auf dem Weg verlieren. Es stört ihn nicht. Er lächelt, als er es sieht und spürt, wie sich alles zu einem unaufhaltsamen Wirbel verdichtet, unser Stöhnen, Atmen und Fühlen. Ich kann mich nur noch davon mitnehmen lassen, weit weg in eine Welt, aus der ich nie wieder zurückkomme. Nun sehe ich mich selbst, hell und strahlend, ein Rausch aus Farben und Klängen, der sich unentwegt verändert, aber stets überirdisch schön bleibt – einzigartig und göttlich. Unsterblich.

»Es hört nicht auf … Jan … es geht immer weiter«, höre ich mich trunken sagen, doch seine Arme umfangen mich schützend, während ich weit, weit weg durch ferne Galaxien zu trudeln scheine.

»Ist gut, alles gut.« Sein Oberkörber bebt, da ist wieder dieses Pulsieren, das ich auch in mir gefühlt hatte, nur stärker und animalischer. »Ist gut, Baby.« Eine letzte Welle erschüttert meinen Körper und mein Herz, während sein Atem gegen meinen Nacken brandet und meine rechte Hand immer noch das Betttuch festhält, als könne es mich retten. »Alles ist gut.«

Ja, ich weiß es auch – alles ist gut. Nicht nur in diesem Augenblick, sondern von Grund auf und immer. Es kann gar nicht anders sein. Jedes meiner Gefühle hat seinen festen, unverrückbaren Sinn in diesem Spiel.

Doch das Wüten der Elemente zeigt keine Rücksicht auf Liebende. Zeitgleich mit dem ersten Donnerschlag vor dem geöffneten Fenster fährt ein Krampf in meine linke Wade und das Denken zurück in meinen Kopf. Sofort reflektiert mein Gehirn ungefragt, was ich nur Sekunden vorher durchlebt habe. Ich hatte einen Orgasmus, beim Sex mit einem Mann. Nicht alleine, wie sonst immer, und auch nicht gespielt – nein, er war echt und im selben Moment. Doch Jan … entfernte sich dabei. Er kam nicht in mir. In letzter Sekunde hat er sich zurückgezogen. Das ist in Ordnung, sage ich mir, er geht auf Nummer sicher, trotz Kondom, ich muss ihm das anrechnen. Er passt auf. Und das, was vorher war, ist so gewaltig, dass selbst die Schmerzen in meinem Bein nicht zu mir vordringen und auch das kurze, störende Gefühl über die Getrenntheit im letzten intensiven Moment rasch wieder verfliegt.

»Alles okay?« Er hält mich immer noch bei sich und wirkt nicht, als wolle er in der nächsten Minute einschlafen oder duschen oder Fußball gucken. Jetzt legt er sogar den Kopf auf meine Brust, eine Geste, die mir vertrauensvoller vorkommt, als ich verkraften kann.

»Ja. Nein, ich hab einen Krampf im Bein.« Sobald ich es ausgesprochen habe, bin ich wieder empfänglich für Zipperlein. Höhepunkte und Lustwirbel hin oder her – ich hab grauenvolle Schmerzen in der Wade. Verdammt, tut das weh. Stöhnend umfasse ich meine Zehen und ziehe sie zu mir, doch dieses Mal hilft es nicht, und die leise Scham darüber, dass ich mich dabei in einer denkbar unerotischen Pose befinde, scheint dem Krampf nur neues Futter zu verleihen. Hilfsbereit krabbelt Jan runter zu meinen Füßen und packt mit an – was meine körperliche Ausfallserscheinung zweifellos gleich noch entwürdigender werden lässt.

»Zu wenig getrunken? Hab das manchmal nach dem Gewichtestemmen, Muskelkrämpfe. Dir fehlt vermutlich Magnesium, musst du dir zuführen, wenn du so viel läufst.«

»Oh Gott, ist das peinlich …«

»Ach Quatsch, wieso denn das? Hast ja grad die Erdanziehungskraft überwunden, das raubt Kraft.« Er grinst mich charmant an, während er sanft über meine verhärteten Wadenmuskeln streicht und ich platt wie eine Flunder vor ihm liege. »Die sind ja wirklich so zart …« Staunend betastet er meine Fußsohlen. »Wahnsinn, sind die zart.«

»Ist besser, danke«, vermelde ich abwehrend, während ein weiterer Donnerschlag die Wände erzittern lässt und draußen der Regen zu rauschen beginnt. Ich möchte ihn neben mir haben, Kopf an Kopf, Lippen an Lippen, und mir irgendwelche Geschichten aus seiner Jugend anhören. Ach, was heißt aus seiner Jugend, er ist doch noch mittendrin … dann eben aus seiner Kindheit. Von seinen Eltern oder Geschwistern und Haustieren.

Mit einem geplagten, aber auch rundherum selbstgefälligen Seufzen kommt Jan auf Augenhöhe, legt jedoch nur nachlässig seine rechte Hand auf meinen linken Schenkel, nachdem er sich neben mir ausgestreckt hat. Draußen ist das Sommergewitter in sein tosendes Finale übergegangen; die Donnerschläge entfernen sich nach und nach, doch der Regen prasselt, als würden winzige Kristalle vom Himmel stürzen.

Als ich Jan mit dem Handrücken über den Bauch streiche, zuckt er zusammen, eine Reaktion, als habe ich ihn gekitzelt.

»Sorry, bin danach immer ziemlich empfindlich.« Trotz des »Sorry« klingen seine Worte nicht wie Bedauern oder eine Entschuldigung; sie sind lediglich eine Erklärung – er setzt Grenzen. Bisher war ich immer diejenige, die das getan und damit dem Gegenüber ein schnelles und schuldloses Einschlafen ermöglichte. Mich nun in der anderen Rolle zu befinden, nimmt mir beinahe die Fassung. Jan ist ein postkoitales Sensibelchen, braucht anschließend Luft und Raum für sich? Ich kann es verstehen, sehr gut sogar, aber ich weiß nicht, wohin mit meinen Händen. Sie wollen bei ihm sein, immer noch, sie haben nicht genug. Ich bin überhaupt nicht satt.

»Ich hab Hunger. Mein Bauch knurrt.« Jan löst unsere letzte verbliebene Verbindung und streicht sich über seinen wohlgeformten, aber unaufdringlichen Sixpack. Erst jetzt habe ich die Muße, mir seinen Körper genauer anzusehen, doch er will ihn mir schon wieder entziehen. »Ich glaub, ich mach mir noch ein paar Brote. Magst du auch was?«

»Nein. Wasser vielleicht.« Ich muss trinken, meine Kehle ist wie ausgedörrt. Selbst nach dem Laufen habe ich mehr Speichel im Mund als jetzt. Jan hat sich schon in einer Seitwärtsdrehung aus dem Bett gerollt, streift aber nur seine enge Shorts über und legt mir vorsorglich meinen Slip und mein Shirt auf die Matratze. Botschaft: Zieh du dich bitte auch an, bei mir schlafen kannst du nicht. Doch es ist auch ein wenig Wehmut in seinem Blick, als seine Augen über meinen Körper huschen, der sich nicht bemüßigt fühlt, sinnvolle

Aktionen auszuführen. Also lasse ich Jan erst einmal ins Bad und durch den Flur tapsen und gönne mir eine Minute, in der ich versuche, meine Vernunft zu aktivieren.

Jan ist Schüler, sage ich mir erneut, was ich während unserer Umarmungen zum x-ten Mal vergessen hatte. Es geht auf Mitternacht zu, das alles dauerte viel länger, als ich es empfunden hatte; er müsste eigentlich schon schlafen. Vielleicht hat er nach Schulschluss noch ein Shooting oder muss für eine Klausur büffeln; es kann sogar sein, dass morgen eine Arbeit ansteht, und bei aller Liebe – das hätte ich niemals getan. Vor einer Kursarbeit einen meiner Freunde zu mir ins Bett gelockt. Denn dann wäre jegliche Konzentration hinüber gewesen.

Außerdem ist Jan nun mal niemand, mit dem man sich nachts in stundenlangen Gesprächen verliert. Sie führen letztlich sowieso nur zu Enttäuschungen, weil man nach spätestens drei Wochen nie mehr in jenes verzaubernde Stadium zurückkehren kann, in dem es von Grund auf erfüllend und spannend ist, die Nächte durchzuquatschen und sich gegenseitig Dinge zu erzählen, die sich anfühlen wie jahrelang gehütete Geheimnisse. Bei jedem meiner Ex-Freunde gehe ich inzwischen davon aus, dass ungefähr zwei Drittel davon frei erfunden waren, um Eindruck zu schinden. Wie zum Beispiel die haarsträubende Geschichte von Lukas, die besagte, dass er bei Rihanna als Bodyguard im Backstagebereich gearbeitet und dafür sogar eine Knarre getragen hat. Diese Story war mir sofort spanisch vorgekommen, seine Judo-Trainingseinheiten in Ehren. Wahrscheinlich hat er in Wahrheit allenfalls Pfandflaschen eingesammelt oder den Parkplatz kontrolliert.

Bei Jan und mir gibt es so etwas nicht. Was sollte ich ihm auch erzählen und was er mir? Wir haben getan, was wir tun wollten, und es war schön gewesen. Der beste Sex, den ich jemals hatte. Nein, das trifft es nicht. Das ist Blödsinn. Selbst das Wort Sex passt nicht. Es war etwas Reines, Ehrliches. Ich war ganz echt. Mehr Ronia hat noch niemand erleben dürfen. Ich weiß nicht, ob das ein Segen ist oder ein Fluch, aber es ist die Wahrheit. Es gab keine einzige Lüge. Die Lügen würden beginnen, wenn ich bleiben würde und wir miteinander redeten.

Während Jan pfeifend in der Küche herumgeistert und ich den Kühlschrank klappen höre, schäle ich mich unter einem fiesen Ziehen in der Wade und mit nach wie vor sanft pochendem Unterleib aus dem Bett und ziehe mich widerwillig an. Ich wäre gerne noch nackt oder wenigstens größtenteils nackt geblieben, wie er, nur eine halbe Stunde. Aber das kann ich nicht bringen. Er muss in die Federn, sobald er satt ist. Ich erinnere mich zu gut daran, wie quälend es war, morgens um halb sieben aufstehen zu müssen. Vater musste oft fünfmal hintereinander an die Tür klopfen, bis ich es endlich geschafft habe, mich aus meinem Schlummer zu befreien und die Beine aus dem Bett zu schieben.

Als ich die Küche betrete, steht Jan barfuß am Herd und mampft ein Salamibrot. Er hat sogar eine echte Lampe angeschaltet, die in Laternenform und schwach leuchtend von der Decke baumelt. Mit leiser Ehrfurcht erkenne ich, dass Jan von Kopf bis Fuß durchtrainiert ist, als betreibe er seit Jahren Leistungssport. Hatte er vorhin nicht etwas von Gewichtestemmen gesagt? Aber klar, er muss das tun, um gute Aufträge zu bekommen. Er hat gar keine Zeit mehr, Drogen zu verticken oder dummes Zeug anzustellen. In solch einem Körper steckt viel Arbeit. Manches Mal wird er sich dazu überwinden müssen. Sein Gesicht wirkt erstaunlich jungenhaft und müde unter seinem zerzausten Haarschopf, dessen Strähnen sich in alle Himmelsrichtungen sträuben. Auch diesen Anblick könnte man fotografieren und an ein Magazin verkaufen.

Schau mich noch einmal direkt an, Jan, bitte, denke ich inständig. Mit deinem offenen Blick. Den Augen deiner alten Seele. Aber er gähnt nur herzhaft und streckt sich, bis sein Nacken leise knackt, und schmiert sich ein zweites Brot. Er wirkt so zufrieden mit sich. Ich wünschte, ich würde mich irgendwann in meinem Leben nur eine Stunde lang so zufrieden fühlen, wie er es jetzt ausstrahlt. Gleich wird er sich in sein Bett kuscheln, das noch nach uns riecht, sich seinen Wecker stellen und ohne Zweifel und Bedenken fest einschlafen. Selbst im Schlaf wird er leuchten.

Meine Nacht jedoch ist nicht zu Ende. Ich brauche die Dunkelheit noch.

Ohne zu fragen, ob ich das darf, schlüpfe ich unter seinem Arm durch und schmiege mich an seine Brust, lege meinen Kopf auf seiner Schulter ab, während er weiterisst. Er summt sogar ganz leise vor sich hin. Oder ist es ein inneres Summen? Ich versuche, seine stille Glückseligkeit in mich aufzunehmen, sie einzuatmen, doch da ist eine Sperre – in mir, nicht in ihm. Es geht nicht.

»Gute Nacht«, flüstere ich. Seine Lider bleiben Schatten, er hebt sie nicht, verschleiert sein wahres Ich. Zu müde. Doch sein Kuss ist innig und ehrlich. Er tröstet mich nur kurz.

Rastlos streife ich am Fluss entlang; auf die andere Seite wage ich mich nicht, nicht so spät am Abend. Der Regen ist versiegt und der Boden duftet nach nassem Sand und Blüten, die der Wind von den Büschen geweht und wie Schnee auf den Wegen verteilt hat. Obwohl die Bänke der Promenade noch von Regentropfen gesprenkelt sind, setze ich mich ans Wasser und schaue zu, wie der Mond sich immer wieder zwischen die dahingleitenden Wolken kämpft. Über mir trudeln Fledermäuse durch die laue Luft. Es ist Sommer geworden. Ja, es ist Sommer.

Nun schleicht sich Musik in meinen Kopf – jener Song, den ich gehört habe, bevor ich losgezogen war. »Unknown Treasure« von Blank & Jones. Sein Text hatte mich sofort in den Bann gezogen, ich konnte ihn auf Anhieb übersetzen, obwohl er seine volle Kraft nur im Englischen entfaltet. Er spricht aus, was ich nie formulieren könnte – über mich, über Jan, er weiß von unseren Wünschen und Träumen. Zu hoch … denke ich. Mein Ziel ist zu hoch. Ich will etwas, aus tiefstem Herzen, aber ich kann es nicht leisten. Es beginnt schon wieder zu schmerzen, obwohl ich nur an meinem Arm riechen muss, um zu wissen, was geschehen ist und wie schwerelos und vertraut es war. Aber es tut weh, wenn ich mich daran erinnere.

Es hat vorher niemals wehgetan. Die Erinnerungen waren meine Schatzkiste gewesen. Wann immer ich wollte, konnte ich sie öffnen und mich an ihrem inneren Glitzern erfreuen. Warum geht es bei ihm nicht? Wo keine Halbedelsteine in den staubigen Kisten ruhen, sondern echte Diamanten, ungeschliffen zwar, aber von einer Reinheit, die ich bisher nicht hatte kosten dürfen?

Ich blicke still auf das schwarze Wasser, den gelblichen Mond und die Fledermäuse, bis ich zu frieren beginne und die Kühle des anbrechenden Morgens mich nach Hause treibt. Es ist so still in der Wohnung, dass ich meine Kopfhörer aufziehe und erneut den Song abspiele, sobald ich im Bett liege.

Fühlt er das auch so wie ich? Oder war ich nur eine Nummer für ihn? Ist er sich dessen bewusst, was heute geschehen ist? Dass es das erste echte Mal für mich war – farbiger und friedvoller, als ich es mir je ausmalen konnte? Dass ich eigentlich heute erst begriffen habe, was Liebe ist – und gleichzeitig, dass ich an ihr scheitern werde, wenn ich es nicht schaffe, mich aus ihrem Sog zu retten?

Nur träge reagiere ich auf das Piepsen meines Leihhandys, das mein dämmerndes Wachliegen um sechs Uhr morgens stört. Doch dann senkt sich tiefe, wohlige Ruhe über meine aufgewühlte Seele.

»Es war einfach nur schön.«

»Ja«, flüstere ich unter Tränen. »Das war es.« Alles ist gesagt. Wie im Traum drücke ich die Playtaste meines MP3-Players und tauche noch einmal in unsere Nacht ein, in dieses grenzenlose Reich vor dem ersten Gewitterschlag, als nichts uns voneinander trennen konnte.

Der Schmerz von zu viel Zärtlichkeit – nun kenne ich ihn. Es war seit jeher so bestimmt, dass ich ihn fühlen musste.

Wenn ich noch irgendetwas weiß über mich und mein Leben, dann das. Es musste sein. Und es ist noch lange nicht zu Ende.

Mir graut vor dem nächsten Tag.

Mondfinsternis

Und immer wieder Freitag«, summe ich in selbstironischer Resignation, als ich aus der Dusche steige und mich einzucremen beginne. Ich dachte, ich könne diesen Kreis durchbrechen und das Schicksal überlisten, doch in Wahrheit habe ich höchstens mich selbst überlistet.

Drei Stunden lang.

Es soll ein besonderer Abend bleiben, für uns beide, und daher der einzige Sonntag – denn ich weiß wirklich nicht, wie ich es anstellen soll, alle weiteren Treffen wieder dem Zufall oder meinem größenwahnsinnigen Mut zu überlassen. Es hätte fürchterlich in die Hose gehen können, und je weiter der Abend zurückliegt, desto mehr Fragen suchen mich heim. Ich könnte ganze Bücher damit füllen und jede Frage gebiert mindestens fünf neue. Unter Gewalt muss ich mich dazu zwingen, sie nicht ständig zu drehen und zu wenden, um endlich jene Antworten zu finden, die mich von jetzt an für immer beruhigen können.

Denn diese Antworten gibt es in mir nicht.

All meine Fragen lassen sich nur klären, wenn ich sie Jan direkt stelle und die Reaktion aushalte. Nicht schriftlich, sondern vis-à-vis, und zwar ernsthaft, ohne Spielereien und erotische Eskapaden. Würde ich es verkraften, wenn ich erführe, dass ich nicht so gut war wie erhofft oder eine von mehreren bin? Würde ich es aushalten, wenn er mir klipp und klar sagen würde, dass er nur Sex will und sonst nichts? Dass ich mir das, was über allem schwebte, nur eingebildet habe und er mich zwar attraktiv findet, aber sich nicht genauer mit mir befassen will?

Es ist ohnehin idiotisch, derlei Fragen zu stellen, denn ich selbst will ja gar nichts anderes als ein paar schöne Stunden zu zweit. Wir sind auf einem Level. Das mit diesem starken, reinen Gefühl der Liebe muss der Hormonrausch verursacht haben, rede ich mir jeden Morgen und jeden Abend ein. So etwas kann passieren. Sein Körper signalisiert durch seine Duftstoffe meinem Körper, dass es eine ideale Vermischung von Genmaterial ergäbe und damit starke, überlebensfähige Nachkommen, wenn wir uns paaren, und das erzeugt eine Illusion der Liebe. Ich kann ihn gar nicht lieben, denn ich kenne ihn nicht. Wenn ich vernünftig über ihn nachdenke, bin ich eher von Zorn und Gereiztheit erfüllt als von liebevollen Gefühlen.

Doch am größten ist der Wunsch, nichts zu problematisieren oder zu fordern, denn das bietet mir selbst die größte Sicherheit – aber auch ihm. Ich will nicht diejenige sein, die an ihm zerrt und ihn einengt. Niemals darf er dazu veranlasst werden, solche Dinge über mich zu sagen, wie andere es getan haben. Ich will keine Klette werden.

Nein, es ist besser, wenn ich diese Fragen für mich behalte und hoffe, dass sie mit der Zeit weniger und schwächer werden. Es ist schnell gegangen – wir haben es getan, aber all die Dinge, die ich mir vorher in aller Ruhe und Sinnlichkeit ausgemalt hatte, sind nicht passiert. Ich wollte ihn eigentlich vom Scheitel bis zur Sohle verwöhnen, bis er fast den Verstand verliert vor Lust und Begehren. Oder mit ihm unter die Dusche steigen. Mit ihm baden. Ja, zusammen baden wäre schön … Irgendetwas, was Zeit braucht und mir die Möglichkeit gibt, es auszudehnen, um satt zu werden und ruhen zu können.

Ist er nicht verrückt nach meinen Füßen? Er hat sie nur scheu berührt und gesagt, wie zart sie sind – das kann nicht die Erfüllung seiner Fantasien gewesen sein. Da verwundert es mich, dass ich von Tag zu Tag unruhiger werde? Sachlich betrachtet haben wir erst Schritt Nummer eins getan und es sind unendlich viele andere übrig. Ich sollte mich darüber freuen.

Doch meinen Theorien fehlt jeglicher Stolz, jede Haltung. Ich habe das Gefühl, mich aufzulösen. Manchmal weiß ich nicht mehr, wer ich bin. Ich weiß es nur dann, wenn ich ihm nahe bin, und ich habe Verstand genug, um zu wissen, dass es so nicht sein sollte. Trotzdem ist immer noch diese irrige Idee in mir, dass ich Sicherheit gewinne, wenn wir uns nur oft genug begegnen und ich jedes Mal Gründe dafür sammeln kann, warum ich für ihn einzigartig bin.

Diese Woche ist es wieder der Freitag, der mich zu ihm treibt, denn morgen Abend muss ich arbeiten und außerdem … Oh nein. Alarmiert halte ich inne und lausche in mich hinein. Das habe ich mir nur eingebildet, oder? Dieses kurze Ziehen im Bauch? Ich hatte es heute schon am See, während meines bemitleidenswerten Ein-Frau-Badeausfluges, der nur eine halbe Stunde dauerte, weil mir schwindelig von der Sonne wurde. Es ist bestimmt nur die Aufregung. Wie so oft. Es kann gar nicht sein, ich sollte nicht darauf achten.

Als ich die Bodybutter zurück ins Regal stelle und mich aufrichte, gesellt sich ein Gefühl dazu, das in seiner Deutlichkeit unmissverständlich ist.

»Bitte nicht«, flüstere ich. Doch Betteln hilft nichts. Ich muss nachsehen, ob ich mit meiner Vermutung richtigliege. Schnell ist das Ergebnis klar, kein Irrtum möglich. Ich blute. Ein Tag zu früh – ein verdammter Tag zu früh, wie kann das sein? Ich nehme die Pille, sogar immer zur gleichen Stunde, ich habe einen Zyklus wie ein Uhrwerk und so gut wie nie Zwischenblutungen. Seit Jahren bekomme ich meine Periode samstagmittags, was mir schon so manche Party ruiniert hat, aber niemals freitags. Das ist eine Premiere und die nächsten Tage sind vorprogrammiert: Unterleibskrämpfe, Kopfschmerzen, schlechte Haut und noch schlechtere Laune.

Ich wickele mich in meinen dicken, flauschigen Bademantel und lasse mich mit weichen Knien auf dem Badezimmerhocker nieder. Die Utensilien, die sich vor mir aufreihen, kann ich wieder wegpacken und auch die Joggingklamotten kommen zurück in den Schrank. Ich kann beides vergessen, Sex und Sport, denn wenn ich meine Tage habe, ist beides Mord. Ganz zu schweigen davon, dass man so etwas einem Freizeit-Lover niemals zumutet. Man spricht nicht einmal davon. Alles, was meine erotische Aura ruinieren könnte, ist bei Jan tabu. Also werde ich ihn heute nicht sehen. Und wieder eine Woche warten, in all der seelischen Misere, die meine Hormonturbulenzen mit sich bringen?

»Das kann so nicht weitergehen«, hallt meine Stimme durch das Badezimmer. Obwohl ich leise gesprochen habe, scheinen die gekachelten Wände meine Botschaft tausendfach zu wiederholen. Ich mache mir etwas vor, wenn ich glaube, ich würde das nur noch drei weitere Wochen durchhalten. Das schaffe ich nicht.

Ich muss wenigstens herausfinden, ob er es aufrichtig schön fand mit mir und seine Nachricht nicht nur eine besänftigende Floskel war. »Einfach nur schön« – das besagt gar nichts und das »nur« darin könnte zudem bedeuten: Glaub ja nicht, dass mehr daraus wird. Ja, ich werde zu ihm gehen und ihn mit meinen Gedanken konfrontieren. Es ist gut, dass heute nichts läuft. Wir werden reden, anstatt zu fummeln, und ich habe gute Gründe, das durchzuhalten. Am ersten Tag meiner Blutung könnte man mir Ryan Gosling nackt auf den Bauch binden und ich würde nur angewidert die Augen schließen und hoffen, dass jemand die Knoten löst. Alles, was ich dann tun kann und mir meistens auch sehnlich wünsche, ist, geschützt und warm im Arm gehalten zu werden. Deshalb Kopf statt Herz, egal, was passiert.

Schon auf dem Weg zum Fluss merke ich, dass es heftiger wird als sonst. Immer wieder zieht sich meine Gebärmutter dumpf zusammen, meine Beine schmerzen und ein verräterisches Klopfen macht sich in meiner rechten Schläfe breit. Absoluter Wrack-Modus – und mit Sicherheit sieht man mir das an. Deshalb versuche ich gar nicht erst, meinen Zustand mit einem Grinsen und Flirtaugen zu überspielen, als ich bei Jan klingele, denn inzwischen bin ich mir in einer täuschenden Gleichgültigkeit darüber im Klaren, dass das der letzte Abend sein wird, an dem ich meinen Finger auf den kühlen Messingknopf drücke. Zu meiner Überraschung summt der Öffner so schnell, dass ich den Eindruck bekomme, Jan habe mich gesehen und erwartet. Oder ist er auf dem Sprung und stand schon an der Tür?

»Hey, Ronia.« Er hat einen Kochlöffel in der Hand und verschwindet sofort wieder in der Küche, wo er den Löffel mit sicherem Wurf in der Spüle versenkt und eine Auflaufform in den Backofen schiebt. »Haste 'ne Trainingskrise?«

Krise ist das passende Stichwort. »Ich kann heute nicht«, versuche ich mit einer klaren Ansage sämtliche Eventualitäten auf einen Schlag zu vernichten. »Weder das eine noch das andere. Ich …«

»Hab verstanden, du hast deine Tage.« Seine Reaktion ist eher eine Feststellung als eine Frage und es wurmt mich, dass er ins Schwarze trifft, ohne mich überhaupt genauer angesehen zu haben.

»Hab ich nicht. Okay, hab ich doch.« In einem plötzlichen Schwächegefühl lehne ich mich an die Wand und versuche meine Bauchschmerzen durch Handauflegen zu dämmen. Ich benehme mich wie eine Vierzehnjährige. Am besten haue ich ab und komme nie wieder.

»Ist doch gut, dann bist du wenigstens nicht schwanger.«

»Ich nehme die Pille!«, fauche ich Ganesha im astreinen Furiengebaren an. Denn Jan ist nur grinsend hinter einer offenen Küchenschranktür verschwunden, und ich zwinge meine Kehle hinunter, was mir sonst noch auf der Zunge liegt. Wie, bitte, soll ich denn seiner Meinung nach schwanger werden, wenn wir doppelt und dreifach verhüten – Pille, Kondom, Coitus interruptus?

Das ist also seine große Furcht – Verantwortung. Dass ich ihm ein Baby anhänge und sein Egotrip namens Leben vorüber ist. Wäre es denn wirklich so schrecklich, wenn es passieren würde? Oh, das wäre es, ich weiß das selbst und trotzdem verletzt mich seine Reaktion. Dabei würde ich es ihm nie sagen, wenn es so wäre. Ich würde still und heimlich mein Kind austragen und so tun, als wüsste ich nicht, von wem es ist. »Hast du Hunger? Ist genug da für zwei. Dauert nicht mehr lange, bis es fertig ist.« Nun fliegen auch noch zwei Plastikschüsseln und ein Schneidebrett in die Spüle. Verwundert beobachte ich Jan dabei, wie er die Arbeitsfläche ordentlich sauberwischt und ein bunt kariertes Tuch auf dem kleinen Küchentisch ausbreitet. »Oder willst du lieber auf dem Sofa essen? Ich finde es ja am Tisch besser.«

»Tisch«, antworte ich kurzsilbig. Es herrscht mal wieder verdrehte Welt. Normalerweise habe ich bei Gesprächen stets den Ton angegeben. Redeanteil Ronia achtzig Prozent und Mann zwanzig Prozent. Bei Jan ist es umgekehrt. Ich schweige, er spricht. Wo ist meine rhetorische Überlegenheit geblieben? Haben meine erotischen Fantasien diese Gabe verdrängt? Doch Essen am Tisch finde ich gut. Die

Küche ist als Ort sachlich und unverfänglich, trotz kariertem Deckchen und Erinnerungen an einen Jan, der nur in Shorts bekleidet Salamibrote futtert.

»Die oder die?« Er hält zwei Serviettenpackungen in die Luft. Ich zucke nur sprachlos mit den Schultern. Das ist mir so was von egal. »In manchen Dingen bin ich ein Weib. Ich glaub, die blauen. Passen besser zu deinem T-Shirt.«

»Jan, verarschst du mich gerade?«

»Meinst du im Ernst, ich kaufe Servietten ein, um dich an der Nase rumzuführen? Nein, ich mag Servietten.« Sagt es und faltet sie zum Dreieck, um sie akkurat auf die Decke zu legen, und ich habe ein sehr merkwürdiges Déjà-vu von meiner Mutter und ihrem nervösen Servietten-Origami. Geplättet schiebe ich mich zwischen Wand und Tisch, an jene Seite, die mir am sichersten und wärmsten vorkommt, denn bei Jan stehen sämtliche Fenster offen. Die Luft, die hereinströmt, ist kühl und riecht nach Fluss und Motoröl, wir können sogar einen Frachter vorbeiziehen hören. Die vergangenen Tage hat es viel geregnet, erst heute meldete sich die Sonne zurück. Mein Gesicht ist warm und fühlt sich an, als würde mein Blut sich in den Schläfen stauen, doch mein Bauch friert. Selbst hier an der Wand sitze ich mitten im Durchzug.

Jan geht ins Wohnzimmer und wirft mir die braune Kuscheldecke zu. Oh, ich mag es, wenn er meine Bedürfnisse erahnt. Und gleichzeitig hasse ich es, weil es mir mein Vorhaben zusätzlich erschwert. Vielleicht sollten wir erst essen und dann reden. Jan nimmt mir die Entscheidung ab, indem er sich zum Wäscheaufhängen verabschiedet. Ich bleibe alleine in der Küche zurück, während der Käse über dem Auflauf zerrinnt und ein köstlicher Duft durch die Wohnung zu strömen beginnt. Befangen schiebe ich die Karteikarten zur Seite, die Jan nach dem Eindecken wieder auf das Tischtuch gelegt hat.

Organische Chemie. Ich habe ihn beim Lernen unterbrochen. Überhaupt habe ich hier nichts verloren; schon zum zweiten Mal komme ich ungefragt zu ihm, nie habe ich das jemals so gehandhabt. Ich riskiere eine klare Abfuhr, wenn ich mich weiter so aufdringlich verhalte.

Aber dann bleibe ich doch, sehe uns entrückt dabei zu, wie wir essen, ich in Spatzenportionen und Jan mit einem Hunger für drei breitschultrige Holzfäller – ich kann nicht glauben, welch gigantische Portionen in diesem schmalen Kerl Platz finden.

»Ich verbrenne viel Energie«, erklärt er mit vollem Mund, als er meine skeptischen Blicke bei Teller Nummer vier bemerkt. »War ein stressiger Tag und eine stressige Woche. Zwei Kursarbeiten und einen Laufstegjob, dazu vier Trainingseinheiten, ich bin erledigt.«

Ja, das spüre ich. Er hat noch kein einziges Mal gelacht oder gegrinst. Seine ernste, erschöpfte Grundstimmung verunsichert mich zutiefst. Obwohl ich sein Gähnen mag, wirkt es auf mich wie ein Angriff, als Jan nach Teller vier unter vorgehaltener Hand seinen Kiefer aufreißt und kurz die Augen schließt.

»Kann ich dich was fragen?«

»Hm«, macht er schläfrig und ich muss zweimal schlucken, um sicherzugehen, dass meine Stimme nicht zittert. Denn das ist das, was ich am besten kann, wenn meine Hormone auf dem Kopf stehen: heulen. Es bahnt sich gerade wieder an. Nichts ist mehr da, an dem ich mich festhalten kann, alles scheint mir zu entgleiten.

»War es okay, wie ich … also … war es okay für dich? Ich frage nur, weil …« Nach einem weiteren kurzen Gähnen öffnet er seine Augen und streift mich mit einem fragenden Blick. Jetzt wirken sie wieder braun und beinahe verschwommen.

»Schön, hab ich doch geschrieben, warum?«

»Weil … war ich zu übergriffig?«

»Ich bin danach manchmal empfindlich, das hat nichts mit dir zu tun, ist meine Haut. Wieso bist du so unsicher, ich dachte, es ist alles in Ordnung?«

Oh, klasse. Jetzt habe ich ein Problem aus einem Problem gemacht, das keines war. Wieso habe ich nicht meine Klappe gehalten und diesem Wunder stillschweigend vertraut? Nun muss ich aussprechen, was ich bislang niemandem sagen konnte, um mich zu erklären.

»Lukas, mein Ex, ich hab ihn belauscht, als er sich über meine Bettqualitäten ausgelassen hat. An Silvester war das. Und er hat mich nicht gerade in den Himmel gelobt.«

»Bettqualitäten.« Jan lacht spöttisch auf, doch seine Miene wird sofort wieder ernst. »Was bitte soll das denn sein? Kann man das bei amazon bestellen?«

»Nein, natürlich nicht.«

»Manchmal ist es gut und manchmal nicht so gut, das hat nichts zu bedeuten. Man kann nicht immer auf der Höhe sein. Wie waren denn seine Bettqualitäten?« Nein, das war nicht das, was ich hören wollte. Für einen Neunzehnjährigen klingen seine Antworten nach weitreichender Erfahrung mit guten und schlechten Tagen im Bett einer Frau. Außerdem fehlt das Lob in meine Richtung. Irgendein Satz, der mir sagt, dass ich alle anderen in den Schatten gestellt habe, dass es mit keiner so war wie mit mir.

»Bescheiden«, antworte ich grimmig und beiße mir auf die Lippe, um nicht zu weinen. Merkt er nicht, wie elend es mir geht?

»Zweifle nicht so viel. Man muss nicht alles zerreden, finde ich. Wird dadurch weder besser noch schlechter. Man kann es fünfmal durchdiskutieren oder man tut es kein einziges Mal: Die Sache bleibt die gleiche.« Auch das waren die falschen Sätze und sie lassen meine Kehle noch enger werden. Ich weiß, dass er recht hat, genauso ist es,

Punkt, aus, aber weder will ich das zugeben noch verinnerlichen. Ich brauche ein liebes Wort. Nur ein einziges.

»Ich wollte noch bisschen fernsehen, bevor ich schlafen gehe. Wird heute eher früh sein. Magst du auch?« Er deutet mit dem Weinglas rüber zum Wohnzimmer.

Das ist die falsche Idee, ich weiß es, aber dann sitze ich doch neben ihm, mein Kopf gegen seine Schulter gelehnt, weil ich nicht anders kann, die Kuscheldecke um meinen schmerzenden Bauch gewickelt, und lasse mich in den ungesunden Bann eines Films ziehen, der mir von der ersten Minute an wehtut. Crying Game. Er passt. Auch das zwischen Jan und mir ist ein Crying Game geworden. Dils Leiden ist mein Leiden, alles in dem Film scheint mich zu meinen, Dils Schmerz, seine Liebe, seine abgrundtiefe Verzweiflung. Schon nach der ersten halben Stunde muss ich mich immer wieder abwenden, weil ich die Intensität kaum ertragen kann, bis ein unterdrücktes Schniefen seine Aufmerksamkeit weckt.

»He … das ist nur ein Film, mehr nicht. Soll ich umschalten?«

Stumm schüttele ich den Kopf und binde meine Locken zurück, um ein wenig klarer im Kopf zu werden. Doch eine einzelne vorwitzige Träne schert das nicht. In einem Rutsch perlt sie über meine Wange und tropft auf das Sofa. Für eine Sekunde bleibt Jans Blick daran hängen.

»Ich wollte eh grad ausmachen, ich muss pennen, ehrlich. Ich schlaf ja schon dauernd ein. Ronia?«

Doch ich bin ruckartig aufgestanden und stolpere fast über die Kuscheldecke, die von meinen Beinen gleitet und sich weich um meine Knöchel schlingt. Ich haste zur Tür, stammele ein unverständliches »Danke fürs Essen« und muss eine Weile den steckenden Schlüsselbund nach links und rechts drehen, bis die Tür sich endlich öffnet.

Als ich wieder draußen an der frischen, kühlen Luft bin, die nach neuem Regen riecht, lässt der Druck auf meinen Kehlkopf etwas nach. Für einen Moment bleibe ich stehen und versuche, nichts zu denken. Ein Penner gegenüber der Straße hebt seinen blutunterlaufenen Blick und starrt mich an, als wäre ich eine Erscheinung aus der Unterwelt – und so sehe ich vermutlich auch aus. Ich weiß nicht, was mir mehr zusetzt – der Film und seine berührende Traurigkeit oder meine eigene. Ich wollte Dil umarmen, ja, ich wollte ihn fest umfangen und trösten, als er geschlagen wurde, weil er ist, was er ist, und fühlt, was er fühlt, doch was tut Jan? Sagt, dass er ins Bett muss, weil er müde ist. Er hat mich weder berührt noch geküsst noch in irgendeiner Weise gezeigt, dass er mich anziehend findet. Noch nie ist gar nichts passiert zwischen uns. Selbst bei unserer ersten Begegnung im kalten Weihnachtsregen fühlte ich mich sicherer und erwünschter als jetzt. Dabei haben wir miteinander geschlafen.

Zu Hause taumele ich ohne ein Wort zu Jonas ins Wohnzimmer, der irgendeine CSI-Folge auf DVD schaut und Pizza isst. Doch sobald er erkennt, wie mies es mir geht, steht er auf und eilt zu mir, um mich an seine Brust zu ziehen. Es ist anders als sonst, schon nach den ersten Sekunden seiner spontanen Reaktion spüre ich, wie er innerlich von mir abrückt, obwohl seine rechte Hand weiter beruhigend über meinen Rücken streicht.

»Mir geht's nicht gut«, erkläre ich gedrückt, was er ohnehin ahnte. Jonas kennt mich gut genug, um zu wissen, was los ist, und wird die Tamponpackung im Bad entdeckt haben. Allein das wäre ein Grund, ihn zu lieben – weil er in diesen Tagen immer besonders rücksichtsvoll mit mir umgeht. Jetzt weiß er außerdem sicherer denn je, was ich längst hätte kapieren sollen: dass Jan ein eiskaltes Arschloch ist, wenn es drauf ankommt. Denn eines ist offensichtlich: Ich war auf Pirsch und bin gnadenlos zurück in meinen Bau gejagt worden.

Das ist wie in einer Sitcom, denke ich zynisch. Nur nicht so lustig. Unten am Fluss der Lover in seiner esoterisch angehauchten Wohnung, mit Nacktbildern an der Wand und einem Serviettenfetisch, hier der geduldig wartende Verehrer mit vernünftigem Job in einem Möbelkatalogwohnzimmer. Mein ganzes Leben spielt sich zwischen diesen beiden Polen ab. Das kann noch Jahrzehnte so weitergehen. Ich bin zäh.

»Alles gut«, beschwichtige ich Jonas näselnd. Lügen gehört inzwischen zu meinem Alltag. Vorsichtig löse ich mich aus seinem Arm. »Hatte einen schwachen Moment, sorry. Ich geh ins Bett.« Gerade habe ich das Handy piepsen gehört. Ich muss draufschauen und ich muss dabei alleine sein, denn ich habe keine Ahnung, was mich erwartet. Doch erst mache ich mir einen Tee und eine Wärmflasche und dusche ein weiteres Mal, bevor ich mich in mein Bett lege und mit dem finalen Tiefschlag rechne.

»Bist auch hübsch, wenn du weinst, ich bin nur völlig k. o. Muss schlafen. Erhol dich!«

Ein Teil von mir ist so erleichtert, dass sich ein verzerrtes Lächeln unter mein kurzes Aufschluchzen mischt. Einem anderen sind seine Zeilen zu wenig – viel zu wenig. Selbst Johanna und ich haben uns ein Küsschen geschickt, wenn wir simsten. Wieso tut er es nicht? Trotzdem bereue ich mein Benehmen ihm gegenüber. Ich hab ihn überfordert.

»Du dich auch. Bitte entschuldige meine schlechte Laune. Gute Nacht.«

Es dauert eine Weile, bis seine Antwort reinkommt. Liegen bleiben kann ich dabei nicht. Auf der Matratze kniend warte ich und kann mich vor Anspannung kaum rühren. Schreibt er noch etwas Schönes?

»Schon okay!«

Dann zeigt mir das Handy, dass er offline gegangen ist. Schon okay, das ist eine Antwort, wie sie mir morgen zu dürftig sein wird, zu schwach und oberflächlich, aber ich halte mich an seinem allerersten Satz fest – für jetzt gibt es nur den ersten, sonst werde ich es nicht schaffen, morgen aufzustehen und meine Pflichten zu erledigen. Es wird sowieso immer schwieriger.

Ich kann mir das nicht mehr vorstellen, jetzt, in diesem Moment – mein Studium zu beenden, Klausuren zu schreiben und Prüfungen zu absolvieren, nebenher zu jobben, um mich über Wasser halten zu können. Auch Freunde zu treffen und meinen Eltern zu begegnen – irgendwann werde ich es tun müssen –, erscheint mir kräftezehrend und zudem überflüssig. All das kann mich nicht mehr glücklich machen.

Ich möchte nur noch schlafen und vergessen.

Als es endlich passiert, küsst er mir die Tränen von den Wangen und streicht tröstend über meine Haare.

Ich spüre es genau. Kein Irrtum möglich.

Er ist da.

Nachtblind

Jetzt schläft er, tief und fest. Dieses Mal wird er nicht aufwachen, wenn ich mich rühre. So lange habe ich es noch nie gewagt zu bleiben und zu warten, noch in seinem Arm, mein rechter Schenkel auf seinen, seine Lippen an meiner Stirn.

Ich hatte recht, als ich mir mit der hoffenden Verzweiflung eines Schiffbrüchigen einredete, dass es noch nicht zu Ende ist. Es geht weiter, trotz des schlimmen Abends bei ihm. Wir treffen uns. Mal schickt er freitagmittags eine kurze Nachricht, aus der ich lesen kann, dass er mich erwartet, mal treffen wir uns am Fluss, und es ist vorauszusehen, was geschehen wird. Die Begegnungen unserer Körper sind schön, immer noch und immer wieder, ich kann mir mein Leben ohne diese traumwandlerischen, stillen Stunden zu zweit nicht mehr vorstellen und auch nicht, jemals wieder an den Fluss zu gehen, ohne an ihn zu denken. Ich sehe seinen Namen auf seinen Wellen. River.

Doch ich würde lügen, wenn ich behaupten würde, glücklich zu sein. So oft habe ich mit zerfurchter Stirn und kreisenden Gedanken am Laptop gesessen und Nachrichten voller Geständnisse und Abschiedsworte geschrieben, die er niemals bekommen hat und auch nie bekommen wird. Denn ich kann keinen dieser Briefe schreiben, ohne irgendwann unter Tränen auszusprechen, dass ich ihn liebe – und das, obwohl ich nicht weiß, ob es die Wahrheit ist.

Mein Alltag ist nahezu erstarrt. Den Job im Museum habe ich mangels verkaufter T-Shirts verloren (was mir recht war), ein neuer ist nicht in Sicht. Kai Schuster hat aufgehört, mahnend zu erwähnen, dass er meinen Platz nicht mehr lange freihalten kann, zwischen meinen Eltern und mir herrscht Funkstille und Johannas neue beste Freundin ist Chiara. Wenn wir uns an der Uni treffen, winden wir uns vor Verlegenheit.

Doch all das kenne ich und was ich kenne, kann ich ertragen. Die Angst vor dem Augenblick, in dem ich Jan verliere, entzieht sich meiner Imaginationskraft. Solange ich hier bei ihm liegen und spüren kann, wie er in den Schlaf übergleitet, gibt es Hoffnung, dass sich alles zum Guten und Normalen wendet, inklusive eines frappierend schönen Lovers. Es muss möglich sein, ihn irgendwann mit Leichtigkeit und Freude am Jetzt in mein Dasein zu integrieren. Allein an mir liegt es, dass ich das noch nicht hinkriege. Ich muss aufhören zu zweifeln und zu hinterfragen. Alles braucht sein Training – vielleicht auch eine Affäre. Es ist schließlich meine erste.

Nun zuckt er im Schlaf, was er wohl träumt? Ich werde es nie erfahren. Das sind Dinge, über die wir nicht sprechen. Wir nehmen uns nur das voneinander, was andere uns nicht geben können. Noch nicht. Für mich ist jetzt wieder einmal die Zeit gekommen zu gehen, bevor er wach wird und merkt, dass ich noch da bin. Er atmet lediglich etwas lauter aus, fast ein Seufzen, als ich mich von ihm löse und augenblicklich zu frieren beginne, obwohl mir eben noch die Decke zu viel war, die er im Halbschlaf über meinen nackten Po gezogen hat. Noch nie hat das ein Mann getan – mich nach dem Sex zugedeckt. Bei ihm scheint es, als wäre es das Erste, woran er denkt, wenn er gekommen ist. Dafür zu sorgen, dass ich nicht friere. Vielleicht würde ich nicht so sehr frieren, wenn er sich nicht jedes Mal in letzter Sekunde zurückziehen würde. Nach wie vor leuchtet mir nicht ein, wieso er das tut, doch ich schaffe es nicht, ihn danach zu fragen. Obwohl es dumm und leichtsinnig ist, hoffe ich bei jedem neuen Treffen insgeheim darauf, dass er das Kondom weglässt und ich ihn endlich ohne eine Grenze zwischen uns spüren kann. Niemals hätte ich gedacht, dass jemand wie er in diesen Dingen so penibel ist, und immer mehr fühlt es sich wie eine Zurückweisung an. Ob er das bei jeder Frau auf diese fast pedantische Weise gehandhabt hat? Oder tut er das nur bei mir? Jetzt ist mir so kalt, dass mein Kiefer sich verkrampft, während ich im Dunklen durch das Zimmer und in den Flur laufe, um meine Kleidungsstücke aufzusammeln. Hier eine Socke von ihm, da eine von mir; mit den Zehen stoße ich gegen seinen Gürtel, den er vorhin in einem Rutsch aus den Schlaufen gezogen und achtlos fallen gelassen hat.

In der Wohnung ist es totenstill. Mir kommt es verkehrt vor, wach zu sein und mich zu bewegen, geradezu dumm. Ein tiefer, uralter Instinkt drängt mich zurück zu ihm und in seinen Arm. Meine Kleider können mich nicht wärmen und erst recht nicht meine Verwundbarkeit lindern, die ich empfinde, als ich sie überziehe. Es darf nichts an meine Haut außer seiner Haut, es ist falsch, was ich hier tue.

Die Welt da draußen wird Feindesland sein, dunkel und kalt und erfüllt von bösen Geistern, die unsichtbar um mich herumschwirren und mir erneut einflüstern wollen, dass das absolut irrsinnig ist, was ich hier vorhabe, dass ich all dem niemals gewachsen bin, es wird mir mein Herz brechen, ja, das wird es.

»Ich will es so. So und nicht anders. Es ist richtig«, rede ich mir in Gedanken tapfer zu, bevor ich auf Socken und mit den Stiefeln in der Hand zur Wohnungstür schleiche, und verbiete es mir, noch einmal ins Schlafzimmer zu treten und ihn zu betrachten, denn ich würde ihn küssen wollen und ich möchte ihn nicht wecken. Das würde alles zerstören.

Aber jetzt zu gehen, zerstört auch etwas. Nicht zwischen uns, sondern in mir. Es fühlt sich jedes Mal so an, und doch heilen die Wunden wieder so weit zu, dass ich es erneut versuchen kann, sie zu riskieren.

Als ich nach draußen in die kühle Nachtluft trete, in der ich den Hochsommer bereits erahnen kann, komme ich mir vor wie ein Hund, der gerade neben dem warmen Kaminfeuer eingedöst ist und nicht versteht, warum er geweckt und nach draußen gejagt wurde. Es nützt nichts, dass Jan nicht sagte, ich solle gehen. Er hätte sagen müssen, dass ich bleiben soll. Dann wäre es ein Fest, Stunden nach Mitternacht mit seinem Geruch in meinen Haaren durch die schlafende Stadt zu laufen.

So aber zittere ich am ganzen Körper und kämpfe unentwegt gegen meine Tränen an; Tränen der Erschöpfung und Angst. Alles wirkt surreal, bedrohlich und unecht, als wolle die Stadt mich nicht, und selbst mein Körper verweigert sich mir, trotz des Lauftrainings, dem ich mich neuerdings mit unerbittlicher Härte unterziehe. Immer wieder muss ich blinzeln, um klar sehen zu können, alle Konturen verschwimmen und verwischen und mein linkes Bein kribbelt, als sei es eingeschlafen. Meine Zehen spüre ich gar nicht mehr. Wieso spüre ich sie nicht – es ist doch gar nicht kalt?

Ich laufe trotzdem weiter, was soll ich auch sonst tun? Zurückgehen, ihn wach klingeln und sagen, dass ich bleiben will? Um mir ein Nein einzufangen? Er würde sich keine höfliche Ausrede einfallen lassen. Außerdem will ich es doch gar nicht! Ein paar Stunden Zweisamkeit, viel fühlen, wenig reden, mehr nicht. Ich bin mir zudem sicher, dass Jan zu den Menschen gehört, die Frühstück für eine überflüssige Erfindung halten. Zigarette und Kaffee und eine gute Portion Wortkargheit, das wird ihm genügen. Was macht er eigentlich an seinen Wochenenden? Selbst das weiß ich nicht. Trifft er Freunde? Schaut er stundenlang Fußball? Zieht er in anderen größeren Städten von einer Disco zur nächsten und flirtet dort gedankenlos mit anderen? Oder sind Samstag und Sonntag vollgepackt mit Shootings?

Ich werde es nie erfahren, wenn ich nicht frage, denn wir reden kaum miteinander. Und je massiver unsere Wortlosigkeit wird, desto unmöglicher kommt mir die Überlegung vor, ihn nach seinem Leben auszuhorchen. Auch das ist eine Tabuzone geworden. Außerdem birgt es die Gefahr, dass er im Gegenzug nach meinem fragt, und die Antworten wären beschämend. Es ist gut, dass er nicht sieht, wie verloren und verwirrt ich durch die Straßen schleiche, als dürfte ich gar nicht auf der Welt sein. Es würde alles über mich preisgeben, was er niemals wissen soll. Ich bin paralysiert vor Angst.

Zweimal verlaufe ich mich beinahe und biege in die falschen Gassen ab, obwohl ich mich in der Stadt blind auskenne. Meine Seele schläft noch, wollte sich nicht aus seiner Umarmung lösen lassen. Nur meinen Körper habe ich bei mir und er funktioniert nicht richtig. Ich brauche mehrere Minuten, bis ich es mir glückt, die Haustür aufzuschließen; ich weiß nicht, ob es an mir oder dem Schlüssel liegt. Die Treppe nehme ich wie eine Betrunkene, torkelnd und zu laut, und vermutlich wird Jonas genau das denken, wenn er mich hört. Ronia auf dem direkten Weg in den Abgrund.

Dabei passe ich zum ersten Mal in meinem Leben auf mich auf.

Sobald ich im Bett liege, frierend und mit einem tauben Gefühl in meinen Muskeln, glaube ich ihn wieder neben mir zu spüren. Wie grausam die Wahrheit doch ist. Alleine zu sein.

Er müsste mich gar nicht im Arm halten, nicht einmal berühren. Es würde genügen zu wissen, dass er da ist.

Neben mir atmet und lebt.

Erst jetzt habe ich eine Ahnung davon, was Einsamkeit bedeutet.

Reflexionen in Schwarz

Jonas! Hilfe!« Mit jedem Rufen wird meine Stimme kraftloser und brüchiger. Sie wird ihn niemals erreichen können, das Badezimmer ist noch weiter weg von seinem Zimmer als mein eigenes und die Wände sind dick. Trotzdem versuche ich es erneut und schlage dabei mit der Faust gegen die Waschmaschine, denn meine Arme kann ich noch bewegen, wenn auch nur unter Schmerzen. »Jonas, bitte komm, bitte!«

Klappte da eine Tür? Angestrengt kneife ich die Augen zusammen und blinzle, doch die wandernden Schlieren bleiben und auch die massive Unschärfe, die mir jegliche Orientierung raubt.

Die Orientierung in meinem Körper habe ich bereits seit dem Aufwachen verloren, ich fühle mich, als hätte jemand meine Beine und Hüften von der Taille getrennt. Keuchend sehe ich dabei zu, wie meine Füße zucken, doch ich kann es weder stoppen noch sie aus eigener Kraft bewegen. Sie machen, was sie wollen. Wie in einem Anfall werden meine Waden geschüttelt, dann wieder ruhen sie schlaff und leblos auf dem Kachelboden. Mit meinen beiden Händen umfasse ich den unteren Teil der Toilette und versuche mich ein Stückchen in Richtung Tür zu ziehen. Vielleicht schaffe ich es, zu Jonas zu kriechen. Wenn er mich nicht bald findet und rettet, werde ich bewusstlos vor Angst.

»Ronia? Was machst du da? Oje, du bist betrunken. Und wahrscheinlich nicht nur das.«

»Ich bin nicht betrunken!«, will ich mich gegen seinen eindimensionalen Verdacht wehren, doch meine Worte sind so undeutlich, als habe ich mir tatsächlich drei Cocktails genehmigt.

»Ja, klar.« Er greift nach meiner Hüfte und zieht mich auf die Knie, aber sie rutschen wieder weg, sodass ich mit der rechten Schulter gegen die Toilette schlage. »Also anderes Zeug? Haschisch? Bist du bekifft? Mann, Ronia, dass du dich mit ihm abgibst, ist die eine Sache, aber musst du dich dann deshalb auch in seine Sucht reinziehen lassen?«

»Er ist nicht süchtig und ich … Jonas, bitte, hilf mir. Hilf mir!« Das panische Flehen in meiner Stimme lässt ihn aufhorchen. Obwohl mir mit jedem Wort schlechter wird, rede ich weiter, ohne dabei sehen zu können, ob er mir in die Augen schaut. »Hör mir zu, nur kurz. Ja? Hörst du zu?«

»Ja. Ich höre dich.«

Ich kann ihn nur undeutlich wahrnehmen, wie alles um mich herum. Überall wabern graue, dichte Nebelschlieren. »Ich war nicht bei Jan heute Abend, nur laufen, ich war nicht da, ehrlich! Ich bin eben aufgewacht und fühlte mich komisch und dann bin ins Bad gegangen, weil meine Füße kribbelten und kalt waren, so eiskalt. Ich wollte mir eine Wärmflasche machen. Doch plötzlich kippten mir die Beine weg und jetzt …« Halb blind greife ich nach vorne und bekomme eine Hand zu fassen. Hilfe suchend schlingen sich meine klammen Finger um seine. Er zieht sie nicht weg. »Ich kann sie nicht mehr bewegen. Ich spüre sie, aber ich kann sie nicht mehr bewegen, schau doch.«

Wieder verstärkt sich das fremdartige Rieseln und Kribbeln in meinen Venen und meine Füße werden wie von Geisterhand geschüttelt.

»Hast du was genommen, Ronia? Irgendwelche Drogen, Medikamente, irgendwas? Du musst mir das sagen.«

»Nein!« Ich heule, ohne dass Tränen meine Wangen hinunterlaufen. Auch mein Mund ist unerträglich trocken, wie so oft in letzter Zeit, wenn ich nachts aufwache. »Ich schwöre dir, ich hab nichts genommen.«

»Gut. Ich bringe dich jetzt ins Krankenhaus.«

»Nein! Das darfst du nicht, ich kann nicht ins Krankenhaus, bitte nicht!« Immer wieder bleibt meine Zunge am Gaumen kleben, weil ich keinen Speichel mehr produziere. Ich höre mich geisteskrank an. Doch ich habe seit jeher scheußliche Angst davor, für länger als ein paar Stunden in eine Klinik zu müssen. Ich besitze noch sämtliche Organe, Blinddarm, Mandeln, Polypen, alles da, und meine Kindheitswunden konnten ambulant behandelt werden. Deshalb hatte ich mir eines Tages vorgenommen, der erste Mitteleuropäer zu sein, der sein ganzes Leben lang niemals in einem Krankenhaus übernachten wird. Jetzt geht es weniger denn je.

»Keine Diskussion.« Jonas bettet mich auf den weichen Badezimmerteppich und eilt in sein Zimmer, wo er sich in Rekordgeschwindigkeit anzieht, um dann den Flur entlang in mein Zimmer zu rennen und mir meine Klamotten zu bringen. Ohne sich um mein Wimmern und Betteln zu kümmern, stülpt er mir das Sommerkleid über den Kopf, das ich heute Mittag noch getragen habe, und zieht mir meine Sandalen an die nackten Füße. Welchen Sinn ergibt das? Ich kann sie sowieso nicht mehr benutzen.

Doch ich bin zu schwach, um mich zu wehren, und kapituliere. Dann soll er mich eben ins Krankenhaus bringen. Sie werden mir ein paar Vitamine geben, meine Beine massieren und sagen, dass ich nur einen Schwächeanfall hatte. Oder einen Kreislaufzusammenbruch. Das kann doch passieren, nachdem man bei drückenden 30 Grad fünf Kilometer gelaufen ist, ohne eine Minute Pause zu machen, oder? Doch als ich meine Wade betaste, in der erneut Ameisen umherkrabbeln, kann ich keinen Krampf feststellen; im Gegenteil, die Muskeln fühlen sich erschreckend nachgiebig an.

»Du kannst wirklich nicht aufstehen und laufen? Ronia?«

»Nein«, flüstere ich matt.

»Scheiße.« Jonas flucht fast nie, aber dieses »Scheiße« kommt mitten aus seinem Herzen. »Dann trage ich dich runter.«

Ich zucke zusammen, als seine Hände um meine Taille fassen und er mich hochstemmt, denn der Nebel wird immer undurchdringlicher. Das ändert sich auch dann nicht, als wir im Auto sitzen; allein die Straßenlampen und Scheinwerfer der wenigen anderen Wagen dringen wie schwache Reflexionen der echten Welt durch meine Finsternis.

Wie Jonas fragen die Ärzte in der Notaufnahme zuerst nach Alkohol und Drogen. Ob ich vielleicht in einer Kneipe war und ein Getränk zu mir genommen habe? Nein, auch keine K.-o.-Tropfen, ich weiß es genau. Ich bin nur gelaufen, mehr habe ich heute nicht getan. Das mit dem Training wiederhole ich beharrlich, denn es ist das Einzige, was ich in meinem Leben noch aufrichtig tue. Ich laufe.

Als ich endlich in einem frisch bezogenen Bett liege, testen sie erneut meine Reflexe, während Jonas ununterbrochen in meiner Nähe bleibt und sich als mein Bruder ausgibt, damit sie ihn nicht wegschicken können. Hatte ich das früher nicht immer gewollt? Dass er mein Bruder ist?

»Spüren Sie das?« Ich nicke nur noch. Ja, ich spüre die Hand der Stationsärztin an meiner Fußsohle. Natürlich. Aber sobald ich versuche, mein Bein dagegenzustemmen, übernimmt etwas anderes die Kontrolle, kribbelnd und kalt. Erschöpft drehe ich mich auf die rechte Seite und ziehe meine Knie mit den Händen hinterher, jetzt fühle ich meinen Unterleib wieder, in dem schon seit Tagen ein trauriger, dunkler Schmerz haust. Doch ich fühle ihn. Morgen wird wieder alles so sein wie vorher. Es muss.

»Wir können nichts Konkretes sagen, wir müssen die Untersuchungen abwarten«, höre ich die Stimme der Ärztin gedämpft zu Jonas sagen. »Sieht nach neurologischen Ausfallserscheinungen aus. Das kann alles bedeuten und nichts. Deshalb wäre jede voreilige Diagnose falsch. Bitte verstehen Sie das.«

Er versteht es, während ich verstehe, dass ich bleiben muss, über Nacht und vermutlich auch die nächsten Tage. Da sie nicht wissen, was mir fehlt, können sie mir kein Schlafmittel geben, nur Baldrian. Dankbar schlucke ich zwei der kleinen braunen Pillchen, von deren Drogeriemarktversion ich heute Nachmittag schon vier genommen habe.

Ich schlafe die ganze Nacht nicht. Ich brauche das Morgenlicht, um zu wissen, dass ich es mir nicht einrede – aber das tue ich nicht, wie ich bei der ersten Helligkeit des Tages feststelle. Die Nebelschlieren haben sich zerstreut. Ich sehe wieder, unschärfer als vorher, das linke Auge kann Details nur verschwommen erkennen. Alles in allem jedoch nehme ich meine Umwelt wieder wahr. Vor dem Fenster geht die Sonne auf und auf dem Flur höre ich Wagen rollen, wahrscheinlich das Frühstück. Gleich werden sie mein Zimmer stürmen. Prüfend sehe ich mich um. Ich liege alleine, der Privatversicherung meines Vaters sei Dank. Jonas ist in der Ecke am Fenster in seinem Besuchersessel eingeschlafen.

»Großer Zeh«, denke ich so deutlich und bewusst, wie ich kann. Da – ich habe wieder Verbindung, er bewegt sich, hoch, runter, nach rechts und nach links. Außerdem kann ich meine Knie beugen und die Beine heben. Auch das Kribbeln hat so weit nachgelassen, dass ich nicht mehr an Ameisen, sondern nur noch an eine feine Gänsehaut denken muss. Gänsehaut ist etwas Normales, etwas Gutes. Ja, es wird alles gut werden, nachher schon werden sie mich entlassen und ich kann mich zu Hause erholen. Alles wird gut. Jetzt erlaube ich mir, der Müdigkeit nachzugeben und einzuschlummern.

Doch als ich aufwache, stehen zwei Ärzte und meine Eltern am Bett, Vater besorgt, Mama verweint, und ihre Blicke sagen mir, dass ich nur geträumt habe. Nichts ist gut. Sie wollen ihre Untersuchungen durchziehen. Obwohl ich wieder sehen und mich bewegen kann, bleibt der Nebel. Er ist in meinen Kopf und meinen Bauch gekrochen. Alles ist gepolstert und weich, nichts dringt zu mir hindurch, selbst die spitzen Nadeln nicht, die in meine Venen stechen und mir immer wieder Blut abzapfen, und auch nicht die Saugnäpfe an meiner Brust und an meinem Schädel. Geduldig beantworte ich die Fragen, die sich bei jedem neuen Arzt wiederholen, doch nun haben auch meine Blutwerte bewiesen, dass ich die Wahrheit gesagt habe. Keine Drogen, keine schweren Medikamente.

Es ist etwas anderes.

Mama bringt mir Kleider und etwas zum Lesen, Jonas meinen Schlafanzug, Süßigkeiten, meinen MP3-Player und mein Handy. Doch ich rühre nichts davon an. Mein Leben macht eine Pause und so mache auch ich Pause, bis sich das Missverständnis geklärt hat und sie endlich schwarz auf weiß haben, dass ich gesund bin.

Ich spreche kaum und empfange keinen Besuch außer dem von meinen Eltern und Jonas. Das, was sie und die Ärzte sagen, verhallt sofort wieder. Es tangiert mich nicht.

»Ich bin ja da, von mir aus schlafe ich jede Nacht in diesem Stuhl.«

»Kind, wir sind bei dir. Wir lieben dich, das weißt du. Auch im Streit, auch in unseren Konflikten. Unsere Tür steht dir offen.«

»Gott schickt uns Prüfungen, das ist nur eine davon und du wirst sie bestehen, wie alle anderen auch.«

»Wir müssen erst weitere Untersuchungen abwarten, bitte haben Sie Verständnis. Morgen wissen wir mehr.«

Ich sage nichts.

Der Morgen erwacht dunstig und kühl, doch die Sonne kämpft sich schon bald in gleißenden Strahlen zur Erde hinab. Wie erfroren stehe ich am offenen Fenster und schaue in die sattgrünen Kronen der Bäume, ohne etwas zu sehen. Draußen ist Sommer, in seiner höchsten, süßesten Blüte, doch es ist nicht mehr mein Sommer. August – dieser Monat war mir schon immer unheimlich gewesen, mein ganzes Leben lang. In den ersten zehn Tagen wurde ich seit meiner Pubertät jedes Jahr aufs Neue von einer unerklärlichen Schlaflosigkeit und Bauchschmerzen geplagt. Jetzt weiß ich, warum. Es waren Vorahnungen gewesen. Der Kalender zeigt den achten August.

»Kommen Sie bitte, Frau Leonhard? Dr. Siegmund erwartet Sie zum abschließenden Diagnosebericht.«

Jonas ist wieder auf dem Revier, ich muss es alleine durchstehen – und ich will es auch. Es geht niemanden etwas an. Was werde ich hören? Die erleichternde Botschaft, dass nichts festgestellt werden konnte und ich meinen Alltag wieder aufnehmen soll, aber in Zukunft bitte mehr trinken und weniger trainieren? Welcher Alltag um Himmels willen – weinen, wachen, grübeln? Oder höre ich jetzt etwas, das alles Vertraute auf einen Schlag in den ewigen Schatten rücken wird, bis er mich verschlingt?

Es fällt mir schwer, mich auf die Ausführungen des Arztes zu konzentrieren. Das Blau seiner Augen irritiert mich zutiefst. Sie sind so hell und klar und gleichzeitig furchtbar müde – genau wie mein Herz sich fühlt.

»… sodass wir zu dem Schluss gekommen sind, dass Ihr Anfall möglicherweise ein erster Schub von multipler Sklerose war. Frau Leonhard? Hören Sie mir zu?«

»Was haben Sie gesagt? Ich habe multiple Sklerose?« Ich kann es nur hauchen, meine Stimme versagt sich dieser Diagnose. Es ist, als ob meine Welt auf einen Schlag ihre Musik und ihre Farben verloren hat. Sie ist schwarz-weiß und still geworden. Nichts darin kann sich noch regen, nichts fliegen und seine Form verändern. Ich bin gefangen.

»Nein. Nein, ich habe lediglich den Verdacht geäußert, dass Ihre neurologischen Ausfälle darauf beruhen *könnten*. Könnten, Frau Leonhard!«

»Und warum wissen Sie es nicht genauer?«, frage ich flüsternd, während mir dicke, schwere Tränen über die Wangen rinnen und auf meine Oberschenkel tropfen.

»Der mögliche Schub war in seinen Symptomen diffus und eine klare Diagnosestellung ist bei dieser Krankheit nicht ganz einfach. Wir müssen erst einen eventuellen zweiten Schub abwarten, damit sich der Verdacht erhärtet – oder auch nicht.«

»Wir?« Nun habe ich meine Stimme wiedergefunden. »*Wir* müssen es? Nein, *ich* muss es, sonst niemand! Ich muss das durchmachen, ganz alleine, nicht Sie!« Doch meine Wut verpufft sofort. Weinend reibe ich meine Augen, die wieder sehen können, noch tun sie das, aber wie lange? Wann werde ich blind sein? Wann im Rollstuhl sitzen? Wann nicht mehr in der Lage sein, meinem Beruf nachzugehen? Im Rollstuhl lassen sich keine Ausgrabungen machen. Das geht nicht. Und Jan, oh mein Gott, Jan.

»Gehen Sie vom Besten aus, Frau Leonhard, nicht vom Schlimmsten. Es muss sich nicht bewahrheiten. Es kann, die Verdachtsmomente sind da, keine Frage, aber es muss nicht.« Er reicht mir ein dickes Taschentuch. Was hatte ich vor Kurzem geträumt? Der Tod stand neben meinem Bett? Es war die Wahrheit gewesen.

»Das ist das Ende.«

»Nein, das ist es nicht.« Tröstend umfasst Dr. Siegmund meine Hand, die zitternd das Taschentuch zerknüllt. »Selbst wenn es Ihnen in diesem Moment so vorkommen mag: Ihr Leben ist nicht zu Ende!«

»Doch, das ist es«, widerspreche ich ihm tonlos, ohne ihn anzublicken. »Mein Leben, das ich jetzt führe, ist zu Ende.«

Ich sehe Jans halb geschlossene Augen vor mir, wie sie mich während unserer Küsse und Umarmungen oft anblickten, so fern und nah zugleich, und weiß, was ich zu tun habe. Sicherer war ich mir einer Sache nie und es fühlt sich beinahe angenehm an. Meine Entscheidung ist klar, kalt und einfach. Ich muss an ein Seidentuch denken, das auf die Klinge eines Samuraischwerts gleitet und lautlos zerteilt wird. Genauso ist es. Es gibt kein Zusammen mehr, es gab vermutlich niemals ein Zusammen. Wir waren immer Getrennte. Die Krankheit hat mir den Weg gezeigt, dies zu vervollkommnen, und es wird mir leichtfallen. Dieses Mal bin ich diejenige, die geht, und ich habe den besten Grund der Welt dazu.

»Gut.« Wankend stehe ich auf. »Dann lasse ich mich jetzt also nach Hause fahren und warte … warte auf den nächsten Anfall?«

Dr. Siegmund nickt. »Führen Sie am besten Tagebuch über Ihr körperliches Befinden, aber bitte im Vertrauen, nicht in Angst. Sie sind untergewichtig und haben übermäßig Sport getrieben, dazu dauerhaft zu wenig zu sich genommen. Schauen Sie, dass Sie sich aufbauen und an Ihrer Stabilität arbeiten – auch an Ihrer seelischen

Stabilität. Sollten wieder akute Ausfallserscheinungen auftreten, kommen Sie so schnell wie möglich zu uns. In Ordnung? Ich habe hier eine Infobroschüre mit den typischen und untypischeren Akutsymptomen. Lesen Sie es sich in Ruhe durch und bei Fragen rufen Sie an. Sie können uralt werden, Frau Leonhard. Alles ist möglich. Versuchen Sie daran zu glauben.«

Nein, das kann ich nicht. Ich konnte noch nie an Wunder glauben; und in dieser Sache wird es mir auf keinen Fall gelingen. Lieber sehe ich der Wahrheit ins Gesicht, als mir etwas einzureden, das nicht eintreffen wird.

Schon auf dem Weg ins Foyer werfe ich die Broschüre in den nächsten Papierkorb. Ich brauche sie nicht. Es passt alles zusammen: meine unbestimmte Furcht vor dem August, der größenwahnsinnige Glaube, die lockere, unverbindliche Affäre von Jan und mir könne funktionieren, das Aus mit Johanna, der Streit mit meinen Eltern, der Traum vom Sensenmann neben dem Bett, die angreifenden Dämonen. Alles Vorboten. Nur habe ich es nicht begriffen.

Jetzt aber weiß ich es. Ich werde sterben. Langsam, in Raten. Mein Körper wird zerfallen und er wird diesen unbarmherzigen Prozess als Überraschungsparty inszenieren. Alle ein bis zwei Monate ein neuer Schockmoment, bis die Krankheit mich zu ihrer Sklavin gemacht hat und ich ihr wehrlos ausgeliefert bin.

Nur mein Herz – das wird mir gehören. Und ich werde es schützen. Jetzt.

Es ist höchste Zeit.

Das Blitzen von Stahl

Ronia, ich akzeptiere das nicht! Nicht am Telefon!«

»Aber es ist doch sowieso egal! Es wird gar nicht gehen. Ich habe meine Prüfungen geschwänzt und jetzt …«

»Sie haben nicht geschwänzt.« Überrumpelt verstumme ich. Anscheinend weiß Kai Schuster mehr, als ich dachte. Das wundert mich zwar, macht es aber auch einfacher. »Ihre Eltern haben uns mitgeteilt, dass Sie im Krankenhaus waren, und keine Universität in diesem Land wird einen Klinikaufenthalt als Schwänzen betrachten. Selbstverständlich können Sie die Prüfungen wiederholen, das ist kein Problem!«

»Nein, das kann ich nicht. Weil es keinen Sinn ergibt. Prüfungen sind überflüssig, wenn man nicht mehr studieren will.« Ich schlucke heftig, um glauben zu können, was ich da sage, denn obwohl ich mich mit sämtlichen Zukunftsplänen überfordert fühle, weil sich nichts mehr planen lässt in meinem Leben, tut der Gedanke weh. »Ich werde nicht als Archäologin arbeiten können, nicht mit dem, was ich habe.«

»Sie sind zu Hause. Oder? Also sind Sie nicht in Lebensgefahr. Haben Sie einen Gips oder eine Operationsnarbe? Etwas Akutes?« Kai Schuster dämpft seine Lautstärke, um nicht zu fordernd zu klingen, doch er kann kaum verhehlen, dass er nicht willens ist, allzu schnell die Flinte ins Korn zu werfen. Ich hätte besser daran getan, auch beim sechsten Klingeln nicht ans Telefon zu gehen. »Werden Sie im nächsten halben Jahr sterben?«

»Nein. Wohl nicht. Aber ich …«

»Dann können Sie studieren. Und Ronia, ich möchte das nicht am Telefon ausdiskutieren und schon gar nicht möchte ich, dass Sie diese Chance mit einem Anruf über Bord werfen.«

»Ich habe nicht angerufen«, erinnere ich ihn milde. »Sie haben mich angerufen. Sechs Mal übrigens. Und das war nur heute. Andere würden das Stalking nennen.«

»Ja, verflucht, weil ich Sie dabeihaben möchte und weil ich weiß, dass Sie dabei sein wollen.« Er atmet tief durch und ich kann hören, wie er einen großen Schluck Kaffee nimmt. »Der Platz ist immer noch frei. Sagen Sie mir ins Gesicht, dass Sie ihn nicht wollen. Dann akzeptiere ich es.«

»Gut. Von mir aus. Ich muss mich sowieso noch exmatrikulieren«, erwidere ich kühl. »Nächsten Donnerstag?«

»Sie kommen zu mir, bevor Sie sich exmatrikulieren, denn Sie werden sich nicht exmatrikulieren, verstanden? Davor. Sie haben das Zeug zum weiblichen Indiana Jones, Ronia!«

»Den weiblichen Indiana Jones gibt es bereits.« Ich lächle ohne jede Freude. »Sie heißt Lara Croft und hat Medipacks am ihrem Gürtel, für den Fall, dass sie versehentlich ersäuft oder vom Felsen stürzt. Das gilt für mich leider nicht. Schönen Abend und bis Donnerstag.«

Ich lege auf, bevor er weiter auf mich einreden kann, doch seine

Beharrlichkeit hat mich inspiriert. Kai Schuster hat recht. Manche Dinge muss man dem anderen ins Gesicht sagen. Und es wird leichter sein, Jan ins Gesicht zu sagen, was ich ihm mitteilen will, als Kai Schuster klarzumachen, dass ich mein Studium hinschmeißen werde. Ich war in den vergangenen Wochen sowieso kaum noch an der Universität, und wenn, saß ich träumend und grübelnd in der Bibliothek oder stopfte in der Cafeteria Nudeln in mich hinein.

Das, was ich jetzt vorhabe, ist eine gute Übung, und wenn ich es erst hinter mich gebracht habe, werde ich mich besser und befreiter fühlen. Länger warten kann ich nicht; die Gefahr ist zu hoch, dass ich eine weitere Nacht von ihm träume – Träume, die voller Nähe, Leben und Zärtlichkeit sind und damit das Gegenteil meiner Zukunft. Es sind Nachwehen, mehr nicht.

Vor allem aber darf er niemals erfahren, was los ist. Er soll mich als begehrenswert, gesund und unverwundbar in Erinnerung behalten, nicht als eine Kranke, die von nun an dem Zerfall preisgegeben ist. Ich möchte weder Mitleid noch, dass er sich ein paar tröstende Sprüche abringt, die nicht von Herzen kommen. Und ich möchte, dass es als meine ureigene Entscheidung in die Fahnen des Schicksals geschrieben wird.

Aber gibt es überhaupt noch eine Trennung von der Krankheit und mir? Wir sind eins. Sie entscheidet über alles, was ich tue und nicht tue. Doch es genügt, wenn ich das weiß. Er darf es nicht wissen.

Auf dem Weg in die Fischergasse achte ich auf jeden Schritt, meinen Atem, die Anspannung und Entspannung in meinen Muskeln. Bin ich stabil? Oder nähert sich ein neuer Schub? Bei ihm soll er mich nicht erreichen. Ich möchte wirken wie eine entschiedene, selbstbewusste Frau, die weiß, was sie tut und warum sie es tut. Er muss es akzeptieren. Ich habe mir meine Sätze und Argumente viele

Male zurechtgelegt und ausgesprochen, Zeit hatte ich genügend. Ich muss sie nur noch auswendig herunterbeten. Das werde ich hinkriegen. Bisher hatte ich in jeder mündlichen Prüfung eine Eins. Es wird ein Kinderspiel sein.

»Da bist du ja.« Er hat Schatten unter den Augen und den Abdruck einer Kissennaht auf der rechten Wange. Habe ich ihn geweckt? Er scheint nicht viel geschlafen zu haben in den vergangenen Tagen. Oder nimmt er wieder mehr Drogen? Doch die Wohnung ist ordentlich wie immer, allerdings ohne Kerzenlicht. Zum ersten Mal bin ich tagsüber hier. Jetzt erst sehe ich, dass hinter dem Küchenfenster ein dichter, verwunschener Garten liegt, ein sonnengeflecktes Meer aus Grün. »Ist was passiert? Alles in Ordnung mit dir?«

»Ich muss mit dir reden.« Weil meine Beine zu zittern beginnen, gehe ich voraus ins Wohnzimmer. Doch ich lehne mich an die Wand, statt mich aufs Sofa zu setzen. Im Flur kann ich nicht bleiben, es ist das riesige Foto von ihm, das mich aus dem Konzept bringt – der Anblick seiner nackten Arme, die mich so oft umfangen und durch diesen Flur geschoben haben. Kein einziges Mal haben wir auf dem Sofa miteinander geschlafen. Er wollte immer rüber auf sein großes, weiches Bett. Nie wieder werde ich dort liegen. Wenn ich nur eine Nacht bei ihm hätte bleiben können … Nur eine Nacht. Dann wäre mein Leben reicher gewesen.

»Okay.« Auch er bleibt stehen, ein paar Meter von mir entfernt am Fenster, sodass sein Gesicht sich im Gegenlicht befindet und ich seine Mimik nicht erkennen kann. »Was ist denn los?«

»Mir geht's nicht gut.« Falscher Text! Falscher Text, das wollte ich nicht sagen. Keine Befindlichkeiten, nur Sachinformationen. Jan zuckt stumm mit den Schultern, als habe es nichts mit ihm zu tun.

»Weißt du eigentlich, was ich mache? Was ich werden will? Was ich lerne und warum ich es tue?« Oh nein, wieso diese Sätze? Die waren nicht in meinem Skript und vor allem sind sie sinnlos. Ich werde mich exmatrikulieren, es ist also vollkommen egal, ob er weiß, was ich tue oder nicht.

»Klar. Du studierst Archäologie, korrekt? Und was hat das mit mir zu tun?«

»Ja, ich will Archäologin werden, ich habe wichtige Arbeiten und Prüfungen vor mir und auch ein Auslandssemester in Frankreich, bald schon und … das alles interessiert dich doch einen feuchten Dreck.«

Jan hebt erstaunt, aber gefasst den Kopf. Sucht er meinen Blick? Wenn ja, dann tut er das vergeblich. Auch ich kann meine Augen verbergen, obwohl sie offen sind.

»Warum, ich versteh nicht«, murmelt er rätselnd. »Fandest du es nicht – okay?«

»Doch, natürlich.« Er soll nicht auf die Idee kommen, ich würde irgendetwas bereuen. Es genügt, dass ich meinen kompletten Text vergessen habe und nur noch Unsinn rede. »Ja. Ich habe es ja auch herausgefordert. Hab mich frei und stark gefühlt, anfangs. Aber das ist nicht mehr so. Du laugst mich aus.« Auch das wollte ich niemals sagen. Es ist nicht die Wahrheit. Viel eher habe ich das Gefühl, ich selbst lauge mich aus. Doch es hat mit ihm zu tun, mit uns beiden.

»Ich lauge dich aus? Wieso denn das?« Abweisend verschränkt er die Arme. »Verlange ich etwas von dir?«

»Nein!«, rufe ich verzweifelt. »Nein. Aber diese ganze Geheimhalterei, die ständige Unsicherheit. Ich kann das nicht mehr. Ich will nicht dauernd streiten und dann wieder alles vergessen. Für ein paar aufregende Minuten. Wir streiten doch nur. Wenn wir versuchen zu reden, streiten wir.«

Für eine Sekunde sehe ich in Jans Gesicht, doch das Gegenlicht macht es mir unmöglich, seine Gefühle abzulesen. Plötzlich macht er einen Schritt auf mich zu. Sofort hebe ich abwehrend meine Arme und er stockt. Er darf mich nicht berühren. Wenn er das tut, ist alles zu spät.

»Ronia, ich bin nicht sauer. Ich will nur wissen, weshalb.«

»Ich fühl mich alleine!«, bricht es aus mir heraus. »Versteh doch, ich brauche mehr zum Glücklichsein als Sex und einen schönen Mann zum Anfassen. Ich weiß, das ist banal, aber – sehnst du dich nicht auch manchmal nach Geborgenheit und Sicherheit?« Wieso frage ich das ihn, jenen Mann, der mir mehr von beidem gegeben hat als Jonas und meine Ex-Freunde zusammen? Oder habe ich das nur so wahrgenommen, weil ich es nicht von ihm erwartet hatte?

»Ich habe gelernt, das in mir selbst zu finden. Zumindest probiere ich es.« Ich verstehe nicht, wie er das meint, das ist doch Humbug, man braucht dazu andere Menschen. Doch seine Antwort gab den allerletzten Ausschlag. Sie zeigt, wofür ich einen Gegenbeweis erhoffte, bis eben noch – es geht ihm nicht um mich. Ich muss es zu Ende bringen.

»Du könntest mir das nie geben, nie. Du würdest es gar nicht wollen.« Nein, stopp. Keine Vorwürfe. Ich beiße in meine Handknöchel, um nicht zu weinen. Minuten vergehen, bis ich weitersprechen kann. »Ich will nicht, dass das ewig auf diese Weise geht mit uns. Und außerdem, nein, vergiss es.« Schweig, du dummes Weib!, herrsche ich mich in Gedanken an. Schweig endlich!

»Was, Ronia? Was wolltest du gerade sagen?« Seine Stimme … Wie soll ich weiterleben, ohne sie meinen Namen aussprechen zu hören, während er mich berührt?

»Ich muss dir nicht alles sagen.«

Das Schweigen, was nun folgt und sich ausdehnt, ist wie ein großes, verschlingendes Nichts. Ich empfinde die Wohnung finsterer, als ich sie in all den Nächten erlebt habe. Dabei schaue ich unentwegt auf die langen, schmalen Streifen, die die Nachmittagssonne auf die Dielen wirft.

»Liebst du mich?« Jan spricht leise, aber bestimmt. Verblüfft sehe ich zu ihm auf. Er hat seine Arme wieder gelöst, sie hängen entspannt herab.

»Jan? Glaubst du das etwa?«

Ich brauche all meine Kraft, um stehen zu bleiben. Mein ganzer Körper zittert und die hereinfallenden Sonnenstrahlen machen mich mürbe. Ich möchte zurück in die weiche, funkelnde Schwärze unserer Abende und Nächte.

»Wenn du es nicht sagen kannst …« Behutsam geht er auf mich zu, wartet, macht einen weiteren Schritt. Bleib weg, Jan, bitte, bleib weg. »Zeigst du es mir dann?« Wie in Zeitlupe streckt er seine rechte Hand aus, als wäre ich ein scheues Tier, das er zum allerersten Mal berühren möchte. Mühsam richte ich mich auf und weiche zurück.

»Nein. Sonst hört das nie auf. Bitte komm mir nicht zu nahe.«

Jan gibt auf. Er lässt die Hand sinken und tritt zurück ans Fenster, wo die Sonne ihn mit einem orangeschimmernden Lichtkranz umgibt. Ich werde seine offenen Augen nicht mehr sehen. Ich kann mich nur noch daran erinnern, wie an ein fernes, flüchtiges Wunder. Aber ich glaube nicht an Wunder.

Im Flur bleibe ich noch einmal stehen. So soll es nicht enden.

»Jan.« Nicht ihn blicke ich an, sondern das Abbild an der Wand, jenen Jan, den ich an Weihnachten kennengelernt habe – doch ich kann mich nicht mehr an mich selbst erinnern. Wer war ich gewesen? »Du warst sehr zärtlich mit mir und ich werde das alles niemals vergessen, ich schwöre es, aber …«

»Halt. Das ›Aber‹ will ich nicht hören. Es reicht. Lass es nur einmal so stehen. Lass es, bitte. Ich wünsch dir ein schönes Leben, Ronia. Stay gold.«

Er nimmt es hin. Ist es denn so einfach, sich zu trennen? Keine Gegenwehr? Wie habe ich bei den anderen gebettelt und verhandelt, Probephasen herausgeschlagen, versucht, Versöhnungen zu inszenieren – und jetzt mache ich zum ersten Mal selbst Schluss und nichts passiert? Doch er sagt kein Wort mehr. Es ist, als habe er sich in Luft aufgelöst.

Sobald ich das Haus und die Fischergasse hinter mir gelassen habe, sinke ich inmitten der Menschen an eine Schaufensterscheibe und presse die Hände gegen mein Gesicht. Ich kann nicht glauben, was ich getan habe. Doch es war richtig. Dieses Mal habe ich die Kontrolle behalten und die Dinge koordiniert. So, wie ich es am Anfang beschlossen hatte. Ziel erreicht. Ich habe es begonnen und ich habe es beendet. Niemand hat über mich bestimmt.

Es gab keine andere Möglichkeit, es war längst überfällig und ich hatte eine Heidenangst vor einem Aus – nun habe ich es selbst eingeleitet. Es war nicht nur richtig, sondern auch vernünftig und klug. Jeder wird es gutheißen. Wenn der erste Schock erst einmal verflogen ist, werde ich stolz auf mich sein.

Doch der Trennungsschmerz hat sich verändert. Er ist nicht so bodenlos, wie wenn mit mir Schluss gemacht wurde. Er krallt und beißt, als wolle er mein Inneres Stück für Stück vernichten. Weinen kann ich nicht.

Zu Hause sitze ich tatenlos in meinem Zimmer auf der Bettkante und frage mich, ob man an so etwas sterben kann. Vielleicht wäre es der bessere, ehrlichere Tod. Prüfend lege ich meine rechte Hand auf mein Herz. Was nur sagt es mir? Ich habe es in den vergangenen Wochen ununterbrochen verwundet und verwunden lassen, es muss verstehen, warum ich das getan habe, und mir danken – es muss aufhören wehzutun. Sehnsucht darf sein, auch Wehmut und Melancholie, doch diesen Schmerz kenne ich nicht. Das Herz ruft mir in seiner Qual etwas zu, aber ich kann seine Sprache nicht verstehen. Wir kennen uns nicht mehr.

War das womöglich doch noch nicht der letzte Schritt? Und Jan nur eine von den Prüfungen, die Vater erwähnt hat? Wie ein Weckruf, der mir zusammen mit der Krankheit deutlich macht, wo mein Platz ist – nämlich doch bei Jonas? Ich vermisse sein Vertrauen und seine liebevolle Rücksicht immer mehr. So fern wie in den vergangenen Wochen waren wir uns nie gewesen. Und es tut weh. Zwischen uns hatte doch zuvor kein Blatt Papier gepasst. Musste er erst auf Distanz gehen und Jan mich in den erotischen Irrsinn treiben, damit ich erkenne, wie sehr er zu mir gehört? War ich all die Jahre zu verblendet?

Ich habe nie um Jonas buhlen müssen. Aber er gehörte zu mir. Wenn diese Geschichte mit Jan und die Diagnose mir sagen wollen, was wichtig im Leben ist und worauf es ankommt, dann sollte ich das anerkennen und befolgen, solange ich es noch kann. Jonas' Distanz könnte bezwecken, mich wachzurütteln. Das Schicksal erlaubt nicht, es fordert. »Doch, genau so ist das«, spreche ich meine Schlussfolgerungen halblaut aus. »Ich hab es nur nicht gesehen.«

Ist das die Gnade, über die ich vor Kurzem noch nachdachte? Man bekommt sie nicht einfach so. Man muss dafür leiden. Wie Hiob. Den erwähnt Vater in mindestens jeder dritten Predigt, mit ihm kenne ich mich aus. Jetzt erst, da ich todkrank bin, kann ich sehen, wohin mein Weg mich führt. Es wird nicht alles gut werden, aber ich werde die wahre Liebe erfahren. Keine heimlichen Treffen mit leidenschaftlichem Sex ohne viele Worte, sondern ein aufrichtiges Miteinander, in dem die seelische Verbundenheit zählt und nicht das Begehren. Das mit der Erotik hört doch sowieso irgendwann auf. Und haben Jonas und ich nicht immer eine enge seelische Verbundenheit empfunden? Ich muss es nur hinnehmen, als etwas Vorbestimmtes, was immer so sein sollte. Es hat sogar etwas Rührendes – und Tiefe, ich höre schon die Reden zu unserer Trauung, zwei Irrende, die sich endlich gefunden haben. Nun ja, eine Irrende und einer, der es immer wusste, aber macht es das nicht noch ergreifender?

»Was sagst du dazu, Herz?«, flüstere ich. Es schweigt. Kein Schmerz mehr. Kein Sehnen und Hoffen. Nur stumme Leere. Also ein Ja.

Es ist weit nach Mitternacht, als Jonas nach Hause kommt. Ich habe geduscht, mir die Haare gewaschen und Essen gekocht. Kerzen wird es bei uns nie geben, sie erinnern mich zu sehr. Auch auf die Servietten habe ich verzichtet. Trotzdem erwartet ihn eine für unsere WG ungewöhnlich behagliche und aufgeräumte Küche, als er neugierig um die Ecke lugt, um zu sehen, warum Licht brennt und Musik läuft. Radio, kein Chillout.

»Ich hab Schluss gemacht. Mit Jan.«

Schon wieder der verkehrte Auftakt. Aber egal, er soll das ruhig wissen – und mich dafür loben. Damit ich endlich eine Bestätigung von außen dafür bekomme, einen wichtigen Schritt in die richtige Richtung gemacht zu haben.

»Und das feierst du jetzt? War es so schrecklich mit ihm?« Ironische Scherze sind bei Jonas so selten wie Schnee an Weihnachten. Sein unberührter Spott macht mich wütend, doch auch traurig, ohne dass ich weiß, wieso.

»Setz dich«, überspiele ich meine Gefühlsverwirrung und deute auf den Stuhl am Fenster. »Ich hab Hühnchen und …«

»Ich hab schon gegessen, danke. Eigentlich will ich nur noch ins Bett und schlafen.« Jonas deutet fragend auf den gedeckten Tisch und dann auf mich, die beflissen im Reis rührt. Mein Herz schweigt immer noch, es klopft nur, mehr nicht. »Ronia, was soll das? Du benutzt die Küche sonst in erster Linie, um sie zu verwüsten und Krümel auf dem Boden zu verteilen. Ist das wieder eine deiner Überreaktionen?«

»Ist es nicht! Ganz im Gegenteil!«, ereifere ich mich und lasse den Löffel zurück in den Topf fallen. Das hier würde sowieso niemand freiwillig essen. Doch der Wille zählt und den muss auch Jonas erkennen. »Ich sehe ganz klar, zum ersten Mal in meinem Leben. Jetzt weiß ich es!«

»Was weißt du?« Jonas wirkt nicht, als habe er es eilig, die Antwort zu erfahren. Er geht sogar einen Schritt zurück, um sich in den Türrahmen zu lehnen. Auch das macht mich wütend und zur Wut gesellt sich ein panisches Aufwallen in meinem Magen. Hat er sich während meiner Zeit mit Jan schon so weit von mir entfernt, dass ich ihm gleichgültig geworden bin? Wir kennen uns seit unserer Kindheit, ich darf ihm nicht gleichgültig sein! »Wohin ich gehöre. Was wichtig ist und wer es gut mit mir meint. Und das bist du, Jonas! Du warst es immer, ich hab es nur nicht kapiert und das tut mir aufrichtig leid, ehrlich, es tut mir leid!« Meine Stimme kippt, er wird mir meine Angst anmerken, doch solange ich rede, ist es nicht zu spät. »Jetzt weiß ich es und nur das zählt, oder? Das mit Jan, das war ein Irrtum, eine Flucht, weil ich so verletzt war durch Lukas und sein Gerede. Ich wollte mich damit trösten, auch, weil ich an Silvester fast vergewaltigt wurde …« Jonas' müde Augen weiten sich erschrocken. »Ja, ich hab es niemandem erzählt, aber diese Prügelei, das hatte mit mir zu tun. Die wollten mir an die Wäsche.«

Das ist alles so weit weg. Ich wünschte, ich könnte mich zurück in den Moment beamen, in dem ich von ferne zusah, wie Jan einen der Typen trat. Kurz bevor die Hunde kamen. Und ich will auch zurück in die Nacht, als wir ins Tierheim einbrachen und ich den Pittbull streichelte. Doch das ist Vergangenheit. Keine Träne mehr wert.

»Warum hast du nichts gesagt? Ronia, ich bin Polizist, wenn du es jemandem sagen kannst und musst, dann bin ich es!« Jonas kommt zurück in die Küche und macht ein zusätzliches Licht an, um mir in die Augen schauen zu können. Doch meine Wimpern flattern, ich sehe sogar ihre dunklen Schatten auf und ab wandern. »Gott, Kleines.«

»Ich hab mich eben geschämt!« Ja, so war es, ich hatte mich geschämt, und meine Aufrichtigkeit verleiht mir neue Energie. »Aber das ist jetzt verarbeitet und vergessen, ich hab es überwunden und ich hab Jan überwunden, nun bin ich hier und du bist hier und ich weiß endlich, dass wir zusammengehören. Als Paar.«

»Du weißt was?« Jonas beugt sich vor, als habe er sich verhört. Seine Miene wirkt bestürzt – aber sie sollte freudig wirken und erleichtert. Hat er etwa eine andere?

»Dass wir zusammengehören«, bekräftige ich mit fester Stimme. »Ich hab es endlich begriffen. Diese ganzen Sachen, die wollten mir das nur zeigen. Es tut mir leid, dass ich es so lange nicht wahrhaben wollte.«

»Ronia, wir …« Jonas streicht sich mit beiden Händen über seine Wangen und blinzelt. »Das ist keine Rechenaufgabe, bei der man plötzlich den Lösungsweg begreift. Du redest hier von Liebe. Die lässt sich nicht berechnen.«

»Aber das weiß ich doch! Von Liebe! Du und ich …« Wo ist meine rhetorische Begabung geblieben? Ich muss nach Worten suchen, anstatt mich aus jenem netten Katalog zu bedienen, den mein Hirn stets bereitgehalten hat. »Jonas, muss ich das wirklich erklären? Du weißt es doch auch.«

»Ich bin mir nicht sicher.« Wieder weicht er ein Stückchen zurück, als könnte ich ihn anspringen und mich an ihn klammern, um nie wieder loszulassen. »Kommt dir das nicht alles auch ein wenig seltsam vor? Du machst mit Jan Schluss und nur Stunden später sagst du mir, dass wir zusammengehören und du mich liebst? Findest du das nicht merkwürdig?« Herrgott, er soll sich endlich freuen, anstatt nach Haaren in der Suppe zu suchen.

»Manchmal ist das Leben eben merkwürdig!« Wieder kippt meine Stimme und meine Kehle wird eng. »Jonas, bitte glaub mir. Ich meine das ernst. Es muss so sein. Bitte lass mich jetzt nicht im Stich, bitte.« Ich muss mich beherrschen, um nicht vor ihm auf die Knie zu fallen. »Du hast es versprochen, weißt du nicht mehr? Dein Ritterehrenwort?«

Jonas war damals vierzehn und ich zehn. Johanna hatte ihn in unserem Garten feierlich zum Ritter geschlagen und sein Ehrenschwur hatte besagt, dass er sein Leben lang für mich da sein und mich beschützen werde. Johanna und ich hatten um die Wette gekichert in unseren Burgfräuleinkleidern, die wir uns aus Mamas Fundus gebastelt hatten, doch Jonas' Augen waren ernst gewesen und hatten mich unverwandt angeblickt. Jetzt aber fixiert er die Küchenanrichte, bevor er seufzend den Kopf schüttelt.

»Du solltest erst einmal zur Ruhe kommen und das mit der möglichen Diagnose verarbeiten, dich um dein Leben kümmern, bevor du …«

»Das tue ich! Jetzt gerade tu ich es!« Nun sind meine Tränen nicht mehr aufzuhalten. Sieht er mich denn nicht in meinem dunkelblauen Kleid mit den weißen Rüschen, über uns der Sommerhimmel und unter meinen nackten Füßen der weiche grüne Rasen, in dem ich immer wieder Schmuck und Münzen vergraben hatte? Er muss mich doch sehen! »Ich bin hier, Jonas, und ich brauche dich. Ich brauche dich, wir gehören zusammen.«

»Ist gut jetzt, Ronia. Mach das nicht. Steh wieder auf. Ich lasse dich nicht im Stich, das hab ich dir immer gesagt. Aber wir sollten es langsam angehen, okay? Keine Angst, ich bin da.« Ich muss doch auf die Knie gesunken sein, denn ich spüre, wie ich hochgehoben werde und seine Arme sich um meine Schultern legen, sodass ich meinen Kopf an seine Brust betten kann. Er darf mich nicht so berühren, eigentlich darf er das nicht, aber ich brauche es jetzt, wie eine bittere Medizin. Irgendwer muss mich halten, sonst schaffe ich das nicht. Meine Krankheit. Mein Leben. Die Zukunft.

»Ich hab solche Angst«, schluchze ich.

»Das weiß ich und ich verstehe es, wir machen uns alle Sorgen, aber bitte beruhige dich. Du darfst dich nicht so aufregen. Magst du noch was essen? Nein? Warte.« Sanft lässt er mich auf den Stuhl gleiten, auf dem er hätte sitzen sollen, kippt das Essen in Tupperdosen und stellt sie in den Kühlschrank. Es tröstet mich, ihm dabei zuzusehen, obwohl sich immer wieder Bilder von Jan und seinen gewagten Kochlöffel-Würfen dazwischenschieben. Jonas würde niemals Kochutensilien durch die Küche pfeffern. Aber hatte ich seine Ruhe nicht immer gemocht? Mit geübten, ruhigen Griffen räumt er die unbenutzten Teller und Gläser in den Schrank, bevor er mich an der Hand nimmt und ins Bad führt, wo er sich aus seiner Uniform schält und ich schweigend meine Zähne putze. Von nun an bis dass der Tod uns scheidet, denke ich sachlich. Das wird es sein. Kein Bangen mehr, kein Verlieben, keine Schmetterlinge im Bauch. Es ist sicher und gewiss. Ohne Überraschungen – vor allem ohne böse Überraschungen.

Heute muss er nicht fragen und sich einen Korb einfangen. Auch ich frage nicht, als ich mich neben ihm ins Bett lege und in seinen Arm krieche. Die Erinnerungen an Jan werden verblassen, bestimmt. Es ist doch immer so. Nur das zählt, was ist, und das, was ist, ist gut. Ronia und Jonas in einem Bett. Sein Hoffen und Sehnen ist wahr geworden.

Doch er macht keinerlei Anstalten, mich zu küssen oder sich auch nur meinem Gesicht zu nähern. Ich grolle ihm deshalb nicht. Er hat mir sein Versprechen gegeben, das ist alles, was ich wollte – der Rest hat Zeit. Jahre und Jahrzehnte. Ich bin in Sicherheit.

Doch je tiefer er schläft und je wacher ich werde, desto schwerer fällt es mir, ruhig liegen zu bleiben. Vorsichtig drehe ich mich auf die Seite und betrachte ihn. Ein hübscher Mann, ich weiß das, ich denke es immer, wenn ich ihn genauer ansehe. Sicherlich ist er auch ein guter Liebhaber. Es wäre so einfach, er würde mich nicht zurückweisen. Ich müsste nur meine Hand auf seine Brust legen und sie abwärtstasten lassen, ihn dabei küssen, seinen Hals, seine Schlüsselbeine … meinen Schenkel auf seinen schieben. Inzwischen weiß ich, wie man verführt.

Was stand auf der einen Website – dass man sehr wohl Kinder kriegen kann mit multipler Sklerose, nur sollte man es besser früh tun, damit man möglichst lange für sie sorgen kann? Weil man nie weiß, wie rasch die Krankheit voranschreitet?

Zeit ist Luxus, den ich nicht mehr habe. Ich bin alt genug, um Mutter zu sein, und ich werde mein Kind lieben – und erst Jonas. Jonas mit einer kleinen Tochter auf dem Arm. Selbst wenn er so distanziert bleiben würde wie jetzt, er würde mich niemals verlassen, wenn wir Kinder hätten.

Gebannt sehe ich meiner linken Hand zu, wie sie sich fast schwebend seiner nackten Brust nähert – und nur wenige Millimeter über seiner Haut verharrt. Nein. Ich kann es nicht. Es ist nicht fair. Nicht Jan gegenüber, nicht Jonas gegenüber und vor allem nicht mir gegenüber. Es ändert nichts. Ich bin krank. Auch ein Baby kann mich nicht retten.

Vielleicht kann es selbst Jonas nicht.

Ich bleibe neben ihm liegen, steif und schmerzhaft wach, und höre seinem und meinem Atem zu, die sich nicht finden. Niemals. Es ist noch immer stockdunkel, als ich begreife, dass es unsere erste und letzte gemeinsame Nacht sein wird.

Jonas ist ein Ritter – und er ist der edelmütigste und treuste, den es auf dieser Erde geben kann.

Aber er ist nicht mein Ritter.

Morgen werde ich meine Sachen packen und zurück zu meinen Eltern ziehen.

Am helllichten Tag

»Lauerst du mir etwa auf? Geh mir aus dem Weg.«

»Nein.«

Ich bleibe viel zu schnell stehen und füge mich seinem Diktat, aber meinen Stolz habe ich mit meiner Bettelei Jonas gegenüber bereits vor drei Tagen endgültig auf den Müll geschmissen. Seitdem habe ich mich in meinem Zimmer verkrochen und nur geschlafen, gegessen und gelesen, bis mich eine neuerliche Panikattacke überfiel, hitziger und krallender als die vorherigen, und an die frische Luft scheuchte. Ich will an den Fluss, gehend, nicht rennend, um bei Atem zu bleiben. Doch schon nach der zweiten Ecke löste sich seine Gestalt aus einem Hauseingang und versperrte mir den Weg.

»Vorsicht, junge Frau!«, ruft ein älterer Herr beschwingt und fährt in einem schlenkernden Bogen um mich herum. Ich stehe bereits auf dem Fahrradweg, weiter nach links kann ich nicht ausweichen, dann befinde ich mich mitten auf der Straße im Feierabendverkehr. Andererseits wäre das die passende Chance, mich schnell und endgültig aus diesem Dilemma zu befreien.

»Lass mich durch, sonst schreie ich«, drohe ich zischend und marschiere weiter. Gelassen heftet sich Jan an meine Fersen, in einem Abstand von ein, zwei Metern, den Blick gesenkt – es wäre völlig unangemessen, deshalb am helllichten Tag herumzubrüllen und um Hilfe zu bitten. Es ist sein gutes Recht, sich auf diesem Bürgersteig zu bewegen. Entschlossen wechsele ich die Straßenseite, doch auch dieses Manöver bleibt wirkungslos. Er ist immer noch hinter mir.

Soll ich Jonas oder Johanna anrufen, um über irgendetwas Banales mit ihnen zu reden, damit Jan klar wird, dass ich kein Interesse habe, mit ihm zu sprechen? Das wäre zumindest besser, als schweigend vor ihm herzulaufen. Suchend taste ich über meine Jeans, doch ich habe mein Handy in der Wohnung liegenlassen. Es ist nebensächlich geworden seit meiner Diagnose, ich schalte es nicht mal mehr an. Wenn ich das Haus nicht verlasse, brauche ich auch nicht mobil erreichbar zu sein.

»Bist du jetzt mit deiner Gouvernante zusammen? Ja?« Jan klingt nicht im Geringsten eifersüchtig, höchstens auf spöttische Weise verständnisvoll, was mich dazu antreibt, mein Tempo zu erhöhen, Krankheit hin oder her. Selbst wenn ich dazu bereit wäre, ich könnte diese Frage nicht beantworten.

Jonas ist nicht mein Ritter, nicht jener Ritter in der schimmernden Rüstung, der mich von allem Bösen erlöst. Aber er ist der Einzige, den ich habe, und nach wie vor mein bester Freund. Wenn ich nach meiner Bettelei und dem Appell an seine Gefühle einen Rückzieher mache, werde ich ihn für immer verlieren. Das toleriert er nicht. Im Gegensatz zu mir trägt er noch einen Rest Stolz im Leib. Ich habe meinen Gedanken umgesetzt und bin für einen halben Tag zu meinen Eltern gegangen. Wir sprachen uns aus, kratzten dabei aber nur an der Oberfläche – es wurde weder über Jan noch über die Diagnose gesprochen und auch nicht darüber, was zwischen Jonas und mir ist. Dann hielt ich es nicht mehr aus und kehrte mit fliegenden Fahnen in die WG zurück, obwohl Mama erneut weinend am Küchentisch saß, als ich ging. Dieses Haus atmet nur noch Sorge und Angst. Ich hatte das Gefühl, dort eher von einem neuen Schub heimgesucht zu werden, als wenn ich mich in meinem winzigen WG-Zimmerchen verbarrikadiere.

Doch auch Jonas und ich haben nicht mehr gesprochen. Nach unserer ersten gemeinsamen Nacht gab er mir einen zarten Kuss auf die Wange und ist zur Arbeit aufgebrochen, und als er Feierabend hatte, sah es für ihn aus, als wäre ich gar nicht fort gewesen. Dreimal widerstand ich der Versuchung, ihm ins Gesicht zu sagen, dass das mit uns niemals so klappen wird, wie wir es beide gerne erleben würden. Doch die Stille zwischen uns ist so machtvoll, dass Worte verhallen, bevor sie ausgesprochen werden. Es lähmt mich – genau wie der Gedanke, dass Jonas nun das hat, wonach er sich die ganze Zeit gesehnt hatte: mich. Doch er wirkt nicht glücklich dabei. Wir haben uns nicht geküsst, nehmen uns nur hin und wieder stumm in den Arm – eine Freundschaftsumarmung, keine Liebesumarmung. Vergangene Nacht habe ich sogar in meinem Bett geschlafen, unter dem Vorwand von starken Kopfschmerzen. Wenn ich noch Humor besäße, würde ich darüber lachen. Wir leben nebeneinanderher wie ein frustriertes Ehepaar und benutzen die gleichen altbackenen Ausreden, um einander nicht nahe zu sein. Eigentlich ist das ein guter Grund, früh zu sterben. Denn das halte ich nicht länger als fünf Jahre aus. Allein die nächsten fünf Tage erscheinen mir wie eine unbezwingbare Herausforderung. Wie soll es erst werden, wenn Jonas in zwei Wochen Urlaub hat und den ganzen Tag in der WG ist?

»Okay, du bist also mit ihm zusammen. Ich hoffe, der Sex ist gut? Er macht es sicher ordentlich.«

Ich lege noch einen Zahn zu, biege in einem waschechten Hasenhaken nach rechts vom Spazierweg der Promenade ab und schlage mich durch die Büsche hinauf zur Brücke. Das Grün wuchert inzwischen so dicht, dass Dornen meine Knöchel zerkratzen und mir mehrmals Zweige ins Gesicht schlagen. Aber Zeckenbisse können mich nicht mehr schrecken, Bagatellchen im Vergleich zu dem, was in meinen Hirn und Rückenmark an Fehlzündungen auf mich wartet. Da fällt eine Borreliose nicht großartig ins Gewicht.

Nein, wir haben keinen Sex, denke ich und ich tue es so bewusst und intensiv, dass ich mir einen Moment lang nicht sicher bin, ob ich es dabei ausgesprochen habe oder nicht. Hat Jan es gespürt? Oder geht er sowieso davon aus? Er soll ruhig glauben, dass wir es tun, denn ich möchte ihm keinen Grund geben, auf eine Fortsetzung unserer Affäre zu hoffen. Trotzdem formt mein Kopf erneut diesen unrühmlichen Satz: Wir haben keinen Sex.

»Für eine Sterbenskranke bist du aber gut zu Fuß!« Vor Schreck gerate ich ins Stolpern, doch Jan greift sofort nach meinem Arm und hilft mir, mein Gleichgewicht wiederzufinden. »Na ja, zumindest bis eben noch.«

Mit der Hand am Geländer bleibe ich stehen und spüre, dass die gesamte Brücke vibriert, was mir das Gefühl verleiht, sie könne irgendwann in der Mitte entzweibrechen. Noch im Frühling hat mir das einen Kick gegeben. Jetzt fürchte ich zu fallen, wenn ich länger stehen bleibe. Also hole ich Luft und trabe weiter, versuche mit jedem Schritt zu verdrängen, was Jan eben unmissverständlich ausgesprochen hat. »Für eine Sterbenskranke bist du aber gut zu Fuß.« Er weiß Bescheid. Er weiß es ... Er sollte es doch niemals erfahren. Das war das Einzige, woran ich mich hatte festhalten können – dass ich in Jans Vorstellung gesund und sexy bleibe. Jetzt muss auch er jenes abscheuliche Bild im Kopf haben, das mich seit Tagen verfolgt: Ronia entstellt, krumm und sabbernd im Rollstuhl, bei jedem Handgriff angewiesen auf die Hilfe anderer. Zwar klar im Kopf, aber ohne jegliche Kontrolle über ihren Körper. Leichter wäre es, debil zu werden und gar nicht erst mitzukriegen, was man alles nicht mehr kann.

»Wie weit möchtest du laufen, bis nach Rotterdam?«, fragt Jan mehr geduldig als ironisch, nachdem wir den Kiesstrand erreicht haben. »Ändert auch nicht das, was ist.«

Er hat ja recht, das hier führt zu nichts. Keuchend setze ich mich mit dem Rücken zu ihm auf den Rest einer knorrigen Baumwurzel, die das letzte Hochwasser angeschwemmt hat. Nein, nach Rotterdam schaffe ich es nicht, ich bin jetzt schon erledigt. Und wieder weiß ich nicht, ob meine Schwäche normal ist oder ein erneutes Symptom. Es kann einem den Verstand rauben. Kein Wunder, dass die meisten MS-Erkrankten irgendwann beim Psychotherapeuten landen.

Jan stellt sich neben mich und zündet sich eine Zigarette an. Seine Augen streifen mich mit einem kurzen, prüfenden Blick, dann richtet er sie wieder aufs Wasser.

»Der erste Schub scheint jedenfalls abgeklungen zu sein.« Oh, so einfach ist das für ihn. Ich kann laufen, also bin ich gesund.

»Woher weißt du es? Hat Jonas es ausgeplaudert?« Das würde zu Jonas passen – dass er Jan aufsucht und ihm steckt, was los ist, damit er ja nicht auf die Idee kommt, es noch einmal zu versuchen. »Es war Jonas.«

Jan lacht auf und pustet sich eine blonde Strähne von der Nase. »Der würde mir doch nicht mal deine Schuhgröße verraten.«

»39«, komme ich ihm entgegen.

»39 und zwei wunderhübsche, zarte Flossen.« Errötend senke ich den Kopf und habe eine blasse Vision, wie er meinen linken nackten Fuß auf seine Brust zieht und ich sie mit meiner Sohle streichele. Stopp. Das wird es nicht mehr geben. Nie wieder. »Nein, es waren deine Eltern, wer sonst?«

»Meine was? Meine Eltern?« Ach herrje. Er ist zu meinen Eltern gegangen? Mutig, geradezu tollkühn. Wenn er das getan hat, muss er den Verdacht gehegt haben, dass ich gelogen habe und alles, was ich sagte, nur ein Vorwand war. Guter Instinkt, das muss ich ihm lassen. Gleichzeitig ist es völlig irre, was er getan hat. Er hat unsere Geschichte damit in die Öffentlichkeit gebracht. Denn das Pfarrhaus ist Öffentlichkeit.

»Hat sich mittlerweile rumgesprochen, dass du ein paar Tage in der Klinik warst. Aber keiner wusste genau, warum. Deine Alten hatten die besten Gründe, es mir auf die Nase zu binden – und an meine Moral zu appellieren.« Jan spuckt aus, um mir zu demonstrieren, was er von Moral hält. »Sie waren sich so sicher, dass ich mir das nicht antun will, weißt du?« Jetzt grinst er, gehässig, aber auch ein wenig traurig. »Dein Dad sprach von Verantwortung und Schonung und Mitmenschlichkeit und Pflege, blablabla, und die ganze Zeit warteten sie darauf, dass ich einknicke und mich mit einer Ausrede verpisse. Mann, Ronia, hast du das etwa auch gedacht? Dass ich mich verpisse? Hältst du mich für einen solchen Feigling?«

Verdattert schweige ich und beginne Steine zu sortieren, weiß, grau, gelblich, bis ich eine winzige Muschel finde und sie auf einem grauen Stein drapiere.

»Ich … ehrlich gesagt, ich weiß es nicht«, antworte ich schließlich konfus. Stimmt, ich bin davon ausgegangen, dass er die Flucht ergreift. Andererseits wollte ich es gar nicht so weit kommen lassen. Und wieso überhaupt Flucht ergreifen? Wir waren doch gar kein richtiges Paar gewesen. Nur Sex, ohne Verantwortung und Verbindlichkeiten. Er konnte gehen, wohin er wollte.

»Um es kurz zu machen: Nachdem ich Genaueres wissen wollte, haben sie mich rausgeschmissen, mit der Ansage, dass ich mich dir nicht mehr nähern soll, weil ich dir schade. Darauf gebe ich einen

Scheiß.« Er schmeißt seine Kippe in die sanfte Uferbrandung, wo sie langsam Richtung Meer dümpelt. »Sehstörungen und Kribbeln in den Beinen? War es das? Der erste Schub?«

»Ja«, bestätige ich widerwillig. Es macht mich verlegen, darüber zu sprechen. Leichter wäre es, mit ihm meine Menstruationsbeschwerden zu erörtern, obwohl das trotz seiner diffusen Kenntnisse von fruchtbaren Tagen bislang ebenfalls unvorstellbar gewesen war. »Aber das ist doch nur der Anfang, Jan! Die Liste ist endlos! Es kann alles passieren, jederzeit, ich muss dauerhaft Medikamente nehmen, dazu immer wieder Cortison, ich kriege ein Gesicht wie ein Pavian und dünne Haut und dann … irgendwann klappt auch das, also das im Bett nicht mehr und …«

»Ach, red doch keinen Mist! Du hast gegoogelt, oder? Du hast gegoogelt. Ich dachte, du hättest bisschen Grips in der Birne.«

Ich kann kaum glauben, was hier gerade passiert. Ich lasse mich von einem neunzehnjährigen Malemodel runterputzen, das gerade zum zweiten Mal versucht, sein Abitur zu machen. Mit eher geringen Erfolgsaussichten. Natürlich habe ich gegoogelt; nicht nur das: Nach einigen Tagen der kompletten Verweigerung habe ich mich einer Online-Selbsthilfegruppe angeschlossen und mich in einem MS-Forum angemeldet. Beides hat mich nur weiter in den Sog meiner Angst gezogen, doch immerhin bin ich nicht alleine damit.

»Man googelt nicht nach Krankheiten«, weist Jan mich barsch zurecht. »Man will sich über einen Schnupfen informieren und ist nach einer halben Stunde überzeugt, Nasenkrebs zu haben. Das ist doch Käse, echt.«

Er ist richtig sauer, beginnt, in den Kies zu treten, sodass feiner grauer Staub aufsteigt, und brummelt derbe Verwünschungen in sich hinein, bis er sich zu mir rumdreht und vor mir in die Hocke geht, um auf einer Höhe mit mir zu sein.

»Ronia. Du bist so weit weg vom Tod, glaub mir. Du fühlst dich an wie ein Kätzchen, ganz warm und weich. Ich hatte noch nie eine Frau, die sich so anfühlte. Der Tod kann dir nichts anhaben.«

»Es ist aber Realität, Jan. Dass theoretisch alles passieren kann. Jederzeit. Das ist die Natur dieser Krankheit.«

»Es kann immer alles passieren! So ist das Leben. Du kannst nachher über diese Brücke gehen und irgendein Idiot schreibt eine SMS beim Autofahren und fährt dich tot. Morgen kann ein Flugzeug auf euer Haus krachen oder ein Meteorit fällt vom Himmel. Es kann aber auch alles gut werden. Wenn ich das richtig verstanden habe …« Er grinst selbstverliebt. »Ich hab ja auch gegoogelt. Dann sind deine Prognosen gut. Kann sogar sein, dass die Diagnose gar nicht stimmt. Oder? Antworte, Ronia, komm schon.«

»Kann sein. Aber genau das macht es so furchtbar. Ich muss auf den zweiten Schub warten und er kann jede Sekunde geschehen. Ich hab seit drei Nächten nicht geschlafen. Wie soll ich so leben? Und was ist, wenn ich irgendwann blind werde? Ich konnte kaum mehr etwas sehen in der einen Nacht.«

Das ist mein größtes Schreckensgespenst. Blindheit. Nichts mehr sehen können von den Schönheiten dieser Welt. Jan nicht mehr sehen können, wenn auch nur auf den Fotos. Womit soll ich mich trösten, sobald meine Beine aufhören zu laufen? Denn wenn der Kummer sich gelegt hat, wird es mir ein Trost sein, die Bilder von ihm anzusehen und zu wissen, dass wir uns geliebt haben. Körperlich zwar nur, aber es fühlte sich an wie Liebe. Schöner wird es nie wieder werden.

»Mach die Augen zu«, fordert er mich auf. »Bitte. Schließ deine Augen.«

Ich tue, was er sagt, ich tue es sogar gerne, denn noch schmerzt es mich, ihn anzuschauen. Weil ich weiß, dass ich meine Entscheidung nicht ändern werde. Behutsam greift er nach meiner rechten Hand und führt sie an sein Gesicht. Ganz von alleine beginnen meine Finger, seine Züge zu ertasten. Die fein gezeichneten, aber dichten Brauen, die Narbe am rechten Auge, von der ich immer noch nicht weiß, woher sie stammt, seine James-Dean-Nase, sein eigenwilliges Kinn und diesen weichen, lieben Mund.

»Was sind wir dann, wenn ich blind und krank bin? Was?«, wispere ich angstvoll. Ich falle ins Bodenlose, wenn ich mir vorzustellen versuche, nicht wieder zurück ins Licht tauchen zu können. Trotzdem weiß ich, dass ich sein Gesicht niemals vergessen werde.

»Was wir dann sind?« Unter meinen Fingerspitzen spüre ich, dass er lächelt. »Zwei Engel, die im Dunkeln spielen.«

Ich lasse meine Augen geschlossen, als er mich zu sich zieht und ich meine Wange an seine Schulter schmiege, während seine Arme mich fest umfassen, ein Ort, der so sicher und geborgen erscheint, dass alles Böse der Welt keinen Zutritt hat. Zwei Engel, die im Dunkeln spielen …

Wenn ich nur Flügel hätte.

»Aber es ist nicht mehr wie vorher, Jan. Alles ist anders.« Sobald ich mich von ihm löse, beginne ich zu frösteln. »Du weißt jetzt so viel über mich, so viel Privates. Doch ich weiß nichts über dich, nichts über deine Kindheit und Jugend und Familie. Das geht so nicht.«

Oh, es geht schon. Das ist mir klar. Andere können das, finden es sogar belebend und spannend. Aber ich halte es nicht aus.

»Ist das denn so wichtig? Dass man viel übereinander weiß? Wir haben uns doch auch ohne das sofort erkannt, oder?« Ich kann spüren, wie die Engel in uns ihre Schwingen ausbreiten und davonfliegen. Jan geht auf Distanz. Ich stehe auf, die Wurzel kommt mir kalt und klamm vor. Auch Jan erhebt sich. »Dieses Wühlen in der Vergangenheit, macht das Sinn? Die Vergangenheit ist nur eine Illusion, sie ist nicht existent.«

»Ach, so ist das. Dann studiere ich also die Nicht-Existenz? Ja? Das ist es, was wir tun, wenn wir Gesteinsschichten freilegen, bis uns die Finger und Knie bluten – das ist alles nicht existent? Jan, wenn das alles nicht existiert, dann bin ich jetzt, in diesem Moment, todkrank, nur das, und mehr nicht, denn mein gesundes Leben ist vorbei! Es existiert nicht! Auch das mit uns ist vorbei, also existiert es nicht! Deine Worte!« Mit jedem Satz bin ich lauter und zorniger geworden. Der Druck in meinem Körper bringt mich dazu, einen dicken Stein aufzuheben und mit Wucht ins Wasser zu schmeißen. Mir bricht dabei beinahe der Arm ab, doch die Anstrengung tut gut, sodass ich gleich zwei weitere Wacker hinterherwerfe. »Wir erklären euch die Gegenwart! Das ist es, wozu wir Historiker, Paläontologen und Archäologen da sind! Willst du nicht wissen, woher du kommst?«

Seelenruhig deutet Jan nach oben.

»Ach, aus dem Himmel? Der Storch hat dich gebracht, das ist aber schön. Kleine Info am Rande: Der Storch kann nur Babys bringen, wenn Papa nicht immer kurz vorher Reißaus nimmt und sich an der Bettwäsche vergeht.«

»Unendlichkeit«, sagt Jan, ohne sich um meine Provokation zu kümmern. »Daher kommen wir. Glaubst du nicht?«

Meint er das ernst oder will er mich nur aufstacheln? Er liest den Lindner, genießt also offenbar gymnasialen Biologieunterricht, er muss wissen, dass wir von Körpern und mit unserem Körper geboren werden und sterben und mehr nicht.

»Hör auf mit diesem Gelaber, ich bitte dich! Ich ertrag das nicht, das ist krank!« Nein, *ich* fühle mich krank, wenn ich es zulasse, viel kränker, als die multiple Sklerose es mit ihren Attacken schaffen könnte. Denn es greift mein Herz an. »Ich kann damit nichts anfangen, es gibt mir keine Sicherheit, überhaupt nicht. Und das ist es, was ich jetzt brauche – Sicherheit! Ich muss wissen, wer du bist, und du willst es mir nicht sagen.«

»Du weißt es.« Er ist immer noch ruhig, aber seine Worte peitschen mich an den Abgrund. Du weißt es … Es macht mir Angst, wenn er solche Dinge sagt, versteht er das nicht? Ich muss andere Sachen hören. Etwas, was ich seelisch anfassen und begreifen kann. Damit es mich umgreift.

»Es geht nicht, Jan. Sorry. Ja, vielleicht hab ich es zwischendurch mal kurz gefühlt, aber es zu wissen, ist etwas anderes, und ich hab weder Worte noch Bilder dazu gefunden. Es war einfach nur da«, stottere ich. Nun schmeißt auch Jan Steinchen ins Wasser und lässt sie über die Wellen hüpfen, etwas, was ich nie hinbekommen habe. »Mir reicht das aber nicht. Solche Worthülsen wie eben, die kannst du jedem hinwerfen. Das ist nicht schwer. Licht, Seelen, Unendlichkeit. Das sind Allgemeinplätze. Schreib ein Buch drüber. Es ändert nichts an dem, was wir sind. Du bist ein Mensch und ich bin ein Mensch und ich möchte wissen, wie du zu dem geworden bist, den ich hier sehe, genauso wie du weißt, dass ich sterben werde und warum. Das ist nur fair!«

Wieder lässt er einen Kieselstein übers Wasser springen, abwesend und konzentriert. Hat er gehört, was ich gesagt habe? Oder längst abgeschaltet, weil es ihm zu blöd wird? Ich schaue noch zwei weiteren Steintänzchen zu, wartend und hoffend, doch Jan dreht sich nicht um.

»Dann eben nicht. Leb wohl.«

»Du bist gegangen. Nicht ich«, höre ich ihn murmeln, als ich mich abwende, um zurück zur Brücke zu laufen, doch bereits auf der Uferpromenade bin ich überzeugt, mir diese Worte nur eingebildet zu haben.

Auch das ändert nichts. Ob er sie gesagt hat oder nicht – ja, ich bin gegangen, denn ich muss für mich entscheiden, was ich kann und was nicht. Wenn ich ihm nun vertraue und damit auch seinem Statement, sich nicht zu verpissen, obwohl ich krank bin, dann wird trotzdem ein ewiges Ungleichgewicht zwischen uns sein. Er ist der Starke, ich bin die Schwache.

Das will ich nicht. Bei jedem anderen habe ich das gesucht und willkommen geheißen; ich war die kleine Maus, die Schutz gesucht und den Mann dann versehentlich verbal erschlagen hat, sodass er Schluss machen musste.

Bei ihm kann ich das nicht. Entweder auf Augenhöhe oder gar nicht. Doch dazu muss er mich erst einmal anschauen.

Der Glanz des Halbmonds

Das wird jetzt nicht leicht.«

Dieser Satz fühlt sich komisch an, zu erwachsen und gewichtig, doch ich sage nur, was ich fühle. Josy und ich haben seit Wochen nicht richtig geredet und jetzt wollen wir nicht nur miteinander sprechen, sondern uns überdies nach allen Regeln der Kunst aussprechen. Just in dem Moment wollte ich ihr per Mail diesen Vorschlag machen, als über eine SMS eine scheue Anfrage ihrerseits kam, ob wir uns »mal wo treffen könnten«. Also machte ich Nägel mit Köpfen und schlug ihr die Uni-Cafeteria vor. Ein neutraler Boden, auf dem donnerstagnachmittags kurz vor den Semesterferien so wenig los ist, dass uns unser gut versteckter Ecktisch sicher war.

Als ich eben in den kahlen, offenen Raum trat, saß Johanna schon an dem Tischchen, zusammengesunken und fast so blass wie ich. Auch sie sieht aus, als habe sie die vergangenen Wochen wenig geschlafen. Und an ihrer unbeholfenen Art, mit der sie mich zur Begrüßung umarmte, spürte ich, wie sehr sie unter Spannung steht.

Natürlich hat sie mir eine Genesungskarte geschrieben, als ich im Krankenhaus lag. Doch früher hätte sie mich jeden Tag zweimal besucht. Deshalb ist es okay, wenn ich sage, dass es nicht leicht wird, dann muss sich keiner von uns den Kopf darüber zerbrechen, wenn wir stottern wie Fremde und uns einen Wettbewerb im Erröten liefern.

»Also, warum wir hier sind, ich …«, versuche ich es tapfer, doch Johanna unterbricht mich, indem sie zart ihre Hand auf meine legt und mich für eine kurze Sekunde direkt ansieht. Ihre Lider sind leicht gerötet.

»Herzlichen Glückwunsch. Ich wusste es doch immer.«

»Glückwunsch?«, hake ich verdutzt nach. »Wovon redest du? In meinem Leben gibt's nichts zu gratulieren.«

»Na, du und Jonas! Das ist doch ein Grund, oder?« Ihre Lippen zucken leicht, als sie mich anlächelt und erneut meine Hand berührt. »Alles Gute, ihr werdet bestimmt glücklich.«

»Hat er es dir gesagt?«, frage ich verunsichert. Was genau hat er ihr erzählt, dass ich heulend vor ihm auf die Knie gegangen bin und wir seitdem »Fass mich nicht an« spielen?

»Ja, gleich nachdem ihr … na, nachdem ihr zueinandergefunden habt. Siehst du, ich hab es dir immer gesagt. Ihr seid füreinander bestimmt.«

So. Keine Lügen mehr. Das ist ja zum Verrücktwerden hier. Gut, ich hab es Jonas noch nicht gesagt, aber Josy ist meine beste Freundin. Es war schon blöd genug, ihr nie etwas von Jan erzählt zu haben, möglicherweise wäre alles nicht so dramatisch geworden, wenn ich mich ab und zu hätte bei Josy ausheulen können. Bezüglich Jonas will ich diesen Fehler nicht wiederholen.

»Ehrlich gesagt, so sicher bin ich mir da gar nicht«, rücke ich mit der Wahrheit heraus und schlage beschämt die Wimpern nieder.

»Was? Oh, Ronia, ich halte das langsam nicht mehr aus! Das geht nicht, du kannst das nicht bringen! Denkst du denn gar nicht an …« Händeringend bricht Johanna ab. »Ihr seid jetzt zusammen, alles ist gut, ihr werdet zusammenbleiben, okay? Heiratet und kriegt Kinder, bitte. Ich muss auch endlich mal mein Leben leben …«

»Es hat sich nichts verändert.« Seufzend rücke ich meinen Stuhl ein Stück zurück. »Ich hab so die Nase voll davon, echt. Alle seid ihr dieser fixen Idee verfallen, dass Jonas und ich das Traumpaar schlechthin sind, und wahrscheinlich hab ich nur deshalb gedacht, dass er … Josy? He, sag mal, weinst du?« Sie weint nicht nur – sie schluchzt wie ein Baby und zittert am ganzen Körper. Das können auch ihre schmalen, kleinen Hände nicht verbergen, die sie auf ihr Gesicht gelegt hat. »Was ist denn los?«

»Ich halt das nicht mehr aus. Dieses ewige Hin und Her mit euch. Immer hast du behauptet, du willst ihn nicht, aber er hat dich angehimmelt und ihr wart dauernd zusammen unterwegs, dann, plötzlich, ziehst du zu ihm, ihr wohnt in einer WG, wie ein echtes Paar! Aber du verliebst dich in andere und immer geht es schief und immer denke ich: Ja, das ist so, weil sie eigentlich Jonas liebt, sie wird es schon noch kapieren. Jetzt die komische Sache mit Jan, danach weißt du es endlich … und nun doch wieder Hoffnung? Ich werde noch wahnsinnig!«

Puh. So viele Sätze reiht Johanna höchstens hintereinander, wenn sie zwei Gläser halbtrockenen Sekt und drei Saunagänge intus hat. Ich nehme mir ein wenig Zeit, sie zu sortieren, doch verstehen tue ich sie trotzdem nicht.

»Wieso Hoffnung? Josy, nimm bitte mal die Finger vom Gesicht, ich möchte dich sehen, wenn wir miteinander reden.«

Zögerlich lässt sie ihre Hände sinken und schaut mich an und mir wird elend im Magen.

»Für dich? Hoffnung für dich? Ist es das, was du meinst?«

Unter einem neuerlichen Schluchzer nickt sie. »Ja. Ja, das ist es. Ronia, es tut mir leid, ich wollte das nicht …«

»Aber wieso tut es dir denn leid? Und warum hast du mir nie etwas gesagt? Oh Gott, Josy.« Jetzt fühlen sich meine Berührungen echt und sicher an, als ich an sie heranrücke und ihr mit einem Taschentuch die Tränenbäche von den Wangen wische. Währenddessen fange ich selbst an zu weinen. Dieser ewige Johanna-Ronia-Heulmechanismus – er funktioniert immer noch reibungslos. »Wie lange denn schon?«

»Ach, schon immer.« Sie lacht unter Tränen auf. »Seitdem ich ihn bei euch kennengelernt habe. Also immer. Aber ich hab es erst kapiert, als ich vierzehn war. Vorher dachte ich, ich würde mir nur einen Bruder wie ihn wünschen.«

Bingo. Diesen Gedanken kenne ich. Auf die anderen Gefühle jedoch wartete ich vergeblich. Johanna hatte sie.

Obwohl das nicht zu meiner neuen Gesundheitsbewahrungsdiät passt, ziehe ich ihren Kaffee zu mir herüber und nehme einen kräftigen Schluck. Ich stehe mächtig unter Schock.

»Warum hast du es mir nicht gesagt?«

»Weil ich dachte, es sei nur eine Frage der Zeit, bis du es endlich kapierst! Und bei ihm war es ja eindeutig, wieso sollte ich es versuchen? Er hat es mir doch selbst mehrmals anvertraut und mir wortwörtlich gesagt, dass er dich liebt. Das hat doch keinen Sinn! Aber solange ihr nicht zusammen seid, hab ich halt immer ein bisschen Hoffnung …«

»Hattest du deshalb fast nie einen Freund? Und ist es deshalb auch mit Max so schnell auseinandergegangen?«, vergewissere ich mich, während meine Gedanken endlose Ketten bilden. Doch diese Ketten sind logisch. Daher ihr ständiges Drängen, ich solle eine klare Entscheidung fällen. Sie brauchte das, um drüber hinwegzukommen und ihre Träume begraben zu können.

»Ja. Nein. Doch. Ach, ich weiß nicht …« Zurückhaltend wie immer putzt sie sich ihre Nase und faltet das Taschentuch diskret zusammen. »Max wollte Sex. So schnell.«

»Wie schnell? Am ersten Abend gleich?« Mein Bauch krampft, als ich an Lukas denken muss, doch ich atme gegen das Druckgefühl an. Lukas darf nicht mehr zwischen Josy und mir stehen. Das ist dieser Depp nicht wert.

»Nein, nach drei Wochen, glaub ich.« Soeben hat Johanna unseren Errötungswettbewerb eindeutig für sich entschieden.

»Und?« Drei Wochen sind eine akzeptable Zeit, finde ich. Die meisten wollen nicht so lange warten. Johanna beginnt nervös an ihrer Unterlippe zu kauen.

»Ich hab mich nicht getraut, ihm zu sagen, dass ich … na ja. Wollte halt immer, dass Jonas der Erste ist.« Die zweite Hälfte ihres Stammelsatzes spricht sie so undeutlich aus, dass ich all mein wissenschaftliches Knobeltalent brauche, um ihr folgen zu können.

»Der Erste. Der Erste?«

»Pscht, Ronia, bitte ein wenig leiser, okay? Bitte.« Johanna fängt schon wieder an zu weinen und ich heule eine neue Runde mit, obwohl ich zeitgleich lächeln muss. Doch nicht aus Häme und Spott, sondern weil sie ein so dummes, kleines, süßes Lämmchen sein kann. »Ich weiß, ich bin spät dran. Na und?«

»Aber … oh verfluchte Kacke. Ui!« Nun wird aus meinem Lächeln ein Lachen und nach einigen Schnaufern stimmt Johanna ein. »Du warst echt gut. Nicht schlecht, Josy.«

Unsere ganzen Frauengespräche über Kerle – ein Fake. Ja, von Johannas Seite ein Fake, sie muss sich das alles angelesen haben oder sie hat gut bei anderen zugehört. Ich wäre niemals darauf gekommen, dass ihre wenigen, aber altklugen Zwischenrufe reine Theorie gewesen sind. Und dann … oh nein.

»Die Dildoparty.« Jetzt schlage ich die Hand vor den Mund, doch ein leicht hysterisches Kichern entweicht mir noch. Johanna hatte schon einen Schwips und eine ganze Armada an verbalerotischen Steilvorlagen hingelegt, während sie ununterbrochen giggelte. Doch es muss pure Folter gewesen sein. Selbst ich habe mich den gesamten Abend über dezent geschämt und unsere ständigen Vergleiche von Männern mit batteriebetriebenen Elektrogeräten nur mit viel Prosecco überstanden. Aus Anstand habe ich mir am Schluss ein mattlila Einsteigermodell gekauft, das nun gut verborgen hinter einer Erinnerungskiste in der untersten Schreibtischschublade ein einsames Dasein fristet. Nie wäre ich auf die Idee gekommen, seine vier Vibrationsstufen hoch- und runterzujagen, während ich an Jan dachte. Oder ihn gar zu ihm mitzubringen. Trotzdem fühlten Josy, Chiara und ich uns ein bisschen wie bei *Sex and the City*, als wir zu dieser Verkaufsparty aufbrachen. Wie echte Frauen eben.

»Ich dachte, der Abend geht nicht rum …« Jetzt gewinnt auch bei Josy die Heiterkeit. Blinzelnd kichert sie in ihr frisches Taschentuch. »Ich hatte am nächsten Tag Muskelkater im Nacken, so sehr hab ich mich verkrampft.«

Ich muss mir auf die Hand beißen, um nicht einem Lachflash zu verfallen. Der letzte liegt unfassbar lange zurück. Mein Bauch will diese unverhoffte Chance nutzen, aber nach ein paar Momenten gewinne ich. »Darüber reden wir noch, ja? Zurück zu Jonas.« Augenblicklich verdüstert sich Johannas Miene. Doch das muss sie nicht. »Johanna, ich glaub, er liebt mich gar nicht. Das ist eine fixe Idee. Mehr nicht. Er hat nicht einmal versucht, mich zu küssen. Wir liegen nebeneinander in seinem Bett und es passiert nichts. Gar nichts.«

Ich kann dabei zusehen, wie ihre Augen offener und heller werden.

Sie bekommt wieder Hoffnung. Doch ich rede nicht nur so daher. Vielleicht war ja gar nicht ich diejenige, die blind war. Vielleicht war Jonas es.

»Er wird Rücksicht auf deine – na ja, auf die Sache nehmen, oder?« Die Sache. Multiple Sklerose. Über die müssen wir wohl auch noch sprechen, aber nicht jetzt.

»Glaub ich nicht.« Nun, wo ich es offen sage, bin ich mir sogar sicherer als die vergangenen Tage. »Ich hatte schon vor ein paar Wochen das Gefühl, dass er anfing, mit mir abzuschließen. Er war so distanziert.«

»Okay, dann …« Johanna beginnt herumzudrucksen, fängt mit einem Satz an, verwirft ihn wieder, versucht einen neuen Start, blickt zur Decke, auf die fleckige Tischplatte. Geduldig warte ich und es fällt mir leidlich schwer.

»Rück schon raus, Johanna. Was dann?«

»Dann hab ich mir das nicht eingebildet? Er hatte sich um mich gekümmert, seitdem du und ich … nicht mehr so eng waren. Wir waren zusammen essen und am Baggersee oder haben uns zum Frühstück getroffen. Solche Sachen halt. Aber manchmal dachte ich, er guckt mich ein bisschen zu lange an oder berührt meinen Arm, obwohl es nicht sein muss. Verstehst du?«

Ja, ich verstehe. Diese Dinge, die ich bei Jonas stets vermieden habe. Und er tut sie bei Johanna? Es ist ein ungewohnter Gedanke, ich weiß nicht genau, ob er mir gefällt, aber mindestens genauso präsent wie das Unbehagen ist mein schlechtes Gewissen. Während ich meine Liebeleien mit Jan pflegte, hatte sich zwischen Johanna und Jonas etwas angebahnt. Und ich habe es zerstört, indem ich mich an Jonas' Knöchel geklammert und ihn angefleht habe, sich auf mich zu besinnen, weil das unser Schicksal sei. Jetzt verstehe ich, warum Johanna das nicht mehr aushält. Ich muss sie erlösen.

»Wie gesagt: Zwischen ihm und mir ist nichts gelaufen. Gar nichts. Ehrlich, Josy. Alles wieder offen.«

»Und du bist dir wirklich sicher, dass du ihn nicht willst? Ganz ganz sicher?«

»Absolut sicher.« Goodbye, Ritter in schimmernder Rüstung. »Er ist mir zu – na, berechenbar. Ich weiß immer genau, was er als Nächstes tut, und es ist stets korrekt und richtig und sozial.« Vertrauensvoll senke ich meine Stimme. »Er ist ein kleiner Spießer.«

Johanna seufzt und pustet sich eine dunkle Ponysträhne aus der Stirn. »Ich weiß das, Ronia. Genau deshalb …« Sie überlegt einen Moment. »Genau deshalb.« Stimmt, sie muss es nicht erklären. Die andere Seite kennt sie zur Genüge. Ihre gesamte Kindheit und Jugend stand unter dem wankenden Stern der Unberechenbarkeit. Sie war den Spleens und Eskapaden ihrer Mutter hilflos ausgeliefert.

»Du und Jan, was ist eigentlich damit?«, fragt Josy nach einer kleinen Schweigepause, in der wir im stillen Einverständnis unseren Gedanken nachgehangen sind.

»Nichts mehr. Aus.« Ich habe gerade aufgehört zu weinen, ich möchte nicht darüber sprechen.

»Bist du dir sicher, dass da nichts mehr ist zwischen euch? Und dass das richtig so ist? Weil …« Johanna stockt, als wüsste sie nicht, ob sie weiterreden darf. Gebannt hänge ich an ihren Lippen.

»Glaubst du mir nicht? Ich hab Schluss gemacht. Ich, nicht er.«

»Doch, glaub ich dir schon, aber …« Wieder stockt sie. »Ronia, ich kann das nicht hier, nicht in dieser Umgebung.« Mit fliegenden Händen zeigt sie auf das freudlose Ambiente der Cafeteria. »Können wir nach draußen gehen? Ich kenne eine ruhige Ecke, wo ich in den letzten Wochen manchmal Mittagspause gemacht habe. Komm.«

Ehe ich etwas darauf erwidern kann, hat sie mich am Handgelenk gepackt und zieht mich hinter sich her. Bis eben war die Cafeteria der beste Platz für unsere ausgekühlte Freundschaft, aber nun hat etwas von Johanna Besitz ergriffen, das ich lange nicht mehr erlebt habe. Wann immer wir uns früher ein Geheimnis anvertrauten, haben wir es im Freien getan – versteckt zwischen zwei Fliederbüschen in unserem Garten oder unten an der Uferpromenade, wo wir stundenlang auf den warmen Steinen am Wasser saßen und redeten. Sie hat recht, auch ich fühle es, Geheimnisse gehören nicht in geschlossene Räume. Sie wollen schweben.

Die Sohlen unserer Sandalen klappern auf dem heißen Asphalt, als Johanna mich durch mehrere Straßen und Gassen führt, bis wir vor einem kleinen Park mit Spielplatz stehen. Kein einziges Kind turnt auf den Geräten herum oder wirft im Sandkasten mit Förmchen, es ist zu heiß dafür. Wie ausgestorben liegt die Wiese vor uns. Ferienstille.

»Komm, da oben ist Schatten!« Geschickt wie ein Äffchen erklimmt Johanna das Klettergerüst. Ich ziehe meine Sandalen aus, bevor ich ihr folge und neben ihr auf einem kleinen hölzernen Burgturm Platz nehme. Hier kann uns niemand sehen oder belauschen. Über uns rauscht das Laub einer großen Linde im sanften Augustwind. Wie früher, denke ich verträumt. Es ist wie früher in unserem Garten. Jetzt brauchen wir nur noch Wassereis und unsere Anziehpuppen.

»Also, was ist mit Jan? Was wolltest du sagen?«

Johanna atmet sich Mut zu und streicht sich ihren gepunkteten Rock glatt. »Erinnerst du dich an eure Begegnung auf dem Brunnenfest? Im April? Als er dich so … so angestarrt hat?«

»Ja. Ja, natürlich erinnere ich mich«, erwidere ich bedrückt. Der Abend, an dem Johanna und ich uns verkracht hatten und Jan mit mir ins Tierheim einbrach. Wie sollte ich ihn jemals vergessen können? Aber warum denke ich heute an Johannas und meinen Streit und an die Tierheimhunde und nicht an unsere wilde Knutscherei auf der Brücke? »Ist lange her.«

»Du weißt doch, dass ich manchmal dieses – na, dieses komische Menschengefühl habe. Oder?«

Ich nicke nur – oh ja, Johannas Instinkt. Er hat uns in der Vergangenheit schon aus der ein oder anderen brenzligen Situation gerettet, weil sie ganz genau spürt, welche Menschen Ärger im Sinn haben – und zwar oft aus weiter Ferne. »Ich hab das ja nicht nur im Negativen, sondern auch im Positiven. Bei dir zum Beispiel hatte ich es.«

»Ja, ehrlich?«, frage ich erstaunt. Das wusste ich nicht. Ich schließe die Augen und versuche mich zu erinnern. Johanna und ich haben uns in der Grundschule kennengelernt, gleich am allerersten Tag, weil … genau. Noch bevor wir den Klassensaal betraten, hatte sie von hinten meine Hand ergriffen und sich neben mich gestellt. Es war klar, dass wir uns auch nebeneinandersetzen würden, denn wir hielten uns schon an den Händen. Aber warum eigentlich?

»Du hast irgendwie geleuchtet. Ich hab nur dich gesehen, niemand sonst. Da waren so viele Kinder, aber für mich gab es nur dich. Deine Augen musste ich nicht kennen. Ich wusste, dass ich dich mögen würde.« Und so war es gewesen. Von diesem Tag an blieben Johanna und ich unzertrennlich. Wir mussten uns nicht erst anfreunden. Wir waren bereits befreundet, bevor wir miteinander gesprochen hatten.

»Was hat das mit Jan zu tun?«

»Halt mich für verrückt, aber bei ihm hatte ich ein ähnliches Gefühl. Ich weiß, zuerst war ich entsetzt und musste an all das denken, was über ihn geredet wird, und machte mir Sorgen um dich. Aber als ich zu Hause war, kam mir immer wieder sein Blick in den Sinn. Diese Art, wie er dich angeschaut hat.«

Plötzlich beißen Tränen in meinen Augenwinkeln, doch ich möchte nicht, dass Josy aufhört zu reden. Jedes ihrer Worte ist wie ein kühlendes Blütenblatt auf meinen Wunden. Ich werde ihrer bewusst, doch sie heilen auch.

»Er schaute dich an, als würde er dich schon lange kennen. Und als könne ihn nichts an dir überraschen. So – so vertraut. Mir kam ein Rilke-Gedicht in den Sinn. ›Bei dir ist es traut‹. Kennst du es?«

Nein, ich kenne es nicht, aber ich erinnere mich daran, dass Johanna schon in der Schule Rilke-Gedichtbände mit sich herumtrug.

»Möchtest du es hören?«

»Ja«, antworte ich mit gesenkter Stimme und schiebe meine Finger zwischen ihre, als würden unsere Hände miteinander beten. Johanna muss bei Jans Blick an ein Gedicht von Rilke denken – das ist so schön, dass es wehtut. Ich halte mein Gesicht in das flackernde Grün der Lindenblätter, als Johanna langsam und ruhig zu sprechen beginnt.

»*Bei dir ist es traut:*
Zage Uhren schlagen
Wie aus weiten Tagen.
Komm mir ein Liebes sagen –
Aber nur nicht laut.
Ein Tor geht irgendwo
Draußen im Blütentreiben.
Der Abend horcht an den Scheiben.
Lass uns leise bleiben:
Keiner weiß uns so.«

Nun weine ich doch wieder, Tränen wie sanftes Gift, die in mein dunkles Haar sickern und auf Johannas und meine ineinander verschränkten Hände tropfen. Keiner weiß uns so … Ja, es ist wahr. Niemand kann ermessen, wie unschuldig und rein das war, was Jan und ich miteinander teilten. Aber offenbar spürt Johanna es – nach nur einem einzigen Blickwechsel zwischen uns, den sie beobachtet hat.

»… und vor uns die Nacht«, murmele ich nach einer kleinen Pause, in der wir die Verse Rilkes in unseren Herzen nachhallen lassen. Ich sehe einen Schwarm Vögel vor mir, der über die Wellen des Meers gleitet und dann am Horizont verschwindet, während die Sonne untergeht. Vor uns die Nacht. Aber jeder Nacht folgt ein Tag und auch die Tage wollen gelebt und gefüllt werden. Ich habe es verlernt. Johanna fragt nicht, was ich meine, sondern lässt wie ich Worte Worte sein, bis wir beide den Mut finden, uns ihnen wieder zu nähern.

»Mir ist, als würde es da eine Geschichte geben. Hinter ihm.«

»Er wird sie mir nicht erzählen. Ich habe es versucht. Er will nicht«, erwidere ich hoffnungslos.

»Ich meine eine Geschichte zwischen dir und ihm. Eine uralte.«

»Johanna, genauer kannst du es nicht sagen, oder?«, frage ich vorsichtig, obwohl ich spüre, was sie meint. Es ist keine Geschichte, die man recherchieren und belegen kann wie bei meinen Arbeiten an der Uni. Man kann sie nur fühlen.

Sie schüttelt entschieden den Kopf und muss sich erneut ein paar dunkle Strähnen aus ihrem schmalen Gesicht streichen. »Ich kann mich ja auch irren. Wissen tu ich nichts. Hab nie mit ihm geredet. Er wollte es, als du im Krankenhaus warst, doch ich hab ihn abgewimmelt. Aber ich hab das hier noch, schau mal.«

Sie kramt ihr Smartphone aus dem Rucksack, tippt ein Weilchen darauf herum und reicht es mir dann. Ein Video läuft, unscharf und verwackelt, doch ich erkenne Jan sofort. Unvorbereitet, wie ich bin, möchte ich das Handy von mir werfen und wegrennen, um ihn nicht anschauen zu müssen, doch ich bleibe wie gelähmt sitzen, eine kleine, gemeine Vorbereitung auf meine Zeit im Rollstuhl. Auch dann werde ich vor nichts mehr weglaufen können.

»Du hast ihn gefilmt? Wann war denn das?«

»Auf dem Johannisfest, gerade vor Kurzem erst. Nicht fragen, nur gucken und hören. Er ist wie du …«

Jetzt erst nehme ich die Musik wahr, arabisch angehauchter, langsamer Reggae, und Jan tanzt dazu, die Augen wie immer zur Hälfte verborgen, seine Bewegungen offen, harmonisch und gelöst. Nun hebt er die Arme ein Stück Richtung Himmel, als wolle er ihn grüßen, während seine Hüften im Rhythmus bleiben. Der silberne Halbmond, den er um seinen Hals trägt, blitzt kurz auf und wirft eine grüne Reflexion in die Luft. Niemand der anderen Tanzenden und Umstehenden schaut auf ihn, alle sind mit sich beschäftigt und doch – sie spüren ihn. Auch diese Aufnahme könnte man so nehmen und in einen Hollywood-Film schneiden, ohne Brüche. Seine Aura überträgt sich sogar auf den kleinen Handybildschirm.

»Die Kamera liebt ihn, das ist normal, er ist Model, irgendwas muss er ja können«, versuche ich es mit einer nüchternen Erklärung abzutun und will Johanna das Handy zurückgeben. Doch sie schiebt es mir wieder unter die Nase. Ich muss weiterschauen. Nun lächelt er – ja, er lächelt. Glücklich und versunken. Eine warme Welle flutet über mein Gesicht.

»Ich glaube, er ist in Wahrheit ein Prinz aus Tausendundeiner Nacht…«, flüstert Johanna in mein Ohr. »Ein verzauberter.«

»Muss ein übler Zauber sein«, bemerke ich spöttisch.

»Das sind sie immer.« Johanna grinst keck und zeigt erneut auf Jan, als habe sie persönlich ihn erschaffen, bevor der Film zu Ende ist und sie das Handy zurück in den Rucksack schiebt. »Ich würde gerne wissen, was für ein Prinz hinter diesem bösen Zauber steckt.«

»Ich auch«, gebe ich zu, was ich mir insgeheim seit Wochen erhoffe. »Aber das kannst du abhaken. Er mimt lieber den geheimnisvollen Bad Guy. Dann soll er das eben tun, bis ihm die Eier abfallen.« Meine groben Worte können meine Traurigkeit nicht verdecken.

Doch Jan steht nicht an der Spitze meiner heutigen To-do-Liste und die Vorstellung, dass morgen Freitag ist und ich nicht mit Imodium akut und Baldrian im Handgepäck durch die Weltgeschichte laufen muss, hat etwas Erleichterndes. Obwohl es mir schwerfällt, mich aus Johannas und meiner verborgenen Märchenwelt zu lösen, in die wir uns als Kinder oft für ganze Nachmittage verloren haben, werfe ich einen pflichtbewussten Blick auf die Uhr.

»Ich muss, Josy. Kai Schuster wartet. Und danach will ich mich exmatrikulieren.«

»Du hast ja wohl einen Vollknall.« Johanna lacht laut auf und klatscht sich die Hand gegen die Stirn. »Exmatrikulieren. Ja, und ich ziehe ins Playboy-Haus. Ich sag dir was, Ronia: Ich hatte einen Studienplatz in Hamburg sicher und nur deinetwegen bin ich hiergeblieben. Wenn du dich exmatrikulierst, ist unsere Freundschaft aus und vorbei. Für immer.«

»Keine Ahnung, wer hier den Vollknall hat, vielleicht haben wir beide einen, aber meiner ist der bessere.« Johanna hat sich große Mühe gegeben, ernst und streng zu gucken, während sie mir drohte, doch ich glaube ihr kein Wort. Wir können es uns gar nicht aussuchen, ob wir miteinander befreundet sind oder nicht. Alles, was uns bleibt, ist, unserer Bestimmung zu folgen oder nicht zu folgen. Freunde werden wir immer sein.

»Bis bald.« Ich küsse sie auf ihre rechte Wange, bevor ich mich am Klettergerüst abseile, mit den Sandalen in der Hand über das kühle Gras flitze und barfuß zurück zur Uni renne, um Kai Schuster noch rechtzeitig zu erwischen. Doch als ich an seine Tür klopfe, habe ich den Eindruck, auf eine Bühne zu treten und ein Theaterstück spielen zu wollen, das in Wahrheit nichts mit mir selbst zu tun hat.

»Ronia, endlich. Setz dich. Oder bleib stehen, ist mir egal. Ich habe sowieso nur einen Satz zu sagen: Du kommst mit nach Frankreich.«

Bekräftigend haut Kai Schuster auf seinen restlos überladenen Schreibtisch. Ein paar lose Papiere segeln lautlos zu Boden und reihen sich dort ordentlich nebeneinander auf.

»Ich wusste gar nicht, dass wir Brüderschaft getrunken haben«, gebe ich mich reserviert und bleibe stehen. Noch zeigt mein vieles Laufen seit dem Winter Wirkung – ich bin kaum außer Atem. Vermutlich mache ich auch nicht den Eindruck, an einer tödlichen Krankheit zu leiden. Ich bin die personifizierte Sommerfrische, barfuß und mit Lockenmähne.

»Adrett«, lobt Kai Schuster schmunzelnd, beugt sich vor und zieht mir mit weit ausgestrecktem Arm ein Lindenblatt aus den Haaren. »Das mit dem Brüderschafttrinken holen wir nach. Keine Sorge, ich habe eine bezaubernde Frau und liebe sie sehr, auch wenn sie mir manchmal grässlich auf die Nerven geht. Aber wir begegnen uns hier gerade als Menschen und nicht als Dozent und Studentin. Du willst dich ja sowieso exmatrikulieren, oder?« Sein Schmunzeln verwandelt sich in ein mokantes Grinsen.

»Multiple Sklerose«, spreche ich die Diagnose in ihren zwei grausamen Worten aus, um Kai Schuster seinen Schwung zu nehmen und den Humor gleich mit dazu. »Ich habe wahrscheinlich multiple Sklerose.«

Er ist erschrocken, ich habe es genau gesehen, doch ebenso schnell fängt er sich wieder.

»Die rheinland-pfälzische Ministerpräsidentin auch. Ich nehme an, sie hat mehr Berufsstress, als du je haben wirst. Weiter?«

»Wie, weiter? Nehmen Sie mich gar nicht ernst? Was wollen Sie dann überhaupt von mir?«, echauffiere ich mich.

»Du und Kai, bitte. Doch, ich nehme dich ernst. Genau aus diesem Grund lasse ich dich erst wieder aus diesem Raum, wenn du mir deine Zusage für Frankreich gegeben hast.«

»Herrgott, Sie verdammter Stur … du Sturkopf«, verbessere ich mich und stelle fest, dass die Wirkung mit einem »Sie« effizienter gewesen wäre. Vermutlich weiß er das ganz genau. Sein Duzen hat Kalkül. »Ich bin krank, wie oft soll ich es noch sagen! Ich kann nicht!«

»Soweit ich weiß, gibt es meistens monatelang keine Schübe, sogar in manchen Fällen jahrelang. Oder?« Es ist aber auch zu ärgerlich, dass jeder glaubt, ein Halbwissen über Krankheiten zu haben und vor allem über diese. Alle müssen ihren optimistischen Senf dazugeben.

»Ja, aber was ist, wenn dort ein Schub kommt? Was dann?«

»Ronia, wir graben nicht in Timbuktu, sondern inmitten eines zivilisierten europäischen Landes. Das nächste Krankenhaus ist zwanzig Minuten entfernt.« Kai Schuster lächelt mich gewinnend an. »Du bist bei mir in besten Händen. Viel größere Sorge als ein möglicher Schub bereitet mir deine Sonnenempfindlichkeit. Ohne Hut lasse ich dich nicht graben und ich werde persönlich dafür sorgen, dass du genug trinkst.« Mit einem melodischen Summen atmet er aus und dehnt seine Schultern, ohne sich um meinen skeptischen Blick zu kümmern. Es knackt zweimal laut, eine Folge des ewigen gebückten Sitzens am Schreibtisch und im Dreck.

»Aber das ist es doch nicht alleine«, nutze ich seine Schwäche für ein weiteres Argument. »Wozu soll ich studieren, wenn ich irgendwann nicht mehr als Archäologin arbeiten kann? Was ergibt das für einen Sinn?«

»Lebst du jetzt oder in der Zukunft, Ronia?« Ich zucke zusammen, denn sein Ton ist scharf geworden und sein Geduldsfaden gefährlich dünn. »Du stehst quicklebendig vor mir und willst mir weismachen, dass nichts mehr von dem, was du tust, sinnvoll ist. Aber welchen Sinn hat es, sein Talent zu vergeuden und nur noch auf das Schlechte zu warten? Ronia, du bist eine Ausnahmebegabung! Selbst wenn du eines Tages im Rollstuhl sitzt, kannst du immer noch Hunderte von Menschen begeistern, wenn du bei einem Vortrag davon erzählst, wie du Atlantis entdeckt hast!«

»Du übertreibst«, versuche ich ihn errötend zu stoppen. Das hier ist gerade ein Heiratsantrag der Wissenschaft – er weiß genau, wie sehr er mich damit kitzelt.

»Ich übertreibe nicht, denn ein Talent ist nutzlos, wenn es nicht genährt wird. Du allein kannst es blühen lassen. Wusstest du, dass sich bei deinen mündlichen Prüfungen mehr Kollegen zum Protokollieren melden, als vorgeschrieben sind? Weil es Spaß macht, dir zuzuhören, wenn du mit Theorien jonglierst. Du führst jeden Satz zu Ende, jeden einzelnen – was glaubst du, welches Gestotter wir uns sonst zu Gemüte führen müssen. Aber du, du brillierst, als würdest du bereits fünf Jahre als Dozentin an der Uni arbeiten. Da ist es uns auch herzlich egal, dass du dir keine Zahlen merken kannst. Du begreifst das große Ganze, die Matrix dahinter! Außerdem hast du das gewisse Etwas – die Spürnase. Du witterst Schätze!«

»Mir wird das langsam peinlich, ehrlich. Hör auf damit.« Doch Kai Schuster erwidert bereitwillig das Lächeln, das von mir Besitz ergreift und mich strahlen lässt, als habe ich eben wahrhaftig Atlantis entdeckt.

»Es sollte dir nur peinlich sein, wenn du das alles aus bloßer Angst hinwirfst. Nur aus Angst.«

»Angst ist viel«, widerspreche ich mit halber Kraft. Ja, Angst ist viel und sie ist mörderisch. Aber soll sie wirklich über alles siegen? Könnte ich damit leben? »Es geht trotzdem nicht. Meine Eltern wollen mich nicht unterstützen. Finanziell. Sie sind dagegen; irgendwie wollen sie nicht, dass ich weggehe, und nun haben sie den allerbesten Grund, bei dieser Meinung zu bleiben.«

»Du bist erwachsen und an Geld sollte es niemals scheitern. Wir finden einen Weg. Keine Sorge. Aber Ronia …« Sein breites Grinsen schwindet und er sieht mich an, als würde ich ihn gleich schlagen. »Du müsstest rasch deine Prüfungen nachholen. Das ist wichtig. In drei Wochen geht es los. Schaffst du es in zwei Wochen, dich vorzubereiten?«

»In drei Wochen?«, wiederhole ich atemlos. Das ist Irrsinn. Wie soll ich es schaffen, in drei Wochen alles zu organisieren? Und eigentlich wollte ich mich doch exmatrikulieren. Ehrlich, wollte ich das? Kai wartet schweigend ab, während ich steif vor ihm stehe und immer wieder dazu ansetze, etwas zu sagen, um mich doch wieder zu stoppen. Er wird keines meiner Neins, Trotzdems und Abers gelten lassen.

»Okay«, sage ich schließlich lahm. »Das schaffe ich wohl.«

Wenn es drauf ankommt, kann ich mir den Stoff auch in einer Woche in meinen Kopf prügeln – womit ich etwas zu tun habe und dazu ein Ziel. Noch nicht Frankreich, das wäre zu groß, aber eine Wegesetappe. Ein sanftes Kribbeln durchwandert meine Hände und Unterarme – kein krankhaftes, sondern ein freudiges. Die Zeiten, in denen ich bangen und hoffen musste, Jan wiederzusehen, sind vorbei. Ich muss nur noch mit dem Kummer zurechtkommen. Lernen ist eine gute Möglichkeit, mich davon abzulenken. Vor allem ergibt das Lernen jetzt wieder einen Sinn. Oh verflucht, hätte Kai bloß nicht Atlantis erwähnt. Ich glaub nicht, dass es Atlantis gibt, aber ich würde es gerne entdecken, wie wohl jeder meiner Kommilitonen. Kai hat damit mein Fernweh angezapft. Jetzt breitet es sich in mir aus wie ein kühler, erfrischender See, dessen Staumauer gebrochen ist und der sich seinen Platz zurückerobert. Frankreich könnte nur der Auftakt sein für das, was anschließend auf mich wartet, nämlich ein archäologisches Abenteuer nach dem anderen. Ich muss ja nicht im mexikanischen Dschungel zerfallene Aztekenruinen ausgraben oder im Himalaya nach buddhistischen Höhlengemälden suchen. Überall auf der Welt wollen Geheimnisse gelüftet werden.

»Darf ich mir jetzt endlich einbilden, deine Karriere gerettet zu haben?« Kai ist geschafft. Seine Stirnader zeichnet sich deutlich ab und in den Schläfen glitzern Schweißtropfen. Doch er sieht sehr zufrieden aus.

»Von mir aus«, gestatte ich ihm generös seinen Sieg.

»Lass dein Licht strahlen, Ronia. Eine blöde Diagnose ändert daran nichts. Versprochen?«

»Mal sehen«, entgegne ich unbestimmt. Mit Versprechungen bin ich neuerdings vorsichtig und »blöd« ist die Untertreibung des Jahrhunderts.

»Das Studentensekretariat hat übrigens gerade in dieser Minute seine Pforten geschlossen und macht erst am Montag wieder auf. Nur zur Info!«

»Ja, du hast meine Karriere gerettet und ich werde dir auf ewig dankbar sein. Gut jetzt?« Ich bücke mich und nehme meinen Rucksack wieder auf die Schultern. Kais Mundwinkel reichen nun fast bis zu seinen abstehenden Ohren. »Frohes Schaffen, Idefix«, flöte ich ihm zu und husche aus dem Zimmer, bevor er begreifen kann, was ich gerade gesagt habe.

Meine freche Verabschiedung spüre ich noch immer wie das Prickeln eines sauren Brausestäbchens auf meiner Zunge, als ich im Zug nach Hause sitze und die Sommerlandschaft an mir vorbeiziehen lasse. Doch meine Entscheidung dahinter wird mir in ihrer vollen Wucht erst bewusst, als ich abends im Bett liege und meinen Körper nach eventuellen Warnsignalen durchscanne. Das werde ich auch in Frankreich jeden Tag tun müssen. Es kann sein, dass es mich dort erwischt, zwischen Fremden, weit weg von meiner Familie, Jonas und Johanna. Würde ich damit umgehen können? Kai Schuster würde damit umgehen können, dessen bin ich mir sicher. Er sagte es selbst – ich bin bei ihm in guten Händen. Denn uns verbindet nichts als die Wissenschaft. Das ist eine sichere Bank.

Noch einmal wandere ich von den Füßen aufwärts durch meinen Organismus. Doch da ist nichts. Alles ruhig und friedlich. Ich höre sogar mein Herz schlagen, das flüsternd nach Jan fragt, genau wie meine Hände und mein Bauch. Unentwegt fragen sie mich, warum er nicht da ist, und ich kann ihnen nichts antworten.

In diesen Momenten der Stille und Sehnsucht weiß ich nicht, warum ich gegangen bin. Es entgleitet mir.

Aber ich kann mir wieder vorstellen, dass auch auf mich eine Zukunft wartet.

Vielleicht sogar ist sie schön.

Farbige Träume

Meins«, flüstere ich, schlüpfe aus meinen Sandalen und taste mit meinen nackten Fußsohlen über die Kieselsteine. Pudriger Staub legt sich über meine Haut und den Saum meiner Jeans. Es hat wochenlang nicht geregnet. Der Fluss ist schmal geworden. »Das ist meins.«

Hier zu sein, tut weh. Ich wusste, dass es wehtun würde, aber ich hatte mit erbarmungsloseren Schmerzen gerechnet. Die Tränen, die jetzt über meine Wangen rinnen, lösen sich ohne Qual und Krämpfe. Sie erzählen keine Geschichten von verzweifelten Dramen, deren Ende blutig und grausam ist, sondern beruhigen mich und zeigen mir mit ihrer wohltuenden Wärme, dass es gut war hierherzukommen – an unseren Fluss, von dem ich nun ein Territorium für mich alleine erbitten muss. Denn es kann nicht sein, dass er Jans und meinen Begegnungen im Grün des Auwaldes gehört und ich nur noch unter Angst und den Plagen meiner Erinnerung an ihn denken kann.

Es ist Zeit, einen Teil dieses Ufers zu meinem eigenen Reich zu erklären. Die flachen, großen Steine auf der Promenade waren schon immer das Reich von Johanna und mir gewesen, die Brücke und der Auwald das von Jan und mir. Daran soll sich auch nichts ändern. Doch dieser weiße Markierungspfosten hier, mit der schwarzen 72 und den drei Stufen, die von ihm hinab zum Kiesstrand führen, ist mein Reich. Ich brauche einen Ort, an dem mich nichts stören und an dem ich sitzen und sein kann, in Freiheit, ohne Wände, Decken und Fensterscheiben. Nirgendwo sonst gibt es das. Rechts und links von mir spenden zwei dichte Büsche Schatten, hinter mir verdeckt die grasbewachsene Böschung die Sicht auf den Stein. Selbst Jan könnte mich nicht entdecken, wenn er am Fluss herumstromern würde. Auf diesen Stufen bin ich geschützt und geborgen, mit freiem Blick auf das Wasser.

Jetzt habe ich einen Platz, an den ich gehen kann, wenn alles andere zu viel und zu eng wird; von mir aus jeden Tag, morgens, mittags und abends. Er wird auf mich warten, treu und still. All die Orte, an denen Jan und ich uns nah waren, sind von diesem Punkt aus nicht zu sehen, auch nicht der Abschnitt, an dem ich in die Strömung gelaufen bin und der Sog des Frachters an mir zerrte. Jetzt wäre das gar nicht mehr möglich, der heiße Sommer hat die Stelle freigelegt. Die Kiesstrände erstrecken sich fast bis in die Fahrrinne des Flusses.

Während die Tränen weiter über meine Wangen rinnen, leicht und frei, schließe ich meine Lider und spüre meinem Atem nach, wie er meinen Bauch gleichmäßig anhebt und senkt. Wie lange wird es noch wehtun? Wird es überhaupt jemals aufhören? Und wird der Tag kommen, an dem ich es wieder wagen werde, mich selbst zu berühren – nur für mich, ohne Gedanken an ihn?

Noch immer kann ich mir nicht vorstellen, dass es mit einem anderen Mann schöner werden kann. Es war ein Geschenk. Jeder Kuss hatte die Magie des ersten Kusses, nur ohne dessen Unbeholfenheit und Zweifel. Wir staunten über uns selbst, er und ich. Wann immer unsere Hände sich berührten, taten sie es, als wären sie gerade neu geboren. Ich glaube nicht, dass man so etwas ein zweites Mal erleben kann. Ich würde es gar nicht wollen. Es war die reine, unverfälschte körperliche Liebe, ohne Argwohn und Zweifel.

Doch das Drumherum, das möchte ich nie wieder durchstehen müssen. Diese elenden, ungesunden Gedankenspiralen, die mich sowohl am Tag als auch in der Nacht geißelten, und das Zittern um die nächste Begegnung. Vielleicht war das seine Art der Macht über mich gewesen, sein Thrill. Nicht während unserer Begegnungen hielt er mich in Atem. Sondern dazwischen. Ist er wirklich so berechnend? Oder ist es seine Natur, wie die des Skorpions, der den Frosch beißt, ohne dass er es möchte – dieses Unverbindliche, Gleichmütige? Es hatte etwas Friedliches, doch es hat mich beinahe vernichtet.

Es ist müßig, darüber nachzudenken. Jan wird es mir nicht sagen. Aber ich kann wieder atmen und ich muss mich nicht länger fürchten. Das, was ich am meisten fürchtete, ist eingetroffen, weil ich es so wollte. Und ich lebe noch. Nachts sucht die Sehnsucht mich heim, drischt und knetet mich, bis ich bis in die Tiefen meines Herzens verwundet bin, doch irgendwann übernimmt der Trost ihr Regime und schenkt mir einen tiefen, heilenden Schlaf.

»Möge ich Trost finden«, raune ich mein Gebet dieser Tage. »Möge ich Trost finden.« Nicht in einer anderen Begegnung, einem anderen Mann. Aber vielleicht in den Schätzen, die ich noch in Mutter Erde finden werde. Seufzend lehne ich mich an den sonnenwarmen Stein in meinem Rücken. Frankreich … Frankreich könnte das Land des Trosts für mich sein. Doch, ich muss ein letztes Mal versuchen, meine Eltern zu überzeugen. Die Prüfungen heute liefen gut; wahrscheinlich nicht so gut wie sonst, aber zu einer Zwei wird es reichen. Das ist meine Fahrkarte nach Gallien.

Bezahlen müssen das Ticket jedoch meine Eltern. Der Lohn meines Museumsjobs ist längst verbraucht. Gestern musste ich mir sogar zwanzig Euro von Jonas leihen, um mit Josy essen gehen zu können. Jonas und ich haben nicht miteinander gesprochen, aber ich schlafe nicht mehr in seinem Bett und er macht keine Annäherungen. Er wirkt nicht traurig oder frustriert dabei. Ich glaube, es erleichtert ihn.

Noch zehn Tage bis zur Abfahrt. Kai Schuster hat das Geld vorgestreckt und den lästigen Papierkram erledigt. Für ihn ist sonnenklar, dass ich mitkomme. Und für mich? Habe ich den Mut, das alles hier zurückzulassen? Aber was genau eigentlich? Die WG? Jonas? Meine Freunde? All das ist noch da, wenn ich heimkomme. Als ich Josy gestern von meinen Plänen erzählte, reagierte sie im ersten Moment verhalten, doch das legte sich schnell, und ich ahne, warum. Sie würde sich Jonas nicht nähern, solange ich rund um die Uhr in seiner Wohnung bin. Ich muss ihr jenen Platz schaffen, den ich mir hier geschaffen habe – und den sie haben wird, wenn ich das Auslandssemester antrete. Dann kann sich alles fügen.

Morgen? Soll ich morgen mit meinen Eltern sprechen? Ich weiß, es ist Mitte August, und ich hatte in den vergangenen Tagen immer wieder diese bohrenden, diffusen Bauchschmerzen, die mich jedes Jahr um diese Zeit befallen, aber das ist kein rationaler Grund. Was hält mich wirklich davon ab? Ist es das Geld, das ich erbetteln muss und das sie in jedem Falle haben? Oder ist es die Ankündigung, dass ich monatelang fort sein werde, die ich ihnen nicht zumuten will?

Ich finde auch dann keine Antwort, als meine Tränen getrocknet sind und ich längst wieder zu Hause bin. Wie auch die vergangenen Abende liege ich auf dem Bett, lausche in die zur Ruhe kommende

Stadt und sehe den Streifen der Abendsonne zu, die über die Wand wandern und sich nach und nach zurückziehen. Alles andere ist so uninteressant geworden – Fernsehen, Lesen, Ausgehen, im Internet surfen. Mir ist nicht langweilig, wenn ich hier liege und nichts tue. Es kommt mir vor wie der Urlaub, den ich schon lange Zeit brauchte.

Irgendwann stehe ich auf, strecke mich ausgiebig, trinke mein abendliches Glas Wasser mit Mineralien, nehme eine lauwarme Dusche und krieche unter meine Decke – ohne Musik in den Ohren. Musik geht noch nicht. Ich weiß nicht, ob ich die Songs, zu denen ich von Jan träumte, eines Tages wieder hören können werde, ohne zu weinen.

Stattdessen lege ich meine Handflächen auf meinen Unterbauch und warte, bis mein Blut sich beruhigt und ich dem Schlaf die Tür öffnen kann. Er ist tiefer geworden und seine Träume lebhafter, farbiger. In jedem meiner frühmorgendlichen Bilder stehe ich irgendwann an einem Brunnen mit klarem, bläulich schimmerndem Wasser und verspüre den Wunsch, tief hineinzutauchen. Kopfüber. Doch ich traue mich nicht.

In dieser Nacht wage ich es, meinen Arm auszustrecken und mit meinen Fingern die Oberfläche zu durchkämmen – und sofort schreckt mich ein schrilles Klingeln auf. Ich wusste es, ich darf es nicht. So gerne würde ich das Wasser berühren und kosten … Artig verschränke ich die Hände hinter meinem Rücken und warte auf meine verdiente Strafe. Aber warum klingelt es erneut? Und ein drittes Mal? Ich tu doch gar nichts mehr.

Verwirrt öffne ich meine Augen. Es klingelt wirklich, nicht in dem Garten mit dem Brunnen, sondern hier, in unserer WG. Hat Jonas etwa seinen Schlüssel vergessen? Jonas vergisst doch nie etwas. Doch wer soll es sonst sein?

Mit rauschenden Ohren und leichtem Schwindel im Kopf, vor

meinen Augen immer noch das glitzernde Brunnenwasser, husche ich durch den Flur und betätige den Summer. Hätte ich nicht besser die Sprechanlage benutzen sollen? Um mich zu vergewissern, dass es Jonas ist? Nun ist es zu spät. Seine Schritte poltern bereits die Treppe hinauf.

Poltern? Nein, Jonas poltert niemals. Das kann er nicht sein. Oder ist er auf Streife verletzt worden? Ich öffne die Tür einen Spalt und luge hinunter auf die Treppe, wo mir ein zutiefst vertrauter Schatten entgegentorkelt, die eine Hand in der Jackentasche, die andere klammernd am Geländer, aber trotzdem noch in der Haltung eines selbstverliebten Göttersohns. Einen Moment lang bin ich fest überzeugt zu träumen, doch der Geruch nach durchnässtem Leder und Nikotin ist so stark, dass die Realität über das unwirkliche Gefühl in mir siegt.

»Was machst du denn …?« Ich knipse die Flurlampe an, um mich vollends davon zu überzeugen, dass er es ist und nicht irgendein Penner, der sich in der Haustür geirrt hat. Aufstöhnend dreht Jan sich zur Seite und hält die Hand vor seine Augen.

»Licht aus, sofort.« Seine Stimme klingt, als habe er Sägemehl inhaliert.

»Oje.« Mein Ausruf kommt aus dem tiefsten Herzen und hat einen unverkennbar mütterlichen Klang. Hier steht kein sexy Model, sondern ein Bild des Elends vor mir. Und irgendwie mag ich es. Deshalb lasse ich das Licht an. Er soll ruhig ein wenig weiterleiden. Ich leide schließlich auch.

»Badewanne. Bitte. Eine heiße … Ich will nur baden. Mehr nicht.«

»Es ist vier Uhr morgens«, sage ich streng, nachdem ich auf meine Armbanduhr geschaut habe, lasse ihn aber trotzdem durch die Tür schlüpfen, wo er sofort die Lederjacke von den Schultern streift und zu Boden fallen lässt. »Und du hast Hausverbot in dieser… ach, drauf geschissen.« Es ist tatsächlich egal, was ich tue. Ich bin schwer krank, ich darf alles. Außerdem ist Jonas, der dieses Hausverbot vor einigen Wochen eher unmotiviert erteilt hatte, nicht hier. Schlurfend bewegt Jan sich den Flur hinab, und obwohl er noch nie in dieser Wohnung war, strebt er zielsicher das Bad an. Eine Sekunde später höre ich Wasser rauschen.

»Das hier ist keine öffentliche Waschanstalt«, ermahne ich ihn matt, nachdem ich mir einen Strickmantel übergestreift habe und zu ihm ins Badezimmer gegangen bin, wo er mit geschlossenen Augen und mit lang ausgestreckten Beinen auf dem Boden sitzt, den Rücken an die Wanne gelehnt. Ich muss mein vorschnelles Urteil korrigieren: Selbst in dieser desolaten Verfassung könnte man ihn ablichten und an ein Magazin verkaufen. Doch ich sehe auch, dass er dunkle Ringe unter den Augen hat und offenbar Schmerzen. Sein Atem geht flach und vorsichtig, als würde er sich nicht trauen, zu tief Luft zu holen.

»Drogen?«, frage ich zuvorkommend, obwohl ich die Antwort schon kenne.

»Ach, alles. Bisschen Stoff, Alk, eine beschissene Party, zugekifft im Park gesessen und mit einem Karnickel geredet, versucht, eine Frau aufzureißen, und es bleiben lassen, weil ich sicher war, dass sie hässliche Füße hat …« Er drückt sich die Hand gegen den Bauch. »Eben nicht deine Füße.«

Okay, jetzt wird es interessant. Ein Messerstich und eine warme Decke um die Schultern – er schafft es, beides in zwei Halbsätzen unterzubringen.

»Mir den Schädel an einem Laternenpfosten angehauen, zweimal gekotzt …« Er streckt die Hand über den Wannenrand, um die Temperatur des Wassers zu prüfen. »Und dann stand ich hier vor deiner Wohnung und dachte … Ich weiß nicht, was ich dachte.«

Ich greife nach meinem Melissenbadezusatz und gebe einen Schuss davon ins Wasser. Ein wenig Entspannung kann nach dieser Abendgestaltung nicht schaden. Knisternd beginnen sich Schaumberge zu bilden und ich muss zurück an meine Kindheit denken, als ich beim Baden immer am Waschlappen gesaugt habe, weil ich das bittere Aroma des Duschgels toll fand. Genauso, wie ich dachte, dass ich ab und zu weiße Kreide essen müsste. Offenbar hatte ich schon immer einen ausgefallenen Geschmack. Fluchend befreit Jan sich aus seinen Klamotten und ich kann nicht anders, als ihn anzuschauen. Es entgeht ihm nicht.

»No way, Ronia. Ich will nur baden. Ehrlich. Da tut sich heute nichts mehr.«

Ich spare mir einen giftigen Kommentar und verkneife es mir auch, zu fragen, warum er ausgerechnet bei mir baden will. Eine vernünftige Antwort würde ich sowieso nicht bekommen. Als er unter- und wieder auftaucht und sich die Haare zurückstreicht, bemerke ich winzige Vorandeutungen von Geheimratsecken an seinen Schläfen. Nie zuvor waren sie mir aufgefallen. Er wird mal seine Haare verlieren, denke ich mit einer fast gerührten Wärme im Herzen. Früher als andere. Und er weiß es.

»Ich weiß«, beantwortet er meine Gedanken und begegnet meinem Blick ohne jede Scham oder gar Verlegenheit. »Ist halt so. Ein schönes Gesicht braucht Platz.«

Ich muss lachen, mit den Händen vor den Augen und leicht verzweifelt, aber es ist ein Lachen, seit Stunden das erste. Oh verdammt, wenn ich nur einen Hauch seines Selbstbewusstseins hätte, könnte mir das Leben nicht immer so erbarmungslos in den Hintern treten.

Auch jetzt verzichte ich auf einen Konter. Ich will nicht mehr. Nicht mehr diskutieren, nicht mehr streiten. Keine rhetorischen Schlachten mehr. Ich verliere sowieso. Nicht mit Worten, sondern mit meinen Gefühlen. Er ist eben so, wie er ist, und ich konnte es noch nie leichter annehmen als jetzt, wo er so blass und erschöpft in der Badewanne hängt und nicht einmal an Sex denken will.

Noch immer möchte ich ihn fragen, warum er hier ist, was das alles soll, aber auch diese Frage kommt nicht über meine Lippen. Ich sitze still da, lausche seinem Atem, der langsam tiefer und freier wird, und lasse den Melissenduft in meiner Nase kitzeln. Frieden, denke ich gelöst. So muss sich Frieden anfühlen.

»Weißt du, es gibt gar nicht viel zu erzählen«, beginnt er unvermittelt, die Lider wieder gesenkt und den Nacken auf dem kalten Wannenrand. Die feinen Härchen auf meinen Unterarmen, die in den vergangenen Tagen nachgewachsen sind, richten sich neugierig auf. Erzählen? Er will von sich erzählen? Mucksmäuschenstill bleibe ich sitzen, ohne ihn anzusehen. »Es war alles so, wie es sein sollte. Vater und Mutter, Sohn und Tochter, ein Häuschen auf dem Land. Ich hatte keine schlechte Kindheit oder so. Wurde nicht geschlagen, auch nicht missbraucht. Alles easy. Viel Playmobil und Lego, ein Hund …« Er stockt. »Mein Hund. Er war mein Bruder, weißt du?« Seine Stimme ist noch etwas dunkler geworden als sonst. »Damir, ein Collie-Mix. Mein Bruder. Hast du ihn schon gesehen?«

Gesehen? In meinen Träumen? Meint er das? Es sind immer Schatten hinter ihm, wenn er mir begegnet, in all dem blauen Licht, das ihn umgibt. Höre ich Tränen in seiner Stimme?

»Aber es war – es war wie diese Stille, bevor etwas Katastrophales passiert. Es war zu ruhig. Wir redeten zu wenig. Jeder erledigte seine Aufgabe, wir aßen zusammen und fuhren gemeinsam in den Urlaub, aber eigentlich waren wir Fremde. Ich kann nicht behaupten, dass ich meine Schwester besser kenne als dich. Ehrlich nicht. Und ich kenne dich kaum. Aber sie ist mir fern, hier.« Er berührt mit dem Daumen seine Brust.

Ich traue mich nicht, seine Worte zu kommentieren. Alles, was ich will, ist, dass er weiterspricht. Wahrscheinlich ahnt er es nicht, aber er überreicht mir gerade einen unbezahlbaren Schatz, dessen Kostbarkeiten ich kaum zu berühren wage. Und ich musste nicht einmal danach suchen.

»Ich kann dir keine tragischen Geschichten auftischen. Es war das Übliche, was man tausendmal hört und liest, der Vater geht fremd und zieht aus, die Mutter dreht ab, mutiert zur Emanze, nachdem sie wochenlang geheult hat. Sie hat immer geheult. Ich kam nach Hause und sie hat geheult. Überall Taschentücher. Sie hat gekocht und gewaschen und den Haushalt geschmissen, doch sie tat es heulend. Das hält man nicht aus, das ist krank. Ich hab mich gefühlt wie in einer Zeitschleife. Ich war elf und alles, was ich zu Hause zu sehen bekam, war eine dauerheulende Mutter.«

Ich muss selbst gegen die Tränen kämpfen. Um Himmels willen, Ronia, ermahne ich mich. Reiß dich am Riemen. Nun verstehe ich, warum er so tat, als gäbe es mich nicht, als wir bei ihm den Film geschaut haben und ich beinahe losgeheult hätte. Ich hab ihn daran erinnert.

»Na ja, und dann hat sie sich gefangen, fing an, mir täglich aufzuzählen, worauf sie alles verzichtet hat die vergangenen Jahre, und beschloss, von nun an nur noch Dinge zu machen, die ihr guttun. Eines dieser Dinge hieß Bernd. Bernd, das Brot.«

Ich unterdrücke ein Kichern. Jan hat ihn vermutlich das Fürchten gelehrt.

»Kein Witz, Ronia, der sah aus wie ein Brot und war hohl wie ein Brot. Hauptschullehrer, so ein richtiger Vollblutpädagoge. Ätzend. Hat gedacht, er könnte mit mir auf gut Freund machen. Ich hab ihn unter den Tisch gesoffen, dann war Ruhe. Aber das ist auch alles egal, spielt keine Rolle, da war nichts Schlimmes. Wenn du ein

Drama willst, irgendeine tragische Story, ein Trauma – sorry, hab ich nicht. Gibt's nicht.«

Ich finde tragisch, was ihm geschehen ist. Es war ein Drama, ein stilles zwar, aber deshalb nicht minder zerrüttend. Doch auch das wage ich nicht zu sagen, denn ich habe das Gefühl, dass meine Worte hier nichts zu suchen haben. Es vergehen ein paar Minuten, in denen wir schweigen, Jan im dampfenden Wasser, ich auf den kalten Fliesen. Ich war selten zufriedener in meinem Leben.

»Du bist genervt, weil deine Eltern so auf dich achten und das Beste für dich wollen. Dich in ihrer Nähe halten. Ich wünschte, das wäre mal so gewesen. Die haben mich einfach nicht mehr gesehen. Ich hab mir selbst das Ohr gepierct und mein Vater hat es erst nach zwei Tagen bemerkt. Die waren nur mit sich selbst beschäftigt und Lena hat längst studiert. Ich konnte machen, was ich wollte, sie haben es toleriert. Niemand hat sich aufgeregt. Ist halt ein Scheidungskind. Schwierige Phase. Ich wäre froh, ich hätte wenigstens einen einzigen Anschiss bekommen in all den Jahren. Von mir aus hätten sie mich schlagen können oder einsperren. Nur damit ich merke, dass ich auch noch da bin. Stattdessen bezahlen sie mir eine teure Privatschule nach der anderen, damit sich irgendwelche Lehrer drum kümmern. Shit …«

Noch einmal taucht er unter. Wäscht sich die Haare und das Gesicht, reibt sich über seine müden Augen.

»Ich will nicht so werden wie sie. Nur noch um mich selbst kreisen und die anderen nicht mehr bemerken. Ich möchte dich bemerken. Mit allem. Und wenn es eine ganz große Scheiße ist, die da kommt. Ich will dich bemerken. Du bist bemerkenswert, Ronia. Geht das in deinen Dickschädel rein?«

»Seit wann …?« Ich kann kaum sprechen, so eng ist meine Kehle geworden. »Seit wann weißt du das?«

»Seitdem ich vorhin mit dem Karnickel geredet habe. Also noch nicht lange. Aber das ändert nichts. Ich weiß es.«

»Nur weiß ich nicht, ob mir das reicht.« Ich könnte mich ohrfeigen für diese Worte. Doch sie waren schneller als mein Verstand. Was nur wollen sie sagen? Er öffnet sich mir, es passiert genau das, was ich ersehnt hatte, von ganz alleine. Und es genügt mir nicht?

»Hab nicht behauptet, dass es *mir* reicht. Ich sehe das wie du. Von dir muss auch was kommen, Baby.«

»Bitte was?« Ich bin so vor den Kopf gestoßen, dass ich meinen Kosmetikbeutel auf meine Knie nehme und beginne, meinen Nagellack nach Farben zu sortieren. Weit komme ich damit nicht, denn ich habe nur drei Farben. Silbergrau, Perlmutt und French Rosé. Doch dann zeigt mir das Plätschern der Badewanne, dass sich immer noch jemand darin befindet und auf einen vollständigen Satz wartet. Kai Schuster hatte danebengelegen – früher war es sicherlich eine meiner Begabungen, Sätze zu Ende zu bringen. Durch Jan habe ich das verlernt. Ich kann nur noch stammeln. »Was soll denn noch von mir kommen?«

»Außer?«, hakt Jan kratzig nach und unterdrückt ein Bäuerchen.

»Na, außer dass ich … du weißt doch, was ich alles getan habe. Mit dir. Also wir zusammen.« Ich und ein rhetorisches Talent? Himmel, hab ich abgebaut. Fataler noch: Ich habe in den vergangenen Wochen meine Ex-Freunde nachgespielt. Stammeln, Stottern. Ausweichen. Schluss machen.

»Genau, wir zusammen. Aber was kam von dir?«

»Jan, ich versteh nicht, was du meinst! Hätte ich noch mehr austesten sollen? Außerdem wollte ich das – das eine zu Ende bringen, du weißt schon, aber du wolltest es nicht.« Mit einem heißen Schauer im Bauch denke an diesen Moment zurück, als ich ihm so nah war und er doch kurz vorher unsere Position änderte – das einzige Mal, dass er nicht mir die Führung überlassen hatte. »Überhaupt, du hast es nie zu Ende gebracht, auch auf dem üblichen, klassischen Weg nicht.«

»Ich hab es schon zu Ende gebracht.«

»Aber nicht in mir!«, protestiere ich lautstark, obwohl mir das Thema peinlich ist. Zugleich bin ich froh, es endlich zur Sprache bringen zu können.

»Haste mal überlegt, warum?« So langsam gehen mir seine Fragen gehörig auf den Senkel. Ich schneide hier intimste Themen an und alles, was er tut, ist, sich noch tiefer in das Wasser zu versenken und mit geschlossenen Augen seine Interviewbomben abzuschießen.

»Ja, hab ich. Und ich bin zu keinem Ergebnis gekommen. Außer, dass du vielleicht Angst hast …« Sein leises Lachen nimmt mir meinen letzten kläglichen Rest von Überzeugung.

»Angst, dass du schwanger wirst? Klar, wäre nicht gut, wenn das passieren würde. Aber dazu reicht ein verirrtes Spermium während des Vorspiels.«

»Dann erzähl du es mir doch.«

»Das ist auch für mich was Persönliches, Ronia. In dir zu kommen. Egal, auf welche Weise, aber vor allem auf die eine.«

»Wie hätten wir denn persönlicher sein können, als miteinander zu schlafen?« Meine Stimme ätzt vor Spott. Ich fühle mich angegriffen und befeuert. Er hatte keine Angst vor einer Schwangerschaft, sondern wollte mir etwas vorenthalten? Warum das denn?

»Ich kenne dich doch kaum. Was weiß ich denn schon über dich, außer, dass du im Sand spielst und eventuell eine chronische Krankheit hast? Das ist genau das, was ich eben schon sagte: Von dir muss auch was kommen.«

Jetzt kann ich nicht mehr sitzen bleiben. Aufgebracht springe ich auf, schnüre mir den Mantel enger zu und möchte im Kreis laufen.

Doch das Badezimmer ist dafür zu klein und die Versuchung zu groß, dabei einen Blick in den lichter werdenden Badeschaum zu werfen. Blicke hat Jan nicht verdient. Schon gar nicht auf jene ach so heilige Zone, über die wir gerade sprechen.

»Ich weiß doch auch nichts über dich! Darum geht es ja gerade! Deshalb komme ich mit dem ganzen Mist nicht mehr klar!«, verschaffe ich meinem Ärger Raum, obwohl ich langsam ahne, dass es uns eigentlich um das Gleiche geht.

»Ach ja?« Jan schiebt einen Fuß aus der Wanne und wackelt mit den Zehen, was wundersamerweise so besänftigend auf mich wirkt, dass ich mich wieder setze. Dieses Mal aber auf den umgeklappten Klodeckel, sodass ich wenigstens auf Augenhöhe mit ihm bin. »Ronia, ich habe dir so oft die Hand gereicht. So oft. Du hast sie nie ergriffen.«

»Wie meinst du das?« Oh nein. Schon wieder ein »Wie meinst du das?«. Mein neuer Lieblingssatz.

»Ich hab dich mit zu den Hunden genommen. Mann, du warst Zeuge eines Gesetzesbruchs – wie kann ich dir denn deutlicher mein Vertrauen zeigen? Du lebst mit einem Bullen zusammen! Und was machst du? Haust ab. Ich lade dich in meine Wohnung ein, mein Refugium, und erwähne eines meiner größten Geheimnisse, meine alte Seele, und was machst du? Haust ab. Ich lasse dich im Halbschlaf an meinen Körper, an meine allerempfindlichste Zone, mit dem Mund, und was machst du …?«

»Okay, wir können das Lied an dieser Stelle beenden und sparen uns den Refrain«, fahre ich grantig dazwischen. Aber ich fühle mich auch sehr ertappt. »Ist das – also das mit dem Mund. Ist für dich was sehr Privates?«, lenke ich ab.

»Mich von dir oral verwöhnen zu lassen, meinst du?«

»Ja«, erwidere ich leicht beschämt.

»Privater geht's kaum mehr, oder? Du könntest zubeißen.« Er grinst galant. »Nein, im Ernst. Es ist privat für mich, sehr sogar. Genauso wie für dich. Da gibt's in dem Moment keinen Unterschied.«

»Ist aber nicht bei allen so.«

»Ich bin nicht alle. Ich bin ich. Außerdem, ich wollte …« Noch einmal taucht er unter und wieder auf. »Ich wollte, dass etwas bleibt. Freier Raum für mehr Nähe. Falls wir uns doch noch besser kennenlernen.«

»Meinst du …«, beginne ich vorsichtig, als er nicht weiterredet. »Meinst du, ohne Kondom? Und vollendet?«

»Ja, du Unvollendete.« Er schiebt sich mit dem Oberkörper aus dem Wasser und legt seine Unterarme auf den Wannenrand. Meine Augen bleiben an seinen Brustwarzen hängen, unter denen Reste von Schaum glitzern. »Ich hatte in meinem Leben nicht so viele Frauen, wie andere gern erzählen, aber du bist auch nicht die Unschuld vom Lande. Wir sollten schon auf Nummer sicher gehen.«

»Ich wurde getestet. Im Krankenhaus. Alles gut.« Ich lache bitter auf. Alles gut. Von wegen. Ich hab multiple Sklerose.

»Okay. Und ich lass mich morgen testen. Für all die Frauen, die nach dir kommen, denn du willst mich ja nicht mehr.«

»Jan …«, sage ich drohend und hebe spielerisch meine rechte Hand, als wolle ich ihm eins über die Rübe ziehen.

»Kannst mich nachher schlagen. Jetzt wäre es besser, wenn du verschwindest.«

»Du schmeißt mich aus meinem Badezimmer?«

»Ich muss mal auf den Thron, wenn du es genau wissen willst. Kannst auch bleiben, aber ich weiß nicht, ob das unbedingt zu deinen heimlichen Fantasien gehört.«

»Gehört es definitiv nicht.«

Grinsend und verlegen zugleich erhebe ich mich, ziehe die Tür hinter mir zu und hüpfe in drei Sprüngen zu meinem Zimmer. Oh, ich hasse seine Offenheit und ich liebe sie. Beides zugleich. Ich werfe den Bademantel ans Fußende des Bettes, schlüpfe unter die Decke und warte, bis ich Jans Schritte auf dem Flur höre. Mit seinem üblich guten Radar steuert er direkt mein Zimmer an. »Sei froh, dass du mich vor ein paar Stunden nicht erlebt hast«, begrüßt er mich leutselig, nachdem er das Handtuch von den Hüften gestreift und sich neben mir ins Bett geschoben hat. »Das hätte alles entweiht. Ich hab dem Douglas ans Schaufenster gekotzt. Sah nett aus.« Ohne zu fragen, zieht er mir die Decke halb vom Körper, um sie über seinen Bauch zu legen. »Eine Information, die ich niemals haben wollte«, erwidere ich trocken und drehe mich zu ihm. »Sag mal, bereust du eigentlich nie etwas in deinem Leben?«

»Nur den fünften Wodka Lemon von heute Abend. Nö, ansonsten nichts.«

»Du solltest trotzdem wissen, dass du mit dieser Anekdote jede sexuelle Aktivität mit mir erst einmal auf die Wartebank des Vergessens befördert hast.«

»Ist vielleicht nicht verkehrt. Das mit dem Sex ist manchmal verwirrend, finde ich.« Entspannt atmet er aus, ohne sich an mich zu kuscheln oder mich anzusehen.

»Verwirrend?« Nein, nicht fragen, wie er das meint. Bitte nicht. Diese Frage muss ich mir dringend abgewöhnen.

»Es kann einen voneinander entfernen. Dazwischenstehen. Du hast dich von mir entfernt, immer mehr. Hast dich verschlossen. Das letzte Mal …« Er schläft schon fast. Sein Gesicht zeigt kaum mehr Regungen, nur sein Mund bewegt sich noch. Ich würde ihn so gerne küssen, doch noch schöner ist es, ihn anzusehen, wie er neben mir im Bett liegt und der Schlaf ihn sich zu holen beginnt. Alles andere habe ich längst wieder vergessen, auch die Frau, die er beinahe verführt hat. »Wir haben uns was genommen, voneinander, aber … es war nicht so wie … wie …«

»Wie es sein sollte«, vollende ich seine Worte traurig, ohne dass er sie hören kann, denn er ist mitten im Satz eingeschlafen. Ich weiß es auch. Ich hatte es ähnlich empfunden. So wenig geredet wie beim letzten Mal hatten wir noch nie. Es stand außer Frage, was passieren würde, es war sogar klar, wie es ablaufen würde. Vor lauter Eile hatte er sein Hemd angelassen und ich mein T-Shirt. Unsere Körper waren gierig gewesen. Wir hatten uns kaum mehr angesehen.

Gierig sollte es niemals sein. Dann lieber gar nichts. Und ich hatte nur beim ersten Mal einen richtigen Höhepunkt, danach nicht mehr. Jan weiß das. Er macht sich nichts vor wie andere Männer. Es hat mich verraten. Es ist wahr, ich habe mich verschlossen, mehr und mehr, bis ich mich selbst nicht mehr sehen konnte.

Doch er liegt in meinem Bett, im Morgengrauen, während draußen vor dem Fenster der erste Vogel zu singen beginnt. Mein arabischer Prinz, denke ich lächelnd und wische mir eine kleine, dunkle Träne aus dem Augenwinkel.

Ich habe dir nie erzählt, dass an den Wurzeln der Bäume Edelsteine wachsen.

Nur ich hätte es dir erzählen können. Denn nur ich weiß es.

Vielleicht hätte ich es tun sollen.

Ewig finstere Flamme

Okay, ich möchte gar nicht lange drum herum reden, warum ich hier bin. Es geht um mein Forschungsprojekt in Frankreich.« »Mein Forschungsprojekt« klingt gut – fast so, als sei ich der wissenschaftliche Kopf davon. Es muss ihre Aufmerksamkeit wecken. All die Themen rund um die Kirche sind schön und wichtig, doch damit kann ich nicht meine Zukunft bestreiten. Ich warte ein paar Sekunden ab, ob Mama oder Vater dazwischenfallen wollen, doch es bleibt still. Sie tauschen lediglich einen Blick aus – Mama erstaunt, Vater neutral. Das ist besser als blankes Entsetzen, also gehe ich in die Offensive. »Mein Dozent will mich unbedingt dabeihaben und ich möchte es für meine Karriere nutzen. Ich glaube, es ist gut für mich, gerade jetzt, wo ich mit der Diagnose …«

»In Ordnung, Ronia. Ich überweise dir das Geld. Du kannst mitfahren.«

Vaters Worte lassen sogar die Amsel verstummen, die eben noch in den Blütenbüschen neben der Terrasse eifrig vor sich hingezetert hat, weil wieder eine der Nachbarskatzen durch unseren Garten streift. Wir hören nur den Wind, der in einer flirtenden Böe die zart gestreifte Tischdecke anhebt, aufbauscht und dann wieder hinabgleiten lässt.

War das Ironie? Nein, Vater neigt nicht zur Ironie – höchstens wenn er sauer ist, und das ist er nicht. Fröhlich wirkt er allerdings auch nicht, eher so, als warte er auf ein vernichtendes Donnerwetter. Mamas Stimme hingegen reicht nur für ein leises Keuchen, das jedoch so durchdringend ist, dass es selbst mir durch Mark und Bein fährt. Sie hat es nicht gewusst … Er hat es ganz alleine entschieden? Dinge, die mich betreffen, entscheiden sie doch stets gemeinsam. Das war eines der unverrückbaren Gesetze unserer Familie gewesen.

»Wie bitte?« Mamas Lider klappen auf und zu wie die einer Puppe, die man schüttelt. Ihre Gesichtszüge bleiben völlig starr. Jedes Leben ist aus ihr gewichen. »Aber wir hatten doch vereinbart, dass … dass Ronia … das geht nicht!«

»Wir haben vereinbart, dass es Bedingungen gibt. Ja. Und dass sie unter diesen Bedingungen fahren kann.«

»Das haben wir nicht«, flüstert sie blass.

»Hallo, ich bin auch noch da.« Ich hebe beide Hände, um sie an mich zu erinnern, auch wenn das Familiengespräch zu einem Ehegespräch verkommen ist, das keine gute Wendung zu nehmen scheint. »Dürfte ich vielleicht erfahren, um welche Bedingungen es sich handelt? Immerhin geht es um mich.«

Mama lässt ruckartig den rechten Arm in die Höhe schnellen, um mich zum Schweigen zu bringen. Jetzt glitzern Tränen in ihren Augen, obwohl ihre Mimik immer noch gelähmt ist.

»Wir haben gar nichts vereinbart. Das Thema war offen. Völlig offen. Und du kennst meine Meinung, Georg. In diesem Zustand und mit dieser Diagnose …«

»Die Diagnose steht doch gar nicht fest!«, rufe ich, bevor Vater antworten kann. »Und mir geht es gut!« Zum ersten Mal beteilige ich mich an dem allgemeinen Optimismus meines Ex-Lovers, meiner Ärzte und meines Dozenten, doch in diesem Fall tut er dringend Not. »Ich bin nicht in einem Zustand. Rede mich nicht krank, Mama.«

»Aber du bist krank!« Ihre Stimme bekommt jenes schneidende Timbre, das oft einer ihrer nächtlichen Gallenkoliken vorausgeht, und die Amsel flattert kreischend davon. »Ronia, du kannst so nicht in ein fremdes Land reisen, überhaupt hatten wir beschlossen, dass du wieder zu uns ziehst, hier bist du in Sicherheit und kannst dich in aller Ruhe auskurieren.«

»Wodurch? Mit Rumsitzen und Abwarten? Ich hab genug davon! Außerdem hat Vater eben gesagt, dass – das hast du, oder?«, frage ich sicherheitshalber nach.

»Ja«, erwidert Vater ruhig, aber mit gesenktem Blick. »Du kannst fahren.«

»Das kann sie nicht! Sie darf nicht!« Mama schiebt den Stuhl zurück und zeigt mit zitternden Fingern auf Vater. Noch nie hat sie ihn so hasserfüllt angesehen. Es erschreckt mich. Was geht zwischen den beiden vor? Sie waren immer einer Meinung gewesen, immer! Das alles hier hat mit mir gar nichts mehr zu tun. Es ist ein anderer Film, mit anderen Protagonisten und ich bin unschuldig dort hineingeraten. Wo verstecken sich die Helden, um die es wirklich geht? »Du fällst mir in den Rücken! Du bist mein Ehemann und fällst mir in den Rücken!« Nun beginnt sie unkontrolliert zu schluchzen und rennt hinunter in den Garten, während Vater ohne eine Entschuldigung aufsteht und sich ins kühle Haus zurückzieht.

»Klasse«, knurre ich, obwohl mir immer unheimlicher zumute wird. »Lauft ihr davon? Vor mir? Mama? Vater?« Doch Mama hat sich auf die schmiedeeiserne Gartenbank gesetzt und wiegt ihren

Oberkörper vor und zurück, die Hände auf ihrem Gesicht, und nimmt nichts mehr wahr. »Verdammt noch mal, redet mit mir!«, brülle ich, nehme in meinem Zorn eine Tasse und werfe sie gegen die Terrassenmauer. Klirrend fallen die Scherben auf die Steinfliesen, doch noch immer bleibe ich alleine.

»Komm rein, Ronia. Zu mir.« Vater steht im Flur und wartet auf mich. Ist klar. Niemand soll unser Gespräch belauschen können. Zu viele Ohren in den Nachbarhäusern. Der Talar soll rein bleiben.

»Das ist ein Irrenhaus. Ein echtes Irrenhaus!«, beklage ich mich so laut, dass beide es hören können – meine hysterische Mutter im Garten und mein lauernder Vater im Dunkel hinter mir. Und vielleicht auch unsere Nachbarn. Doch ich will wissen, wer das Drehbuch für dieses Psychodrama geschrieben hat, in das ich gerade unversehens reingeraten bin. Offensichtlich bekommt nicht nur mir selbst der August schlecht. Die gesamte Familie Leonhard dreht am Rad. Widerstrebend gehe ich zu ihm.

»In mein Arbeitszimmer.« Vater schreitet mir voraus die Treppe hoch, mit schweren Schritten wie ein alter Mann, und ich habe Mühe, mich seinem langsamen Tempo anzupassen. Sein Arbeitszimmer liegt links neben meinem; schon immer war ich zwischen ihnen eingepfercht gewesen. Rechts das Schlafzimmer, links Papas Büro. Dazwischen ich. Der sprichwörtliche goldene Käfig.

Sobald Vater die Tür geschlossen hat, gehe ich ans Fenster und blicke hinunter in den Garten. Mama sitzt genauso da, wie wir sie eben zurückgelassen haben. Ihre Schultern zucken, geschüttelt von ihren Schluchzern, während sie sich wiegt, als halte sie ein Baby auf ihrem Schoß.

»Was zum Teufel ist mit ihr?«, frage ich Vater beklommen.

»Lass den Teufel aus dem Spiel. Fluch nicht in seinem Namen, das mochte ich noch nie. Die Bedingungen …«

»Gut, du kannst sie mir sagen, bitte. Aber du sollst wissen, dass ich so oder so fahre. Egal, was ihr verlangt. Dann gehe ich danach eben jobben und zahle Kai Schuster alles zurück, peu à peu. Er wird das akzeptieren.« Mit jedem Wort wird meine Stimme klarer und ich habe das Gefühl, in die Höhe zu wachsen. »Es liegt bei euch, ob ihr meiner Laufbahn im Weg stehen wollt oder mich in dieser schwierigen Situation unterstützt. Herumsprechen wird sich eure Haltung sowieso. Entscheide du, ob das zu einem Pfarrhaus passt oder nicht.«

»Du willst mich erpressen?«

»Ich hatte einen guten Lehrer«, entgegne ich kalt. »Wer hat denn damit angefangen? Du oder ich?«

»Unsere Bedingungen, die deiner Mutter und meine«, knüpft Vater müde an das Ursprungsthema an, doch er betont »Mutter« so intensiv, dass ich umgehend schrumpfe und meine Sicherheit verliere. »Du lebst danach wieder bei uns und siehst Jan von nun an nie wieder.«

»Das ist nicht euer Ernst. Vater, hör dir mal selbst zu, du redest mit mir, als sei ich vierzehn. Ich bin erwachsen! Du kannst mir nicht vorschreiben, wo ich lebe und wen ich sehe und wen nicht. Das geht nicht.«

»Ich sage es gerne noch einmal.« Seine Stimme wird immer leiser und schwächer. Er sieht mich nicht mehr an, sondern blickt auf Mama hinunter, die angefangen hat, unsichtbare Staubflusen von ihrem Rock zu wischen. »Du lebst wieder bei uns und siehst Jan nicht wieder. Und erwähnst ihn auch nicht.«

»Das sind nicht deine Worte, Vater. Oder? Es sind nicht deine. Du wiederholst sie nur. Bitte erklär mir, warum. Bitte.«

Er schweigt. Ich trete auf ihn zu und suche seinen direkten Blick, doch er schaut hinunter zu Mama, als würde er meine Nähe gar nicht bemerken.

»Mir macht das alles Angst, Papa.«

Seine rechte Hand hebt sich wie in einem Impuls, als ich »Papa« sage, die Andeutung einer lieben, tröstenden Geste, doch dann hat er sich wieder im Griff. Er verströmt Kühle, wie seine Kirche, in der die Temperatur einen selbst an den heißesten Sommertagen kalte Schauer über den Nacken schickt. Doch darunter fließt warmes Blut. »Jan ist nicht so, wie ihr denkt. Er hat was auf dem Kasten, glaub mir, die meisten anderen Typen können ihm nicht das Wasser reichen. Er ist auch kein schlechter Kerl. Du kennst ihn doch gar nicht! Warum ist er dir so wichtig?«

Ich sage bewusst »dir« und nicht »euch«. Er allein soll es mir erklären und er soll die Wahrheit sagen. Nicht Mamas Version. »Warum, Papa? Willst du ihn nicht erst kennenlernen, bevor du urteilst?« Ich muss daran denken, wie Jan gestern völlig verkatert und mit verstrubbeltem Blondschopf durch die Wohnung stolperte, weil er zur Schule musste, und mich in seiner Elendigkeit zutiefst bewegte. Er hatte so gar nichts Anrüchiges mehr an sich. Mir ist, als übertragen sich die Bilder in meinem Kopf auf Vaters inneres Auge. Seine Schultern fallen herab und sein Rückgrat wird weich. Endlich löst er sich von Mama und schaut mich an.

»Ronia, wir waren stets nachsichtig mit dir. Wir haben dir schon früh die Pille erlaubt, dir gestattet, zu Jonas zu ziehen, und auch deine Beziehungen toleriert. Es war alles noch im Rahmen. Doch in diesem Punkt bleibe ich dabei, mein Kind. Du darfst ihn nicht mehr sehen.«

»Warum?«, wiederhole ich halsstarrig.

»Weil es nicht recht ist. Es ist … es ist eine Sünde.«

»Es gibt keine Sünden«, widerspreche ich, obwohl ich mir dessen nicht mehr so sicher bin, und stemme zur Bekräftigung die Arme in die Seite. »Es gibt nur Dinge, die einem gut bekommen, und Dinge, die einem nicht gut bekommen. Und er bekommt mir gut. Willst du mit mir die Zehn Gebote nachbeten oder eine glückliche Tochter haben?«

»Kind, es ist nicht recht. Mein Gott …« Papa drückt sich die Fäuste gegen die Schläfen, als würde sein Kopf bersten, während Mama unten in pure Apathie verfallen ist und nur noch dumpf vor sich hin starrt. »Er ist … Ich kenne ihn. Es reicht, ihm ins Gesicht zu sehen, um zu wissen, dass er nur Ärger bringt. Er wird dich von uns entfernen und dich noch kränker machen, als du ohnehin schon bist. Renn nicht ins Unglück und lauf vor allem nicht von uns weg.«

»Doch!«, schreie ich. »Doch, das werde ich, und *er* ist es nicht, der mich krank macht!« Ich weiß es so sicher wie der Tod, das ist er nicht. Vater lügt mich an. »Hör auf, mich in die Irre zu führen, Papa! Er ist an nichts schuld, an gar nichts!«

»Wie kannst du dir darin sicher sein, wie, Ronia?«, schreit er zurück. »Du hast doch kaum Lebenserfahrung!«

»Wie soll ich denn welche sammeln, wenn ihr mich hier festhaltet und ich niemals ins Ungewisse gehen darf? Du sagst doch selbst immer, man soll auf sein Herz hören! Jetzt tu ich es und es ist falsch!«

Mit beiden Armen greife ich in die vielen bunten Ausgaben seiner Bibeln und schleudere sie durchs Zimmer, bevor ich mich an der Schreibtischlampe vergehe und seine Predigtordner hinterherwerfe. Er unternimmt nichts, meinen Wutausbruch zu stoppen, auch nicht, als die Ernst-Barlach-Hand aus Speckstein daran glauben muss. Und die habe ich immer gemocht.

»Das habe ich nicht verdient!« Ich habe kaum mehr Stimme, doch das Blitzen meiner Augen macht es wett. »Was treibt dich dazu, Vater? Was? Und warum habe ich dieses furchtbare Gefühl, dass euch meine Krankheit irgendwie recht ist?«

»Ronia, denk das nicht. Bitte nicht …«, wispert Vater. Seine Not kann nicht gespielt sein. Es ist nichts Taktisches mehr in seinem Gebaren. Er ist genauso hilflos wie ich.

In einem plötzlichen Anfall von Reue lese ich die älteste und wertvollste Bibelausgabe vom Teppich auf und versuche, ihre Seiten zu glätten. Eine kleine weiße Karte mit einem aufgeklebten Papier rutscht mir entgegen. Instinktiv ziehe ich sie heraus und starre sie an. Ich habe sie nie zuvor gesehen. Kein einziger Buchstabe steht darauf – das Papier zeigt lediglich den winzigen dunkelblauen Abdruck eines Fußes. Kleiner als der eines Babys. Aber es ist ein menschlicher Fuß. Minuten, die wie Jahre erscheinen, vergehen, während ich diesen zierlichen Abdruck anschaue und nicht verstehe, was ich sehe. Doch ich muss weinen. Auch Vater weint. Ich spüre es, ohne aufzublicken.

»Erzähl mir alles«, flüstere ich. »Ich habe etwas gefunden und du musst es mir erklären. Du musst!« Nur er kann es. Meine Wut ist verklungen, nun bettele ich nur noch. Mit tauben Knien sinke ich zu Boden. »Was hat das zu bedeuten?«

Es ist wie bei den verwitterten Stücken einer Vase, die man beim Graben entdeckt. Man weiß, dass sie ein Ganzes ergeben, obwohl man es noch nicht erkennen kann – und hat keine Ruhe, bis sich das Bild der Vase abzuzeichnen beginnt. Ich muss die restlichen Scherben finden. Vater setzt sich zu mir, inmitten seiner Bibeln, und lehnt sich mit dem Rücken an die Heizung, die Augen geschlossen.

»Gut. Dann erzähle ich es dir. Vielleicht hättest du es längst wissen sollen, aber wir wollten dich schützen. Glaub mir, Ronia, wir wollten dich schützen. Du warst doch noch so klein.«

Wieder fange ich an zu weinen. Etwas Dunkles, Undurchdringliches senkt sich über uns. Oder sehe ich es erst jetzt? War es immer da gewesen, die ganze Zeit?

»Wir wollten mehr als nur ein Kind haben, deine Mutter und ich.

Mindestens drei. Das war unser gemeinsamer Traum gewesen – eine große Familie. Und so wurde sie schon ein Jahr nach deiner Geburt wieder schwanger, mit einem kleinen Jungen. Doch es …« Vaters Stimme wird brüchig und er muss sich räuspern, um weitersprechen zu können. »Es hatte nicht sein sollen. Sie bekam eine schwere Gestose und das Kind starb im Mutterleib. Sie musste den Jungen tot zur Welt bringen, im siebten Monat.«

Ich bin unfähig zu antworten. Ich hatte ein Brüderchen gehabt. Ein Jahr alt war ich damals gewesen, natürlich kann ich mich nicht erinnern, und die Fotos von Mama mit Bauch werden sie aussortiert haben, ich habe sie niemals gesehen. Doch mein Bruder war da. Es hat ihn gegeben, sechs Monate lang hat er gelebt, in Mamas Bauch.

»Danach durfte deine Mutter keine Kinder mehr bekommen, aber wir hatten ja dich, du warst unser Sonnenschein, wir waren glücklich mit dir und sind es jeden Tag. Wir lieben dich, Ronia. Zweifele niemals daran, wir lieben dich.«

»Aber sie wollte immer ihren Sohn haben. Oder?« Ich kann nicht begreifen, wie ich überhaupt Worte formulieren kann. In mir schreit es nur noch.

»Ich weiß es nicht mal genau, weil wir nie darüber redeten, sie konnte und wollte nicht. Aber ich glaubte, ihn ihr schenken zu müssen, und deshalb – deshalb meldete ich uns irgendwann als Pflegeeltern an. Manchmal bekamen wir übergangsweise Pflegekinder ins Haus, erinnerst du dich?«

Ja. Und immer waren es Mädchen gewesen, die für kurze Zeit bei uns unterkamen und dann wieder gingen, sodass ich mich kaum an sie gewöhnen konnte. Es hörte auf, als ich ins Gymnasium kam und Johanna so etwas wie meine Schwester wurde, weil sie auf der Flucht vor ihrer Mutter immer öfter bei uns zu Mittag aß oder übernachtete. Aber auch sie – war ein Mädchen. Und Jonas zu alt und erwachsen, um die Rolle des kleinen, geliebten Sohns einnehmen zu können, zumal er das Kind ihrer besten Freunde ist.

»Aber deine Mutter hatte …«

»Nenn sie beim Namen«, unterbreche ich ihn. »Sie ist nicht nur meine Mutter. Sie ist vor allem deine Frau.«

»Marie. Ja, Marie. Das mit den Pflegekindern wurde ihre fixe Idee, ihre Lebensaufgabe. Ich hab sie selten so glücklich und zufrieden erlebt wie in diesen Wochen, wenn sie alles für die Kinder vorzubereiten begann und wahrscheinlich innerlich auf einen Jungen hoffte. Doch irgendwann erschien es mir wie – wie ein Trick. Es war nicht ehrlich. Wir nutzten diese Kinder aus.«

Ich stehe auf und schlurfe zurück ans Fenster. Mama kniet am Fliederbusch und fächert die Zweige auseinander, als würde sie etwas zwischen ihnen suchen.

»Ich habe eines Tages beschlossen, dass wir das uns und den Kindern nicht mehr antun. Wir hatten ja dich. Aber – wenn du jetzt gehst und dich immer weiter von uns entfernst, dann – das verkraftet sie nicht. Sie wird es nicht verkraften.«

»Nein, Papa, sie hat das andere nicht verkraftet, mein Brüderchen, das nicht kommen wollte. Ich kann nichts dafür und ich kann es auch nicht wiedergutmachen. Ich habe nichts damit zu tun! Bitte lass mich frei, in Frieden, bitte. Du wolltest die anderen Kinder nicht benutzen – aber bei mir, deinem eigenen Kind, darfst du es?«

»Nein, das darf ich wohl nicht.«

Nun erhebt auch er sich und tritt neben mich. Plötzlich schiebt sich eine frühe Erinnerung vor das Bild von Mama, die zwischen den Zweigen etwas sucht, das sie niemals finden wird – ihre vor Panik geweiteten Augen und ihr tränenüberströmtes Gesicht, mit dem sie mir begegnete, als sie mich unter diesem Fliederbusch hervorzerrte und vor Erregung ihre Nägel so fest in meine weißen Arme krallte, dass man ihre Halbrunde noch tagelang auf meiner Haut sah. Ich hatte versucht, die Wurzeln des Flieders auszugraben, stundenlang, mit meiner kleinen blauen Sandkastenschaufel. Nach einiger Zeit war ich so tief ins Erdreich vorgedrungen, dass ich mich wie ein Häschen in diese kühle, dunkle Grube setzen und weitergraben konnte. Man hatte mich nicht mehr gesehen. Sie müssen mich stundenlang gesucht haben, nicht im Garten, sondern außerhalb des Hauses, zusammen mit Johanna und Jonas und gegen Abend sogar mithilfe der Polizei. Selbst ihre Rufe hatte ich nicht gehört, so versunken war ich in mein Spiel gewesen. Ich wollte an die Enden der Wurzeln gelangen – dort, wo sich die Edelsteine befinden. Wer kann schon sagen, ob es ein Märchen ist oder nicht?

»Du bist ihr einziges Kind, Ronia. Sie möchte dich nicht verlieren.«

»Ihr verliert mich, wenn ihr mich nicht endlich freilasst. Und zwar für immer«, erwidere ich und spüre, dass ich nicht übertreibe. So wird es sein. »Es war im August, oder? Sie musste es im August zur Welt bringen.«

»Ja. Zehnter August.« Vater wendet sich ab, um seine Fassung zu bewahren. »Es war der zehnte August gewesen.« Und ich – ich wuchs in einem Nebel der Tränen und Trauer und Angst auf, ohne dass ich es je wusste. Wen wundert es, dass ich nach Schätzen grub? Ich wollte ans Licht.

»Ihr müsst mich freilassen. Ich kann diese Lücke nicht füllen, es geht nicht. Und ich muss nach Frankreich, jetzt erst recht. Das alles hier ist nicht mein Leben, verstehst du? Es ist ihres.« Es tut mir so weh, das zu sagen. Wie gerne würde ich wie ein braves Kind hinunter zu Mama in den Garten gehen, sie in den Arm nehmen und sagen, dass ich bleibe. Doch ich bin nicht ihr kleiner Sohn. Ich bin Ronia. Nur Ronia – und das ist genug. Wahrscheinlich war ich es nie so sehr wie in diesem Moment, denn vorher stand ich im Schatten eines Brüderchens, von dessen Existenz ich keine Ahnung hatte.

»Ich muss hier weg, Papa. Ich kann nicht atmen.« So groß und weit das Haus auch ist mit seinem runden Garten und den vielen hohen Räumen – ich will hier nicht mehr sein.

»Ich verstehe.« Vater räuspert sich ein paar Tränen weg. Auch sie schneiden mir ins Herz. »Wir lieben dich, Ronia. Bitte pass auf dich auf.«

Ohne etwas zu erwidern – ich kann nicht, nicht jetzt –, lasse ich Vater in seinem verwüsteten Büro alleine und verlasse das Haus durch die Vordertür. Ich werde wiederkommen, ja, und mit Mama reden, aber nicht vor Frankreich. Erst danach. Wenn ich es will und kann. Ich verstehe, warum sie es mir all die Jahre verschwiegen haben, wahrscheinlich fürchteten sie überdies den Schmerz, der kommen würde, wenn sie darüber sprachen.

Trotzdem war es nicht in Ordnung. Sie haben mich getäuscht und benutzt und es gibt nur einen Menschen, mit dem ich meinen Schmerz in diesem Moment teilen möchte. Nicht Jonas oder Johanna. Sondern Jan.

Schon auf dem Weg zu ihm heule ich hemmungslos vor mich hin, doch ich bin nicht bereit, Rücksicht zu nehmen.

Ich nehme Rücksicht, seit ich denken kann, bewusst und unbewusst.

Das Maß ist voll.

Mein eigener Morgen

Okay, ich heule, und ich bin nicht in Stimmung für Sex oder für Streitereien, ich will einfach nur … ich … Scheiße.«

»Hi, Ronia. Willst du rein …?«

Doch ich bin schon an ihm vorbeigestürmt, knalle meinen Rucksack in den Flur, wobei ich beinahe Ganesha von seinem angestammten Platz fege, und erobere als Erstes das Badezimmer, wo ich mir einen Schwung kaltes Wasser ins Gesicht schütte, um meine Tränen und den Rotz abzuspülen. Jan bleibt abwartend hinter mir stehen und schaut mir schweigend zu. Erst als ich mir gründlich meine Nase geputzt und ein paar nasse, dunkle Ringellocken aus der Stirn gestrichen habe, drehe ich mich wieder zu ihm herum.

»Sie hätten es mir sagen müssen! Verdammt noch mal, sie hätten es mir sagen müssen!«

»Kannst du mich mal aufklären? Was hätten sie dir sagen müssen? Dass die Erde rund ist? Und vor allem wer?«

»Meine Eltern! Sie hätten es mir sagen müssen. Ich bin so wütend und traurig, ich kann mich nicht entscheiden …« Weil ich seinen fragenden Blick nicht ertrage, rausche ich an ihm vorbei in die Küche und stelle mich an das offene Fenster. Wie anders dieser Garten ist. Das Gras wächst hoch und wild, die Büsche müssten dringend nachgeschnitten werden und die Äste der beiden Apfelbäume winden sich knorrig und ungestutzt der Sonne entgegen. Er ist wunderschön. Seine Kühle streift mein Gesicht, als würde er mir zuatmen, und beruhigt mich ein wenig.

Doch als ich an den kleinen Fußabdruck denken muss, lösen sich erneut Tränen aus meinen Augen. »Tut mir leid, ich kann nicht aufhören zu weinen. Guck einfach weg.«

»Also, es ist jetzt nicht so, dass ich Angst vor Tränen habe, ja? Ich bin kein Feigling, hab ich dir schon mal gesagt. Warte.« Jan reißt ein Stück Küchenrolle ab und reicht es mir, bevor er mich an der Hand zu einem der Korbstühle führt, die seinen kleinen Tisch säumen. Ich muss lächeln, als ich sehe, dass er dieses Mal von einem anderen bunten Tuch bedeckt ist. Außerdem stehen Einmachgläser darauf, was zu dem süß-fruchtigen Geruch passt, der meiner Nase schmeichelt. Jan kocht Marmelade. Oder …?

»Ist hier noch jemand? Hast du Besuch?«, frage ich angespannt und deute auf den großen Topf, in dem es leise köchelt.

»Nein. Ich mach nur Marmelade aus den Stachelbeeren im Garten. Sind so viele. Und eine davon sitzt gerade in meiner Küche.«

Nun wird aus meinem Lächeln sogar ein kurzes Lachen.

»Ich wüsste gar nicht, wie man Marmelade macht.«

»Ist eigentlich ganz einfach, du brauchst nur Zeit und Ruhe und die hab ich leider grad gar nicht, weshalb …« Geschickt packt er den Topf und kippt seinen Inhalt sorgfältig in die aufgereihten Gläser, bevor er sie zum Auskühlen auf die Fensterbank stellt. »So. Vielleicht kann ich sie noch schließen, bevor ich losmuss. Sonst ist es halt Marmelade für die Fliegen. Auch gut.«

»Soll ich besser wieder gehen?« Er scheint in Eile zu sein. Aufdrängen will ich mich auf keinen Fall.

»Nein. Willst du mir nicht endlich erzählen, was passiert ist? Hat es was mit deiner Krankheit zu tun? Egal, was es ist, es wird sich schon handeln lassen.«

Erschrocken richte ich mich auf. »Nein, nichts Neues von der MS-Front.« Au Backe, dachte er etwa, ich habe eine neue Hiobsbotschaft von meinen Ärzten erhalten? Womöglich habe ich ihm gerade einen mächtigen Schrecken eingejagt. »Nein, das ist es nicht, entschuldige. Es ist etwas anderes und es kommt mir gerade viel schlimmer vor.«

Ich traue mich kaum, es auszusprechen, weil ich dann erneut den Schmerz meiner Mutter fühlen werde. Doch eigentlich trage ich ihn bereits mein Leben lang in mir. Für ein paar Sekunden legt Jan seine Hand auf meine, eine vertraute, freundschaftliche Geste, die mir ein wenig Sicherheit zurückgibt. »Ich hatte ein Brüderchen. Er wäre jetzt so alt wie du. Er ist … meine Mutter musste ihn tot zur Welt bringen.« Ich will mir das nicht ausmalen, es ist das Qualvollste, was ich mir vorstellen kann. Meine Krankheit ist ein Scherz der Natur im Vergleich zu dieser Qual. Ich würde dabei sterben. Doch anstatt zu sterben, starb meine Mutter seitdem jeden weiteren Tag ein kleines bisschen. Ich hatte dabei zugesehen, ohne es zu kapieren.

»Oh nein.« Jans Betroffenheit wirkt so ehrlich, dass ich es nun bin, die seine Hand streichelt. »Das tut mir leid für dich und deine Eltern. Muss furchtbar gewesen sein. Was für eine Scheiße.«

»Du sagst es. Ich wusste bis heute nichts davon. Und hätte ich nicht zufällig ein Foto von seinem Fußabdruck gefunden, dann …« Hätten sie es geschafft, mich zu erpressen? Ich glaube nicht. Und doch war es wie ein Paukenschlag. »Ich meine, es ändert alles. Alles. Ich kann mein ganzes Leben neu schreiben.«

»Das ist vielleicht nicht das Schlechteste. Denn du könntest Dinge verstehen, die du vorher nie verstanden hast. Und dich von ihnen lösen. Oder nicht?«

»Mag sein.« Mit gerunzelter Stirne denke ich zurück, während unsere Hände ruhig aufeinander liegen bleiben. Die Pflegekinder gaben Mama also Kraft, lenkten sie ab. Ja, ich kann mich daran erinnern, dass Mama sehr aufgedreht war, wenn Pflegekinder zu uns kamen, aber dann – was war dann? Als Papa dem einen Riegel vorschob und sie ihre Energien sich auf mich fokussierten? Ich war damals erleichtert, dass es aufhörte, weil diese Kinder für mich wie ein Fremdkörper waren. Aber wenn ich an die Zeit danach zu denken versuche, kommt mir nur Tom in den Sinn, ein cooler, lang gewachsener Typ aus der Oberstufe – der Erste, bei dem ich mir irgendwann vorstellen konnte, mit ihm in einem Bett zu schlafen. Nicht für Sex, obwohl ich mit vierzehn meine ersten Petting-Erfahrungen machte, denn das war der handelsübliche Preis für das Schlafen im gemeinsamen Bett. Ich wollte mich nur geborgen in seinen Arm kuscheln und meine Augen schließen. Vergessen. Ja, ich wollte vergessen – aber was? War es eine Flucht vor der unerträglichen Traurigkeit zu Hause, die jetzt keine Ablenkungsmöglichkeiten mehr hatte, weil Mama klar wurde, dass sie nie wieder einen Sohn haben würde? Damals hatte es also angefangen, dass ich mich in die Arme von Männern stürzte und nie fand, was ich suchte. Weil es das nicht gibt. Denn es war der Schmerz meiner Mutter, der mich dazu trieb. Wie sollte ich einen fremden Schmerz lösen? Spürten diese Männer den Schmerz und fühlten sich deshalb überfordert mit mir? Oder kamen sie mit der Ahnung nicht zurecht, welche Energie in mir schlummert, wenn ich erst einmal frei bin?

»Ich hab das geahnt, Ronia. Dass es irgendetwas Unerlöstes in eurer Familie gibt. Dein Vater hat mich so intensiv und fragend angeschaut, als ich mit ihnen redete. Er wirkte gespalten auf mich. Ich glaube, in Wahrheit wünscht er sich sogar, dass du dich freikämpfst. Er ist ja nicht doof. Und er liebt dich.«

Jan rückt ein Stückchen näher, um sein Knie gegen meines zu lehnen. Die Verbindung zwischen uns tut gut. Meine verspannten Schultern lösen sich.

»Ja. Ich glaube das auch. Vielleicht ist er sogar froh, dass das heute alles ans Licht kam. Nur ich, ich brauche erst mal Zeit. Ganz viel Zeit.«

»Die hast du ja. Alle Zeit der Welt.«

Nein, die habe ich nicht, denn ich bin möglicherweise sehr krank. Aber ich sollte vielleicht trotzdem versuchen, sie mir zu nehmen, als gäbe es sie.

»Jan, hast du mich vor unserer ersten Begegnung eigentlich gekannt? Vom Sehen? Wusstest du, wer ich bin?«

»Klar. Du warst schon als Teenager spannend, mit deinen grünen Hexenaugen und deinem krassen Lockenkopf. Ich hab dich oft gesehen.« Jan blickt verträumt in den Garten hinaus. »Hab dich nicht verfolgt, bilde dir das bloß nicht ein. Aber du bist mir immer wieder über den Weg gelaufen, ohne mich zu bemerken. Und ich dachte mir – irgendwann kommt der Tag, an dem sie mich bemerkt. Oder er kommt niemals. Dann wäre es auch gut gewesen.«

»Ehrlich, du wusstest, wer ich bin?« Ich bin mir der Doppeldeutigkeit meiner Frage bewusst. Aber genau so meine ich sie.

Jan lächelt nur, ohne zu antworten. Ich weiß um dich, sagen mir seine Hände, die sanft über meine Finger gleiten. Und trotzdem gibt es so vieles, was wir einander noch erzählen und anvertrauen können, wenn wir den Mut dazu finden.

»Ja«, sagt er schließlich doch, so leise, dass es nur ein Hauch ist – und es bringt all die Fragen und Wut in mir zum Schweigen.

»Ja«, sage auch ich.

Still halten wir inne. Ich kann es kaum fassen, Jan und ich sind uns in etwas einig. Wir lassen es sein und wirken, tief in Gedanken versunken, bis Jan nach einiger Zeit aufsteht und beginnt, die Marmeladengläser zu verschrauben.

Wieso haben meine Eltern mich eigentlich überhaupt Ronia genannt – zwar mit *i* statt *j* für die nötige Portion Individualismus, aber klar nach dem Vorbild des Kinderbuchs, aus dem sie mir immer wieder vorlasen? Ronja streift den ganzen Tag unterhalb der Mattisburg durch den Wald und entdeckt die Welt, alleine und unbeobachtet. Ständig begibt sie sich in Gefahr und es ist nicht ihre Mutter, die vor Sorge umkommt, sondern ihr Vater. Ich möchte endlich meinem Namen gerecht werden und Mama soll versuchen, ein wenig wie Lovis zu werden. Ich wünsche es mir so sehr für sie. Sie muss heilen, wie ich.

»Magst du probieren?« Jan hält mir einen Löffel mit Marmelade vor die Nase. »Hab was über.«

»Nein, danke, mir ist irgendwie schlecht.« Das halbe Stück Zwetschgenkuchen rumort in meinem Bauch, seitdem ich von meinem Brüderchen erfahren habe. Meine alte, alljährliche August-Übelkeit. Jetzt weiß ich endlich, woher sie rührt.

»Alles okay?« Jan schmeißt den Löffel in die Spüle und geht neben mir in die Hocke. »Ronia? Musst du spucken?«

»Nein. Eher wieder weinen.« Mein Kopf neigt sich seiner Schulter entgegen, dieser dumme, alte Magnetismus. Sofort legt er beide Arme um mich und zieht mich an sich, bis wir voreinander auf dem Boden knien und uns eng umschlungen halten. »Ich hab noch nie in meinem Leben so viel geheult. Entschuldigung.«

»Tja, der liebe Gott hält selbst für mich noch ein paar Prüfungen parat«, witzelt Jan und wartet geduldig, bis auch dieser Tränenschwung vorüber ist. Der nächste kommt bestimmt. Doch mein

Bauch fühlt sich nicht mehr so eng und wund an. »Ich muss gleich los. Laufstegjob in Mannheim. Soll ich dich unterwegs bei dir absetzen? In der Bullen-WG?«

»Gott, ich hab das so satt!«, schimpfe ich unvermittelt los. »Pfarrhaus, WG, Uni, Fluss – das ist mein Leben und nirgendwo fühlt es sich richtig an! Es hat so winzige Zirkel, ich will da raus! Ich hab überhaupt kein Zuhause mehr! Noch nie gehabt. Das Pfarrhaus war nie mein Zuhause.«

»Zuhause ist, wo der Arsch ist. Ich weiß, wovon ich rede, das kannst du mir glauben. Du musst deinen GM erst mal richtig kennenlernen, dann wirst du dich überall zu Hause fühlen.«

»GM?«, frage ich verständnislos.

»Glutaeus maximus. Größter Muskel des Körpers.« Er gibt mir einen kleinen Klaps auf den Hintern, während er mir in die Höhe hilft und mich zurück auf den Stuhl schiebt. »Und ich muss meinen jetzt auf Hochglanz bringen. Bleib sitzen und ruh dich aus, bis ich fertig bin.«

Weil ich neuerdings gerne das Gegenteil von dem tue, was man mir sagt, stehe ich auf und schraube die restlichen Gläser zu. Ich müsste das Johanna erzählen – dass Jan zwischen Schule und Laufsteg Stachelbeermarmelade kocht. Sie würde jauchzen vor Freude. Das Schöne dabei ist: Nun kann ich es ihr erzählen, und auch, dass sie mit ihrem Bauchgefühl recht hatte. Nur wusste sie nicht, welch traurige Geschichte sich dahinter verbergen würde. Aber endlich kann ich über Jan und mich sprechen. Ein glücklicher Gedanke.

»Kommst du klar?«, fragt er, als er eine halbe Stunde später mit seinem VW Golf vor der WG hält und mir die Tür öffnet. Er klingt äußerst unbesorgt. Irgendwie finde ich es gut.

»Wird schon. Es ist nur … es ist plötzlich so viel Raum da. Vor mir. Ich weiß gar nicht, wie ich ihn füllen soll.«

Anstatt zu antworten oder mich zu küssen, stupst er mich mit der Faust zärtlich auf meine Nase.

»Ciao, Räubertochter.«

Das gigantische »Und jetzt?« in mir, das mit jedem Schritt die Treppe hinauf mächtiger wird, zerspringt auf einen Schlag, als ich die WG-Küche betrete und die beiden miteinander sehe – Josy und Jonas. Sie sitzt auf seinem Schoß, verborgen hinter ihrem dunklen, glatten Haarvorhang, während er ihren Hals küsst und ihr lächelnd etwas ins Ohr flüstert. Zuerst bemerkt sie mich, dann er, und sie schauen mich an, als habe ich sie bei etwas Verbotenem ertappt.

»Ist okay, tut mir leid, dass ich gestört habe, ich bin schon wieder weg.«

»Nein, Ronia, bitte, bleib doch, wir dachten …« Schon auf halber Strecke zu meinem Zimmer hat Jonas mich eingeholt. »Wir dachten, du bist bei deinen Eltern. Hast du geweint?«

Von Johanna nehme ich keinen Mucks wahr, doch mir ist klar, dass sie uns hört. Sie traut sich nur nicht zu mir.

»Hast du es gewusst? Mit meinem Brüderchen?«, frage ich ohne Umschweife. Ich bin der Versteckspielchen überdrüssig. »Und dass es bei allem immer darum ging, dass ich in Mamas Nähe bleibe? Auch bei Jan?«

Ein Blick in Jonas' Augen genügt als Antwort.

»Du solltest es doch nie erfahren. Wir wollten dich davor bewahren.«

»Ihr. Du und meine Eltern. Was ist mit dir und mir, mit uns beiden?«

Betreten schaut er auf seine Füße. »Ich dachte wirklich, er ist nicht gut für dich. Jan. Ehrlich.«

»Jonas, ich bin nicht böse, auch nicht wegen Johanna und dir, ich will das sogar, nur bitte tu mir einen Gefallen: Such einen Mieter für mein Zimmer. Ich will hier nicht mehr wohnen, wenn ich zurück bin.« In diesem Augenblick ist mein Entschluss gefallen. Es geht nicht. Auch von Jonas brauche ich Abstand. Er war nur der Vollstrecker, der meiner Eltern – er hatte wie sie beste Absichten, doch es ändert nichts an dem deutlichen Signal meiner inneren Stimme. Nach Jan will ich gar nicht erst fragen. Ich gehe davon aus, dass Jonas mit seinen Schauergeschichten maßlos übertrieben hat, ebenfalls im Sinne meiner Eltern. Wahrscheinlich gab es kein einziges echtes Indiz dafür, dass Jan in der Callboyszene unterwegs war. Und ich naives Ding hab es beinahe geglaubt.

»Zurück wovon? Musst du in eine Klinik? Oder gehst du wieder zu deinen Eltern?« Jonas wagt nicht, mich zu berühren. Er tritt sogar einen halben Meter rückwärts.

»Keins von beidem. Ich fahr nach Frankreich, Forschungssemester. Eine Ausgrabung. In drei Tagen. Und danach?« Ich hebe meine Hände und lasse sie fallen. »Keine Ahnung. Aber hier werde ich nicht mehr sein. Und meine Eltern sollen ihr Leben gefälligst alleine auf die Reihe kriegen.«

Endlich, denke ich traurig und auch befreit, als ich in meinem Zimmer stehe und höre, wie die Haustür zuschlägt und auf dem Bürgersteig Jonas' Vespa angeworfen wird. Johanna und Jonas haben sich gefunden, schneller, als ich dachte.

Und ich kann gehen.

Passt gut, die beiden im Sommerlook und so nah beieinander, er vorne, Johanna hinter ihm, ihre zarten Arme um seinen Bauch gelegt. Sie lächeln. Ich sehe es vor mir, ohne aus dem Fenster zu schauen. Ein schönes Bild. Es hat Zukunft.

Ich aber muss meinen eigenen Morgen mit seinen passenden Bildern erst noch finden.

Die helle Seite der Nacht

Du schläfst nicht gerne zusammen, was?«

Jan gießt sich einen üppigen Schuss Milch in seinen Kaffee und stützt seine nackten Fußsohlen am Rand des Couchtischs ab, um sich dann bequem zurückzulehnen und an der Tasse zu nippen. Er ist noch nicht ganz wach und hat keine Lust zu reden. Das würde auch ein emotionaler Trampel bemerken, aber ich habe die halbe Nacht mit dieser Frage zugebracht.

Nach seinem Laufstegjob fuhr er noch bei mir vorbei und fragte, ob ich mit ihm Fußball schauen mag, er habe das FCK-Spiel vom Nachmittag aufgezeichnet. Ich weiß nicht, was ich denkwürdiger fand – dass er meinte, mich würde die zweite Bundesliga interessieren, oder dass er bei mir klingelte, als wäre das eine völlig normale Sache. Und dieses Mal war Jonas zu Hause. Aber ich sagte Ja, obwohl ich mir dessen bewusst war, dass es nur eine neuerliche Flucht war und ich selbst viel zu müde und durcheinander, um mich auf einen hin und her laufenden Ball zu konzentrieren. Jan gähnte selbst fast ununterbrochen, auf seiner Nase schimmernde Reste von Bronzepuder und die Haare äußerst verwegen in eine betonierte Form gebracht. Noch in der ersten schweigsamen und kriminell langweiligen Halbzeit muss ich mit dem Kopf in seinem Schoß eingeschlafen sein. Ich wachte erst mit dem Röhren der Müllabfuhr im Morgendämmer wieder auf – nicht in seinem Bett, sondern auf der Couch.

Er hat mich schon einige Male in sein Bett getragen; das kann er, auch nach einem anstrengenden Tag. Im Moment bin ich sowieso ein Fliegengewicht. Aber er ließ mich hier liegen. Hatte ich nicht immer den Verdacht gehegt, es war ihm recht, dass ich irgendwann nach dem Sex verschwunden bin? Ausgesprochen hat er es nie, aber sein »Ich will alleine schlafen« war omnipräsent für mich. Die Nacht bei mir im Bett zähle ich nicht. Ich durfte lediglich seinen Rücken anblicken und seinem komatösen Schnarchen zuhören. Er hätte auch auf dem Flickenteppich im Flur geschlafen, wenn sich kein anderer Platz gefunden hätte. Also habe ich ihn nun direkt gefragt, um mir weitere Gedankenschiebereien zu ersparen.

»Du meinst, nebeneinander?«, hakt er nach einem weiteren Schluck Kaffee nach.

»Ja, so, wie Paare und Liebende das tun«, erwidere ich leicht gereizt. »Wofür Ehebetten eben da sind.«

»Keine gute Erfindung, wenn du mich fragst. Ehebetten.«

»Aber du hast eines! Du hast ein Ehebett.«

Jan stellt den Kaffee auf dem Tisch ab und fährt sich gähnend durch sein verstrubbeltes Haar.

»Ich hab ein breites Bett, weil ich breite Betten mag. Für mich alleine. Wälze mich viel rum nachts.«

Okay, so führt das zu nichts. Ich muss es anders probieren.

»Warum kannst du es nicht ertragen, wenn ich nachts neben dir liege?«, versuche ich mich an einem neutralen Ton, doch meine Frage ist nicht neutral und er merkt das auch.

»Ich kann es wohl ertragen, Ronia. Aber ich glaub, dass es besser ist, wenn man in seinem eigenen Saft gärt und in seiner eigenen Aura bleibt. Ich hab viel zu tun in meinen Träumen.« Wieder mal ein Jan-Satz, den ich nur fühlen, aber nicht mit dem Kopf begreifen kann. »Man muss das ja nicht bewerten. Es ist einfach so. Fühlst du dich zurückgewiesen dadurch?«

Das »Ja« liegt mir auf der Zunge, doch ich sende es nicht ab, sondern versuche, ehrlich und offen in mich hineinzuhorchen. Als ich heute früh aufwachte und realisierte, dass ich auf dem Sofa lag, fühlte ich mich weinerlich und verletzt. Aber mag ich es in Wahrheit nicht auch, mich nach Herzenslust ausstrecken und drehen und wenden zu können, ohne Rücksicht nehmen zu müssen? Schlafe ich nicht viel ruhiger ohne einen Mann neben mir? Und bin ich heute früh nicht entspannt und erholt aufgewacht wie lange nicht mehr?

»Hm«, mache ich deshalb nur ermattet. Doch wenn wir schon beim Thema sind, kann ich auch daran anknüpfen. »Jan, wenn ich mich entscheide, dir zu vertrauen, wie ist das dann eigentlich mit uns? Wie soll das funktionieren?«

»Was genau?« Er wird nach und nach wacher, sein Kaffee ist fast leer und ich spüre, wie ich unruhig werde. Mir sitzt etwas im Nacken. Ist es die Angst, er könne wollen, dass ich ihn endlich alleine lasse? Dann muss ich mich beeilen.

»Na ja. Eine Beziehung oder eben – etwas anderes als das davor. Denn eins sollst du wissen, die totale Unverbindlichkeit ist nichts für mich. Freiheit ja, ich möchte dich freilassen und ich meine das aufrichtig, aber …« Ich stoppe mich, weil ich mich selbst kaum anhören kann. Neuer Versuch. »Sag mal, hattest du eigentlich je eine feste Beziehung?«

»Ach, Ronia.« Ja, ich weiß, er mag dieses Gespräch nicht. Ist mir egal. Ich bin nicht sein Spielzeug. »Nein, in dem Sinne nicht.«

»Nein? Du hattest noch nie eine Freundin? Ehrlich?«

»Doch, natürlich schon, aber nichts Ernsthaftes. Eben keine Frau, die mir das Wasser reichen kann.«

»Oder es dir gleich über den Kopf schüttet, und zwar eiskalt. Oh Mann, wie soll das denn nur gehen mit uns?« Ich könnte mir die Haare raufen. »Wie stellst du dir das vor?«

»Ganz ehrlich?« Er steht auf und positioniert sich mitten im Zimmer, als wolle er einen Vortrag halten. Ich fürchte, so ähnlich wird es laufen. »Ich halte davon nichts. Von diesen üblichen Beziehungen. Dieses ›Ich brauche dich‹, ›Ich will dich‹ und der ganze Mist. ›Ohne dich kann ich nicht leben.‹ Möchte ich jemanden haben, der ohne mich nicht leben kann? Das ist Horror! Guck dir doch an, wie es bei meinen Eltern gelaufen ist und bei so vielen anderen läuft: Sie sind jeden Tag zusammen, hocken Tag und Nacht im gleichen Mief, versprechen sich ewige Liebe und schon nach dem zweiten Kind haben sie sich nichts mehr zu sagen, bis sie sich irgendwann hassen!«

»Wir müssen ja nicht heiraten«, werfe ich dazwischen. »Niemand spricht hier von Ehe. Ich will auch nicht mit dir zusammenziehen. Ich möchte nicht mal für ein ganzes Wochenende zu dir kommen, ich will nichts verändern in deinem Leben. Dir fällt aber auch kein Zacken aus der Krone, wenn du dich ab und zu mal meldest und …«

»Du hast fast nie zurückgeschrieben. Oder dich als Erstes gemeldet.«

»Stimmt«, sage ich nach einer verdutzten Pause, ohne in meinen üblichen Protest zu verfallen. Kein einziges Mal habe ich ihm als Erstes eine Nachricht geschrieben. Ich wartete stets auf ein Signal. »Aber das war doch nur, weil ich dachte, du willst das nicht. Oder dass ich nicht die richtigen Worte finde.«

»Ist auch nicht so mein Ding, das Schreiben.« Jan reibt sich seinen Kiefer, der vom Schlafen verspannt zu sein scheint. »Wollte ja auch erst wieder raus aus Facebook. Aber …« Sein Gesicht wird düster. »Selbst wenn mehr Regelmäßigkeit reinkommt: Du sollst mich nicht brauchen, wie meine Mutter meinen Dad gebraucht hat, das will ich nicht!«

»Ich brauche dich nicht, Jan«, entgegne ich mit sicherer Stimme. »Aber ich möchte die Einzige sein. Keine anderen neben mir. Such es dir aus, du hast die freie Wahl. Wasser reichen oder mit Bikinischönheiten am Strand planschen. Hattest du denn neben mir andere?«

»Puh.« Seine Miene zeigt mir überdeutlich, dass ihm das hier gerade gar nicht gefällt. Mir auch nicht, es zwingt uns auf den felsigen Boden der Realität, doch da müssen wir durch. »Nein. Ohne dich beleidigen zu wollen, aber du bist anstrengend genug, dazu noch Schule und Job, reicht dicke.«

»Fein. Du warst auch der Einzige. Und zum Thema *brauchen*: Ich fahr in drei Tagen nach Frankreich. Forschungssemester.«

Jan kratzt sich im Nacken und kneift die Augen zusammen. Damit hat er nicht gerechnet. Doch ein gekränkter Mann sieht anders aus.

»Cool. Wohin genau? Ich war mal in der Provence, das war …«

»Gallien«, unterbreche ich ihn schneidend. »Wir graben ein Oppidum samt Müllgrube aus. Juckt dich das denn gar nicht?« Seine ehrliche Anerkennung ohne romantisches Gefühlsbeiwerk raubt mir den letzten Nerv.

»Soll ich mich jetzt auf den Boden schmeißen und weinen? Ich frage dich: Willst du das? Und wenn ja, warum? Was hast du davon?« Oh ja, ich verstehe die Unkenrufe der anderen plötzlich bestens. Dieser Mann kann einen in den Wahnsinn treiben und mir ist nach einer schallenden Ohrfeige zumute. »Ich finde es gut, dass du das machst, das ist klasse! Du bist doch glücklich, wenn du im Sand spielst, oder?«

»Ich spiele nicht, Herrgott noch mal! Und ja, ich bin dann glücklich, sehr sogar!«, blaffe ich ihn an.

»Spielen ist was Schönes. Glücklichsein auch. Warum soll ich mich darüber ärgern, wenn du etwas tust, was dich glücklich macht? Wäre ich nicht ein Schuft, wenn ich dir das in irgendeiner Weise trüben würde?«

»Jan, verrate mir eins: Woher kommen diese Sätze? Aus dir? Wirklich aus dir selbst? Verdammt noch mal, du bist zu jung dafür!« Ich halte meine Locken im Nacken in die Höhe, damit mein überhitzter Kopf abkühlen kann.

»Okay, Baby. Hör mir mal zu.« Er setzt sich im Schneidersitz auf den Boden und versucht, sich und sein Hemd zu ordnen. »Ich war dreizehn, als ich das erste Mal auf einer Parkbank übernachtete, weil ich nicht wusste, wo ich pennen sollte. Ich war beschissen alleine. Klar, ich hätte mich volllaufen lassen können und systematisch mit Drogen betäuben, eben das, was andere Straßenkinder machen. Ich war auch oft nah dran und noch öfter mittendrin. Aber irgendwann hab ich mir gesagt, dass ich an dieser Situation wachsen kann. Am Alleinesein. Ich hab viel gelesen und viel nachgedacht – und nebenbei auch viel Mist gebaut, gebe ich zu. Aber eines Tages hab ich kapiert, dass ich andere Menschen nicht brauche, nicht zum Überleben und erst recht nicht zum Glücklichsein. Ich bin mein bester Freund, denn ich weiß am besten, was mir guttut. Ich sag nicht, dass das leicht ist, es ist sauschwer, ich bin durch manche dunkle Tunnel gegangen, da war es stockfinster. Denn wenn du so denkst, gibt es niemanden mehr, dem du Schuld geben kannst, wenn was schiefgeht. Aber das Ergebnis ist, dass ich mich heute mag. Ich mag mich und kümmere mich gern um mich. Und wenn ich glücklich bin, kann ich es auch teilen.«

»Nur nicht dein Bett.«

»Ich sag dir jetzt mal was. Ich bin immer bei dir und immer bei dir gewesen, die ganze Zeit. Hier.« Er deutet auf seinen Kopf. »Und hier.« Sein Finger wandert zu seinem Herzen. »Dazu braucht man kein Bett und keinen gemeinsamen Raum und erst recht keine Versprechungen. Ich war jeden Tag mit dir verbunden und auch jede Nacht, seit unserer Begegnung an Heiligabend. Hast du es nicht gemerkt? Ich war da. Das kann ich nicht bei jedem, es geht nur bei wenigen Menschen und natürlich muss ich meine Kanäle aufmachen, aber noch nie war es so intensiv wie bei dir. Ich spüre dich. Egal, wo du bist. Weil ich dich sehe. Ich sehe dich, Ronia. Ich bin da.«

Jetzt höre ich sie wieder, seine alte Seele, sie zeigt sich, und etwas in mir reagiert darauf, wie ein begrüßendes, neu erwachtes Flügelschlagen. Es stammt nicht aus dieser Zeit, ist uralt – ja, da ist etwas Uraltes zwischen uns. Es ist das, was sich auch auf seinen Fotos abzeichnet und in seinen Augen lauert. Und es ist genauso in mir. Wir sind miteinander verbunden und wir waren es schon einmal. Es muss so sein. Ich habe ihn gespürt, vor allem in den verzweifelten Stunden. Ich hörte sogar, was er mir eben zum ersten Mal mit Worten sagte. ›Ich bin da.‹

»Ich dachte, ich hätte es mir eingebildet«, flüstere ich. »Dass ich es mir nur wünsche, dich zu spüren.«

»Manchmal ist das fast das Gleiche. Mir macht das selbst ab und zu Angst, glaub mir. Aber es ist etwas Gutes.«

Nur ungläubig begreife ich, was hier gerade vonstattengeht. Wir bewegen uns auf einem Niveau, Jan und ich – das, was ich niemals von ihm gedacht hätte und alle anderen auch nicht. Aber es ist exakt das, was er vorhin selbst gesagt hat und wir krampfhaft versuchten, durch unser körperliches Verlangen zu überdecken: Wir können einander das Wasser reichen. Es besteht keine Gefahr, dass ich ihn verbal erschlage oder ihm zu schlau bin oder zu große Augen habe. Er hat alles, um mir darin zu begegnen. Aus der Not heraus, weil seine Eltern ihn nicht mehr ertrugen – und irgendwie kann ich das verstehen –, musste er sich mit all diesen existenziellen Themen auseinandersetzen, und trotz der Kapriolen und Abweichungen vom Wege hat er es besser hingekriegt als viele andere. Ob das für die Zukunft taugt, weiß ich nicht, und ob für eine gemeinsame, erst recht nicht. Aber es verdient meinen vollen Respekt.

»Was willst du eigentlich tun? Später?«, frage ich schüchtern.

»Also, falls das klappt mit dem Abi, studiere ich Sport, ergänzt sich gut mit dem Modeln, und mach danach vielleicht noch irgendeine Zusatzausbildung, Physiotherapie oder Chiropraxis oder so. Oder ich werde Bildhauer. Fand ich auch immer interessant. Auf Steinen herumzuhauen, bis etwas daraus entsteht. Ach, es wird sich schon fügen. Und was willst du tun?«

»Weißt du doch. Atlantis finden.«

»Nein, ich meine jetzt. Konkret. Heute. In diesem Moment. Was willst du tun?«

»Jetzt?«, frage ich irritiert und deute aus dem Fenster, obwohl das keinen Sinn ergibt. Ich dachte die ganze Zeit an die klassischen Dinge. Zusammen frühstücken, hier oder in einem Café, über die Kindheit sprechen, Pläne schmieden, all die Sachen, die frisch gebackene Paare tun. Nur merke ich gerade, dass ich das gar nicht will. Es fühlt sich klebrig an und wie unnötiger Ballast. Offen gestanden, fand ich das bei den anderen auch immer anstrengend. Denn jeder konkrete Plan beinhaltet bereits sein Scheitern, weil man sich zu fest an die Erfüllung klammert. Daher: keine Zu-zweit-Pläne. Die brauchen wir nicht.

Doch es ist ungewohnt, nur für mich zu denken. Was will *ich*? In drei Tagen werde ich nach Frankreich fahren und es gibt noch einiges vorzubereiten – aber jetzt? Heute? In dieser Stunde? Ich trete an das Fenster, auf das ich eben instinktiv gedeutet habe, und schaue hinaus. Ein märchenhaft schöner Sommertag ist angebrochen, mit einem kobaltblauen Himmel, über den die Schwalben schwirren, reiner, klarer Luft und einer unbeugsam starken Sonne, deren Versprechungen den nächsten Winter überdauern werden. Ich könnte meinen Tag an meinem Stein am Wasser verbringen. Das wäre gut. Aber zu wenig. Denn ich schaue von dort aufs andere Ufer, auf die Stadt und damit auf meine Vergangenheit und all ihre Schatten. Kein freier Blick.

Unbegrenzt schauen, das wäre es.

»Ich will ans Meer. Ja, das ist es. Ich will ans Meer. Ich will ans Meer!« Ich hüpfe im Stehen auf und ab, wie ein Kind, dem ein extragroßes Eis versprochen wurde. Mit strahlenden Augen drehe ich mich zu Jan um. »Ich will ans Meer.«

»Dann fahr.« Er steht auf, geht in den Flur und wirft mir seinen Autoschlüssel zu. »In fünf Stunden bist du in Holland. Musst allerdings noch tanken unterwegs. Ich brauch die Karre erst am Montag wieder. Und kiff nicht zu viel.«

Fassungslos blinzele ich ihn an. »Was?«

»Richtig verstanden, nun hau schon ab, bevor ich es mir anders überlege. Fahrzeugpapiere klemmen unter der Sonnenblende. Mehr brauchst du nicht. Geld hast du ja dabei, oder?«

Ja, das habe ich, zweihundert Euro von meinem Sparbuch, das jetzt blank ist, aber was soll's?

»Nicht nachdenken. Fahr! Na los, fahr schon! Hau endlich ab, Ronia!«

Lächelnd gehe ich auf ihn zu, nehme sein verschlafenes Gesicht in beide Hände und küsse ihn zart auf seinen Mund und mit einem Mal öffnet er seine Augen, klar und rein. Sie sind voller Licht und so tief, dass sich meine Energien zu einem rauschenden Strom verwirbeln, um seinen zu begegnen. Denn meine Augen haben dieses Licht auch.

Sekundenlang sehen wir uns direkt an. Staunend und voller Achtung, aber auch gewiss, dass uns nichts außer unserem Ego je trennen kann. Getrenntheit existiert nur in unseren Köpfen. Unsere Augen jedoch kennen die andere, helle Seite der Nacht.

»Bis bald, River.« Es tut ein bisschen weh, wieder aufzutauchen und zuzusehen, wie seine Lider sich senken. Doch ich kann es ertragen.

»Fahr vorsichtig. Und grüß mir das Meer!«

Ich drehe mich nicht mehr um – ich werde ihn wiedersehen. Wenn nicht in diesem Leben, dann in meinen Träumen und den Tiefen meiner Seele. Aber jetzt will ich die Stadt verlassen.

Es ist Zeit, den Horizont zu erobern.

Dem Himmel so nah

Die Straße scheint kein Ende zu nehmen. Seit zehn Minuten verfolge ich sie durch dünenartige, grasbewachsene Hügel und noch immer kann ich das Meer nicht sehen. Die lange Strecke steckt mir in den Knochen, ich bin das Autofahren nicht gewöhnt und habe eine gute Stunde gebraucht, bis die Schaltung nicht mehr krachte und ich Blinker von Scheibenwischer und Licht unterscheiden konnte. Ich müsste maximal gestresst sein und den Moment herbeisehnen, an dem ich endlich den Motor ausschalten kann.

Doch mit jeder neuen Kurve werde ich neugieriger und wacher – was erwartet mich dahinter? Die Straße führt zum Strand, er war mehrfach ausgeschildert, also bin ich richtig. Ich lenke den Wagen in eine Seitenbucht, drehe den Schlüssel, lasse die Fenster herunter und lausche.

Ja, ich höre es rauschen und die Möwen kreischen. So lange habe ich diese Geräusche nicht mehr wahrgenommen. Automatisch ziehe ich meine Schultern nach vorne, als würden sie zusammengequetscht, und weiß mit dem nächsten vielstimmigen Geschrei der

Möwen plötzlich wieder, warum. Es ist keine schlechte Erinnerung, keine traumatische, doch eine beklemmende, im wahrsten Sinne des Wortes.

Sie hatten mich an die Leine genommen, damals, in der Bretagne, Mama und Vater. Am Strand trug ich eine Art Geschirr wie ein junger Hund und daran war eine lange Leine befestigt, die sie entweder an den Sonnenschirm banden oder selbst in die Hand nahmen. Die Gründe dafür muss ich nicht suchen und auch meine Eltern ignorierten die Kritik mancher entsetzter Urlauber hartnäckig: Der Atlantik mit seinen Gezeiten ist ein gefährliches Gewässer, die Klippen sind steil und Fremden kann man niemals trauen. Da ich alles um mich herum vergaß, wenn ich mit Eimer und Schaufel loszog, bot die Leine mir Sicherheit. Ich wehrte mich kein einziges Mal dagegen, denn Mama erzählte mir Schauergeschichten von der Gewalt der Flut, die so schnell ins Land jagen könne, dass man keine Chance habe, sich zu retten. Ich glaubte ihr jedes Wort.

In meiner Jugend, als niemand mich mehr an die Leine nehmen konnte, verfrachtete Vater uns in abgelegene Sporthotels in den Alpen oder kanarische All-inclusive-Anlagen, die wir an keinem einzigen Tag des Urlaubs verließen, weil es dort alles gab, was man brauchte. Bis wir irgendwann gar nicht mehr wegfuhren, da es angeblich zu viel zu tun gab im Pfarrhaus. Meine letzte Reise war die Studienfahrt in der Oberstufe gewesen, zehn Tage Rom; für mich eine Art Paradies und für meine Lehrer eine Gedulds- und Nervenprobe erster Klasse, da ich mich ständig zwischen irgendwelchen antiken Überbleibseln verlor und, wie so oft, nichts mehr sah und hörte, wenn ich mich in ihren Zauber vertiefte.

Aber jetzt will ich nicht zur Erde hinabschauen, sondern auf das Wasser und in den Himmel. Keine Leine, keine Zäune, keine Hotelmauern – aber Hunderte von Menschen, die die gleiche Idee hatten.

Weit und hellgrau breitet der Strand sich vor mir aus, bunt gesprenkelt von Sonnenmuscheln, Handtüchern und Luftmatratzen. Ja, was hatte ich mir auch gedacht? Es sind Sommerferien und am Himmel ist kein einziges Wölkchen zu sehen. An keinem einzigen meiner Abende am Fluss war der Kiesstrand so voller Sonnenanbeter gewesen, wie ich es nun erlebe.

Im ersten Moment will ich umkehren und warten, bis es Abend wird und die Menschen sich zerstreut haben. Aber warum verstecken? Hier kennt mich niemand. Keiner von ihnen weiß, was ich tue und dass ich krank bin. Sie kennen weder meine Eltern noch meine Freunde. Ich bin für sie nur eine junge Frau, die einen schönen Tag am Meer verbringen möchte.

Und sie haben recht.

Ich mache mich auf die Suche nach einem Parkplatz und muss eine Weile kreisen, bis ich einen finde, doch schließlich ergattere ich eine Lücke im Schatten eines Baumes und atme durch. »Alles gut«, sage ich mir beruhigend, als mein Herz einen kurzen Hüpfer wagt. In einer kleinen Frühstückspension hinter den Dünen habe ich ein Zimmer für eine Nacht bekommen und konnte sofort einchecken. Und entgegen meines ursprünglichen Plans habe ich doch noch einen Abstecher in die WG gemacht und meine Bikinis und Strandlaken aus dem Schrank gekramt, dazu etwas Wechselwäsche, Kosmetik-Grundausstattung, Sonnenbrille und Lichtschutzfaktor 30 eingepackt. Anschließend schrieb ich Jonas eine kurze Nachricht: »Bin für zwei Tage in Holland, Jan hat mir sein Auto geliehen. Bis bald.« Sich zu überlegen, was man will, und es durchzuziehen, ist sicher eine großartige Sache, aber ich muss es deshalb nicht auf die gleiche radikale Weise wie Jan tun und meine Umwelt dabei in Panik versetzen. Es ist revolutionär genug, weder Mama noch Vater Bescheid zu sagen.

Dass ich hier einen Schub erleiden könnte, verdränge ich, doch selbst wenn meine Gedanken diese Vorstellung streifen, kommt sie mir absurd vor. Ich fühle mich wohl. Ich bin müde, aber klar im Kopf; ohne jegliche Schwere in den Armen und Beinen. Meine Augen sehen überdeutlich scharf.

Ich trinke ein paar Schlucke, esse den Rest des Croissants, das ich mir auf halber Strecke an einer Tankstelle gekauft habe, und versuche mich auf die vielen Menschen einzustimmen. Hier gibt es keine Abgeschiedenheit. Ich muss mitten ins Getümmel.

Sobald ich auf den kleinen Trampelpfad zum Strand hinunter einbiege, nehme ich die Kinderstimmen wahr, die sich in das Kreischen der Möwen mischen, und ein kleiner, splitternackter Junge flitzt in erstaunlichem Tempo vor mir über den Sand. Ich muss lächeln, als ich ihm nachsehe, vermischt mit einem Druckgefühl im Hals. So hätte es sein müssen, auch bei mir. Frei laufen. Ich hab das nie erlebt.

Wenn die Krankheit rasch voranschreitet, werde ich es auch meinen eigenen Kindern niemals ermöglichen können – weil ich keine haben werde. Aber ich bin hier und niemand hält mich fest. Heute werde ich nicht sterben. Heute lebe ich.

Mein Lächeln wird freier und gelöster, je mehr Menschen meinen Weg passieren, denn sie erwidern es. So viele freundliche Gesichter, so viele strahlende Augen. Ich spüre ihre Herzen. Erst in der letzten Reihe, zwischen der schäumenden Brandung und den Sandburgen, breite ich mein Strandlaken aus und setze mich mit der Nase im Wind in die Sonne.

Das Mädchen, das vor mir Muscheln auf die Zinnen einer schiefen Burg legt, hält inne und dreht sich zu mir um. Nachdenklich blickt sie mich an, in der unendlichen Gelassenheit kleiner Kinder, die sich weder um Zeit noch um Anstand scheren. Ich halte still, als sie auf mich zugeht, ihre kalten Hände auf meine Knie legt und mir tief in die Augen schaut. Ohne Scheu und Rücksicht erwidere ich ihren Blick, lächelnd, aber direkt. Noch nie fiel es mir so leicht.

»Bist du eine Fee?«, fragt sie mit leiser Stimme und streicht mir sanft über meine Wange.

»Vielleicht. Oder eine Hexe.«

»Eine Hexe? Aber Hexen sind böse«, gibt sie zu bedenken und beginnt, mit einer meiner Locken zu spielen.

»Es gibt auch gute Hexen. Hexe zu sein, ist toll. Man kann alles tun, was man will.«

»Auch fliegen?«

»Ja, auch fliegen. Alles.« Es fällt mir nicht schwer, die Tränen hinunterzuschlucken, denn ihr Lachen lässt jeden Kummer und jede Angst zu einer trügerischen Illusion verkommen.

»Und wenn du tot bist?«

»Dann erst recht. Dann flieg ich jede Nacht über den Himmel und drehe Saltos.«

»Du bist eine liebe Hexe.« Wieder legt sie ihre Hände auf meine Wangen, beugt sich vor und küsst mich auf die Nase. Ich muss lachen, will ihr über den Kopf streichen, doch sie ist schon zurück zu ihrer Burg gerannt, wo ihr Vater sich an einem Tunnel versucht und gar nicht bemerkt hat, dass sie für eine kleine Ewigkeit fort gewesen ist.

Wie im Traum erhebe ich mich, befreie mich von Shirt, Hose und meinen Sandalen und laufe in die Brandung hinein. Die erste Welle wirft mich beinahe um, in der zweiten finde ich meine Balance – die dritte ist ein Kinderspiel. Ich schwimme, bis mein Herz rast und meine Arme und Beine schwer werden, wie an diesem schwülen Nachmittag am Fluss, als ich noch glaubte, unsterblich zu sein.

Wenn ich jetzt einen Schub bekomme, in diesem Augenblick – ja, wenn meine Muskeln mir ihren Dienst versagen und meine Augen erblinden, wird mich keiner retten können. Jede Hilfe käme zu spät.

Aber ich bin glücklich gewesen.

Für niemanden sonst außer für mich alleine.

Mein Lachen wird es ihnen erzählen.

Dein blaues Licht

Und, heute einen Schatz gefunden?«

Kopfschüttelnd schaue ich aus dem Fenster meines Wohnwagens und verkneife mir eine Boshaftigkeit. Es ist zu schön, seine Stimme zu hören, als mich an giftgetränkten Kontern zu versuchen. Jedes Mal, wenn wir skypen – ohne Bild, nur mit Ton –, fragt er mich das und jedes Mal kann ich ihm keine befriedigende Antwort geben. Es ist mühseliges Stückwerk und wir haben inzwischen eine satte Palette an französischen Flüchen erarbeitet, die wir zum Besten geben, wenn Staub, Wind und Fliegen oder ein neuerlicher Regenguss uns bis auf die Knochen zermürben. Und doch bin ich noch nie in meinem Leben so zufrieden und ausgeglichen gewesen wie in diesen Wochen. Außerdem bin ich dankbar, dass Jan der einzige Mensch ist, der niemals fragt, wie es mir geht.

»Okay, wieder keinen Schatz gefunden. Du enttäuschst mich.« Ich versuche mir sein Grinsen vorzustellen. Gott, wie ich mich darauf freue, ihn wiederzusehen und bei ihm in seiner Küche zu sitzen. »Ich hab heute Spekulatius gekauft.«

»Spekulatius?« Ich muss lachen. »Und das Anfang Oktober.«

»Ich liebe Spekulatius. Ich könnte das ganze Jahr Spekulatius essen, aber dann würde ich fett werden. Ronia.« Er zögert. »Ich weiß nicht, wie ich es dir sagen soll, aber …«

»Was? Sag es einfach!«

»Ich möchte in dir sein. Jetzt. Sofort.«

»Oh, Jan …« Meine Knie werden so weich, dass ich mich setzen muss. »Wie soll ich denn jetzt heute Nacht schlafen können?«

»Schlaf. Wir treffen uns im Traum.«

»Ich hab es noch nie im Traum getan. Ehrlich nicht. Ich wache immer kurz vorher auf.«

»Angst, dich zu verlieren?«

»Vielleicht. Aber ich hab heute Nacht tatsächlich von dir geträumt.«

»Was genau? Erzähl es mir, jedes Detail. Sah ich gut aus?«

»Ich hab dich nicht gesehen. Ich hab uns nur mit dem inneren Auge wahrgenommen. Es war …« Ich tauche in das zeitlose, ätherische Gefühl des Traums hinein. Anschließend war ich minutenlang wach gelegen und hatte nicht glauben können, dass uns Hunderte von Kilometern trennen. Es war so real gewesen. »Der Mond schien und da war Musik und alles, was wir dachten, wurde wahr, binnen Sekunden. Es war wie ein Spiel voller Leichtigkeit und Sicherheit. Wir haben getanzt, ganz langsam.« Wie deutlich ich seinen warmen Leib unter meinen Händen gefühlt hatte. »Und wir waren in blaues Licht gehüllt.«

Jan schweigt eine Weile. Ich kann seinen Atem hören.

»Das kenne ich gut, dieses blaue Licht.«

»Ich hab es zum ersten Mal erlebt.«

Wieder schweigt er, wie so oft, wenn wir skypen. Wir schweigen uns nicht an, wir schweigen miteinander. Ich mag es fast mehr, als wenn er mit mir redet, denn ich nehme Botschaften wahr, die Worte niemals senden können.

»Wo blaues Licht ist, bin ich.«

Nein, ich frage nicht nach. Ich muss es nicht mit dem Kopf verstehen, es genügt, die Worte in mein Herz zu lassen, wo sie geborgen und geschützt sind, in der Weisheit unserer Seelen.

»Sag es, Ronia … bitte, nur ein Mal.«

»Dass du mein Prinz aus dem Morgenland bist?« Mein Puls erhöht sich. Er hat es so viele Male angedeutet, doch ich wage nicht, es zu glauben, und schon gar nicht, es auszusprechen. Ich kann nicht. Und verflucht, er selbst tut es nicht.

»Du weißt, was ich meine.«

»Sag du es.«

»Nein.« Ich spüre, dass er lächelt.

»Warum?«

»Frag nicht, warum. Tu es einfach. Nicht für mich.«

So lange wie jetzt haben wir noch nie geschwiegen. Draußen wird es dämmrig; der Abend bricht bereits früh herein. Bald wird es den ersten Frost geben.

Ich muss an den Moment denken, als Jan in der Nacht vor der Abreise noch einmal in sein Wohnzimmer kam, um mir eine zusätzliche Decke auf meine Beine zu legen. Ich spürte ihn noch in mir, ebenso wie die Tränen, die am nächsten Morgen nach dem Lebewohlsagen kommen würden. Doch noch war ich bei ihm. Nicht im gleichen Raum und nicht im gleichen Bett, doch unsere Träume würden sich begegnen. Er legte seine Hand auf meine linke Wange und blieb bei mir sitzen, bis ich eingeschlafen war.

»Sie ist immer noch da, meine Hand.«

Es sollte mir unheimlich sein und ich sollte an meinem und seinem Verstand zweifeln. Doch nun lächle auch ich.

Langsam schiebe ich den Deckel des Laptops nach unten, bis er zuklickt und sein Summen verstummt.

Unsere Verbindung bleibt, still und verlässlich wie immer. Nur der Herbstwind ist zu hören, dessen raue Böen den Wohnwagen zum Zittern bringen und feinen Staub vor die roten Wolken wirbeln.

Doch in mir strahlen die Sonne, der Mond und Abermillionen Sterne, hell und ewiglich, als ich es ausspreche und dabei nicht nur ihn meine, sondern uns und mich und das, wozu wir hier sind und leben und niemals sterben.

»Ich liebe dich.«

Ich danke …

… meinen Leserinnen und Lesern – denn nur durch eure Fantasie und Vorstellungskraft werden meine Bücher lebendig; meiner Lektorin Anna Baubin für ihr Vertrauen; dem gesamten Einsteller-Team der Meltho-Ranch, unseren hoffnungslos verwöhnten Zossen, meiner isländischen Rennsemmel und meinem Lieblingshuhn Mathilda für die nötige Erdung, viel Lachen und Lebensfreude; SdS, weil du ganz freiwillig immerzu schuld bist (und zwar an allem!) und meine Freude am Schreiben neu belebt hast; meinem dreifarbigen Glücks- und Schmusekätzchen für sein tiefenentspanntes Schnurren neben der Tastatur; meiner Qi-Gong-Lehrerin Hadmut Mühlendyck für ihre Herzenswärme und Energie; Angy, die genau zum richtigen Zeitpunkt und mit den richtigen Worten in mein Leben geflattert kam; Sabrina Kühl für eine inspirierende Kindheitserinnerung; meinen Mädels für den entsprechenden Gacker-Faktor, ein grandioses Depeche-Mode-Konzert und gemeinsames Saunachillen; Cauac für die Erkenntnis, dass das Schöne manchmal erst dem Schmerz folgt; Domenico – dafür braucht es keinen

Grund; Jack Kornfield, Khalil Gibran und Thich Nhat Hanh, weil sie so wundervoll (be)schreiben, was in jedem von uns schlummert; der Sonne, dem Wind und dem Mond – und all den Kriegern des Lichts da draußen, die unsere Welt ein bisschen heller werden lassen.